10
18

12, AVENUE D'ITALIE. PARIS XIIIe

Sur l'auteur

Amy Stewart est l'auteur de sept livres dont deux essais best-sellers aux États-Unis, *The Drunken Botanist* et *Wicked Plants*. Elle et son mari vivent à Eureka, en Californie, où ils possèdent une librairie baptisée Eureka Books. *La Fille au revolver* est son premier roman.

AMY STEWART

LA FILLE AU REVOLVER

Traduit de l'anglais (États-Unis)
par Élisabeth Kern

INÉDIT

10/18

Grands détectives

créé par Jean-Claude Zylberstein

Titre original:
Girl Waits with Gun

ISBN 978-2-264-06792-0

À John Birgel et Dennis O'Dell

« Je me suis armée d'un revolver pour nous protéger, raconte Miss Constance, et très vite, j'ai eu l'occasion de m'en servir. »

— *New York Times*, 3 juin 1915

1

Nos ennuis commencèrent à l'été 1914, l'année de mes trente-cinq ans. L'archiduc d'Autriche venait tout juste d'être assassiné, les Mexicains se révoltaient et, chez nous, à la ferme, il ne se passait absolument rien, ce qui explique pourquoi nous étions trois à nous rendre à Paterson pour aller faire des courses dénuées d'intérêt. Jamais on n'avait réuni plus large comité pour prendre une décision sur l'achat de poudre de moutarde et sur le remplacement d'un marteau à panne fendue dont le manche s'était scindé en deux pour cause de vétusté ou de mauvaise utilisation.

Ce jour-là, j'avais surmonté mes réticences et laissé Fleurette conduire notre carriole. Comme à son habitude, Norma nous faisait la lecture du journal tandis que nous roulions.

— « Un pantalon provoque la mort d'un homme ! »

— Ce n'est pas possible, ça ne dit pas ça ! protesta Fleurette.

Elle se tourna pour jeter un coup d'œil au journal et les rênes lui glissèrent des mains.

— Si ! persista Norma. C'est un charretier qui avait l'habitude de suspendre son pantalon au-dessus du réchaud à gaz pendant la nuit mais, comme il était sous l'influence de l'alcool ce soir-là, il n'a pas remarqué que le tissu avait étouffé la flamme.

— Alors c'est le gaz qui l'a tué, pas le pantalon !

— Eh bien, le pantalon a…

Le son grave d'une corne, tel un cacardement d'oie, interrompit Norma. Je me tournai juste à temps pour voir une automobile noire dévaler Hamilton Street en fonçant droit sur nous et prendre encore de la vitesse à l'intersection. Déjà Fleurette s'était redressée sur le marchepied pour adresser de grands signes au conducteur.

— Baisse-toi ! criai-je.

C'était trop tard. L'automobile nous percuta de plein fouet dans un crissement de freins. Le bruit de notre carriole volant en éclats résonna à mes oreilles comme l'explosion d'un pétard. Nous culbutâmes toutes les trois dans une confusion de bois brisé et de métal cabossé, tandis que notre jument Dolley perdait elle aussi l'équilibre et tombait à son tour avec un cri strident ; jamais encore je n'avais rien entendu de tel venant d'un cheval.

Quelque chose de lourd me comprimait à présent l'épaule et je tâtonnai pour savoir ce qui pesait ainsi sur moi, avant de comprendre qu'il s'agissait du pied de Norma.

— Tu es debout sur moi ! lui criai-je.

— Ça m'étonnerait ! Je ne te vois même pas…

Je sentis alors notre carriole se mettre à tanguer d'avant en arrière : l'automobile reculait pour s'extirper des débris. Je me trouvais pour ma part coincée sous le siège arrière qui s'était retourné. Il faisait noir comme dans un cercueil, mais je distinguai malgré tout, au-dessous de moi, une forme vague que je supposai être le bras de Fleurette. Craignant de l'écraser, je pris soin de ne pas bouger.

Au bruit de voix qui s'élevait autour de nous, je devinai que quelqu'un tentait de faire basculer la carriole pour la remettre d'aplomb.

— Arrêtez ! hurlai-je. Ma sœur est sous la roue !

Si celle-ci commençait à tourner, Fleurette se trouverait prise dans ses rayons.

Un instant plus tard, une paire de bras épais comme trois branches d'arbre s'introduisait dans les décombres et saisissait Norma.

— Ôtez vos mains de moi ! glapit aussitôt celle-ci.

— Mais il cherche juste à te sortir de là ! m'emportai-je.

Avec un bougonnement de mauvaise humeur, elle consentit à se laisser faire. Norma détestait qu'on la touche.

Je m'extirpai à sa suite et découvris l'homme auquel appartenaient les bras. Je tressaillis en apercevant son tablier taché de sang, croyant, l'espace d'un instant, qu'il s'agissait du nôtre, puis je me ravisai : ce colosse n'était autre que le boucher d'un comptoir à viande. Il n'avait pas été le seul à se précipiter vers nous quand l'automobile nous avait renversées : nous étions entourées de commerçants, serruriers, marchands des quatre-saisons, garçons de courses, chalands… En fait, la plupart des magasins de Market Street s'étaient vidés de leurs occupants attirés par le spectacle que nous leur offrions. La plupart nous observaient depuis le trottoir, mais un groupe substantiel cernait l'automobile, l'empêchant de prendre la fuite.

Aidé par quelques hommes dont je compris, à leurs mains tachées d'encre, qu'ils travaillaient à l'imprimerie voisine, le boucher entreprit de soulever délicatement la carriole, de manière à libérer Fleurette de la roue qui l'immobilisait. Tandis que nous dégagions les panneaux brisés dont elle était couverte, elle nous considérait, furieuse, de ses grands yeux noirs. Étendue de tout son long sur la route poussiéreuse dans sa robe de taffetas rose, elle évoquait un lit de roses piétinées.

— Ne bouge pas, lui soufflai-je.

Mais elle ne m'écouta pas et s'appuya sur ses bras pour s'asseoir.

— Non, non ! s'écria l'un des imprimeurs. On va appeler un médecin !

Je levai les yeux vers les hommes qui formaient un cercle autour de nous.

— Ça va aller, assurai-je en posant une main sur sa cheville. Éloignez-vous !

Je trouvais certains d'entre eux un peu trop désireux de m'aider à examiner les jambes de Fleurette.

Sans grand enthousiasme, ils s'éloignèrent pour aller prêter main-forte à deux cochers qui avaient délaissé leur fiacre afin de s'occuper de notre jument. Ils la libérèrent de son harnais et elle se débattit pour se relever. Le pauvre animal grognait et tournait la tête en tous sens en soufflant de la fumée par ses naseaux. Les cochers tirèrent de leur poche des friandises qui eurent pour effet de la calmer.

Reportant mon attention sur Fleurette, j'exerçai une légère pression sur son mollet. Elle hurla et retira vivement sa jambe.

— C'est cassé ? demanda-t-elle.

Je n'en savais rien.

— Essaie de bouger un peu.

Elle crispa son visage en une grimace, retint sa respiration et, avec précaution, plia une jambe, puis l'autre. Puis elle relâcha brusquement son souffle et releva les yeux vers moi, haletante.

— C'est bon, dis-je. Maintenant, tu vas remuer les chevilles et les orteils.

Nous baissâmes l'une et l'autre les yeux vers ses pieds. Elle portait de ridicules bottines de cuir blanc dont elle avait remplacé les lacets par des rubans roses.

— Elles ne sont pas trop mal en point ? interrogea-t-elle.

Je posai une main dans son dos, désireuse de la tranquilliser.

— Essaie juste de les bouger. Une cheville après l'autre.

— Non, je parlais des bottines…

Je sus alors que Fleurette survivrait. Je lui défis ses lacets et promis de prendre bien soin des chaussures. La foule autour de nous s'était densifiée et Fleurette remua ses orteils gainés de bas pour son nouveau public.

— Vous allez avoir des sacrés bleus demain matin, mademoiselle ! lui lança une dame.

La banquette sous laquelle je m'étais retrouvée coincée quelques minutes plus tôt reposait à présent au sol. J'aidai Fleurette à s'y installer avant d'examiner de nouveau ses jambes. Ses bas étaient déchirés et sa peau éraflée et contusionnée mais, par chance, rien n'était cassé. Je lui tendis mon mouchoir pour qu'elle le presse contre une longue estafilade qui lui entaillait profondément la cheville, mais elle avait déjà perdu tout intérêt pour ses blessures.

— Regarde Norma ! me chuchota-t-elle avec un sourire malicieux.

Ma sœur s'était postée devant l'automobile, manifestement déterminée à bloquer toute tentative de fuite. Elle constituait un tableau assez comique, silhouette pas très haute, mais robuste, dans une jupe-culotte de cavalière en coton gris. Norma avait les traits slaves de notre père, visage large et nez épais, associés au caractère acrimonieux de notre mère. Sa bouche formait en permanence une moue désapprobatrice et elle considérait toujours le monde avec suspicion. Elle fixait à présent le conducteur de l'automobile avec cette détermination farouche qui lui venait naturellement dans les moments difficiles.

L'automobiliste était un homme plutôt jeune, solidement bâti quoique de petite taille, dont l'aspect trop bien nourri laissait supposer une existence privilégiée. Il eût été beau s'il n'y avait pas eu, dans son regard et dans la ligne dure de sa bouche, quelque chose d'indolent, un côté enfant gâté qui suggérait qu'il avait coutume d'imposer sa loi. Il avait le visage rouge et bouffi, peut-être en raison de la chaleur, mais sans doute aussi, soupçonnai-je, parce qu'il devait vider chaque jour sa pinte de bière au petit déjeuner et sa bouteille de vin avant de se coucher. Excessivement bien vêtu, il portait un pantalon en lin à fines rayures, un gilet de soie aux boutons de cuivre poli et une cravate aussi rouge que le sang qui imprégnait les bas de Fleurette.

Ses compagnons descendirent en vitesse de la voiture et se postèrent autour de lui à la manière de gardes du corps. Ils arboraient pour leur part des costumes de travailleurs en drap fin et se comportaient comme des rats peu accoutumés à la lumière du jour. Aucun d'eux n'était ni soigné ni rasé et certains gardaient les mains dans les poches comme s'ils s'apprêtaient à en sortir des couteaux. J'avais peine à imaginer vers quelle destination pouvait bien foncer cette bande de malappris à une telle allure, mais quoi qu'il en fût, je commençais à regretter que nous ayons été placées sur son chemin.

Voyant le conducteur se mettre soudain à gesticuler et à ordonner à la foule de s'écarter, tous ses acolytes l'imitèrent aussitôt, vociférant à l'adresse des curieux en les poussant, tels des ivrognes cherchant à en découdre… tous, sauf l'un d'entre eux, qui recula et commença à s'éloigner au pas de course, avant de trébucher. Quelques-uns des spectateurs qui suivaient la scène l'interceptèrent sans peine. Comme une vingtaine de personnes bloquaient le passage, le moteur de l'automobile toussota, puis mourut, mais les cris et les bousculades continuèrent.

Je cherchai sans succès le regard de Norma. Elle aussi commençait à comprendre à qui nous avions affaire et l'indignation désertait son visage à mesure qu'elle concluait que ces individus ne pouvaient qu'attirer des ennuis.

Les commerçants, les employés et les conducteurs des autres véhicules arrêtés le long du trottoir aboyaient à présent des ordres et pointaient des doigts menaçants vers les coupables.

— Il va falloir que vous remboursiez ces dames pour les dégâts que vous avez causés ! cria l'un d'eux.

— C'est leur cheval qui a déboulé comme un fou ! rétorqua le conducteur. Elles se sont ruées sur nous !

Un murmure de protestation s'éleva de la foule. Chacun savait que le cheval n'était jamais à blâmer dans les collisions de ce type. Un animal regardait toujours où il allait, ce qui n'était pas le cas d'une automobile conduite par une personne inattentive. À l'évidence, ces messieurs avaient à l'esprit autre chose que la circulation lorsqu'ils avaient surgi en trombe dans la ville.

Je ne pouvais laisser Norma les affronter seule. D'une petite tape autoritaire, je signifiai à Fleurette de ne pas bouger de sa banquette, puis j'allai me poster aux côtés de Norma. Tous les regards glissèrent vers moi. Étant la plus grande en taille et la plus âgée, je dus apparaître comme la responsable de notre petit groupe.

Il n'y avait certes personne pour faire les présentations, mais je ne voyais pas d'autre entrée en matière possible.

— Je m'appelle Constance Kopp, déclarai-je. Et voici mes sœurs.

Je m'étais adressée à ces hommes avec toute la dignité dont j'avais été capable, sachant que je venais de basculer la tête la première à bord d'une carriole renversée. Le conducteur de l'automobile se détourna ostensiblement, comme s'il ne comptait pas prendre la peine de m'écouter. Je pris une profonde inspiration et affermis ma voix :

— Dès que nous nous serons mis d'accord sur la liste des dégâts occasionnés, vous pourrez poursuivre votre route.

Celui qui avait cherché à s'enfuir – un individu grand et maigre aux yeux tombants, doté d'une incisive proéminente – se pencha vers ses compagnons pour leur parler à voix basse. Il passa ensuite de l'un à l'autre en boitillant, comme s'il élaborait avec eux un plan d'action, et je m'aperçus soudain qu'il avait une jambe de bois.

Le conducteur de l'automobile adressa alors un signe de tête à ses compères et saisit la poignée de la portière. Je me figeai : il entendait démarrer sans un mot et forcer le passage à travers la foule ! Norma ouvrit la bouche pour réagir, mais je la tirai en arrière.

Déjà, l'homme avait ouvert la portière. Comme par réflexe, je me précipitai pour refermer celle-ci d'un geste brusque.

Cette action suscita un léger mouvement de surprise, suivi d'une clameur satisfaite parmi les spectateurs, qui appréciaient manifestement la scène. Je jugeai bon d'exploiter mon avantage et m'avançai, me redressant de toute ma hauteur, ce qui signifie que je dominais considérablement mon interlocuteur. Ce dernier s'apprêtait à s'adresser à mes clavicules lorsqu'il se ravisa et releva le menton pour me regarder bien en face. Sa bouche demeura un instant entrouverte tandis que je le toisais et je vis de petites gouttes de sueur rondes fleurir en rangées bien ordonnées au-dessus de sa lèvre supérieure.

— J'imagine que nous sommes en droit de vous réclamer une nouvelle carriole, puisqu'il semble que vous ayez pulvérisé celle-ci et qu'elle ne soit plus réparable, énonçai-je.

À cet instant, une épingle se détacha de mon chapeau et alla heurter le gravier avec un léger tintement. Je m'obligeai à ne pas baisser les yeux et espérai que d'autres épingles ou attaches quelconques ne prendraient pas le même chemin, comme ce pouvait être le cas dans les moments de grande agitation comme celui-ci.

— Pousse-toi de ma voiture ! marmonna mon vis-à-vis entre ses dents serrées.

Je le couvris d'un regard noir et nous ne bougeâmes ni l'un ni l'autre.

— Si vous refusez de payer, je vais devoir relever le numéro de votre plaque d'immatriculation, annonçai-je alors.

Il haussa un sourcil comme s'il me défiait de joindre le geste à la parole. Sans me démonter, je contournai le véhicule et notai les chiffres sur le petit carnet que j'avais toujours dans mon sac à main.

— N'insiste pas ! me chuchota Norma. Je n'aime pas du tout leur façon de nous regarder.

— Moi non plus, mais il nous faut son nom, répondis-je sur le même ton.

— Je me fiche pas mal de connaître son nom !

— Pas moi…

Autour de nous, les gens tendaient le cou pour mieux suivre notre échange. Je me retournai vers le conducteur.

— Peut-être m'épargnerez-vous la peine de m'adresser à l'État du New Jersey pour connaître vos nom et adresse ?

Il considéra un instant la foule autour de lui et, jugeant sans doute qu'il n'avait guère le choix, se pencha vers moi. Il sentait la lotion capillaire et (comme je l'avais soupçonné) l'alcool, ainsi que cette nauséabonde odeur métallique que dégageaient toutes les usines de la ville. Il me cracha ses coordonnées à la figure, lâchant une haleine venue du fond de ses entrailles qui me força à reculer d'un pas avant de prendre en note : Henry Kaufman, de la Kaufman Silk Dyeing Company, sur Putnam Road.

— Ça ira, Mr. Kaufman, conclus-je, assez fort pour être entendue de tous. Vous recevrez notre facture d'ici quelques jours.

Sans répondre, il me tourna le dos et prit place au volant.

L'un de ses amis donna un vigoureux coup de manivelle qui réveilla le moteur dans un vrombissement, puis tous montèrent à bord et l'automobile s'élança. Les hommes retinrent leurs chevaux et les femmes poussèrent leurs enfants sur les trottoirs tandis que la foule s'écartait, laissant le véhicule prendre de la vitesse.

Norma et moi regardâmes la poussière se soulever sous les roues d'Henry Kaufman, puis retomber.

— Vous les avez laissés partir ? s'étonna Fleurette depuis son perchoir sur la banquette brisée de la carriole.

Elle avait adopté l'attitude du spectateur assistant à une représentation théâtrale et semblait très déçue de notre prestation.

— Il n'était pas question que je passe une minute de plus en compagnie de ces gens ! répliqua Norma. Ce sont les pires individus que j'aie jamais rencontrés. Et regarde dans quel état ils ont mis ta jambe !

— Elle est cassée ? interrogea Fleurette.

Elle savait fort bien qu'il n'en était rien, mais elle adorait susciter chez Norma les plus sombres prédictions.

— Oh, sans doute, mais nous saurons remettre l'os en place nous-mêmes s'il le faut.

— Je suppose que ma carrière de danseuse est fichue ?

— Ça, c'est sûr.

Les cochers de fiacres ramenèrent une Dolley intacte, mais chancelante, jusqu'à nous. Ce qu'il subsistait de notre carriole avait été poussé vers le trottoir, brisé en une dizaine de morceaux.

— Je ne suis pas sûr que ce soit réparable, lança l'un des cochers, mais si vous voulez, je peux envoyer l'un de mes garçons d'écurie se renseigner auprès de marchands de chariots.

— Oh, ce sera inutile, répondit Norma. Notre frère va venir chercher tout cela. Il conduit lui-même un chariot pour son travail.

— Oh, si nous ne parlions pas de ça à Francis ? intervint Fleurette, suppliante. Il va dire que tout est ma faute et que je conduis mal !

Je m'avançai entre elles, peu désireuse de voir le cocher retirer sa proposition d'aide pendant que nous nous querellions.

— Monsieur, si vous pouviez envoyer votre garçon d'écurie sur le lieu de travail de mon frère, je vous en serais très reconnaissante.

Je notai aussitôt l'adresse de l'importateur de paniers qui employait Francis.

— Je m'en occupe ! promit l'homme. Mais vous, les filles, comment allez-vous rentrer chez vous ?

— Constance et moi, nous pouvons marcher, répondit aussitôt Norma, et notre petite sœur montera sur la jument.

Je n'étais pas certaine d'être en mesure de parcourir ce long trajet à pied. J'avais tout le corps courbaturé et douloureux et, en outre, il ferait nuit à l'heure où nous finirions par atteindre la ferme. Toutefois, n'ayant aucune envie de débattre du sujet avec Norma, j'acceptai la selle que l'homme nous proposa pour Dolley. Nous hissâmes Fleurette sur le cheval et enveloppâmes son pied blessé dans un sac à farine avant de le glisser dans l'étrier. Norma saisit les rênes et nous nous mîmes en marche dans Market Street, plus semblables à des réfugiées fuyant des combats qu'à trois sœurs sorties faire des courses par un bel après-midi.

En temps normal, j'eusse considéré que nous faire renverser par une automobile était la pire catastrophe qui pût nous arriver à toutes les trois. Toutefois, cette année-là n'allait pas être une année comme les autres…

2

Lorsque je m'éveillai le lendemain matin, le soleil pénétrait déjà dans ma chambre par les rideaux entrouverts et allait heurter le miroir du mur qui me faisait face, projetant sur mon lit une lumière aveuglante. Même à cette heure matinale, l'air était lourd et la chaleur insupportable. Je repoussai mon drap et voulus me redresser, avant de comprendre que j'étais plus gravement atteinte que je ne l'avais pensé la veille. Mon bras droit ne fonctionnait plus, l'épaule était enflée, brûlante et si contusionnée que j'osai à peine la remuer. De l'autre main, je déboutonnai avec mille précautions ma chemise de nuit et la retirai. À présent, j'allais devoir me lever, ce dont je ne me sentais pas capable. Je finis néanmoins par y parvenir au terme de plusieurs tentatives et saisis la première robe venue, qui pouvait par chance s'enfiler sans que j'aie à lever les bras au-dessus de la tête.

Marcher m'était quasi impossible. J'avais l'impression que ma hanche était déboîtée et je ne pouvais me tenir tout à fait droite. Chaque fois que je posais le pied gauche, mon genou me faisait un mal de chien.

Cela ne ressemblait en rien aux courbatures consécutives à une dure journée de labeur. On aurait plutôt dit que l'on m'avait rouée de coups. Je gagnai le palier et pris bien soin de garder la main sur la rampe pour descendre l'escalier.

Je trouvai Fleurette dans la cuisine, en train de manger un œuf à la coque à la petite cuillère.

— *Bonjour**[1] ! me lança-t-elle.

Depuis que maman était morte, l'an dernier, Fleurette imitait son langage maniéré. Ayant grandi à Vienne entre un père français et une mère autrichienne, maman parlait à la fois le français et deux styles d'allemand différents. Fleurette préférait le français pour son romantisme. Norma et moi trouvions cette affectation fatigante mais, après discussion, nous nous étions mises d'accord pour ne rien dire.

— Fais-moi voir ton pied.

Elle releva sa jupe et me présenta une cheville mal bandée. Le tissu avait viré au rouille et il me faut admettre que c'était le sang séché, et non la disposition maladroite de nos épingles, qui maintenait le bandage en place.

— *Ach !* Nous ne nous sommes pas très bien occupées de toi hier soir.

— *Je pense que c'est cassé**.

— Certainement pas ! Tu ne peux pas bouger le pied ? Mets-toi debout !

Refusant de m'obéir, Fleurette plongea sa cuillère dans son œuf et s'absorba dans sa dégustation.

— Norma m'a dit de te dire que Francis…

Elle n'eut pas le temps d'achever : un bruit retentit à la porte et mon frère fit irruption dans la cuisine.

— Laquelle de vous trois conduisait ? interrogea-t-il tout de go.

1. En français dans le texte, comme tous les mots en italique suivis d'un astérisque. (*N.d.T.*)

Depuis que maman n'était plus là, il prenait avec nous des attitudes de chef de famille, bien qu'il fût marié et vécût depuis des années à Hawthorne.

Fleurette – qui, lorsqu'elle mentait, regardait toujours les gens droit dans les yeux – se tourna vers lui.

— Constance, bien sûr ! Moi, je suis trop jeune, et Norma lisait le journal.

— Peu importe qui conduisait, déclarai-je. Cet homme a lancé son véhicule directement sur nous. Dolley aurait pu être tuée.

— Et moi aussi, j'aurais pu être tuée ! renchérit Fleurette en adoptant une pose de tragédienne.

Puis elle remonta sa robe afin d'offrir à Francis un aperçu de l'hématome violacé qui émergeait du bandage.

Il se détourna, gêné.

— Mais ça va aller pour elle, hein ? s'enquit-il en me regardant.

Je hochai la tête. Alors, il alla se poster à la porte et me fit signe de l'accompagner pour une séance privée de remontrances et un examen des débris de la carriole, qu'il avait transportés jusque-là.

À l'extérieur, nous disposions d'une grange spacieuse et aérée qui abritait Dolley, une chèvre ou un cochon à l'occasion et une bonne dizaine de poules. Sur l'un des côtés, nous avions prolongé l'avant-toit pour aménager le pigeonnier de Norma. La dissymétrie entre les deux parties du bâtiment donnait l'impression que celui-ci menaçait de perdre l'équilibre à tout moment.

Un peu plus loin, face à la route, se trouvait le cellier à légumes. Quelques étés auparavant, c'était Francis qui avait construit l'allée de pierre qui nous y menait.

Il prit la parole à mi-voix afin de ne pas être entendu de Fleurette.

— Qui est cet homme, ce Harry ? Harry comment, d'abord ?

— Henry, rectifiai-je. Henry Kaufman. De la Kaufman Silk Dyeing Company.

À ces mots, il s'immobilisa net, comme s'il venait de heurter un mur et, les pieds plantés dans le sol, exhala un long soupir sonore. Je reconnus là le maniérisme de notre père, chose que j'avais oubliée jusqu'au jour où Francis avait atteint l'âge où l'exaspération devient une émotion quotidienne. Francis avait les cheveux châtain clair de son géniteur, ses traits tchèques et sa pâleur, mais tandis que notre père avait tiré parti de ce front haut et de ces yeux clairs et intelligents pour se muer en petit voyou, Francis s'était composé avec les mêmes traits une allure de monsieur très sérieux, de gentleman aux cheveux bien peignés et gominés et aux pointes de moustache élégamment redressées.

— C'est un patron de la soie ? Tu es sûre ?

— On a du mal à l'imaginer à la tête d'une entreprise, mais c'est bien l'adresse qu'il m'a donnée. Sa teinturerie est située sur Putnam, comme toutes les autres.

Il secoua la tête et lança un coup d'œil à Norma, qui, nous ayant entendus arriver, sortait du pigeonnier. Elle prit son temps pour bien refermer celui-ci derrière elle. Ce printemps, elle s'était coupé les cheveux très court, une tâche dont elle s'était chargée elle-même, de sorte que ses boucles brunes lui encadraient le visage de façon inégale et désordonnée. Depuis quelques années, elle avait en outre pris l'habitude de porter des bottes d'équitation et une jupe-culotte qui lui arrivait au-dessus de la cheville. Dans cet accoutrement, elle pouvait grimper aux échelles pour réparer les gouttières et crapahuter jusqu'au ruisseau pour attraper des lapins. Parfois, Fleurette lui chantait une petite chanson qui disait :

Les pantalons, c'est pour les garçons,
Et pas pour les filles !
Les filles, c'est pour les garçons,
Et pas pour les pantalons !

Cela avait pour effet de mettre Norma hors d'elle, mais elle n'en continuait pas moins d'affirmer que ses jupes ne ressemblaient en rien à des pantalons d'homme.

— On dirait que tu n'as rien eu, toi ! remarquai-je en la voyant approcher.

Au moins, l'une d'entre nous pouvait encore se mouvoir normalement !

— J'ai très mal à la tête, répondit-elle, mais c'est à force d'écouter Fleurette raconter qu'elle a frôlé la mort. Elle parle un peu trop, pour une fille presque morte.

— Je me demandais pourquoi elle s'était levée d'aussi bonne heure. En fait, elle a jugé utile de répéter sa version des faits pour Francis.

— Bon, écoutez-moi, vous deux ! s'impatienta ce dernier.

D'un geste résolu, il nous prit l'une et l'autre par l'épaule et nous entraîna vers sa charrette.

— Ce gars, là, ce Kaufman… Qu'est-ce qu'il vous a dit exactement ?

— Pas grand-chose ! Le moins possible, en vérité, juste assez pour qu'on le laisse repartir en trombe à bord de sa machine infernale avec sa bande de voyous. Mais je lui ai fait savoir à quoi il pouvait s'attendre de notre part…

Tout en disant ces mots, j'aidai Francis, de mon bras indemne, à soulever la bâche qui recouvrait l'arrière de la charrette.

— Diable ! m'exclamai-je.

Notre carriole n'était plus qu'un amoncellement de bois brisé et de métal déformé. Jusque-là, je n'avais pas trop réfléchi à l'état dans lequel nous l'avions laissée en quittant Paterson, mais j'avais à présent devant moi ce fragile amas de panneaux de bois et d'accessoires de cuir et de cuivre qui n'avaient pas été de taille à nous protéger de la puissante automobile d'Henry Kaufman.

Je l'examinai, Norma à mes côtés, en songeant que nous devions notre survie à un miracle.

Francis ôta son chapeau et se passa la main dans les cheveux.

— Vous savez, les filles, je ne peux pas rester ici en permanence pour veiller sur vous…

— Nous ne t'avons pas demandé de veiller sur nous ! rétorquai-je, agacée. Nous avions seulement besoin que tu nous rapportes la carriole. Cela ne t'a pas trop coûté, si ?

— Non, mais sans un homme sur place, vous…

— Nous n'avons pas eu d'homme ici depuis que tu t'es marié, lui rappelai-je. Et puis, qu'est-ce que cela aurait changé ? Il nous a percutées de plein fouet avec son automobile. Je ne vois pas ce que tu aurais fait de plus en étant là !

— Peu importe. Il ne faut pas que vous restiez ici toutes seules, persista Francis. Surtout maintenant que vous n'avez plus votre carriole. Ce ne serait pas mieux que vous veniez habiter avec nous en ville ?

— Je préfère ne pas vivre à la ville, rétorqua Norma. Nous avons failli mourir en y allant hier, au cas où tu l'aurais oublié. Nous sommes bien plus en sécurité ici.

Francis considéra de nouveau ses pieds – c'était la façon qu'avait notre père de s'arrêter quand il s'apprêtait à dire des choses qu'il valait mieux garder pour soi – et fit rouler sa mâchoire d'avant en arrière quelques instants, avant de renoncer.

— Bon, d'accord... Je vais m'occuper des réparations. Je connais un gars à Hackensack qui pourra faire ça. Elle a l'air fichue, mais en fait, je crois qu'on va pouvoir la remettre sur pied. Les braquets sont en bon état et la plupart des panneaux se sont détachés au niveau des jointures.

— Nous pouvons avancer l'argent pour la réparation, assurai-je, et Mr. Kaufman nous remboursera ensuite.

— Tu n'arriveras pas à le faire payer. De toute façon, il vaut mieux avoir le moins de contacts possible avec lui, assura Francis. Tu sais comment sont ces gens. Tu te souviens de ce qu'ils ont fait aux grévistes l'an dernier, non ?

Il n'avait nul besoin de me le rappeler. Tout le monde avait vu ce qui était arrivé aux grévistes. Les patrons d'usines de la ville s'étaient mis en tête qu'un ouvrier pouvait faire fonctionner simultanément quatre métiers à tisser au lieu de deux, et ce, dix heures par jour au lieu de huit, suscitant la révolte.

Trois cents usines avaient alors dû fermer et les ouvriers de New York s'étaient joints au mouvement, désertant leurs lieux de travail par solidarité. Les grévistes en colère avaient envahi les rues de Paterson. Même les enfants, employés dans les manufactures pour le ramassage et l'essorage, avaient saisi des pancartes et défilé.

Usant de leur considérable influence, les propriétaires d'usines avaient alors fait intervenir la police et poussé celle-ci à arrêter autant de manifestants que les prisons pouvaient en contenir. Puis, lorsque les autorités s'étaient trouvées débordées, ils avaient recruté des milices privées. Dès lors, des logements ouvriers s'étaient mis à brûler et des coups de feu à interrompre les discours syndicaux, et boulangers et bouchers avaient été priés de ne rien vendre aux grévistes. Affamés, incapables de se battre davantage, ces derniers avaient fini par retourner à leurs métiers à tisser.

Depuis, les patrons des usines de soie se comportaient comme si Paterson leur appartenait. Néanmoins, estimais-je, cela ne leur donnait pas le droit de nous renverser dans la rue et de s'en tirer à bon compte ensuite.

— Ce Mr. Kaufman ne me fait pas peur, assurai-je. Il paiera ce qu'il nous doit.

3

Cette idée d'aller habiter chez Francis était née le soir de l'enterrement de notre mère, après un dîner composé de sandwiches au jambon et de légumes au vinaigre, puis du gâteau au citron de Bessie. Pendant que Norma et Fleurette faisaient la vaisselle, je m'installai avec Francis sous la véranda, à l'arrière de sa maison, et le regardai bourrer sa pipe. On entendait non loin les cris de ses enfants qui jouaient à un jeu dont eux seuls connaissaient les règles, mais qui semblait consister à lancer un bâton à travers un grand cerceau en métal.

J'étais assise près de Francis dans un fauteuil en osier et soufflais enfin, pour la première fois de la journée. Ce répit ne dura pas.

— Tu sais que Bessie et moi, nous aimerions beaucoup que vous veniez vivre ici avec nous, toutes les trois ! commença Francis lorsqu'il eut allumé sa pipe.

Je posai les pieds sur la rambarde en bougonnant.

— Tu n'es pas très convaincant, tu sais ! soupirai-je. En plus, vous n'avez même pas assez de place pour vos enfants.

— Peut-être, mais nos oncles non plus n'ont pas de place pour vous loger chez eux à Brooklyn. Et je ne vois pas d'autre endroit où vous pourriez aller.

Il y avait eu une soudaine averse après l'enterrement, mais le ciel s'était dégagé pendant le dîner. Dans l'obscurité tombante apparaissaient les premières étoiles. Je levai la tête pour les regarder et songeai soudain que, cette nuit-là, et pour l'éternité ensuite, ma mère dormirait dehors, sous les étoiles, sous sa couverture de terre. Elle qui détestait la saleté et sortait rarement, elle aurait été horrifiée par ces nouvelles conditions si elle avait pris le temps d'y penser avant d'acquérir cette parcelle au cimetière.

— Et pourquoi veux-tu absolument que nous allions quelque part ?

— Vous ne pouvez pas rester à la ferme. Trois filles toutes seules, loin de tout…

— Et quelle différence cela faisait-il quand maman était vivante ? Quatre filles, c'est mieux que trois ?

Si Francis comprit que je le taquinais, il n'en laissa rien paraître. Il tapota sa pipe et réfléchit avec le plus grand sérieux pendant une bonne minute.

— En fait, la seule raison pour laquelle vous êtes allées vous installer au bout du monde au départ, c'est parce que…

Au même instant, il me sembla entendre Fleurette derrière nous dans la cuisine. Je me penchai vers Francis pour lui intimer le silence. Nous prêtâmes tous deux l'oreille, la tête inclinée vers la fenêtre, mais aucun son ne nous parvint qui pût suggérer qu'elle était repartie.

Francis reprit la parole à voix basse :

— Tout ce que je veux dire, c'est qu'elle est grande maintenant. Que ferez-vous quand elle quittera la maison pour se marier ? Vous continuerez à vivre toutes les deux comme un couple de vieilles filles ?

L'image de Fleurette en mariée me déconcerta et je sentis comme un choc dans la poitrine.

— Se marier ? Mais elle n'a que quatorze ans ! Et en plus…

— J'ai quinze ans !

C'était la voix de Fleurette qui venait de s'élever derrière la moustiquaire de la fenêtre.

Francis se frotta les yeux et me fit face.

— Toutes les trois, vous êtes sous ma responsabilité maintenant, et je maintiens que vous devez vivre ici avec nous. Vous pourrez aider Bessie à la maison, et aussi…

Il s'interrompit, se creusant sans doute la cervelle pour trouver toutes les choses que nous pourrions faire si nous habitions chez lui.

Je me levai et époussetai le tweed noir et gris que Fleurette avait choisi pour ma tenue de deuil, puis me penchai vers mon frère.

— Nous pouvons nous débrouiller toutes seules, lui glissai-je à l'oreille. Et si Bessie a autant besoin d'aide que tu le dis, nous lui louerons Fleurette pour l'été. Fleurette a besoin de s'occuper.

— Je ne suis pas à louer ! cria la voix de l'intéressée.

À la suite de cette conversation, Francis revint à la charge tous les deux ou trois mois avec de nouveaux projets bien intentionnés susceptibles de nous assurer un avenir à toutes les trois. Le fait que nous n'étions pas mariées et n'avions pas de revenus fixes ne l'avait guère préoccupé tant que maman était en vie, mais il semblait estimer qu'il avait hérité de nous à sa mort. Il était devenu le genre d'homme qui se fait constamment du souci pour ses menues responsabilités : sa confortable petite maison de Hawthorne, son épouse généreuse et pleine de ressource, son emploi sûr et ses deux enfants bien sages et en bonne santé. J'avais pour ma part l'impression qu'il n'avait pas à s'inquiéter pour quoi que ce fût, mais Francis était homme à broyer du noir. N'ayant aucun problème grave susceptible de le préoccuper, il jugeait bon de se tracasser pour nous.

La plupart des hommes de son âge avaient une ou deux parentes célibataires logées tant bien que mal dans de petites chambres mansardées, aussi devait-il estimer inévitable d'avoir tôt ou tard à en prendre lui aussi à sa charge. Il comprenait bien qu'il lui faudrait alors nous trouver des occupations, de sorte que ses projets comportaient toujours quelques fastidieuses tâches ménagères pour nous trois.

Lorsque la maison voisine de la sienne avait été mise en vente, il avait suggéré de l'acheter : il envisageait de nous y établir et de nous faire ouvrir une petite pension de famille – en son nom, bien sûr, les loyers lui permettant de rembourser le crédit. Nous avions refusé tout net : nous n'avions aucune envie de tenir une pension dont nous aurions été pensionnaires.

Il avait ensuite proposé de nous engager, Norma et moi, pour servir de préceptrices à ses enfants, à l'époque où ceux-ci commençaient à apprendre à lire à l'école et n'avaient nul besoin de deux femmes adultes pour les y aider. Fleurette, avait-il également suggéré, pourrait prendre pour sa part de petits travaux de couture. Mais lorsqu'il avait évoqué la perspective de faire entrer chez nous les vêtements sales et déchirés de tierces personnes pour les raccommoder, je l'avais dévisagé comme si je ne l'avais jamais vu et lui avais demandé s'il gardait le moindre souvenir de la femme qui l'avait élevé.

Tout cela ne signifiait pas que je ne me faisais pas moi-même de souci pour notre avenir. Nous avions cherché à confier nos terres à des métayers, mais les parcelles en vente étaient assez nombreuses pour que personne n'eût besoin de louer les nôtres. Nous-mêmes avions été contraintes d'en négocier de temps en temps pour assurer notre subsistance, et les trente hectares qu'il nous restait désormais, de forme assez biscornue, n'étaient accessibles que par la route de Sicomac, sur laquelle se trouvait notre ferme. Il serait donc difficile d'en vendre davantage sans construire une nouvelle route qui traverserait nos terres. Je jugeais en outre préférable de conserver pour nous ce petit lopin, la terre me paraissant être la meilleure assurance contre l'indigence des vieux jours.

Norma, quant à elle, se sentait extrêmement attachée à la ferme et elle n'envisageait de la quitter à aucun prix. Elle trouvait la vie rustique plus agréable et, comme beaucoup d'amoureux de la campagne, possédait une nature qui se prêtait à l'isolement. Elle se méfiait des étrangers, ne supportait pas les conversations courtoises ni la compagnie frivole, manifestait une totale indifférence pour les magasins, les théâtres et toute forme de distraction de la vie citadine, tout en vouant une passion déraisonnable aux rares choses qui l'intéressaient : les pigeons, la presse et sa famille. Pour lui faire quitter la ferme, il eût donc fallu l'emmener de force. Je devais toutefois donner raison à Francis : si Fleurette devait avoir un avenir, ce ne serait certainement à la campagne, à repriser des boutonnières et à jeter du grain aux poules.

Tôt ou tard, nous allions devoir nous prendre en main, toutes les trois. Toutefois, si je commençais à en avoir assez d'écouter les idées de mon frère, je n'en avais pas une seule moi-même. Je savais en revanche une chose : se faire renverser par une automobile ne prouvait absolument pas notre inaptitude à veiller seules sur nous-mêmes. Il s'agissait d'un incident banal, rien d'autre, et je réglerais ça sans aucune aide de Francis.

4

16 juillet 1914

Misses Constance, Norma et Fleurette Kopp
Sicomac Road
Wyckoff, New Jersey

Cher Mr. Kaufman,

Je vous écris afin de vous fournir le décompte des dommages infligés à notre carriole par votre automobile et vous-même dans l'après-midi du 14 juillet dernier. Les préjudices dont nous souffrons en outre, mes sœurs et moi-même, sont eux-mêmes considérables. La pauvre Fleurette, âgée d'à peine quinze ans, souffre désormais d'une mauvaise fracture du pied et d'une terreur des véhicules à moteur qui entravera sans nul doute son évolution dans l'ère de la motorisation qui s'annonce. Toutefois, je me bornerai ici à l'énumération des dégâts matériels occasionnés à notre carriole :

4 (quatre) rayons de roue en pacanier à 1 $ pièce, brisés : 4 $

1 (une) lampe de calèche, brisée : 3 $

1 (un) support de fouet, délogé et perdu dans l'affolement : 1 $

1 (un) panneau en bois de chêne, brisé en petits morceaux : 8 $

1 (une) capote entière, irréparable : 10 $

Réassemblage et assujettissement des diverses pièces : 24 $

Total (dû promptement, à réception de la présente facture, sachant que nous sommes actuellement privées de moyen de locomotion) : 50 $.

En votre aimable règlement par retour de courrier.

Nous vous saurions gré de réagir avec célérité et vous prions d'agréer, Monsieur, notre considération la plus prudente dans les rues de plus en plus encombrées de notre ville.

Misses Constance, Norma et Fleurette Kopp

— Je n'ai pas peur des automobiles, bougonna Fleurette depuis le divan.

— Bien sûr que si ! ripostai-je. Mais tiens-toi tranquille et repose ton pied.

— Je peux reposer mon pied sans me tenir tranquille…

— Ces chiffres sont trop élevés, estima Norma. Il ne les prendra pas au sérieux et jettera ta lettre à la poubelle.

— J'y ai inclus le temps de travail nécessaire à un ouvrier pour tout réparer, répondis-je.

— Je ne me souviens pas que tu aies parlé d'un ouvrier. Tu peux relire ?

— Oh non ! protesta Fleurette. Je commence à en avoir assez de votre Mr. Kaufman !

— Bon, alors je vais la poster.

— Et en plus, je n'ai pas quinze ans, ajouta-t-elle avec mauvaise humeur.

Elle aurait tout de même dû comprendre, estimai-je, que quinze ans était un âge plus tendre que seize et que l'offense, par conséquent, n'en était que plus grave.

Sans cesser de rouspéter, elle changea brusquement de position dans le peignoir de soie qu'elle s'était choisi pour sa convalescence et dont les plumes de paon dessinées autour du col lui donnaient, trouvait-elle, de l'allure. Depuis le décès de maman, nous nous étions montrées trop indulgentes, concernant son éducation, pensai-je encore, et il allait falloir y remédier. Son goût pour les tissus précieux risquait à lui seul de nous ruiner.

Je me levai non sans difficulté pour aller chercher un timbre. L'état de mon épaule s'était considérablement amélioré depuis la collision, mais chaque matin m'apportait un nouvel affront : une cheville qui refusait de supporter mon poids, une côte qui protestait à la moindre inspiration… Fleurette, quant à elle, ne pouvait enfiler sa chaussure, ce qui faisait d'elle une complète invalide. C'était donc à Norma qu'il revenait de s'occuper de nous et de se rendre en ville chaque fois que les vivres manquaient. En l'absence de carriole, elle avait le choix entre parcourir à pied et sous la chaleur le long chemin qui menait jusqu'au fiacre que l'on prenait à Wyckoff, ou seller Dolley et couvrir le trajet à cheval. Il va sans dire qu'elle choisissait la seconde option. Elle avait déjà effectué deux fois l'aller-retour jusqu'à Paterson en deux jours avec, posé en équilibre sur la croupe de Dolley, un panier de pigeons qu'elle libérait un par un.

Depuis des années, Norma était fascinée par les pigeons voyageurs, qui constituaient à ses yeux un moyen formidable de transmettre des messages entre habitants de la campagne ou entre soldats sur les champs de bataille, ou encore aux médecins qui souhaitaient suivre l'évolution de leurs patients isolés (l'idée étant que le médecin confierait plusieurs pigeons au malade, qui les lui renverrait l'un après l'autre, à intervalles réguliers, avec le compte rendu de son état fixé à la patte de l'oiseau). Pour elle, il était clair que les fils du télégraphe ou du téléphone ne seraient jamais assez longs pour relier toutes les personnes qui avaient besoin de communiquer entre elles et que, de toute façon, l'on ne pouvait s'y fier pour transmettre des informations privées, sachant que les préposés avaient connaissance de chaque mot. En revanche, un pigeon bien entraîné et correctement équipé, libéré à des centaines de kilomètres, pouvait voler directement et à grande vitesse à travers les tempêtes ou le feu ennemi pour porter des messages à son propriétaire.

Afin de prouver ses dires, Norma avait donc pris l'habitude d'emporter ses pigeons le plus loin possible de la maison, puis de les renvoyer chez nous avec de minuscules missives attachées à la patte. N'ayant aucune nouvelle d'une quelconque importance à nous communiquer si vite après son départ, elle nous expédiait des coupures de journaux. Norma lisait chaque jour une demi-douzaine de quotidiens et se faisait une obligation morale d'avoir une opinion sur tout ce qui se passait dans le nord du New Jersey, mais aussi à New York et dans le reste du monde.

Elle consacrait ainsi le plus clair de ses soirées à découper des articles et à les cacher un peu partout dans la maison pour un usage futur. Il n'était pas rare, en cherchant le sucre ou un pique-aiguilles, de tomber sur un gros titre du genre « L'épouse d'un diplomate empalée sur une clôture ».

Norma avait par ailleurs installé un fil dans le pigeonnier, afin qu'une cloche tinte à la porte d'entrée chaque fois qu'un oiseau arrivait, apportant la nouvelle du jour sélectionnée par elle pour sa nature dramatique ou pédagogique. Des variations autour du thème « Une jeune fille se voit infliger une amende pour mauvaise tenue de la maison » arrivaient chaque fois que j'oubliais d'accomplir ma part de lessive. « Un fort pourcentage de femmes suivent imprudemment la mode sans savoir pourquoi » avait été délivré le lendemain du jour où Norma avait critiqué une tunique de soie brodée d'oiseaux de paradis portée par Fleurette, qui cherchait à copier la mode de Paris. Avait suivi un autre article, vaguement menaçant : « La moralité d'une femme se lit dans ses tenues vestimentaires. »

Fleurette avait imaginé un moyen de se venger en remplaçant chacun des titres qui lui étaient désagréables par un autre de son cru, qu'elle laissait à Norma le soin de découvrir. Ainsi arrivait-il à celle-ci de trouver « Soigner ses hémorroïdes chez soi en un rien de temps » accroché à la patte d'un de ses pigeons, ou encore « Une sœur complètement idiote portée disparue ».

Malgré sa haine farouche des oiseaux et son refus de s'approcher du pigeonnier, maman avait encouragé cet intérêt que leur portait Norma, estimant qu'une jeune fille devait avoir un hobby qui l'amuse et la retienne à la maison. Elle ne cachait pas son espoir de voir cette habitude de s'occuper d'oisillons susciter un jour chez sa fille un instinct maternel qui la mènerait au mariage puis à la maternité. La façon dont Norma parviendrait à trouver un époux alors qu'elle vivait au fin fond de la campagne n'avait jamais été explicitée. En outre, maman paraissait négliger qu'avec le caractère autoritaire de sa fille et sa manie d'ergoter sur les moindres détails, aucun homme ne se hasarderait jamais à la courtiser. Le fait que Norma ait la féminité d'un bloc de roche et qu'elle n'ait jamais manifesté le moindre intérêt pour l'amour romantique et la maternité ne favorisait guère les choses non plus. Maman avait eu raison de considérer que les pigeons constituaient un très bon passe-temps, mais ce n'était pas cela qui permettrait à Norma de se retrouver la bague au doigt.

Au moins disposait-elle d'un moyen satisfaisant de s'affairer. Pour ma part, je trouvais les exigences de la vie à la campagne sans intérêt et inutilement pénibles. Quand Francis s'était marié et était parti s'installer en ville, quelques années plus tôt, Norma s'était empressée de prendre en charge la grange et ses occupants. Fleurette avait continué à se charger de la couture et des lessives, tandis que nous préparions toutes les trois les repas à tour de rôle. J'avais quant à moi écopé de la désagréable corvée de cultiver le potager. Je détestais passer autant de temps penchée vers le sol, avec à la main un panier de choux grouillants de vers. Je rêvais d'un emploi de bureau bien propre et d'un salaire qui m'aurait permis d'acheter des choux chaque fois que j'aurais eu envie d'en manger, ce qui, je le savais, ne se serait sans doute jamais produit.

À une époque, j'avais cherché à me donner les moyens de vivre loin de la ferme. J'avais d'abord présenté ma candidature pour suivre des études d'infirmière, mais, avec sa terreur de la saleté et des maladies, maman s'était montrée si horrifiée par cette idée que je n'avais pas insisté. Je m'étais alors inscrite à un cours de droit par correspondance, car j'avais entendu parler d'une femme avocate dans le Nouveau-Brunswick, au Canada, et avais imaginé aller travailler avec elle. Toutefois, estimant que cette profession m'obligerait à côtoyer des criminels et des ivrognes, maman avait été encore plus mécontente. J'avais néanmoins reçu une première série de cours à étudier et effectué tous les exercices demandés mais, au moment de les envoyer à New York pour réclamer la suite, ces devoirs s'étaient révélés introuvables. Il ne fait aucun doute pour moi que maman les avait interceptés, même si elle avait toujours refusé de le reconnaître.

Je commençais à présent à me demander si je n'allais pas passer ici toute mon existence. Je craignais d'être destinée à mourir dans le lit même où ma mère s'était éteinte, ne laissant derrière moi qu'une cave pleine de panais et quelques séries de points de couture inégaux le long de poignets et de cols dont nul ne saurait jamais que j'en avais été l'auteur.

Nous attendîmes toute une semaine la réponse à notre lettre. J'avais assez de soins à prodiguer pour me sentir débordée, et aussi pour me faire regretter de ne pas avoir suivi la formation médicale que j'avais envisagée jadis. Deux fois par jour, je nettoyais et bandais le pied de Fleurette, sans oser appuyer trop fort de peur de sentir des os brisés sous mes doigts. Fleurette n'avait pas voulu que nous appelions le Dr Winter, un vieux médecin aux yeux larmoyants qui empestait le moisi et dont les mains tremblaient lorsqu'il palpait les membres dénudés de ses patientes.

Je comprenais qu'elle préférât l'éviter mais, pour ma part, je ne pouvais guère faire davantage que laver ses plaies et l'obliger à se reposer. Cela signifiait également que je devais lui apporter ses repas sur un plateau et accourir chaque fois qu'elle agitait une petite cloche qu'elle avait découverte dans notre nécessaire à couture, et qu'elle gardait à la main pour la faire tinter lorsqu'elle avait soif, était fatiguée ou s'ennuyait, c'est-à-dire la plupart du temps.

La seule pièce où je pouvais me réfugier pour échapper à l'appel de la cloche était l'ancienne chambre de maman, demeurée en tout point identique à ce qu'elle était le jour où notre mère avait rendu l'âme, avec sa robe de chambre encore pendue à la porte de l'armoire et sa brosse toujours posée sur la coiffeuse et sur laquelle restaient accrochés quelques fins cheveux blancs.

De longs mois durant, je n'avais pas réussi à en pousser la porte. Puis, peu à peu, j'avais pris l'habitude de m'y glisser sans être vue et de m'asseoir au bord du lit comme je le faisais du temps où elle était malade. Les derniers jours de sa vie, il lui arrivait souvent d'ouvrir grands les yeux et de fixer sans bouger un point qu'elle ne voyait pas. Il me fallait alors lui placer un miroir devant la bouche pour m'assurer qu'elle respirait encore. À l'époque, je passais des heures à la regarder s'approcher tout près de la mort, puis s'en éloigner encore et encore.

Le lit avait appartenu à sa propre mère. C'était un meuble antique et lourd qu'elle avait rapporté d'Autriche et dont la tête en noyer était gravée de rosaces qui n'avaient d'autre utilité que d'accrocher la poussière.

Ce jour-là, assise bien droite au bord du matelas sur les draps que l'amidon avait rendus craquants, je m'aperçus soudain que personne n'avait fait le ménage ici depuis des mois. C'était le travail de Fleurette d'épousseter les meubles, ce qui expliquait que la poussière se soit accumulée à ce point.

Aux murs, le papier peint aux motifs de chrysanthèmes vert pâle et blanc s'était terriblement affadi et commençait à se soulever, révélant le plâtre craquelé et le crin de cheval qu'il y avait en dessous. Nous allions vraiment devoir nous occuper de cette chambre. Même maman, avec son aversion pour le changement, son attachement aux traditions et ses sombres rituels de chagrin, n'aurait sans doute pas trouvé d'objection à me voir démanteler ce sanctuaire en l'honneur de ses dernières années afin de le transformer en quelque chose d'utile. Je ne pouvais toutefois me résoudre à m'atteler à cette tâche pour le moment. Dire que, pendant des années, j'avais rêvé de me libérer de son emprise ! À présent, je me cramponnais aux dernières traces qu'il me restait d'elle…

Si Fleurette s'adressait toujours à elle en français, je savais que maman préférait l'allemand de son enfance autrichienne. Or je n'entendrais plus jamais cette langue sous notre toit si je ne continuais pas moi-même à la lui chuchoter dans le silence. Ce que je fis ce matin-là :

— *Mama, wär es nicht endlich Zeit, dass wir was mit deinem Zimmer machen ?*

Je ne reçus aucune réponse. Peut-être maman se souciait-elle fort peu de ce qui pouvait advenir de sa chambre à coucher. Je pris une profonde inspiration. Le parfum de sa poudre de violette planait encore dans l'air. Quelque part, en bas, une porte claqua et Fleurette, abandonnant sa clochette, brailla mon nom.

De son vivant, la responsabilité de répondre aux appels de Fleurette avait toujours incombé à maman.

— *Geh amal nachschaun, was sie will ?* lui soufflai-je.

Mais maman ne se proposa pas d'y aller à ma place. Je me levai donc et refermai en silence la porte derrière moi.

5

— Goûte la prune !

Les yeux rivés à son journal, Norma ne répondit pas.

— Allez, juste un peu ! insista Fleurette. Prends-en juste une cuillerée…

Saisissant le couteau à beurre, elle coupa un triangle parfait de son toast tartiné de confiture de prunes, qu'elle fit glisser sur l'assiette de Norma.

— Regarde, souffla-t-elle, *c'est tout violet** !

Norma fit bruisser son journal et le plaça entre elle et le toast importun.

— C'est plus rouge que violet, estimai-je. Tu n'y arriveras pas, Fleurette.

Fleurette reprit son toast avec un petit rire.

L'éternelle querelle sur la couleur des tartines du petit déjeuner, qui l'opposait régulièrement à Norma et qu'elle était toujours la première à déclencher, avait commencé le jour où Norma avait sans faire attention saisi un bocal de chou rouge au vinaigre et en avait étalé sur son toast. Le premier choc passé, elle s'était aperçue que cela lui plaisait infiniment et, depuis lors, elle en mangeait chaque matin. Fleurette n'avait que sept ou huit ans à l'époque où Norma avait pris cette habitude et elle se demandait comment on pouvait avaler quelque chose d'aussi désagréable au petit déjeuner. Elle avait si souvent posé la question à Norma que celle-ci avait fini par trouver une réponse :

— C'est parce que c'est violet, bien sûr ! Tu ne savais pas que manger des choses violettes au petit déjeuner fait gagner au moins cinq centimètres en taille ? C'est pour cela que nous sommes toutes beaucoup plus grandes que toi.

Et elle avait brandi son journal devant elle, comme pour suggérer qu'elle détenait cette information d'un support digne de confiance, ajoutant :

— Et s'il existait quelque chose d'encore plus violet, sois sûre que j'en mangerais à la place du chou rouge !

Fleurette ne savait jamais quand Norma plaisantait et quand elle disait la vérité – aucune d'entre nous n'était d'ailleurs capable de le déterminer, même après toutes ces années passées ensemble – aussi avait-elle pris le défi très au sérieux, présentant à Norma toute la nourriture violette qu'elle pouvait trouver pour le matin : confitures et conserves, pastilles violettes, myrtilles et raisins noirs… Et régulièrement, par habitude, elle réenclenchait la vieille querelle. Jusqu'à présent, cependant, elle en était toujours sortie perdante. Même la confiture de prunes n'atteignait pas l'éclat du chou rouge au vinaigre de Norma.

Norma était comme cela : une fois qu'elle s'était mise à apprécier une chose, elle l'adoptait et excluait tout le reste de ses habitudes. Si elle estimait que le chou rouge au vinaigre sur toast était ce qu'il y avait de meilleur pour le petit déjeuner, manger du porridge et de la confiture serait revenu à trahir ses principes. Si une paire de bottes lui allait bien, elle devenait le seul et unique modèle qu'elle acceptait de porter. Quant aux livres, je n'en avais jamais vu qu'un sur sa table de chevet : *Guide pratique du pigeon voyageur : traité complet sur l'entraînement, l'élevage, l'expédition et l'utilisation des messagers ailés*. Je la soupçonnais de l'avoir lu des centaines de fois, n'étant jamais allée chercher mieux.

Ce jour-là, à la table du petit déjeuner, je lus à haute voix ma deuxième lettre à Henry Kaufman. Norma m'interrompit avant que j'aie atteint la formule de politesse.

— Ce Kaufman ne me plaît pas du tout ! maugréa-t-elle.

— Évidemment ! répliqua Fleurette. Nous non plus, on ne l'aime pas !

— Ce que je veux dire, c'est que je n'aime pas beaucoup cette idée de lui envoyer du courrier. Nous ne devrions pas entretenir de correspondance avec un homme de ce genre.

— C'est une facture, pas une correspondance, contrai-je. D'ailleurs, ce sera la dernière lettre. S'il n'y répond toujours pas, j'irai chez lui chercher l'argent.

— Mais n'es-tu pas d'accord avec moi qu'il ne faut pas…

— Norma ! l'interrompis-je. Il nous doit cet argent !

Pour nous, cinquante dollars ne représentaient pas une petite somme. Nous vivions avec six cents dollars par an et, comme nous dépendions essentiellement de nos économies, cette somme nous priverait d'un mois complet d'indépendance financière. Je repris ma lettre et recommençai ma lecture du début :

23 juillet 1914

Misses Constance, Norma et Fleurette Kopp
Sicomac Road
Wyckoff, New Jersey

Cher Mr. Kaufman,

Je suis certaine que vous avez bien reçu notre facture pour les dommages infligés à notre carriole suite à la collision avec votre automobile le 14 juillet dernier. La somme reste la même et notre carriole est toujours dans le même état de délabrement. Présumant que vous êtes un homme très occupé et que votre comptable a vraisemblablement pour habitude de prendre du retard en période de grande activité, je me présenterai sur votre lieu de travail mardi prochain, afin de recueillir les cinquante dollars dus si nous n'avons toujours pas reçu la somme ce jour-là. D'ici là, je vous prie d'agréer, Monsieur, l'assurance de ma considération la plus prudente,

Miss Constance Kopp

— Il vaut toujours mieux se garder de critiquer les comptables, estima Norma sans relever les yeux de son journal.

— Je n'ai fait que proposer une explication au fait qu'il ne nous ait pas encore remboursées.

— N'empêche que si tu étais la comptable de ce monsieur, ça ne te ferait pas plaisir.

Elle remarqua soudain un brin de chou rouge égaré sur le dos de sa main et agita celle-ci au-dessus de son assiette pour s'en débarrasser.

— Je crois qu'il n'y aurait pas grand-chose qui me ferait plaisir si je travaillais pour ce Mr. Kaufman, répliquai-je en apposant ma signature au bas de la lettre.

Je la postai un jeudi. Aucune réponse ne nous étant parvenue au courrier le mardi matin, je me préparai pour une petite visite à Paterson.

— Nous allons en ville ? s'enquit Fleurette en me voyant avec mon chapeau.

— *Je* vais en ville, répondis-je. J'ai des choses à faire. Toi, tu n'es pas encore assez bien remise.

— Mais cela fait des siècles que je ne suis pas sortie de la maison !

Elle s'affala dans l'un des fauteuils bien rembourrés de notre salon. Elle s'était enveloppée d'un châle japonais et avait relevé ses cheveux en une coiffure élaborée composée de grosses boucles brillantes réunies par un énorme coquelicot en soie. On venait de lui enlever son bandage et, pour célébrer la libération de son pied, elle avait enfilé ses chaussons de danse classique.

— Prends un livre, suggérai-je. Ou va aider Norma à la cuisine tout à l'heure, si tu vas si bien que cela !

J'eus droit à un grommellement furieux et elle changea de position dans le fauteuil. Pour la centième fois, je regrettai que nous l'ayons traitée durant toutes ces années comme une curiosité, un oiseau exotique installé dans notre foyer, et non comme une enfant à éduquer.

La laissant manifester sa mauvaise humeur dans une pièce vide, je sortis chercher Dolley. La jument fut mécontente de me voir apparaître dans sa stalle. J'étais bâtie comme un paysan, plus grande et plus forte encore que mon frère, au point que j'avais l'air ridicule sur un cheval. Je n'avais cependant pas d'autre moyen de gagner la ville tant que la carriole restait en pièces.

Norma s'était affairée dans la grange toute la matinée pour nettoyer le poulailler et répartir de la paille fraîche dans le box de la jument. Cela sentait le propre et l'herbe sèche. Elle avait bien brossé Dolley et s'apprêtait à en vérifier les sabots lorsque j'entrai. Elle fit courir sa main le long de la patte de la jument, qui la leva spontanément pour se prêter à l'inspection. Les animaux se fiaient d'instinct à Norma. Dans ses mains, elle tenait sans crainte toutes sortes de griffes, de sabots ou de pattes.

— Tu sais, j'ai parlé au garçon de la laiterie, celui qui répare les chariots là-bas, dit-elle en me voyant arriver. Il peut remettre notre carriole d'aplomb. Il viendra ici le soir après son travail pour la réparer.

Sans répondre, je saisis la selle accrochée au mur. Norma m'aida à la mettre en place et à l'attacher.

— Mr. Kaufman ne paiera pas, poursuivit-elle, et il faut bien remettre la carriole en état… Ce garçon a tous les outils qu'il faut et il est juste au bas de la route…

Il n'y avait pas à argumenter. Vivre si loin de la ville sans moyen de s'échapper commençait à me peser. Nous ne pouvions pas monter Dolley toutes les trois ensemble.

— D'accord. Demande-lui de bien tenir le compte de ses dépenses, et assure-toi que cela fasse cinquante dollars en tout.

Norma acheva son inspection des sabots de Dolley et se redressa.

— Ça ne se fait pas d'aller réclamer de l'argent à des étrangers, reprit-elle en me regardant me hisser en selle.

— Là, c'est une exception !

— Eh bien, il ne devrait pas y avoir d'exceptions, rétorqua-t-elle en s'éloignant d'un pas lourd vers la pompe à eau pour donner à boire aux poules.

La Kaufman Silk Dyeing Company s'élevait le long des rails du chemin de fer, parmi une enfilade d'autres teintureries et ateliers de moulinage, de décreusage et de tissage, fournisseurs de matériel de teinture et intermédiaires, tous installés dans des bâtiments bas en brique qui tournaient le dos à la rue. Les fenêtres étaient assez hautes pour empêcher quiconque de jeter un œil à l'intérieur, mais on entendait tout de même le bruit que produisait l'activité qu'on y menait : le fracas des machines, le clapotement des teintures que l'on versait dans les cuves et les voix qui s'interpellaient en allemand, en français, en italien, en polonais, bref, dans toutes les langues sauf l'anglais.

Les chariots de livraison avaient creusé dans le sol de profondes ornières que Dolley prenait soin d'éviter, et je regardai les noms inscrits au pochoir sur les portes métalliques de chaque usine, jusqu'au moment où je découvris celui d'Henry Kaufman. Je me soulevai alors de la selle et descendis de cheval sans grande délicatesse, puis attachai Dolley à un poteau. Elle s'ébroua en grognant, comme pour me signifier son plaisir de me voir m'éloigner.

À l'intérieur, la puanteur soufrée imprégnée de cuivre des teintures m'agressa avec une telle force que je fus prise d'une quinte de toux et m'étranglai, ressentant le besoin urgent de prendre une grande inspiration, mais me refusant à faire pénétrer dans mes poumons le moindre souffle de cette odeur immonde. Les yeux fermés, je tâtonnai dans mon sac à la recherche d'un mouchoir, que j'appliquai en hâte sur mon nez. Quand je rouvris les yeux, ma vision était brouillée par les larmes et je ne distinguais que des formes vagues qui s'activaient devant moi.

Je fus tentée de claquer la porte et de rentrer chez moi, mais me ressaisis. Je me tenais sur le seuil d'une usine, face à une rangée d'auges immenses. Deux ou trois hommes travaillaient sur chacune d'elles et la vapeur qui s'en élevait montait jusqu'aux grosses poutres de bois du plafond. De larges flaques de teinture jonchaient le sol, ce qui expliquait sans doute les sabots de bois tachés de bleu outremer et de rose fuchsia que portaient les ouvriers. Chaque fois que les couleurs se mêlaient, la teinture devenait gris foncé. Il fallait deux hommes pour hisser hors des auges les écheveaux de soie sur leurs tiges métalliques et, à chaque fois, la teinture qui leur dégoulinait le long des bras coulait à l'intérieur de leurs manches. De très jeunes employés, filles et garçons, balayaient les bords de la salle, poussant le trop-plein de liquide qui s'écoulait vers des rigoles courant le long des murs. D'autres maniaient de petits chariots sur lesquels s'empilaient des cargaisons de soie brute. Sur l'un des côtés, une rangée d'essoreuses, dans lesquelles les ouvriers chargeaient les écheveaux trempés, tournaient en permanence avec un énorme fracas.

À travers la vapeur omniprésente, quelques hommes me dévisagèrent, mais aucun ne m'adressa la parole. Sur ma droite, une longue paroi vitrée séparait l'usine des bureaux. Le mouchoir toujours collé sur mon nez, je relevai ma jupe et me précipitai vers la porte de séparation, que je trouvai hélas verrouillée. Derrière la paroi de verre, une secrétaire m'avait cependant remarquée. Elle parut hésiter un moment, puis finit par se lever pour venir m'ouvrir.

— Je suis désolée de vous déranger, commençai-je, mais je viens voir Mr. Henry Kaufman et…

Sans répondre, elle me saisit par le bras pour me tirer vers l'intérieur et refermer la porte. Il s'agissait davantage d'empêcher l'odeur nauséabonde de se propager, estimai-je, que de manifester un quelconque empressement à me recevoir.

— Votre nom ? demanda-t-elle avec une brutale efficacité tout en retournant s'asseoir derrière son bureau.

Elle portait un élégant tailleur bleu marine composé d'une longue jupe droite et d'une veste cintrée et avait rassemblé ses cheveux en un chignon serré. Une fois installée, elle me considéra par-dessus ses délicates lunettes à monture dorée.

Je lui donnai mon nom et expliquai que je venais remettre une facture pour des dommages causés à notre carriole. À ces mots, elle tendit la main comme une personne accoutumée à recevoir de telles demandes tous les jours. Je lui remis la facture, qu'elle posa sur son sous-main et dont elle lissa les plis tout en la lisant avec lenteur. Lorsqu'elle releva les yeux vers moi, son visage affichait une expression indéchiffrable. Il pouvait tout aussi bien s'agir de chagrin que de stupéfaction, ou encore d'un profond scepticisme.

— Henry a fait cela… murmura-t-elle comme pour elle-même.

— Il prétendait que c'était notre cheval qui lui avait barré la route, mais toutes les personnes présentes dans Market Street à ce moment-là ont vu l'accident et il est clair que c'est lui qui a foncé sur nous !

La femme secoua la main devant elle pour m'intimer le silence.

— Je ne mets pas vos paroles en doute. Êtes-vous sûre que cela s'est passé le 14 ?

Je hochai la tête sous son regard insistant.

Avec un profond soupir, elle me rendit ma lettre.

— Il était censé aller voir notre banquier ce jour-là. Il m'a raconté que son pneu avait éclaté.

Elle s'enfouit la tête dans les mains et murmura des paroles que je ne perçus pas.

— Je vous prie de m'excuser de vous dire cela, mais…

— Oh, m'interrompit-elle, vous êtes tout excusée. Qu'y a-t-il ?

— Eh bien, étant donné le genre d'individus qui étaient avec lui dans l'automobile, j'ai peine à croire qu'il ait été en route pour rencontrer un banquier…

Elle poussa un nouveau soupir, aussi long et chagriné que le premier, et se releva.

— Avez-vous des frères, Miss Kopp ?

— Un seul, répondis-je.

— Est-ce qu'il vous pose autant de problèmes que le mien ?

— Henry Kaufman est votre frère ? m'étonnai-je. Oh, je suis désolée ! Je vous avais prise pour sa secrétaire…

— Je le suis, si l'on en croit les lettres à en-tête de l'entreprise. Marion Garfinkel, épouse d'Ed Garfinkel. Nous habitons Pittsburgh, mais nous sommes actuellement ici pour essayer de démêler un peu le désordre qu'a semé Henry dans notre usine.

Sans me laisser le temps d'émettre un son, elle se retourna et cria d'une voix forte en direction d'une porte fermée au fond de la salle :

— Henry !

Outre le sien, il y avait dans la pièce trois autres bureaux, occupés par de jeunes femmes qui travaillaient sur des machines à écrire et des livres de comptes. Toutes trois rentrèrent la tête dans les épaules en l'entendant appeler ainsi. Rien ne se produisit.

— S'il m'ignore de cette façon une fois de plus… marmonna mon interlocutrice entre ses dents serrées.

Alors elle se leva et gagna à grands pas la porte du fond, tout en me lançant sans se retourner :

— Ne bougez pas !

Elle frappa un coup sec contre le battant et tourna la poignée, mais la porte était verrouillée. Alors elle saisit une clé dans un gros trousseau qu'elle avait à la ceinture et parvint à ouvrir.

— Henry, il y a là une jeune fille qui affirme…

La porte claqua derrière elle et je n'entendis plus que des éclats de voix étouffés.

Je jouai distraitement avec mon sac à main en m'efforçant d'ignorer les coups d'œil curieux des jeunes employées. Dolley attendait dehors depuis assez longtemps, songeai-je, et je n'étais venue que pour remettre ma facture à Mr. Kaufman et repartir. Dans le bureau voisin, les cris avaient cessé. Je repris ma lettre et gagnai la porte du fond pour y frapper un coup discret.

Elle s'ouvrit à la volée et Marion Garfinkel apparut, sur le point de ressortir. Elle fit un pas de côté en désignant l'intérieur de la pièce, les lèvres pincées en une sorte de sourire forcé.

— Figurez-vous que mon frère n'a aucun souvenir de l'incident, déclara-t-elle d'une voix forte.

— Mais…

— Allez le lui dire vous-même !

Avec la très désagréable impression que j'allais devoir apporter des preuves dont je ne disposais absolument pas, j'avançai d'un pas hésitant. Marion sortit en claquant la porte et j'entendis le martèlement de ses talons sur le sol.

Derrière un monumental bureau de chêne était assis Henry Kaufman dans un costume de la plus grande élégance, les cheveux lissés en arrière comme s'il s'était préparé pour une soirée. Avec son visage rond et lisse toutefois, il ressemblait plutôt à un enfant qui essayait de s'habiller comme son papa. Il devait être à peine plus jeune que moi – trente ans, peut-être – mais il avait les manières d'un homme resté trop longtemps dans un pensionnat pour garçons de bonne famille. Il m'aurait semblé inoffensif sans cette froideur dans son regard et la moue furieuse qu'esquissait sa bouche. Ici, dans son usine, il ressemblait à un homme qui ne voulait pas de ce qu'il avait, ou qui n'avait pas exactement ce qu'il voulait.

Affalés dans des fauteuils de cuir, ses amis, ces malpropres qui m'avaient paru être des bons à rien, étaient là aussi. Il y avait l'homme aux paupières tombantes et à la jambe de bois, dans un costume brun deux fois trop grand pour lui, et un grand gaillard costaud aux bras larges comme des tuyaux de poêle et doté d'une série de doubles mentons comme je n'en avais jamais vu. Les autres étaient tous maigres et angulaires et chacun d'eux semblait avoir perdu quelque chose dans une bagarre : le premier n'avait plus de majeur à la main gauche, il manquait au deuxième toute une touffe de cheveux au-dessus de l'oreille droite et le dernier arborait un œil de verre. Tous tenaient des cartes à jouer à la main et une bouteille de whisky trônait sur la table centrale.

En cet instant, je n'eus plus qu'une envie : quitter cet endroit…

— Ah, alors c'est toi ! s'exclama Henry Kaufman. Elle m'a parlé d'une fille qui venait me réclamer de l'argent… Je lui ai dit que ça pouvait être la moitié du New Jersey !

Les autres ricanèrent et tirèrent sur leur cigarette.

Je me redressai légèrement pour le considérer du haut de mon mètre quatre-vingts, avec ce que j'espérais être un air calme et digne.

— Donc, vous vous souvenez de moi. Je suis Constance Kopp et…

— Et voici tes sœurs… Oh, mais tu ne les as pas amenées avec toi, on dirait ! Comment s'appelle la plus jeune, déjà ? Fleurette, c'est bien ça ?

Entendre ce nom prononcé par sa bouche provoqua en moi un début de nausée.

— Nous n'avons pas reçu de réponse à nos lettres, repris-je, et je vous en ai donc apporté une nouvelle, que voici ! Vous nous devez cinquante dollars pour les dégâts causés à notre carriole, et je me propose de les percevoir maintenant.

Il repoussa d'un geste la lettre que je lui tendais, aussi avançai-je d'un pas pour la poser sur son bureau.

— Je discuterai de tout ça avec ton père, dit-il. Est-ce qu'il a ses affaires ici, à Paterson ? Ou est-ce qu'il est…

Il saisit la lettre et l'examina.

— Ou est-ce qu'il travaille sur votre ferme, à Wyckoff ?

Je me mordis la lèvre : je lui avais donné notre adresse ! Je regrettai de ne pas avoir réclamé un paiement auprès de notre banque. Un frisson glacé me parcourut l'échine malgré la chaleur.

— Alors comme ça, vous habitez sur Sicomac Road, toutes les trois ? C'est près de la laiterie, ça, non ?

Sur ces mots, il se leva et vint se poster devant moi, me barrant toute possibilité de retraite vers la porte. L'un de ses hommes émit un sifflement.

Henry Kaufman avait beau être plus petit que moi, il était robuste et puissamment bâti. Il sentait le whisky et, comme la dernière fois, la lotion capillaire et l'odeur de son usine.

— Bah, je suis sûr que je trouverai la maison, reprit-il. Mais dis-moi, quand je serai sur place, par quelle fenêtre faudra-t-il que je regarde pour voir la chambre de Miss Fleurette ?

Il se tourna vers ses amis, qui éclatèrent d'un rire bruyant. Je perçus comme un rugissement à mes oreilles et, tout à coup, mon interlocuteur me parut très petit et très éloigné. Je le saisis alors par les épaules et le projetai contre le mur avec une violence telle que l'arrière de son crâne en craquela le plâtre.

— Je ne vous permets pas !

Du coin de l'œil, je vis que ses compagnons s'étaient levés comme un seul homme.

Un fin filet de sang tachait désormais le mur, j'entendais du bruit derrière moi et je sentais soudain un souffle dans mon cou.

— Si vous avez envie d'affronter un homme de votre taille, déclara Henry Kaufman d'une voix faible, je peux vous envoyer quelqu'un chez vous.

Mes mains se détachèrent de lui comme si je touchais une casserole brûlante. Sans laisser à quiconque le temps de me saisir, je me précipitai vers la porte et quittai la pièce, passant en courant devant les secrétaires et négligeant Marion Garfinkel, qui s'était levée de son bureau et criait mon nom.

Je poussai la porte vitrée et tombai nez à nez avec une jeune fille aux cheveux roux chargée d'un plateau de tissu fumant. De surprise, elle lâcha ce dernier et une teinture vert émeraude se déversa au sol, maculant au passage l'avant de son tablier. Nous glissâmes toutes les deux dans la flaque et j'entendis quelqu'un crier quelque chose en polonais. La fille m'agrippa le bras pour ne pas tomber, mais je me dégageai violemment et courus vers la porte sans un regard en arrière.

Une fois dehors, je saisis la bride de Dolley et la traînai à ma suite sur quelques dizaines de mètres avant de m'arrêter enfin pour reprendre mon souffle. J'avais les paumes mouillées de sueur et l'impression que ma tête flottait au-dessus de moi comme un ballon relié à un fil. De minuscules points de lumière dansaient devant mes yeux. Je ravalai la bile que je sentais monter au fond de ma gorge et m'obligeai à me concentrer sur la boutique d'en face, dont l'enseigne indiquait *Gurney's* et qui vendait des chaudières et des fourneaux. « NOUS VOUS RÉCHAUFFONS LA VIE ! » proclamait une pancarte dans la vitrine, tandis qu'une autre annonçait que le magasin était fermé pour congés, puisqu'il faisait déjà assez chaud à Paterson en été.

J'entendis soudain un bruit de moteur derrière moi et tirai Dolley. Se pouvait-il qu'ils me poursuivent ? me demandai-je. J'attendis, retenant mon souffle, mais le conducteur de l'automobile qui passa près de moi à vive allure ne se tourna même pas pour me regarder.

Sur le chemin du retour, je cherchai une façon de raconter ce qui s'était passé à Norma et à Fleurette. *Il a prononcé ton nom*, dirais-je à cette dernière. *Il a demandé où était ta chambre*.

Il a dit qu'il voulait parler à notre père, ajouterais-je à l'intention de Norma.

Il me semblait encore sentir le souffle de l'homme derrière moi et j'imaginais le contact de sa main se posant sur mon épaule.

6

Rien de tout cela ne serait jamais arrivé si ma mère avait été encore en vie. Avec elle, on n'allait pas réclamer d'argent à des inconnus dans des usines. Avec elle, on n'allait à vrai dire nulle part. Même les courses, elle n'aimait pas les faire. Quand nous habitions Brooklyn, tout ou presque nous était livré à domicile et, lorsque nous avions migré à la campagne, elle avait chargé Francis de l'approvisionnement.

Ma mère m'avait donné son nom, mais je ne lui ressemblais absolument pas. Elle s'appelait Constance Clémentine Kopp, et moi, Constance Amélie, le prénom de sa mère. Francis était son premier-né, mais comme elle avait grandi entourée de quatre frères, il ne comptait guère pour elle. Elle attendait une fille : une fille qu'elle garderait auprès d'elle dans son univers protégé, qui s'assiérait à ses côtés pour broder au point de croix, garderait ses secrets et feindrait de ne rien entendre quand on frapperait à la porte.

Bien qu'ayant passé la majeure partie de son existence dans ce pays, elle ne s'était jamais considérée comme américaine et se méfiait des Américains et de leurs mœurs. Ses parents avaient quitté Vienne lorsqu'elle avait seize ans, comme de nombreux membres de la classe moyenne au début de la révolution de 1848.

Mon grand-père – un homme instruit, chimiste de son état – se plaisait à affirmer qu'il avait amené sa famille ici pour lui procurer davantage de stabilité et assurer son avenir, et pour préserver ses fils des guerres incessantes avec la France et l'Italie. Toutefois, ma grand-mère m'avait un jour murmuré à l'oreille que, en fait, ils étaient partis pour fuir les Juifs. « Il faut dire que les Juifs avaient quitté les ghettos et qu'ils avaient le droit de s'installer où ils voulaient ! » avait-elle ajouté, outrée, en guise d'explication, avant de jeter un coup d'œil par la fenêtre, comme si elle les soupçonnait aussi de venir emménager à Brooklyn, ce qu'ils faisaient bel et bien, naturellement.

Ma mère avait épousé mon père, Frank Kopp, à l'âge de vingt ans. Il était ce que mes grands-parents appelaient un « Bohémien », autrement dit, un Tchèque. Cependant, par quelque logique alambiquée relative à des guerres qui se menaient encore dans ces contrées lointaines, mes grands-parents avaient décidé qu'il était pratiquement autrichien. Ils étaient soulagés qu'il ne soit ni juif ni américain, bien que ma mère l'ait rencontré à New York. Sur la base de ce qu'il n'était pas, ils l'avaient autorisé à épouser leur fille.

À l'époque du mariage, il travaillait comme marchand de vin. Cette profession ne lui ayant guère réussi, il était devenu barman, puis, quand il n'avait plus fait l'affaire là non plus, il s'était mué en simple ivrogne.

Plus d'une fois, ma mère l'avait chassé de la maison, mais ce fut seulement quand j'atteignis l'âge de dix ans qu'il partit pour de bon. Nous le revîmes si peu par la suite que les gens commencèrent à considérer maman comme une veuve, ce qu'elle se garda bien de démentir. Elle ne lui donna pas notre nouvelle adresse quand nous quittâmes Brooklyn et, pour autant que je sache, il ne chercha pas à la découvrir.

Tromperie et dissimulation constituaient la grande spécialité de ma mère. Elle s'inventait de nouvelles dates de naissance chaque fois que cela l'arrangeait de mentir sur son âge, n'accordait aucune confiance aux autorités et n'avait jamais été tout à fait convaincue qu'elle avait le droit de vivre ici. Il devait exister quelque part un document témoignant de son entrée dans le pays, mais elle en ignorait tout et affirmait ne pas être citoyenne américaine. Elle ne possédait ni carte d'identité ni acte de mariage, ni aucun certificat de naissance pour ses enfants, ayant accouché chez elle sans en souffler mot aux administrations. Elle avait une sainte terreur des médecins, des percepteurs des impôts, des employés du recensement, des inspecteurs quels qu'ils fussent, des journalistes et de la police. Surtout de la police.

Elle estimait les Américains mal élevés et incultes et s'efforçait de nous élever comme de bons petits Autrichiens, insistant pour que nous parlions son mélange particulier de français et d'allemand, et nous cantonnant dans d'ennuyeuses séances de passementerie et de peinture décorative dans le but de nous maintenir reclus, isolés des autres enfants du quartier.

En conséquence, il ne restait dans notre appartement de Brooklyn ni une boîte à pain ni un nécessaire à couture qui n'ait été décoré de fleurs peintes et recouvert d'un napperon. Notre logement était un musée sombre et surchargé dédié à l'enfance viennoise de ma mère. Ses broderies défraîchies pendaient aux murs près de portraits d'ancêtres inconnus. Dans un buffet en acajou, une poupée de porcelaine sous cloche de verre, affublée des cheveux de mon arrière-grand-mère, voisinait avec un service à thé miniature, dont chaque pièce en porcelaine était ornée de son liseré d'or, de délicates fleurs de linaires et de fougères peintes à la main, et avec une collection d'animaux en verre : éléphants et lions, poissons et monstres marins. Nous avions l'interdiction de toucher à tout cela.

Maman n'ouvrait jamais la porte aux étrangers. Pendant que nous travaillions à nos ouvrages de couture, elle nous lisait, à Norma et à moi, des histoires graveleuses avec l'espoir, je suppose, que, point après point, ces récits choquants nous feraient comprendre les dangers que pouvaient apporter quelques coups frappés à la porte. Je ne puis regarder les ouvrages de broderie de mon enfance sans me remémorer le sort indigne de Laura Smith, dix-sept ans, enlevée au foyer familial par l'épicier du coin et déshonorée par lui, ou de l'infortunée Lena Luefschuetz, treize ans, retrouvée morte pour des motifs liés à ses « compagnons indésirables ». Une jeune fille nommée Amelia avait par ailleurs été arrêtée par la police pour s'être « hasardée dans un couloir avec un Italien » et était restée détenue comme témoin deux semaines entières, ce qui l'avait empêchée de prendre un bateau qui l'aurait ramenée dans le cocon de sa famille en Allemagne, loin des horreurs qu'une ville comme New York pouvait réserver à une jeune fille.

— *Arme Amelia, so weit weg von ihrer Familie !* murmurait maman pour elle-même.

Amelia avait toujours une place dans ses prières.

Plusieurs semaines durant, nous suivîmes l'histoire d'une autre jeune fille arrêtée « pour entêtement » à la demande de sa mère, qui avait appelé la police pour qu'on l'emprisonne. Sa propre mère ! Un soir, la jeune fille n'était pas rentrée à l'heure prescrite, qui, nous l'avions découvert avec stupéfaction, était dix heures du soir. Elle affirmait qu'elle avait trouvé porte close et que sa mère avait fait la sourde oreille lorsqu'elle avait frappé, ce qui l'avait contrainte à prendre sa bicyclette et à rouler toute la nuit. Un procès s'était tenu et le compteur kilométrique avait servi de pièce à conviction. Il indiquait qu'elle avait parcouru soixante-dix kilomètres. Un pasteur avait témoigné en faveur de l'accusée, ainsi qu'un professeur de catéchisme. Le juge avait paru enclin à établir son innocence, mais la mère avait soudain brandi une lettre écrite par sa fille à « un jeune médecin de Manhattan ». (Maman avait prononcé ces derniers mots d'un ton sévère qui laissait entendre que rien de bon ne pouvait sortir d'une correspondance entretenue avec un médecin.) Après avoir lu la lettre, le magistrat avait posé sur la jeune fille un regard consterné et annoncé son verdict : elle serait internée dans un foyer pour jeunes délinquantes jusqu'à l'âge de vingt et un ans.

Si maman savait ce que contenait la lettre en question, elle ne nous le révéla jamais. Elle entendait seulement nous faire comprendre qu'en Amérique, les lettres étaient dangereuses, tout comme les couloirs, les bicyclettes, les médecins et les Italiens. Toutes ces choses pouvaient nous mener à la prison… et à la désolation.

Notre accident l'aurait à coup sûr terrifiée, non pour nos blessures ni pour les dégâts infligés à la carriole, mais parce qu'il nous avait exposées aux regards de tous. L'image de nous trois jetées à terre dans Market Street, entourées par une foule qui nous examinait en se demandant qui nous étions… Maman avait passé sa vie entière à fuir les situations de ce type.

Et voilà que j'en étais venue aux mains avec un propriétaire d'usine ! Si ma mère faisait des cauchemars la nuit, cet épisode aurait dû en faire partie.

7

À mon arrivée, Fleurette et Norma ne relevèrent même pas la tête. Elles étaient engagées dans un jeu de préférence, dont Fleurette tenait deux des trois mains.

— Ah, tu es là ! me lança cette dernière. Tu vas pouvoir prendre la place de maman.

— Tu joues pour maman ? lui demandai-je en me laissant tomber dans un fauteuil.

Assise sur le divan, elle avait calé près d'elle un coussin qui représentait un troisième joueur. En face, tenant ses propres cartes à la main, Norma affichait une expression hautement sceptique.

— Non, elle joue pour un coussin, dit-elle, et je commence à me demander si ce coussin n'est pas un tricheur.

— Constance n'était pas là ! se défendit Fleurette. Nous ne pourrons jamais être trois pour jouer si tu te sauves toujours comme ça, Constance.

— Je ne me suis pas sauvée.

— Alors, est-ce que Mr. Kaufman a payé ?

J'avais décidé que Fleurette ne saurait pas ce qui s'était passé. C'était une jeune fille très émotive, pleine d'imagination et d'idées saugrenues. Si elle se mettait à penser que nous avions un ennemi, elle me tiendrait éveillée la moitié de la nuit en inventant une multitude de stratagèmes très élaborés pour en venir à bout.

— Mr. Kaufman a reçu la facture en main propre, me contentai-je de répondre.

Norma haussa les sourcils et posa ses cartes.

— Bon, il va être l'heure de dîner. Constance et moi, nous allons finir de préparer les pâtes.

— Ne les coupez pas en carrés ! cria Fleurette. C'est mille fois meilleur en triangles !

Sur la table de la cuisine, Norma avait roulé la pâte pour les *Krautfleckerl* et l'avait recouverte d'un torchon humide. Lorsque nous étions petites, à Brooklyn, tout l'immeuble savait ce que la famille Kopp allait manger le soir lorsqu'une odeur d'oignons, de vinaigre, de cumin et de chou remplissait la cage d'escalier.

— Fleurette en a eu envie, m'expliqua Norma sans me laisser le temps de lui reprocher d'avoir prévu un plat à base de chou cuit en cette étouffante soirée d'été. Elle a pensé à maman toute la journée et tu n'étais pas là pour lui remonter le moral.

— C'est gentil à toi d'avoir joué aux cartes avec elle.

Je saisis un couteau pour commencer à découper les pâtes, sous le regard scrutateur d'une Norma postée devant le fourneau.

— Qu'est-ce que tu fais ? me lança-t-elle.

— Eh bien, je découpe des triangles !

— Non, tu vas gâcher toute la pâte. Coupe-les comme d'habitude, c'est tout ! Fleurette se fera ses triangles elle-même si ça lui chante.

— Mais elle ne les aime pas en carrés ! protestai-je. Et je croyais que c'était pour elle que nous les préparions ?

Norma s'empara d'un autre couteau.

— Bon, laisse-moi m'occuper des pâtes et prépare le chou !

Je la repoussai et découpai une rangée de carrés parfaits.

— Tu sais, repris-je, changeant de sujet, tu avais raison, pour Henry Kaufman. C'est le jeune homme le plus mal élevé que j'aie jamais rencontré. Et cette bande de malfrats qui l'accompagnent partout… Je me demande ce qu'un chef d'entreprise peut bien fabriquer avec des malotrus pareils !

Norma versa les pâtes dans la marmite et un nuage de vapeur s'éleva autour d'elle. Des boucles de cheveux gras lui collaient à la nuque.

— Il n'a pas dû être très content de te voir, si ? fit-elle sans se retourner.

— Non, en effet. Je pense qu'il ne nous donnera pas un sou.

Elle tapa sa cuillère contre la marmite et fit volte-face en l'agitant devant moi.

— Le mieux, c'est de tirer un trait sur cet Henry Kaufman ! Le garçon dont je t'ai parlé a commencé à travailler sur la carriole et il nous a apporté une vieille charrette dont la laiterie n'a plus besoin. Nous pouvons nous en servir en attendant qu'il ait terminé les réparations.

Je pris une inspiration, cherchant en moi le courage nécessaire pour lui raconter ce qui s'était passé à l'usine, mais l'air ressortit de mes poumons comme il y était entré et aucun mot ne suivit. Après tout, pensai-je, à quoi bon revivre cette effroyable entrevue ?

— C'est parfait, déclarai-je. De toute façon, j'ai envie d'oublier toute cette histoire.

Jetant un coup d'œil par la fenêtre, j'aperçus les porcs de la ferme voisine dans leur enclos. Nous avions coutume de leur donner nos épluchures, un petit service qui nous rapportait un quartier de bacon à l'automne. Il restait encore quelques semaines avant l'abattage, mais les ventres pendaient déjà dans la boue tandis que les porcs titubaient d'un point à un autre en grognant dans leur langage très guttural.

Je jetai le trognon du chou dans un récipient et cherchai autour de moi ce que je pourrais y ajouter.

— Prends les épluchures de pommes de terre, suggéra Norma.

Je m'exécutai, puis sortis pour traverser la route dans la chaleur toujours intense. On entendait la stridulation des cigales du petit bois voisin, et les criquets peuplant les hautes herbes autour de l'étang de la laiterie entonnaient leur propre chœur, qui n'avait rien d'un chant, mais n'était que l'ennuyeux frottement de milliers d'ailes contre des milliers de pattes.

Les cochons grognèrent de plus belle en me voyant approcher avec mon récipient et coururent à ma rencontre. Avec tout ce bruit autour de moi, je ne remarquai l'automobile qu'au moment où elle fut toute proche.

Henry Kaufman conduisait et trois hommes l'accompagnaient. Le soleil couchant m'empêchait de bien distinguer leurs visages, mais je crus reconnaître l'homme aux yeux tombants qui me regardait, la bouche entrouverte, avec son incisive proéminente qui lui donnait un air de perpétuelle surprise, ainsi que la massive silhouette de l'homme aux bras en tuyaux de poêle à côté de lui. L'automobile pétarada et toussa comme si le moteur allait s'éteindre, puis émit un ronflement sonore et fonça droit sur moi, pour faire un écart au dernier moment. Je tombai dans l'herbe.

— Fais ton choix, Henry ! cria l'un des hommes en se penchant par la fenêtre de l'automobile. Laquelle de ces filles veux-tu ?

Un autre lui répondit avec un rire gras.

— C'est la petite Française qu'il veut. Qu'est-ce qu'elle…

Je ne parvins pas à distinguer la suite, mais l'homme fit alors la chose qui, pour moi, était la plus intolérable : il se tourna vers notre allée et hurla son nom comme s'il la connaissait, comme s'il savait tout de nous.

— Fleurette ! C'est ça, c'est Fleurette ! Hé, la mignonne, viens par ici !

Tous s'esclaffèrent dans l'automobile, des éclats de rire alcoolisés et obscènes, puis le moteur vrombit et il y eut de la poussière partout. Quelqu'un lança par une vitre arrière une bouteille qui alla frapper un rocher et se brisa en mille morceaux tandis que les hommes s'éloignaient dans Sicomac Road.

Le récipient d'épluchures m'avait échappé des mains. Je regardai sans bouger le nuage de poussière grise retomber sur le sol, puis tout redevint immobile. Même les criquets avaient été réduits au silence. Je me relevai et tentai de retirer les bardanes et les queues-de-renard accrochés à ma jupe, mais mes mains tremblaient trop.

Sur le seuil de la maison, le vieux tablier de cuisine de maman noué de travers par-dessus sa tenue d'équitation, Norma me fixait depuis la porte entrouverte. Derrière elle, hissée sur la pointe des pieds, Fleurette cherchait à voir ce qui se passait. Toutes deux m'apparurent comme ces silhouettes confuses de cartes postales, figées sur place, qui nous contemplent depuis un monde qui n'existe plus.

8

Je rentrai à la maison et nous battîmes toutes les trois en retraite vers ma chambre. Personne ne pensait plus au dîner et les pâtes devaient former un magma compact dans la marmite. Fleurette, les joues rouges, ouvrait de grands yeux, tandis que Norma arborait un air plus sombre encore qu'à l'accoutumée, le regard rivé au sol et le souffle bruyant, comme si elle était en train d'élaborer le discours qu'elle s'apprêtait à prononcer.

— Comment a-t-il fait pour nous trouver ? s'enquit Fleurette en sautant sur mon lit.

— J'aimerais bien que tu arrêtes de gigoter, s'énerva Norma.

— Ça, je ne peux pas. Mais comment est-ce qu'il connaît mon nom ?

Toutes deux se tournèrent vers moi, guettant la réponse. Je sentais Fleurette pressée de connaître toute l'histoire et Norma remplie d'appréhension.

— Eh bien… par les lettres. J'avais inscrit nos trois noms et notre adresse.

Norma saisit une extrémité de passepoil qui pendait à la hauteur de ses genoux. Fleurette considérait comme un gâchis que l'on utilise ses talents pour lui faire confectionner des sous-vêtements, alors que l'on pouvait en acheter une collection complète sur catalogue pour une somme modique ; toutefois, Norma s'était attachée à un style particulier de chemises de corps qui ne se vendaient plus. Elle les portait jusqu'à ce que l'ourlet s'effiloche et devait alors soudoyer Fleurette pour que celle-ci lui en confectionne de nouvelles.

— Ne tire pas dessus, murmura Fleurette.

Norma lâcha le passepoil sans le quitter des yeux.

— J'irai voir la police demain, annonçai-je.

Norma émit un grognement de mauvaise humeur.

— Je n'ai pas une très grande confiance dans la police de ce pays, commenta-t-elle.

— Qu'est-ce qui te fait dire cela ? De ta vie, tu n'as jamais échangé un mot avec un agent de police.

— Je lis les journaux, moi ! La police n'est même pas capable d'arrêter les pickpockets. Tu te souviens, pas plus tard que la semaine dernière, à la gare…

— Norma ! la coupai-je avec ce profond soupir d'exaspération qui accompagnait souvent son prénom dans ma bouche. C'est une affaire on ne peut plus simple pour les autorités : cet homme a renversé notre carriole, il refuse de payer les réparations et, à présent, il se met à nous harceler.

— Et pourquoi, d'après toi ?

— Pourquoi il nous harcèle ? Tu as bien vu la bande de voyous qu'il fréquente. Ils n'ont probablement rien de mieux à faire. Ils…

Norma me dévisagea en haussant un sourcil avec cette mimique bien à elle qu'elle affichait chaque fois qu'elle voulait blâmer quelqu'un.

— Tu ne vas tout de même pas me dire que c'est ma faute ? me récriai-je. S'il avait été ce qu'on appelle un gentleman, il nous aurait remboursées sans sourciller. Tout ce que j'ai fait, moi, c'est essayer de récupérer une somme qui nous revient de droit !

— Où habite Mr. Kaufman ? intervint Fleurette, qui nous observait en silence, passant de l'une à l'autre comme si elle assistait à un match de tennis. Allons chez lui ce soir ! Nous n'aurons qu'à nous déguiser et à attendre qu'il se mette au lit et là…

Norma la fit taire, avant de poser sa main sur la mienne en un geste qui se voulait affectueux.

— Tu sais, me dit-elle, je ne crois pas que tu te rendes bien compte de ce à quoi tu peux ressembler parfois…

Je me dégageai vivement.

— À quoi je peux ressembler… ? répétai-je sans comprendre.

— Tu sais, le jour de l'accident… Tu t'es postée devant lui, tu le dominais d'une bonne tête, et puis tu lui as fermé sa portière pour l'empêcher de remonter en voiture. À ton avis, quelle image de lui cela a-t-il donné à ses amis ?

— L'image d'un imbécile, répondis-je.

— *C'est* un imbécile, ajouta Fleurette.

— Et ce matin, à l'usine ? Il y avait encore ses amis avec lui ?

— Oh, ces gens-là vivent en bande ! Comme les chiens sauvages.

— Et est-ce que, par le plus grand des hasards, tu aurais encore fait passer Henry Kaufman pour un imbécile ? poursuivit Norma d'une voix toujours aussi douce. Devant tous ces chiens sauvages ?

Fermant les yeux, je revis la tête d'Henry Kaufman heurter le mur de plâtre et me félicitai de ne pas avoir rapporté l'incident à Norma.

— Ce n'était pas une raison pour qu'il vienne ici, marmonnai-je. C'est tout de même lui qui nous a renversées…

— Je ne pense pas qu'il voie les choses de cette façon.

— Bien, je te remercie de prendre son parti ! m'emportai-je.

Désireuse de la déloger, je tirai sur le couvre-lit. Fleurette annonça alors qu'elle avait faim et la persuada de l'accompagner au rez-de-chaussée pour voir ce que l'on pourrait sauver de notre repas gâché. Je restai dans ma chambre avec l'impression de mériter d'être expédiée au lit sans dîner. De toute façon, la seule pensée d'un aliment franchissant mes lèvres me soulevait le cœur. Imaginer ces fous furieux d'ivrognes en train de foncer sur nous dans leur automobile en hurlant des grossièretés à Fleurette suffisait à me donner la nausée.

Fleurette, qui connaissait si peu de chose au monde… Fleurette, que maman avait mis encore plus de soin à isoler des autres petites filles qu'elle ne l'avait fait avec nous… Fleurette était une sorte de joyau qui brillait de mille feux, très facile à dérober. J'en avais la charge depuis un an à peine et voilà que, déjà, des hommes venaient jusqu'à notre maison crier des insanités à son sujet…

Que fallait-il que je fasse ? Si maman avait été là, elle nous aurait fait barricader les fenêtres comme à l'approche d'un cyclone, barrer les portes et foncer à la cave chaque fois qu'une automobile serait passée sur la route. Norma, qui voyait la ferme comme une sorte de forteresse destinée à tenir le reste du monde en respect, l'aurait approuvée. Pour ma part, j'en avais assez de me cacher dans ce coin de campagne reculé.

Francis, quant à lui, attendait que je vende la ferme et que nous venions nous installer chez lui, afin de pouvoir veiller sur nous comme il se devait. Je n'avais cependant pas la moindre intention de devenir comme ces femmes qui servent de domestique à leur frère toute leur vie durant.

Je finis par trouver le sommeil en me persuadant que je me faisais une montagne de pas grand-chose : j'avais commis une petite erreur d'évaluation en affrontant Mr. Kaufman, ce qui nous avait valu quelques ennuis en retour. Ce genre d'incident ne se reproduirait plus.

Le lendemain matin, nous tînmes un conseil de famille et expliquâmes à Fleurette qu'elle devrait désormais se méfier de toutes les automobiles qui passaient devant la maison et de tous les hommes qu'elle ne connaissait pas, et ce, quoi qu'il arrivât.

— On dirait maman, vous deux ! soupira-t-elle.

Elle avait encore ces longs cils sombres avec lesquels naissent certains enfants et qu'elle battait lorsqu'elle s'adressait à nous de son air dédaigneux.

— Mais cette fois, c'est pour de bon, rétorquai-je. Cette fois, c'est grave.

— Maman disait toujours que c'était grave.

Être comparée à ma mère me déplaisait au plus haut point, mais Mr. Kaufman représentait bel et bien un nouveau danger.

— Promets-moi, insistai-je : tu ne t'approches ni des automobiles ni des étrangers. Nous devons éviter cet homme jusqu'à ce qu'il nous ait totalement oubliées.

Fleurette promit.

— Mais nous allons quand même à Paterson comme prévu la semaine prochaine, hein ?

Je fronçai les sourcils et me tournai vers Norma, qui se mit alors à fouiller dans son panier pour en sortir le journal de la veille.

— Il me semble avoir lu qu'une équipe de cinéma va venir tourner un film en ville, m'expliqua-t-elle en le feuilletant pour retrouver l'article en question. Ils vont filmer un accident entre une automobile et un tramway. Dans le cadre d'une campagne de sécurité…

— Je trouve pour ma part que nous avons eu notre compte en matière d'accident d'automobile, rétorquai-je.

— Oh, nous sommes obligées d'y aller ! implora Fleurette en se levant d'un bond.

Elle avait dans les cheveux un énorme dahlia rose pâle, qui semblait avoir été placé près de son visage dans le seul but d'inciter à la comparaison.

— Norma m'a promis que tu m'y emmènerais !

— Moi, j'irais bien, mais je ne peux pas, confirma l'intéressée. Je sors toujours mes pigeons le mardi, vous le savez…

— Tu les sors aussi le mercredi et le vendredi, fis-je remarquer, ainsi que le lundi et le samedi. Le mardi, c'est…

— Ils ont horreur qu'on perturbe leurs habitudes, affirma Norma. Ils seraient complètement perdus.

— Eh bien, je ne peux pas y aller moi non plus, décrétai-je.

Fleurette me secoua le bras comme elle le faisait quand elle était petite.

— Mais imagine qu'ils recherchent une actrice !

— Ils viennent pour filmer un accident d'automobile, répondis-je. Que feraient-ils d'une actrice ?

— Eh bien, moi, j'ai une certaine expérience, non ?

— Cela m'étonnerait qu'ils choisissent quelqu'un comme toi pour une campagne de sécurité.

— Oh, s'il te plaît ! implora-t-elle. Norma m'a dit que tu m'emmènerais. Que tu n'avais rien d'autre à faire que me faire plaisir !

— Norma !

Je tentai d'arracher le journal des mains de celle-ci, mais elle résista.

— Et puis, après la terrible frayeur que j'ai eue hier, reprit Fleurette en battant des cils avec un petit air affligé, tu ne crois pas qu'un après-midi en ville me changerait les idées ?

Elle se pencha vers moi avec cette moue mi-comique, mi-charmeuse dont elle usait parfois. Elle était insupportablement jolie et elle le savait. L'envie me prenait par moments de la serrer contre moi jusqu'à l'étouffer. Quant à savoir si cet élan naissait de l'amour ou de la rage, je n'aurais su le dire.

L'accident devait être mis en scène à l'angle de Main Street et de Market Street. Norma nous aida à atteler Dolley à la petite charrette que la laiterie nous avait prêtée et nous constatâmes que le siège était juste assez large pour nous deux.

— Vous voyez, je n'aurais pas pu y aller de toute façon, commenta-t-elle avec un soulagement manifeste.

Les questions débutèrent dès que nous nous fûmes engagées dans Sicomac Road.

— Quel genre de rôle crois-tu qu'ils pourraient confier à une jeune fille comme moi ?

— Fleurette, nous n'allons là-bas que pour regarder !

— Par exemple, je pourrais jouer la victime qui a la jambe coincée sous une roue.

— Tu ne seras pas dans le film, Fleurette.

— Ça, tu n'en sais rien…

Je gardai le silence, mais cela ne sembla pas la déranger. De toute manière, elle n'écoutait jamais ce que je disais.

— Au moins, laisse-moi conduire !

— Après ce qui s'est passé la dernière fois ?

Nous continuâmes de cette façon jusqu'aux abords de Paterson, franchîmes la rivière et passâmes devant le gigantesque Lambert Castle, l'une de ces folies architecturales médiévales que les industriels américains s'étaient fait construire en revenant de voyages en Europe. Ce grand patron-là, magnat de la soie nommé Catholina Lambert, habitait encore son excentrique château après avoir mené sa femme et sept de leurs huit enfants au cimetière, la plupart étant morts de tuberculose, de fièvres infantiles, ou encore d'une ruade en pleine tête. On racontait qu'il avait alors épousé la sœur de son épouse, veuve elle aussi, et que tous deux passaient leurs journées dans l'atrium de marbre, à contempler d'immenses tableaux très sombres représentant d'autres lointains châteaux, de tristes forêts ou des ancêtres de la lignée Lambert. La terrasse offrait une vue magnifique sur New York, mais la ville ne devait guère les intéresser, puisqu'on ne les voyait jamais à l'extérieur.

Fleurette se tut quand nous passâmes dans l'ombre du château. Lorsqu'elle était petite, nous la menacions de l'envoyer travailler dans les cuisines de celui-ci chaque fois qu'elle se comportait mal. Elle nous croyait alors. Jusqu'à ses quatorze ans, elle croyait tout ce que nous lui disions. Le château l'impressionnait beaucoup, comme il impressionnait en vérité tous les habitants de la ville. Nul n'osait s'en approcher.

— Qui habite par ici ? demanda Fleurette lorsque nous l'eûmes dépassé.

— Tous les grands patrons de la soie.

Des hauteurs où nous nous trouvions, nous apercevions les usines et les moulins qui, rassemblés à la lisière de Paterson, portaient leur ombre sur la rivière Passaic. D'étroites cheminées de brique propulsaient dans l'atmosphère une fumée épaisse qui formait un nuage gris omniprésent. À cette époque de l'année, la rivière se réduisait à un mince filet d'eau et il n'en subsistait que de la boue, des rochers et de larges flaques visitées par les moustiques. Les propriétaires d'usines, qui préféraient vivre à bonne distance de leur empire de brique rouge, se réfugiaient dans les collines fraîches et tranquilles aux larges avenues bordées d'ormes.

— Tu as fait un grand détour, remarqua Fleurette en jouant avec son chapeau.

— Nous sommes en avance. J'ai pensé que nous pourrions nous promener un peu dans le parc.

— Oh, mais je voulais arriver sur place avant tout le monde ! protesta-t-elle. Pour avoir une chance de rencontrer le réalisateur !

— Je sais, répondis-je en tirant davantage sur les rênes, afin d'engager Dolley dans une paresseuse promenade sous les ormes.

Paterson était une ville industrieuse. Tous les enfants connaissaient l'histoire d'Alexander Hamilton et de sa Société pour l'établissement de manufactures utiles, créée dans le but d'exploiter la puissance des hautes chutes d'eau de la Passaic et d'installer sur les rives de celle-ci une manufacture nationale. Si les choses ne s'étaient certes pas déroulées comme Hamilton l'avait prévu, Paterson s'était néanmoins transformé en une ville d'aciéries puis, plus tard, en un grand centre du traitement de la soie. Après avoir fabriqué des locomotives et des revolvers Colt, ses usines produisaient désormais des tissus et des rubans pour les cheveux.

Néanmoins, quand une équipe de tournage arrivait en ville, toute activité cessait.

Alors que Fleurette se pressait en me traînant derrière elle pour atteindre l'intersection de Market et Main Streets, nous longeâmes des banques fermées, des charrettes de marchands des quatre-saisons verrouillées et des bijouteries aux rideaux baissés. Des messieurs importants en costumes rayés se tenaient immobiles sur les trottoirs comme s'ils n'avaient rien de particulier à faire, des maîtres d'école encombraient les rues avec leurs classes et des agents de police repoussaient tout ce petit monde dans le seul but de ne rien perdre du spectacle.

Trop petite pour regarder par-dessus les têtes, Fleurette me demanda l'autorisation de monter sur les marches de la bibliothèque (fermée jusqu'à nouvel ordre) et se percha sur le piédestal d'un réverbère. Là, elle enroula un bras autour du poteau et tendit le cou pour mieux voir. Dans sa robe d'après-midi couleur pêche qui flottait autour d'elle et avec ses épaisses boucles noires retombant sur ses épaules, elle ressemblait à la statue de la Liberté brandissant sa torche. Postée au-dessous d'elle, je vis avec inquiétude plusieurs jeunes gens cesser de s'intéresser au carrefour pour l'observer et lui sourire. Fleurette conservait le menton haut, mais je la vis à plusieurs reprises lancer de petits coups d'œil à ses admirateurs. Je regrettai de ne pas être montée sur le piédestal avec elle pour décourager ces derniers.

Le carrefour avait été évacué comme pour un duel. L'un des vieux tramways de la ville attendait son sort, prêt à s'élancer sur les rails, tandis qu'une gigantesque automobile noire était postée dans la rue transversale, à une cinquantaine de mètres de là, le moteur grondant déjà. On avait construit une estrade en bois pour la caméra, qui se dressait sur son trépied.

Le moteur de l'automobile vrombit soudain et le conducteur du tramway s'empressa de monter à bord, non sans adresser des signes de main à la foule. Le public lui répondit en criant et en agitant des mouchoirs. Ne voulant sans doute pas être en reste, le chauffeur de l'automobile se leva et salua lui aussi, faisant redoubler les acclamations. Puis les deux hommes s'installèrent à leur poste et un profond silence régna soudain.

Le cameraman esquissa un signe de tête et quelqu'un brandit un mégaphone pour lancer le compte à rebours :

— Trois, deux, un… On tourne !

Sous les exclamations et les cris apeurés, le tramway se mit en branle et l'automobile s'élança vers lui en prenant de la vitesse, comme l'avait fait Henry Kaufman. Le chauffeur la regarda foncer vers lui avec une expression de terreur exagérée qui déclencha des rires juste au moment où la voiture percutait le flanc du tramway. Ce dernier se balança un instant, son conducteur arborant un air plus alarmé encore, puis s'effondra sur le côté. Les roues continuèrent à tourner dans le vide.

Les acclamations et les applaudissements explosèrent alors dans la foule. Fleurette sautait d'excitation en tapant des mains. Déjà, plusieurs policiers, des pompiers et un médecin muni de sa trousse se précipitaient vers le tramway, dont émergea le conducteur qui, victorieux, brandissait le poing.

Autour de moi, les gens se félicitaient les uns les autres, comme s'ils avaient joué un rôle dans cet heureux dénouement.

J'allais rappeler Fleurette lorsqu'une main me saisit la manche. Surprise, je me retournai et reconnus la jeune fille rousse que j'avais bousculée le jour où j'étais allée voir Henry Kaufman à son usine.

— Vous ne vous rappelez pas de moi, me dit-elle, criant pour que je puisse l'entendre dans le vacarme environnant.

Elle était plus jeune que dans mon souvenir – elle ne devait guère être plus âgée que Fleurette, en vérité – et elle eût sans doute été jolie si elle n'avait pas passé autant de temps dans une teinturerie. Elle avait les cheveux ternes, des lèvres fines et serrées et des traces de brûlure sur le cou et le dos de la main, très foncées l'une comme l'autre, ce qui suggérait qu'elles dataient de plusieurs mois, voire de plusieurs années. Ses doigts présentaient ces taches grises que forme la teinture en s'accumulant.

— Si, si, répondis-je. Vous êtes arrivée avec votre plateau au moment où je sortais et vous avez tout renversé par ma faute. Je suis désolée.

Je dégageai mon bras en reculant et remarquai soudain qu'il n'y avait plus que le réverbère sur le piédestal de la bibliothèque. Fleurette avait quitté son poste d'observation.

— Oh, ce n'est pas grave ! assura la jeune fille. On en renverse tout le temps, de la teinture. Mon tablier est tous les jours d'une couleur différente !

Les gens qui repartaient vaquer à leurs occupations passaient en nous évitant à la manière d'un banc de poissons.

— Je vous prie de m'excuser, dis-je. Il faut que je trouve ma sœur.

Me détachant de la foule, je reculai sur la chaussée pour mieux observer les marches de la bibliothèque, mais ne pus rien distinguer d'autre qu'une mer de couvre-chefs. Je cherchai sans succès à me rappeler quel chapeau avait mis Fleurette ce jour-là pour aller en ville. Puis, songeant soudain à Henry Kaufman, je scrutai avec angoisse les abords du carrefour afin de vérifier qu'aucune automobile noire ne s'éloignait en emportant une toute jeune fille à son bord.

Fleurette se matérialisa tout à coup devant moi, toujours sautillante, toujours souriante, toujours resplendissante. Je lui empoignai le bras et l'attirai brutalement à moi sans cesser de regarder tout autour. Elle chercha à se dégager, mais je tins bon.

— C'est elle ? s'enquit une voix derrière moi.

Je fis volte-face sans lâcher Fleurette. C'était encore la jeune ouvrière.

— C'est elle ? répéta-t-elle. En fait, je me disais bien que ça ne pouvait pas être vous…

Fleurette se tortilla pour se dégager et se tourna vers elle.

— Qui êtes-vous ? interrogea-t-elle.

La jeune fille se redressa et prit une inspiration.

— Je m'appelle Lucy Blake. Je travaille dans l'usine d'Henry Kaufman. Y a-t-il un autre enfant ? Vous pouvez me le dire, vous savez.

— Un autre enfant ?

Les sourcils froncés, Fleurette nous considéra tour à tour. Je commençai pour ma part à comprendre le sens de ces paroles.

— Moi, j'avais un petit garçon, reprit Lucy. Bobby. Mais il a disparu…

— Je vous demande pardon, Miss Blake, dis-je en attirant Fleurette plus près de moi encore, mais il y a un malentendu. J'étais simplement venue voir Mr. Kaufman pour le paiement d'une facture.

Lucy jeta un nouveau coup d'œil à Fleurette.

— Vous voulez dire qu'elle n'a pas…

Je secouai la tête, horrifiée par l'idée que Fleurette pût porter l'enfant d'un homme, et plus encore celui d'Henry Kaufman.

— Qu'est-ce que c'est que cette histoire de petit garçon ? demanda Fleurette, le souffle court. Comment a-t-il pu disparaître ?

Lucy la contempla, les yeux soudain baignés de larmes, et son histoire se déversa alors en un flot ininterrompu sans que je pusse faire quoi que ce fût pour l'arrêter.

— Je ne sais pas, déclara-t-elle d'une voix tremblante. Avant la grève, je n'avais jamais rien demandé à Henry. Tout ce que je voulais, c'était avoir de quoi nourrir Bobby. Je ne réclamais rien pour moi. J'avais juste besoin de lait et de pain. Seulement, Henry était furieux. Il croyait que je cherchais à le piéger, à l'obliger à me faire entrer dans son affaire familiale.

— Ça lui ressemble tout à fait, approuvai-je malgré moi.

J'avais conscience que Fleurette ne devait en aucun cas entendre un tel récit, mais cette histoire me mettait hors de moi.

La jeune fille rousse hocha la tête en reniflant.

— Il savait que j'avais eu un enfant. J'ai essayé de le lui cacher le plus longtemps possible, mais il me voyait tous les jours et il a compris. Je lui ai dit que tout ce que je voulais, c'était garder mon travail, que je ne lui demandais rien ! Il n'est pas du tout fait pour être père.

— Ça, c'est certain… marmonnai-je.

— Seulement, quand il y a eu la grève, je n'ai pas eu le choix, je lui ai demandé de m'aider, et il a réagi comme si je cherchais à lui extorquer de l'argent. Il a refusé de me donner un sou. Du coup, quand les enfants ont été évacués, j'ai été obligée d'envoyer Bobby avec les autres.

— Vous avez donné votre bébé ? lança Fleurette, révoltée. Mais comment avez-vous pu faire une chose pareille ?

— Fleurette ! Quel choix avait-elle ?

L'année précédente, les enfants de grévistes avaient quitté Paterson dans des chariots de marchandises en direction de New York, où des familles qui soutenaient la grève devaient s'occuper d'eux en attendant le jour où les parents reprendraient le travail et pourraient de nouveau les nourrir. Nous avions tous vu les images de ces petits en larmes arrachés à leurs parents, une feuille de papier épinglée à leur col.

— Tous les autres enfants sont revenus, sauf le mien, conclut Lucy en me prenant les mains. Je suis sûre qu'Henry a quelque chose à voir là-dedans, vous ne croyez pas ?

Je l'obligeai à me lâcher et trébuchai dans ma jupe en m'écartant d'elle. J'avais l'impression d'avoir été propulsée par une fenêtre. Henry Kaufman était un fainéant et un vaurien, certes, mais un ravisseur d'enfant ?

— Je n'ai aucun moyen de le savoir, répondis-je. Vous n'avez pas porté plainte à la police ?

Un homme chargé de boîtes de chapeaux me bouscula en passant près de moi et je fis un bond, repoussant Fleurette vers les marches de la bibliothèque.

Lucy Blake nous emboîta le pas, non sans jeter un regard inquiet autour d'elle.

— Je ne peux pas, me répondit-elle dans un souffle en m'attrapant le poignet pour se pencher vers mon oreille. Si je préviens la police, il me fera disparaître moi aussi… C'est ce qu'il m'a dit, en tout cas.

Pourquoi cette femme se confiait-elle ainsi à moi ? Je n'osais même pas la regarder, mais ne pouvais non plus me résoudre à m'éloigner. Serrée contre moi, Fleurette la dévisageait de ses grands yeux noirs.

— Il faut dire qu'il devient de pire en pire, enchaîna Lucy. Au début, quand il est arrivé à l'usine, il n'était pas comme ça. Il lui arrivait même de se montrer gentil quand il voulait, surtout avec les filles…

Je posai les mains sur les oreilles de Fleurette.

— Beaucoup d'hommes se montrent gentils avec les jeunes filles quand cela les arrange, commentai-je.

— J'entends ce que tu dis ! protesta Fleurette en se dégageant.

— Mais maintenant, il est devenu terrible, reprit Lucy. Au lieu de s'occuper de l'usine, il passe son temps à se promener avec sa bande. Ensemble, ils ne font que boire du whisky et manigancer des mauvais coups pour s'amuser. Tout ce à quoi ils pensent, c'est sortir pour se venger de ci ou de ça et donner des leçons aux gens. Vous ne pouvez pas vous imaginer toutes les bagarres qu'ils déclenchent, même entre eux quelquefois !

— Mais sa sœur ? demandai-je. Elle m'a paru assez raisonnable, elle…

Lucy secoua la tête.

— Elle est dégoûtée par tout ça. Sa famille possède plusieurs usines, et celle d'Henry est la seule qui pose des problèmes. Avec Mr. Garfinkel, ils sont venus ici pour essayer de ramener Henry à la raison, mais elle n'arrive à rien avec son frère.

— Mais elle pourrait tout de même vous aider, non ?

— Je suis allée le lui demander, figurez-vous… Mais elle n'a pas voulu entendre parler de ma situation. Et ce n'est pas qu'elle ne me croie pas, non !

Je lui ai montré plusieurs petites choses que m'avait laissées Henry, des mots qu'il m'avait écrits et…

Elle jeta un coup d'œil à Fleurette, qui n'avait jamais été aussi attentive de sa vie.

— Enfin, des affaires personnelles à lui, quoi… enchaîna Lucy. Elle sait très bien que Bobby est son neveu, elle n'a pas de doute là-dessus. Seulement, pour elle, je ne suis qu'un problème de plus…

Sa voix se brisa et elle s'essuya les yeux avec son mouchoir.

— Elle m'a demandé de ne plus venir lui parler de mon histoire et de ne surtout pas mêler la police à leurs affaires de famille.

— Mais pourquoi continuez-vous à travailler pour ces gens-là ? s'étonna Fleurette.

— Chut… fis-je.

— Je ne peux pas partir, expliqua Lucy. Toutes les usines tiennent des listes noires d'employés. Je dois être discrète si je veux pouvoir rester dans cette ville et y travailler. Parce que j'espère encore avoir des nouvelles de mon petit Bobby. Quand je vous ai vue la semaine dernière à l'usine, j'ai cru que vous vous trouviez dans la même situation que moi et je me suis dit que nous pourrions nous entraider, toutes les deux. Depuis, je vous ai cherchée…

À ces mots, je songeai tout à coup que, si cette jeune fille avait tant d'ennuis avec Henry Kaufman, Fleurette et moi avions tout intérêt à ne pas être aperçues en sa compagnie.

— Je suis désolée, Miss Blake, lui dis-je, mais notre situation est très différente de la vôtre. J'espère que vous… Enfin… Faites attention à vous…

Sur ce, je pris Fleurette par le bras et m'éloignai avec elle.

— Méfiez-vous de lui ! cria Lucy derrière nous. Il ne s'arrêtera pas ! Une fois qu'on l'a contrarié, cet homme-là n'oublie pas !

Je m'immobilisai net. Un détail, dans son histoire, venait de me frapper. Je me retournai. Elle se tenait toujours devant la bibliothèque, immobile.

— Lucy, lui lançai-je. Et les gens de New York qui ont gardé votre bébé ? Que disent-ils ?

— C'est bien le problème, soupira-t-elle. Ils ont disparu eux aussi…

9

Sur le chemin du retour, je me laissai convaincre de confier les rênes à Fleurette. Celle-ci dirigea la petite charrette dans les rues animées de Paterson tandis que je regardais droit devant moi en cherchant à me débarrasser des étranges sensations qui m'avaient envahie depuis que nous avions échappé à Lucy Blake.

Quelque chose avait changé dans la ville, une transformation subtile sur laquelle je ne parvenais pas à mettre un nom. L'animation quotidienne que créaient commerçants, chariots, automobiles, badauds et garçons de courses, si familière d'ordinaire, me paraissait à présent insolite et vaguement menaçante. Je regardai trois hommes pousser une charrette chargée d'une gigantesque caisse qu'ils devaient tenir de part et d'autre pour l'empêcher de tomber. Que contenait-elle ? Je n'en savais rien, mais je devenais méfiante tout à coup. Ces hommes ne cachaient-ils pas des munitions, un coffre-fort dérobé à une banque, une personne disparue ? Un peu plus loin, une femme sortit de sa boutique avec un seau qu'elle vida dans le caniveau. Je frissonnai en me demandant de quel magma nauséabond elle se débarrassait ainsi. Puis ce fut une jeune fille de l'âge de Fleurette qui surgit devant notre cheval avec un paquet en forme de bébé qu'elle serrait contre sa poitrine. À qui appartenait cet enfant ? Où la jeune fille l'emmenait-elle ?

Fleurette menait Dolley sur la route, silencieuse. Ce fut seulement quand nous atteignîmes la périphérie de la ville qu'elle prit la parole.

— Mr. Kaufman a vraiment fait toutes ces choses ? interrogea-t-elle.

— Je n'en sais rien.

— Tu crois qu'elle mentait ?

— Je n'en ai pas l'impression.

— Mais tu ne penses pas qu'elle devrait tout de même aller voir la police ?

— Fleurette ! S'il te plaît…

J'étais à la fois épuisée et irritée et n'avais qu'une envie : m'allonger dans la sombre fraîcheur de ma chambre et fermer les yeux, mais Fleurette semblait retenir Dolley, qui avait de ce fait adopté un pas lourd et paresseux, et le voyage traînait en longueur. Un livreur de lait nous dépassa, puis un chariot chargé de malles et de meubles.

— Allons-nous arriver un jour ? m'enquis-je.

— Pas avant que tu m'aies expliqué ce que c'est que cette histoire !

— Je ne sais rien de plus que toi.

— Mais comment a-t-elle pu aller avec un homme comme ça ?

Je secouai la tête avec un soupir.

— Pour les raisons habituelles…

— Parce qu'elle était amoureuse ?

— Peut-être.

— Et elle a cru qu'il allait l'épouser ?

— C'est possible.

— Je ne vois vraiment pas comment on pourrait avoir envie d'épouser un homme comme ça.

— Peut-être qu'il n'a pas toujours été aussi détestable. Peut-être qu'il a changé…

— Tu as changé, toi ?

Je ne répondis pas.

Parvenues à la maison, nous trouvâmes Bessie installée dans le salon en compagnie de Norma. Elle était passée, nous expliqua-t-elle, pour nous apporter un gâteau aux fraises qu'elle avait gagné dans une tombola organisée au profit de la bibliothèque, mais je soupçonnai Francis de l'avoir envoyée pour avoir un avis féminin sur la façon dont nous nous en sortions toutes seules. Norma semblait avoir réussi l'examen, car Bessie s'apprêtait à s'en aller. Elle se leva en nous voyant entrer et me serra affectueusement dans ses bras. C'était une femme grassouillette et joviale au sourire généreux, dont les cheveux bruns viraient au roux l'été.

— Votre frère se fait du souci pour vous, me glissa-t-elle à l'oreille en m'embrassant. Mais il ne sait pas comment vous le montrer.

— Nous envoyer un gâteau aux fraises est un bon début, répondis-je en lui pressant l'épaule.

— Ça, tu te doutes que c'était mon idée ! s'exclama-t-elle, avant de se tourner vers Fleurette. Vous avez vraiment passé la journée à voir tourner un film ? ajouta-t-elle à son intention.

Fleurette se lança alors dans un compte rendu détaillé et très vivant de notre sortie en ville, parvenant non seulement à tenir secrète notre rencontre avec Lucy Blake, mais inventant toute une série d'activités propres à justifier la longueur de notre absence. Elle parla d'un déraillement de tramway qui nous avait forcées à effectuer un long détour, d'un arrêt impromptu dans un magasin de pianos pour écouter une présentation de nouvelles partitions et d'une rencontre avec un marchand ambulant qui vendait des perroquets africains dans une grande cage de cuivre. Ses perroquets parlaient français, raconta-t-elle, et un peu hollandais aussi, mais quand on leur demandait leur nationalité, ils répondaient en chœur : « Nous sommes espagnols ! » L'homme qui les vendait n'avait pas pu donner d'explication cohérente à cela. Il s'était contenté de hausser les épaules avec un gros rire et avait proposé un bon prix à Fleurette si elle en prenait deux.

L'aisance avec laquelle ces menus mensonges franchissaient ses lèvres m'impressionna. Qui lui avait appris à élaborer de telles histoires ? J'osais à peine regarder les autres pendant qu'elle nous livrait ces insolites récits mais, pour une fois, Norma ne paraissait pas suspicieuse et Bessie était manifestement sous le charme. Cette dernière nous quitta ensuite avec un signe de main, souriant encore à cette idée de perroquets parlant français. Je me demandai alors combien de fois je m'étais moi aussi laissé abuser par les inventions de Fleurette.

Lucy demeura toute la soirée dans mes pensées sans que je parvinsse à l'en chasser. Le récit de ses malheurs persistait à me hanter et je ne cessais de songer au bébé disparu.

Je venais de me coucher quand Norma vint me trouver dans ma chambre. Elle s'assit au bord du matelas, une jambe repliée sous elle et l'autre tendue à côté de moi. Elle sortait du bain et sentait le savon au lait et la poudre de riz. Ses cheveux encore mouillés formaient une multitude de petites boucles sombres qui ne tarderaient pas à sécher dans la chaleur de la nuit.

Je la vis pincer les lèvres comme chaque fois qu'elle s'apprêtait à parler de choses importantes, mais je me gardai de l'interroger et me contentai d'attendre.

— Des perroquets africains ? commença-t-elle.

— Et alors ?

— D'où est-elle allée inventer une histoire pareille ? Tu ne croyais tout de même pas que j'allais gober ça !

Je ne pus réprimer un sourire.

— Non. Cela m'a étonnée que tu la croies.

— Eh bien non, je ne l'ai pas crue !

Elle baissa les yeux et lissa les plis du couvre-lit.

— C'est encore en rapport avec Henry Kaufman, n'est-ce pas ?

— Ma foi… D'une certaine manière, oui…

— Je ne peux pas concevoir que tu aies pu emmener Fleurette voir cet homme ! Pendant des années, nous l'avons à peine laissée sortir de la maison et voilà que tu parades maintenant avec elle devant un hors-la-loi ! Pourquoi as-tu…

— Ce n'est pas Mr. Kaufman que nous avons rencontré, mais une jeune ouvrière de son usine.

— Nous ne connaissons aucune ouvrière d'usine.

— Je l'avais croisée le jour où je suis allée voir Mr. Kaufman à son bureau, et je suis tombée sur elle en ville aujourd'hui. Elle… elle croyait que j'avais un autre genre de problème avec lui.

— Un autre genre de problème ? répéta-t-elle en fixant sur moi ses yeux perçants. Combien de genres de problèmes différents ce monsieur a-t-il en magasin ?

— Cette jeune fille, qui s'appelle Lucy…

— Je ne veux pas savoir son nom, me coupa-t-elle.

— Tu n'es pas obligée de savoir non plus ce qui s'est passé avec elle.

— Si. Dis-moi ! Que lui est-il arrivé ?

— Elle a eu un bébé.

— Et alors ? fit Norma en haussant un sourcil. Elle voulait les conseils d'une spécialiste ?

— Norma ! Son bébé a disparu et elle pense que Mr. Kaufman y est pour quelque chose.

— Pourquoi Mr. Kaufman s'intéresserait-il à une ouvrière et à son bébé ?

— Parce que c'est son fils.

Norma se passa les doigts dans ses boucles humides.

— La moralité de ce Mr. Kaufman sombre chaque jour davantage… marmonna-t-elle. D'ici mercredi, il sera devenu un assassin !

— Lucy est persuadée qu'il a kidnappé son enfant, alors je suppose…

— Constance ! m'interrompit-elle en s'étendant de tout son long sur mon couvre-lit et en posant ses pieds (propres, Dieu merci !) sur mon oreiller. Ne crois-tu pas comme moi qu'un homme qui a des liaisons avec les ouvrières de son usine et qui kidnappe ensuite leurs enfants est le genre d'individu avec lequel les sœurs Kopp ont tout intérêt à ne pas frayer ?

— Si, acquiesçai-je. Mais tout de même, tu ne trouves pas que l'histoire de cette jeune fille est dramatique ?

Norma se redressa sur un coude pour mieux m'examiner.

— Je trouve en effet dramatique ce qui arrive aux jeunes filles qui vont elles-mêmes au-devant des problèmes. Mais nous avons déjà eu assez de soucis comme ça !

— J'ai seulement le sentiment que quelqu'un devrait essayer de l'aider.

— Ça te passera.

Elle se redressa puis se leva.

— Francis et Bessie nous ont invitées à déjeuner, déclara-t-elle, les bras croisés. J'ai dit que tu préparerais les petits pois.

— Mais personne n'aime mes petits pois ! me récriai-je.

— Peu importe ! Ce qu'on aime, c'est que tu les prépares ! rétorqua-t-elle. Maintenant, dors et ne pense plus à cette fille, je n'y penserai pas moi non plus.

Cela dut lui paraître une conclusion satisfaisante, car elle sortit de ma chambre et referma la porte sans bruit, me laissant seule dans le noir.

10

À Brooklyn, nos seules sorties en dehors de l'école étaient les cours de danse à la Rivers' Academy, où notre oncle Charles travaillait comme accompagnateur. Voulant garder un œil sur nous, ce dernier nous obligeait, Norma, Francis et moi, à passer la plupart de nos après-midi là-bas, à endurer les menuets et les répétitions en costumes, à traîner la jambe dans les polkas et les tarentelles, à mémoriser les pas des marches et à plier des fleurs en crépon pour les coiffures quand c'était au tour des petits de virevolter devant les miroirs.

Francis prenait en outre des leçons sur la cithare de notre oncle. Les jours de récital, il se tenait tremblant dans un coin de la scène et entonnait un solo tandis que Norma et moi dansions en duo, très raides sur nos jambes. Étant la plus grande élève du cours, j'avais un jour été déguisée en Oncle Sam et placée au centre de la scène, tandis que quarante-cinq petites filles, qui représentaient chacune un État d'Amérique, virevoltaient autour de moi. À Norma, qui avait refusé d'en choisir un, on avait imposé le Wyoming. Vêtue d'une robe de lin couleur sable, elle devait étendre les bras pour évoquer l'immensité et la désolation d'un lieu qu'elle ne pouvait se représenter et qui ne lui inspirait pas le moindre intérêt.

Ce fut en sortant d'une de ces leçons de danse que je vis pour la première fois le représentant Singer. Nous habitions à cette époque au dernier étage d'un immeuble doté d'une entrée de service pour les livreurs et d'une entrée principale pour tous les autres visiteurs. Les représentants avaient l'habitude d'utiliser la seconde, malgré les pancartes qui le leur interdisaient, et de sonner aux portes. Ils vendaient des produits pour polir l'argenterie et de la lessive en poudre, des crayons et des lotions, des livres par abonnement, et même de jeunes arbres à planter. Je regardais souvent par la fenêtre le vendeur d'arbres, qui arpentait la rue avec son faisceau de branchages sur l'épaule sans trouver de preneurs pour ses cerisiers noirs et ses pommiers de reinette orange de Cox. Il fallait être le plus malchanceux des vendeurs d'arbres fruitiers pour se voir attribuer Brooklyn comme secteur. Un représentant en machines à coudre, en revanche, avait bien plus de facilité.

Les démarcheurs sonnaient à la porte d'entrée jusqu'à ce que quelqu'un leur ouvre. Puis, à un moment ou à un autre, leurs pas s'approchaient de notre appartement et les petits coups à la porte se faisaient entendre. Les mains de ma mère descendaient alors sur les têtes de ses deux filles, signal qu'il convenait de garder le silence et de demeurer parfaitement immobiles en attendant que le danger soit passé.

Les démarcheurs étaient sales, nous disait-elle. Ils vendaient une marchandise de qualité médiocre qu'aucun magasin n'aurait proposée. Ils jetaient leur dévolu sur les personnes isolées à l'esprit faible. Tout ce qui les intéressait était de pénétrer dans les maisons pour pouvoir revenir les cambrioler ensuite en l'absence de leurs occupants. Et en plus, ils avaient des puces.

Je savais qu'elle ne pouvait avoir raison. Mes camarades de classe achetaient à ces démarcheurs leurs chaussures ou les rubans qu'elles mettaient dans leurs cheveux. J'avais vu le vendeur de partitions s'arrêter à l'académie de danse pour proposer de nouveaux morceaux. Un autre, qui vendait des toniques et des remèdes, m'avait un jour donné un échantillon d'un de ses produits en m'entendant tousser dans la rue. (Je m'étais sauvée sans le remercier, mais seulement par crainte que ma mère ne me surprenne en train de lui parler.) J'étais donc bien consciente que les démarcheurs n'étaient pas aussi dangereux qu'elle le croyait mais, tout comme Norma, je n'osais pas la contredire.

Autant dire que notre étonnement fut immense quand, en revenant un soir de l'académie de danse, nous découvrîmes dans le salon un représentant Singer en train de faire à notre mère la démonstration d'un nouveau modèle de machine à coudre électrique. À notre arrivée, maman leva vers nous le même regard terrifié que ces victimes de kidnapping dont elle lisait les déboires dans le journal. L'homme se leva et nous sourit.

Je venais d'avoir dix-huit ans et étais donc bien trop âgée pour suivre les cours de danse, mais Norma, qui en avait quatorze, terminait sa dernière année et m'avait convaincue de l'accompagner pour l'aider à s'occuper des petits. Gênée d'être vue en culotte bouffante et jupon de danse, elle passa en courant devant le représentant et gagna notre chambre en claquant la porte derrière elle. Je me retrouvai face à lui.

— *Shalom aleichem*, me dit-il à mi-voix, comme si ma mère ne se trouvait pas dans la pièce. Je suis ici au nom de l'entreprise de machines à coudre Singer. Comment allez-vous ?

C'était un Juif ! J'avais entendu parler le yiddish dans la rue, mais jamais sous notre toit. Mon regard se détacha de lui pour se poser sur ma mère, paralysée sur le divan. Comment avait-elle pu laisser cela se produire ?

Il reprit la parole de sa voix très douce :

— Et vous devez être l'une des charmantes filles de Mrs. Kopp ?

À son accent, on sentait qu'il n'était que depuis peu dans le pays, mais il maîtrisait déjà bien l'anglais.

Comme je ne répondais pas, il ajouta :

— J'ai croisé votre mère au moment même où elle sortait pour aller étendre son linge. Je quittais moi-même l'appartement voisin, où je venais de présenter à Mrs. Fritz les mérites de notre dernier modèle. Votre maman a été assez gentille pour me laisser lui en faire la démonstration ici, dans votre salon.

Ma mère ? Gentille ? Il avait dû lui jeter un sort…

— Je suis Constance Kopp, articulai-je enfin. Je vous prie d'excuser ma sœur. Je crains qu'elle ne soit épuisée par les efforts physiques que réclament ses cours de danse.

Le représentant Singer me dépassait d'une demi-tête, ce qui, déjà à cet âge, était exceptionnel pour moi. Il avait des yeux chocolat et d'épais cheveux noirs séparés en leur milieu par une raie et qui lui retombaient sur le front de chaque côté. Il me considérait à travers des lunettes à fine monture dorée qui lui donnaient des airs de professeur.

— Et vous, les leçons de danse ne vous fatiguent pas ?

— Je n'en prends plus. J'ai passé l'âge.

— Une jeune fille n'est jamais trop âgée pour danser.

Il était de ces hommes qui sourient en permanence et cette habitude avait creusé sur son visage des sillons qui le rendaient sympathique. Je savais que je ne devais surtout pas lui rendre son sourire, mais ne pus m'en empêcher.

Ma mère choisit cet instant pour retrouver l'usage de la parole.

— Ma fille n'aime pas la danse.

— Mais elle a tout de même pris des leçons, répondit-il sans cesser de me regarder.

— Toutes les jeunes filles doivent prendre des leçons de danse.

Ma mère, qui s'était levée, passa entre nous pour se diriger vers l'entrée et ouvrir la porte. Comme notre visiteur ne bougeait pas, elle reprit :

— Elle n'aime pas non plus la couture.

Enfin, le représentant entreprit d'aller récupérer sa sacoche et sa machine électrique, puis il m'adressa un courtois signe de tête, accompagné d'autre chose – un clin d'œil ? – avant de gagner la sortie.

— Peut-être aimerait-elle cependant prendre un cours ? suggéra-t-il une fois sur le palier en décochant à ma mère l'un de ses chaleureux sourires. Je fournis une formation pour chacune de nos machines.

Ma mère referma la porte sans répondre et je me détournai aussitôt pour qu'elle ne vît pas le rouge que j'avais senti affluer à mes joues. En cet instant, je me demandai si elle n'avait pas eu raison depuis le départ : peut-être la vertu des jeunes filles en Amérique était-elle bel et bien menacée chaque jour, même à l'intérieur de leurs propres maisons, même par des représentants de commerce qui n'avaient avec eux que des bons de commande et des valises d'échantillons.

Lorsque le représentant Singer revint frapper à notre porte, quelques jours plus tard, ce fut moi qui le fis entrer.

J'avais refusé de continuer à accompagner Norma à ses cours de danse et, comme maman ne concevait pas de la laisser s'y rendre seule, toutes deux prenaient ensemble le trolley jusqu'à l'Académie chaque mercredi et chaque samedi, me laissant la charge de préparer le dîner. Francis travaillait à cette époque comme commis dans un entrepôt, de sorte que je bénéficiais du luxe inestimable d'avoir un appartement vide pour moi toute seule deux fois par semaine.

Cet après-midi-là, je paressais sur le divan, un livre à la main, en repoussant la corvée de cuisine à plus tard. Il faisait étonnamment doux pour un mois de novembre et j'avais écarté les lourds rideaux en tapisserie et ouvert toutes les fenêtres pour laisser entrer une petite brise légère.

J'avais adopté – comme toute la famille – l'habitude maternelle de ne pas répondre quand on sonnait, mais ces petits coups tout simples frappés à la porte me parurent inoffensifs. J'avais déjà ouvert avant d'avoir commencé à réfléchir ce que je faisais.

Les yeux du représentant Singer se plissèrent quand il me sourit.

— J'espérais bien vous trouver chez vous, Miss Kopp.

Quelque chose se produisit alors dans tout mon corps. Je me retrouvai à la fois figée sur place et chargée d'énergie, comme si un fleuve déchaîné tourbillonnait autour de moi. Avant que j'eusse pu esquisser un geste, le représentant Singer fut dans l'appartement, la porte refermée derrière lui. Je compris alors de quelle manière il était parvenu à tromper la vigilance de ma mère à sa première visite. Il avait une manière experte de se glisser dans les appartements, au point qu'on eût dit qu'il y était chez lui et qu'on l'attendait depuis des heures.

Il posa sa lourde sacoche sur la table et l'ouvrit. Les pans s'affaissèrent de part et d'autre, révélant une machine noire rutilante.

— Ceci est notre tout nouveau modèle, annonça-t-il. Je voulais que ce soit le premier que vous voyiez. Il m'a semblé que je pourrais réussir à vous donner le goût de la couture.

Rien ni personne ne pouvait me donner le goût de la couture mais, pour une raison que je ne m'explique pas, j'acquiesçai sans rien dire et m'assis près de lui pour le regarder dérouler ses tissus et placer ses bobines. Chaque morceau de tissu avait déjà été utilisé, ourlé et plié, puis décousu ensuite, et tous portaient les traces de leçons précédemment données.

Je garde un souvenir très net d'une pièce de vichy passant sous la machine, et d'une sensation particulière, juste sous mon cœur, comme si un œuf venait d'éclore et que l'oisillon se débattait pour en sortir ; il luttait pour remonter et je devais sans cesse déglutir pour le maintenir à l'intérieur. Une partie de moi-même avait conscience que le temps passait et que maman et Norma allaient revenir, mais j'avais déjà peine à respirer, il n'était pas question pour moi de lever la tête pour regarder l'heure.

Le représentant Singer possédait de longs doigts de musicien. Il pouvait tenir les fils les plus fins et procéder aux plus minutieux ajustements sur sa machine, de la même façon qu'on accorde un instrument.

Ses doigts se posaient sur les miens pour guider un morceau de soie sous l'aiguille et y laisser une ligne de petits points bleus parfaite, d'une précision que ma mère elle-même n'aurait jamais rêvé d'atteindre.

La leçon dura une heure et s'acheva dix minutes à peine avant le retour de Norma et maman. Le représentant Singer repartit aussi silencieusement qu'il était venu et notre appartement ne garda aucune trace de son passage. Je me retrouvai seule au milieu du salon vide en me demandant si je ne venais pas de m'éveiller d'un rêve.

Je n'avais rien appris du tout. Je n'étais pas en position d'acheter une machine à coudre et il le savait forcément…

Ce soir-là, tandis que nous attendions que le rôti cuise, je ne racontai rien de la façon dont j'avais passé l'après-midi. Ce fut la première fois de ma vie que je dissimulai quelque chose à ma famille.

11

Les jours suivants, Norma et moi ne parlâmes ni d'Henry Kaufman ni de Lucy Blake. Fleurette, en revanche, semblait incapable de penser à autre chose. Elle sauta sur la première occasion de me confier ses idées insolites un après-midi où Norma était sortie s'occuper de ses pigeons et où nous étions toutes deux installées dans la fraîcheur du salon pour lire.

— Et si le petit garçon était l'unique héritier de la fortune des Kaufman et qu'il avait été envoyé clandestinement en Russie, où il ne saura jamais qui était son père ? commença-t-elle. Il pourrait être un *dauphin perdu** de plus.

— Nous n'avons pas de princes en Amérique, répondis-je. Et puis, pourquoi l'aurait-on envoyé en Russie ?

Elle posa l'index sur son petit menton pointu avec l'air de se concentrer sur la question.

— Les bolcheviks. Ce sont eux qui l'ont emmené à New York pendant l'évacuation… et puis, ils ont découvert qu'il était le fils unique d'un magnat de la soie et ils l'ont mis sur un bateau à destination de la Russie pour l'élever en révolutionnaire.

Je reposai mon livre. L'histoire de Fleurette était bien plus intéressante.

— Et reviendra-t-il un jour ? m'enquis-je.

— Oui, assura-t-elle en tendant les bras au-dessus de sa tête avec un bâillement. À dix-huit ans, quand il sera devenu un homme. Il ira alors réclamer sa fortune à son père, qui à ce moment-là sera très vieux…

— Pas si vieux que ça… hasardai-je.

— Mais si, très vieux ! Peut-être cinquante ans. Et le *dauphin** reviendra à Paterson…

— J'ai envie de penser que, d'ici là, Mr. Kaufman aura été expulsé de Paterson.

Elle se racla la gorge avec ostentation pour décourager toute nouvelle interruption de ma part.

— Il reviendra et trouvera son père, où qu'il soit, et il réclamera la fortune qui lui revient. Et ensuite, il distribuera cet argent à tous les ouvriers de l'usine, et Mr. Kaufman se mettra à protester, à hurler, mais il n'aura plus un sou et ses ouvriers quitteront le travail en plein milieu de la journée les poches pleines.

— Et Lucy ? Est-ce qu'elle aura quelque chose ?

— Il lui fera construire un palais en Russie et ils repartiront ensemble, pour qu'elle devienne la reine des bolcheviks.

Fleurette referma son livre d'un coup sec pour indiquer que c'était la fin de l'histoire.

— Je suis à peu près certaine que les bolcheviks ne voudraient pas d'une reine, déclarai-je.

— Peu importe, elle sera de toute façon reine de quelque chose à la fin.

Dans toutes les histoires qu'imaginait Fleurette autour de Lucy Blake, il était question de trésors, de sauvetages dramatiques et de fuites glorieuses vers des terres exotiques toujours peuplées de perroquets et de cygnes noirs qui étaient, dans son esprit, les attributs de la classe royale.

Toutefois, Lucy Blake n'était pas un personnage de conte de fées, ni son bébé un *dauphin perdu**. Tandis que je songeais à leurs malheurs et au désastre qu'étaient devenues leurs vies par la faute d'Henry Kaufman, celui-ci restait une abstraction à mes yeux. J'avais certes rencontré par hasard un homme qui n'avait rien d'un citoyen modèle et pourrait même se révéler un jour hors la loi, mais pour moi, toute cette affaire deviendrait vite un mauvais souvenir, un incident qui donnerait à Fleurette de la matière pour ses histoires baroques et que Norma classerait dans ses dossiers à la rubrique « récits édifiants », mais qui n'aurait plus aucune incidence sur notre vie. Je ne pouvais imaginer que nous puissions continuer à exister dans l'esprit d'Henry Kaufman.

La réalité m'apparut soudain avec toute sa force un mardi soir, tard dans la nuit, lorsque je fus tirée en sursaut d'un rêve étrange dans lequel figuraient Lucy et un grand cygne vert qui nageait sur la teinture des cuves de l'usine de Mr. Kaufman. C'était un moteur pétaradant juste sous ma fenêtre qui m'avait réveillée.

Je me redressai dans mon lit et, par réflexe, serrai un oreiller contre moi pour me protéger d'un éventuel danger à venir. Une lumière fugitive éclaira la fenêtre et la vitre explosa soudain. Des morceaux de verre volèrent tout autour de moi et je hurlai au moment où quelque chose de lourd atterrissait sur le lit.

J'entendis alors des pneus qui crissaient sur le gravier et le vrombissement d'un moteur qui s'éloignait.

J'éprouvais cette sensation nauséeuse qui nous étreint lorsqu'on sort brutalement du sommeil. Je tirai mes couvertures à moi pour me protéger de la chose qui avait heurté mon lit et promenai les doigts parmi les débris de verre, avant de trouver enfin le mystérieux objet.

C'était une brique entourée d'une ficelle sous laquelle on avait glissé un message.

À cet instant, Fleurette apparut dans la chambre, tandis que les pas pressés de Norma retentissaient derrière elle. La fenêtre ressemblait à une bouche grande ouverte et déchiquetée.

— Baissez-vous ! soufflai-je à mes sœurs.

Je m'extirpai de mon lit avec précaution et enfilai mes chaussons pour me risquer entre les débris du carreau. Le verre crissa sous mes pas. Je me penchai alors vers la fenêtre pour regarder : la route était déserte et sombre, comme s'il ne s'était rien passé.

Accroupies dans leurs chemises de nuit, Norma et Fleurette me considéraient.

— C'était lui, hein ? demanda Fleurette. Il est revenu !

— Oui, je crois…

Nous attendîmes encore quelques secondes, puis Norma se releva résolument et alla allumer une lampe. Elle saisit ensuite la brique et tira la feuille de papier, qu'elle déplia avec mille précautions, comme si quelque chose pouvait s'en échapper.

MADAME,

NE VOUS APPROCHEZ PAS DE H. KAUFMAN ET DE SON TRAVAIL. CETTE FOIS-CI, ON VOUS PRÉVIENT. APRÈS, ON TIRERA DIRECTEMENT. ON A DES PISTOLETS, ON A DES BALLES, ON VOUS AURA.

SIGNÉ :

UN AMI DE H. K.

Elle me passa la feuille et Fleurette s'empressa de venir lire par-dessus mon épaule. Le texte était rédigé en grosses lettres majuscules malhabiles, comme si un droitier avait écrit de la main gauche.

— On tirera ? s'étonna Fleurette. Il veut vraiment dire qu'ils vont nous tirer dessus ?

Je jetai un nouveau coup d'œil par la fenêtre. Les arbres chuchotaient dans l'obscurité et une chouette lança un hululement étouffé. J'étais encore dans l'atmosphère de mon rêve, avec l'usine et le cygne vert, et j'avais l'étrange impression que Mr. Kaufman était venu jusqu'ici parce que j'avais osé rêver de lui.

— C'est impossible, répondis-je. Il ne nous connaît pratiquement pas.

Un souffle de vent nous fit sursauter toutes les trois en soulevant soudain le rideau.

— J'ai cru que quelqu'un avait escaladé la façade ! souffla Fleurette, une main sur la poitrine.

— Tu ne peux pas dormir ici, décréta Norma. Pas avec une fenêtre dans cet état.

Je m'emparai de la brique et m'en servis pour casser les morceaux de verre restés accrochés au cadre. Dehors, il n'y avait que la grange sombre et l'allée vide.

— Ça va aller, assurai-je, tout en m'efforçant de m'en convaincre moi-même. C'est juste une farce. Ils veulent nous effrayer, c'est tout.

— Donne-moi la feuille, je veux la relire, demanda Fleurette en tendant la main pour l'attraper.

— Non, répondis-je. Tu vas passer ton temps à y penser et cela te fera faire des cauchemars.

— Mais je veux juste la regarder !

Je la levai au-dessus de ma tête.

— Non ! Maintenant, nous allons toutes les trois nous remettre au lit et nous reparlerons de tout ça demain matin.

Elle vint s'appuyer contre moi.

— Qu'est-ce qu'elle ferait, maman, si elle était là ? murmura-t-elle.

Je lui caressai les cheveux en un geste que je voulais rassurant, sans oser regarder Norma.

— Je ne sais pas ce qu'elle ferait, déclarai-je. Mais je sais ce qu'elle te dirait maintenant.

— Ah bon ? Qu'est-ce qu'elle me dirait ?

— *Geh ins Bett !*

— D'accord, soupira Fleurette. J'y vais.

Norma alla s'appuyer contre le chambranle de la porte pour la regarder regagner sa chambre. Puis elle revint et referma derrière elle.

— Comment peux-tu être aussi sûre que Mr. Kaufman ne va pas nous prendre pour cibles ? commença-t-elle aussitôt. Il nous envoie une lettre disant exactement le contraire et prend la peine de venir jusqu'ici et de casser une fenêtre pour nous la faire parvenir !

— Je ne suis sûre de rien, soupirai-je. Tout ce que je sais, c'est qu'il ne faut pas que Fleurette se mette martel en tête et que cela l'empêche de dormir !

Norma entreprit alors de ramasser les morceaux de verre disséminés sur mon lit en les rassemblant au creux de sa main.

— Je suppose qu'à partir de maintenant, nous allons vivre comme ça, dit-elle, avec des planches sur nos fenêtres et des inconnus qui viennent nous lancer des briques. Si au moins nous avions une cave, nous pourrions nous y installer et ne plus en sortir.

— Écoute, Norma, ce n'était qu'une mauvaise plaisanterie, affirmai-je. Je ne crois pas qu'ils vont recommencer. Nous ne leur avons rien fait, après tout…

Près de mon oreiller, je trouvai un morceau de verre de la taille d'une pièce de monnaie portant un peu de peinture blanche.

— Nous, non, bien sûr ! s'exclama Norma. Mais toi, si ! Les hommes ont horreur qu'on leur montre qu'ils ont mal agi, et ils aiment encore moins qu'une femme vienne leur demander de l'argent en compensation de leurs bévues.

— Ce n'est pas une raison pour qu'il nous tire dessus.

— Ce n'est pas une raison pour qu'une personne sensée nous tire dessus, rectifia-t-elle. Mais si Mr. Kaufman était une personne sensée, il ne nous aurait pas renversées. D'ailleurs, pour commencer, il n'aurait même pas acheté cette automobile.

Dans l'univers de Norma, l'industrie automobile s'apparentait à un ennemi terrifiant. Pour elle, les véhicules autopropulsés ne pouvaient mener qu'à l'anarchie et au chaos social. Mr. Kaufman ne faisait que confirmer cette conviction.

— Maintenant, il va falloir prévenir la police. J'irai demain.

— Parce que tu comptes sur la police pour nous aider ? se récria Norma. La police ne va pas l'arrêter et, si elle s'avise d'aller l'interroger, cela va le rendre fou furieux. Dieu sait ce qu'il fera alors !

Il y eut soudain un bruit de pas pressés dans le couloir. Un instant plus tard, Fleurette ouvrait la porte et se jetait sur mon lit. Norma recula en hâte pour ne pas renverser les morceaux de verre qu'elle tenait à la main.

— Retourne te coucher ! ordonnai-je.

— Attends, Constance… Je viens de penser à quelque chose.

— À quoi ?

— Eh bien, en fait, Lucy avait raison : cet homme-là s'en prend à tous ceux qui le contrarient et ensuite, il s'acharne sur eux !

— On ne peut pas dire que nous l'ayons vraiment contrarié ! protestai-je.

En prononçant ces mots, je me revis dans le bureau de son usine, en train de le projeter contre le mur. Il m'avait alors fait l'effet d'un animal traqué. Et que font les animaux quand ils se sentent pris au piège ?

— Si c'est de cette façon qu'il nous traite, nous, je me demande ce qu'il a pu faire à Lucy… reprit Fleurette en levant vers moi des yeux implorants.

Je secouai la tête.

— Je ne sais pas. Je n'en ai aucune idée.

— Mais que vas-tu faire pour cette jeune fille et son bébé ?

— Ma foi, je ne vois pas ce que je pourrais faire. Surtout maintenant qu'on jette des briques sur nos fenêtres.

— Mais si toi, tu ne fais rien, qui va l'aider ?

Je me penchai vers elle et posai le menton sur sa tête. Norma nous contempla quelques instants, avant de prendre une inspiration, comme pour nous délivrer un nouveau discours sur le manque de sagesse qu'il y aurait à nous mêler de cela. Toutefois, les mots ne franchirent pas ses lèvres. Sans doute préféra-t-elle ne pas les prononcer. Elle se dirigea vers ma corbeille à papier et ouvrit sa main au-dessus. Les débris de verre s'y déversèrent en pluie.

12

Le lendemain matin, Hackensack fut nettoyé par un orage de fin d'été qui dissipa la poussière. Au moment où j'arrivai, le soleil avait repoussé les nuages et la ville sentait le foin propre et le pavé mouillé. La chaleur aigre de l'été s'était dissipée. Je grimpai les marches du palais de justice sous la grisante influence de ce changement de température et m'arrêtai après avoir passé la porte pour laisser sécher la sueur sous mon col. Puis je gagnai le comptoir d'accueil.

— Je viens porter plainte contre un homme, déclarai-je à la réceptionniste. C'est une affaire de justice pénale.

— Cet homme est-il votre... ?

Elle s'interrompit net, ne parvenant sans doute pas à associer le mot « époux » à mon personnage.

— C'est un homme qui a commis un délit, précisai-je. Suis-je au bon endroit ?

Avec un regard désapprobateur, elle m'indiqua un bureau et me dit de m'adresser à l'inspecteur de police que je trouverais là.

Je traversai donc le vaste hall circulaire baigné de lumière qui bruissait des débats étouffés en provenance des salles d'audience, un brouhaha chargé d'hostilité amplifié par un immense dôme de verre.

Sans prendre la peine de frapper, je poussai la porte que m'avait désignée la réceptionniste et débouchai dans une magnifique pièce lambrissée de chêne et éclairée par des lustres en cuivre ornés d'abat-jour en opaline. De beaux meubles de bois composés d'étagères, de tiroirs et de casiers, le tout entièrement vide, tapissaient un mur entier. La pièce comportait deux bureaux et un troisième, plus petit, équipé d'une machine à écrire et d'un téléphone, mais à la poussière qui s'y accumulait, l'on devinait qu'aucune secrétaire ne l'occupait jamais.

Sur l'un des bureaux, une plaque indiquait simplement « INSPECTEUR ». Derrière lui, un homme au visage en forme d'œuf, et qui semblait en avoir aussi la consistance, se tenait affalé dans un fauteuil. Il avait le blanc des yeux jaunâtre et les coins de ses lèvres formaient un V inversé qui lui donnait un air renfrogné. Il était en grande conversation avec un individu en costume marron qui me tournait le dos et qu'il considérait avec une expression de profond dédain, un peu comme on regarde un mendiant dont le manteau abriterait des colonies de puces.

L'inspecteur bondit sur ses jambes en me voyant entrer, apparemment ravi de l'interruption.

— Bonjour, mademoiselle ! me lança-t-il. Je suis l'inspecteur Courter. Comment puis-je…

— Je viens porter plainte pour un délit, coupai-je.

À ces mots, le deuxième homme se leva à son tour et se retourna vers moi. Il n'avait rien d'un clochard, portait un costume sobre agrémenté d'un nœud papillon et arborait une moustache trop large pour son visage. Ses yeux noirs enfoncés dans leurs orbites lui donnaient un regard triste.

— Shérif Robert Heath, déclara-t-il. Enchanté !

Je me présentai à mon tour, puis entrepris d'exposer l'objet de ma visite. Le shérif recula pour me laisser face à face avec l'inspecteur Courter, auquel j'adressai donc mes doléances, non sans jeter quelques coups d'œil furtifs au shérif. Celui-ci suivit notre échange avec un demi-sourire.

L'inspecteur Courter m'écouta jusqu'au bout, puis se tourna un bref instant vers lui avant d'aller s'asseoir à son bureau pour parcourir distraitement la lettre de menaces que je lui avais apportée.

— N'avez-vous pas dit que l'accident en question s'était déroulé à Paterson ? me demanda-t-il. Cette affaire ne concerne-t-elle pas plutôt le comté de Passaic ?

— Si, répondis-je, mais j'habite pour ma part dans celui de Bergen, et cet homme est venu nous harceler à deux reprises devant notre domicile.

À la vérité, j'avais une bonne raison de m'adresser au tribunal d'Hackensack plutôt qu'à Paterson : j'espérais que la police du comté de Passaic se montrerait moins indulgente vis-à-vis des industriels de la soie que celle de Paterson, ville qui devait sa prospérité aux usines. L'inspecteur reprit la parole sans quitter la feuille des yeux.

— Il apparaît, Miss Kopp, dit-il, que c'est une affaire que vous devez régler directement avec ce monsieur. S'il a endommagé votre carriole, dressez une liste des dégâts et envoyez-la-lui.

Ces mots prononcés, il releva la tête vers moi en haussant un sourcil, avec une expression suggérant qu'il venait de mener cette affaire à une conclusion on ne peut plus satisfaisante.

Je pris aussitôt place sur la chaise qu'avait occupée le shérif et me penchai vers lui pour déclarer d'une voix lente et très calme :

— Non content d'avoir engagé son automobile à grande vitesse dans Market Street à une heure d'affluence et réduit notre carriole en morceaux, Henry Kaufman est par la suite venu devant notre maison en compagnie de trois autres hommes pour crier des insanités à ma petite sœur. Et en outre, il a lancé à travers la fenêtre de ma chambre une brique à laquelle il avait attaché cette lettre, et ce, au beau milieu de la nuit.

Je m'interrompis pour lui laisser le temps de noter ce que je lui disais, comme le voulait l'usage lorsqu'un citoyen venait porter plainte dans un tribunal de police, mais il ne fit pas mine d'écrire. Il ne semblait d'ailleurs posséder ni plume ni papier. J'enchaînai :

— J'ai envoyé à Mr. Kaufman une facture qu'il refuse de payer. À présent, je souhaite déposer plainte. Cet homme a commis une série de délits criminels contre nous sans que nous l'ayons provoqué en aucune façon.

L'inspecteur Courter leva les yeux vers le shérif, qui lui adressa un simple hochement de tête. Puis il regarda de nouveau la lettre, considéra le plafond, ne parut y découvrir aucune réponse et reporta son regard sur moi. Une nouvelle idée sembla alors lui traverser l'esprit.

— Dites-moi, Miss Kopp, avec qui avez-vous dressé le procès-verbal ?

— C'est précisément pour le faire que je suis ici, rétorquai-je.

— Ah… Très bien… Mais l'agent qui était sur place… Quel est l'agent qui a pris note des dégâts infligés à votre carriole ?

— Il n'y a pas eu d'agent. Cela m'a d'ailleurs surprise de ne pas en voir un seul se porter à notre secours. Mais quelques commerçants nous ont aidées à relever notre jument et j'ai noté les nom et adresse de Mr. Kaufman, afin de pouvoir lui envoyer la facture pour les réparations.

L'inspecteur parut méditer ces paroles.

— Le problème, finit-il par déclarer, c'est que nous n'enquêtons que sur les accidents pour lesquels nous disposons d'un procès-verbal transmis par l'un de nos agents, Miss Kopp. S'il n'y a pas eu de procès-verbal, je ne peux rien faire pour vous.

Ce fut mon tour de le dévisager en silence. Puis je me levai et le toisai. Avec son crâne strié de mèches noires luisantes de graisse, il me rappela tout à coup Mr. Kaufman. Tous deux semblaient ne constituer qu'un seul et même individu.

— Ma sœur Fleurette a treize ans à peine, déclarai-je d'une voix assez forte pour le faire tressaillir et lever la tête vers moi. Elle a été menacée à deux reprises par un dangereux délinquant.

Je saisis la lettre et la secouai sous son nez.

— Or vous n'ignorez pas ce qui peut arriver à une jeune fille. Il est de votre devoir de stopper cet homme !

Je suis au regret de préciser que l'inspecteur Courter réagit à mon bref discours par un grand éclat de rire. Adossé à son fauteuil, il avait les épaules secouées de spasmes et les yeux humides. Lorsqu'il finit par se ressaisir, je me tenais toujours debout devant lui.

— Seriez-vous en train de suggérer, interrogea-t-il, que cet homme pourrait préférer s'enfuir avec votre sœur que de payer une facture de réparations de cinquante dollars ? Un industriel de la soie ?

— Je ne vois pas ce que sa profession vient faire ici ! Êtes-vous prêt, oui ou non, à enregistrer ma plainte ?

Le shérif toussa discrètement, ce qui lui valut un regard noir de l'inspecteur Courter. Puis, après quelques nouvelles minutes de tergiversations et de faux-fuyants, ce dernier parvint à trouver un porte-plume, de sorte que je repris place sur mon siège. Je répétai alors toute mon histoire en le regardant la prendre en note. J'omis de signaler ma désagréable visite dans les bureaux d'Henry Kaufman et ne mentionnai pas non plus Lucy Blake. Je doutais fortement que l'inspecteur Courter fût à même de traiter cette dernière avec la délicatesse requise.

— Et voilà ! s'exclama-t-il en refermant son registre, avant de se frotter les mains comme si une longue journée de travail s'achevait. Tout est enregistré ! Merci d'avoir porté ces faits à notre attention !

Il se leva alors dans l'intention manifeste de me raccompagner à la porte, mais je restai assise. Après une hésitation, il se laissa retomber sur son siège.

— Quand puis-je espérer avoir de vos nouvelles, inspecteur ? m'enquis-je.

Il rouvrit le registre, comme s'il espérait y trouver la réponse à ma question.

— Ah ! Euh… oui ! Eh bien, votre plainte est consignée ici et, si d'autres incidents devaient survenir…

— J'espère qu'il n'y en aura pas d'autres, inspecteur, répliquai-je. Je compte sur vos services pour engager des poursuites pénales contre Mr. Kaufman et pour mettre un terme à ces harcèlements déplacés contre ma famille !

Je me levai sur ces mots et il me sembla remarquer une modification dans l'attitude de l'inspecteur Courter, qui me considérait d'un œil soudain plus froid. Une veine battait à sa tempe et sa paupière tressautait légèrement.

— J'en parlerai au procureur, promit-il d'une voix morne.

— Et que devons-nous faire si cet homme revient ?

L'inspecteur se tourna vers le shérif Heath, qui contemplait ses pieds.

— N'avez-vous personne pour veiller sur vous ? m'interrogea-t-il alors d'un ton faussement soucieux. Un père, un oncle… ? Ou même un frère ?

L'atmosphère devenait étouffante et je sentis que je ne pourrais rester une minute de plus dans la pièce. Tournant les talons, je sortis sans accorder un coup d'œil aux deux hommes.

Je me tenais sur les marches du tribunal en cherchant à reprendre mon souffle lorsque je sentis une présence derrière moi. Je me retournai vivement : le shérif Heath était là.

C'était un homme de haute taille, assez grand pour pouvoir me regarder dans les yeux.

— J'imagine que c'était votre première visite dans les bureaux du procureur ? lança-t-il.

— Tout à fait, répondis-je. Et soyez sûr que je ne viendrai plus y perdre mon temps !

Il sourit et le soleil, qui brillait avec force à présent, vint souligner les rides légères autour de ses yeux. Son personnage dégageait quelque chose de l'ordre de la bonté, une sorte de chaleur sobre mêlée de pudeur qui me parut fort inhabituelle chez un agent du service public du New Jersey.

— Je vais aller moi-même parler à ce Mr. Kaufman, annonça-t-il. Et s'il vous cause de nouveaux désagréments, n'hésitez pas à venir me trouver.

— J'ignorais que vos attributions allaient au-delà de la gestion d'une prison et de la traque des chasseurs de poules…

— Les chasseurs de poules tombent en effet sous ma juridiction, Miss Kopp, mais les malfaiteurs qui lancent des briques contre les vitres aussi. En outre, j'ai déjà eu des problèmes avec ce Kaufman. Puis-je voir la lettre ?

Je la lui tendis.

— Quel genre de problèmes ? m'enquis-je.

— Pendant les grèves. Les industriels de la soie avaient des idées bien à eux sur la façon de maintenir l'ordre. Lui, il faisait suivre mes hommes par ses amis pour être sûr que nous n'étions pas trop tendres avec les grévistes. Je n'ai pas beaucoup apprécié…

Il parcourut la lettre en secouant la tête.

— Je ne suis pas contre une bonne occasion de poursuivre cette clique. À mon avis, ils ne font pas que vous importuner, vos sœurs et vous.

— Que voulez-vous dire ?

— Bah, les activités habituelles : trafic d'alcool, jeu, chantage… Cette bande ne compte que des escrocs, des malfrats. Des lettres comme celle-là, vous n'êtes pas les seules à en recevoir. A-t-il cherché à vous extorquer de l'argent ?

— Mais non, voyons ! Pourquoi ferait-il cela ? C'est lui qui nous en doit !

— Vous devez comprendre que, pour eux, il s'agit d'un jeu.

— Un jeu cruel, ma foi ! Et d'ailleurs, pourquoi n'avez-vous rien dit quand nous étions à l'intérieur ?

Il haussa les épaules.

— Vous avez vu quel genre d'homme est Courter. Il ne va rien faire contre ces truands. Le bureau du procureur se montre plutôt bienveillant envers les propriétaires d'usines. Mais ne vous en faites pas : Mr. Kaufman n'a aucun ami au bureau du shérif.

— Vous savez, il y a aussi autre chose… déclarai-je, enhardie par ces paroles. J'ai parlé à l'une des jeunes filles qui travaillent pour lui…

— Ah oui… ?

Il me lança l'un de ses demi-sourires amusés.

— Quand avez-vous parlé à ces filles ?

— Non, pas à *ces* filles… À l'une d'elles en particulier. Je l'avais bousculée sans le faire exprès… Elle s'est fourrée dans de mauvais draps et c'est justement Mr. Kaufman qui…

Je cherchai mes mots pour m'expliquer, mais le shérif Heath parut saisir ce que je voulais dire.

— Je crains que ce problème-là ne soit en dehors de mes attributions, Miss Kopp.

— Mais à présent, son enfant a disparu, et elle pense que Mr. Kaufman est derrière cette affaire.

Le shérif inclina la tête, les sourcils froncés.

— Et comment s'appelle-t-elle ?

— Eh bien…

Je reculai d'un pas.

— Qu'allez-vous faire si je vous le dis ? Je ne voudrais pas lui attirer des ennuis supplémentaires.

À cet instant, un homme en uniforme déboucha de la partie du bâtiment qu'occupait la prison et s'approcha de nous d'un pas vif en appelant le shérif.

— Si vous ne me dites pas qui c'est, je ne pourrai rien faire de toute façon, m'indiqua ce dernier. Demandez-lui de venir me voir si elle souhaite recevoir de l'aide.

— Mais je…

Déjà, le policier nous avait rejoints.

— On vient de nous l'amener, lança-t-il, essoufflé.

— Déjà ? fit le shérif Heath d'un ton surpris, avant de se retourner vers moi. Eh bien, au revoir, Miss Kopp.

Jamais encore, au cours de mon existence, je n'avais échangé de poignée de main avec un homme. Lorsqu'il me tendit la main, j'ôtai pourtant mon gant sans hésiter et glissai ma paume dans la sienne. Il avait la main chaude et sèche et je la serrai avec une relative vigueur. Il eut un petit rire en me lâchant.

— Pas d'inquiétude : Mr. Kaufman n'est plus votre problème ! S'il s'avise de revenir vous importuner, prévenez-moi aussitôt. Vous pouvez me téléphoner à la prison de Hackensack à toute heure du jour et de la nuit. Et dites à cette jeune fille de venir me voir. Je compte sur vous ?

Il tourna les talons sans attendre de réponse et dévala les marches du palais de justice aux côtés du policier. Les deux hommes parlèrent avec animation en s'éloignant de moi, accaparés par une affaire bien plus grave que la mienne. Je les regardai disparaître par l'entrée de service de la prison avec une inexplicable sensation de tristesse et d'absence.

Au même moment, j'entendis siffler un train tout près. Celui-ci allait s'arrêter à la gare de Hackensack et continuer ensuite vers Paterson, où Lucy Blake avait pris, depuis plusieurs heures déjà, son service à l'usine.

Il était presque l'heure du déjeuner et j'aurais dû rentrer à la maison. Norma détestait que l'une de nous soit absente aux repas. Je n'hésitai qu'un instant, puis soulevai ma jupe et courus pour attraper le train.

13

J'arrivai à Paterson une heure avant le sifflet de midi. Sur Broadway, des garçons s'affairaient à décrocher les pavoisements après une parade en l'honneur du maire, dont on venait de fêter l'anniversaire, et des jeunes filles vendaient des boutons en faveur des victimes du grand incendie de Salem. Trois d'entre elles virent en moi une proie facile et m'assaillirent. Je n'avais aucune idée de ce que Fleurette pourrait bien faire d'un assortiment de boutons blancs portant les mots « GRANDS BRÛLÉS DE SALEM, 1914 » en lettres rouges, mais je tendis cinquante cents et en glissai quelques-uns dans mon sac à main. Les demoiselles passèrent leur chemin et je m'attardai devant une pharmacie, où l'on m'invita à goûter un tonique digestif au goût suspect de sirop et de vin. Je passai le reste du temps à contempler les vitrines, vaguement mal à l'aise à la perspective de ce que j'allais faire.

L'usine d'Henry Kaufman n'était qu'à quelques pas et je montai et descendis plusieurs fois Putnam Road, m'approchant du bâtiment de brique un peu délabré pour m'en éloigner de nouveau. J'étais de retour devant lorsque les teinturiers commencèrent à en sortir pour aller déjeuner, tous revêtus de leur blouse grise.

La pause touchait à son terme quand Lucy Blake apparut enfin. Elle alla se poster au soleil, le visage levé vers le ciel, et ferma les yeux.

— Lucy ? l'appelai-je le plus discrètement possible.

Trois ou quatre hommes m'entendirent cependant et me regardèrent la rejoindre. Lucy recula et esquissa un léger signe de tête pour me dissuader d'approcher, mais il était trop tard. J'étais sûre de moi.

— Lucy, je crois que je peux vous aider, lui soufflai-je une fois près d'elle. Pour la chose dont nous avons parlé…

Elle leva un regard apeuré vers les fenêtres du bâtiment qui correspondaient aux bureaux.

— Par là ! murmura-t-elle en m'entraînant à l'angle de l'immeuble.

Elle attendit d'être à l'abri des regards pour reprendre la parole.

— Vous n'auriez pas dû venir ici ! me reprocha-t-elle. Qu'est-ce qu'il y a ?

Le sifflet de reprise du travail, qui retentit à cet instant, la fit sursauter.

— J'ai trouvé une personne qui souhaite vous parler, déclarai-je très vite. Au sujet de votre bébé. J'irai avec vous.

Il y eut de nouveaux coups de sifflet.

— Il faut que je rentre, fit-elle d'un ton angoissé, sinon, je vais me retrouver coincée dehors. Mais ne revenez plus ici ! Vous pouvez me voir chez moi ce soir, si vous voulez.

Elle me donna son adresse et s'empressa de disparaître.

Je résolus d'attendre en ville. Si j'étais rentrée à la maison, Norma aurait cherché à me dissuader de rencontrer Lucy, et Fleurette aurait insisté pour m'accompagner. Je n'avais le courage de les affronter ni l'une ni l'autre, aussi passai-je l'après-midi à la bibliothèque, que je quittai peu après six heures.

Lucy habitait non loin de Broadway, dans un quartier de maisons basses et étroites couvertes de bardeaux. J'y étais passée plusieurs fois sans jamais m'y arrêter, puisqu'il était exclusivement peuplé d'ouvriers. Paterson n'était pas à proprement parler une cité ouvrière mais, depuis des années, les propriétaires d'usines achetaient des logements et des épiceries dans ce quartier particulier. Ainsi ceux qui vivaient là payaient-ils leur loyer à leur patron ; ils faisaient aussi leurs courses chez lui et s'endettaient auprès de lui quand l'argent venait à manquer.

En l'absence de numéros sur les portes, je dus compter les maisons depuis le début de la rue pour repérer celle de Lucy. C'était une vieille bâtisse à deux étages sans artifices, dont le perron avait disparu, détruit ou brûlé, peut-être, sans que personne n'eût pris la peine de le reconstruire. Relevant ma jupe, je gravis les deux blocs de béton superposés que l'on avait placés là pour permettre d'accéder à la porte. La plaque métallique comportant les noms avait été recouverte d'une peinture du même brun que le mur, comme si le peintre n'avait pas pris la peine d'arrêter son pinceau pour la contourner. On avait donc collé dessus une feuille en carton où figurait la liste des locataires, accompagnée des numéros de logement.

Lucy habitait au premier étage. Je pénétrai dans le hall sombre sans avoir à sonner, puisque l'entrée n'était pas verrouillée. J'allais m'engager dans l'escalier quand j'entendis un grand vacarme au-dessus de ma tête, suivi d'un bruit de verre qui se brise et d'un cri de femme. Je battis en retraite dans l'entrée tandis qu'une porte claquait en haut pour se rouvrir aussitôt.

— Où est-elle ? hurla une voix d'homme.

— Je ne sais pas, gémit une femme. Je vous ai dit que je ne savais pas.

Il y eut un nouveau bruit sourd et des sanglots de femme.

— Elle n'a pas à t'adresser la parole, tu m'entends ?

Je tressaillis. Comment avais-je pu ne pas reconnaître cette voix ?

Je n'eus pas le temps de réfléchir davantage : déjà des pas lourds m'avertissaient qu'il sortait sur le palier.

— Tu vas me faire le plaisir de dire à cette Kopp de te fiche la paix ! reprit-il d'une voix tonitruante qui résonna dans toute la cage d'escalier. Si je te vois encore avec elle, c'est la rue, compris ?

Cette fois, plus aucun doute n'était permis : je ne pouvais rester là. Regardant autour de moi, je repérai une porte qui devait donner sur une cuisine ou un débarras. Elle s'ouvrit sans difficulté et je me faufilai derrière. Les pas d'Henry Kaufman résonnèrent dans l'escalier à l'instant même où je la refermai.

Ce ne fut pas dans une cuisine que je me retrouvai, mais dans une chambre dont le locataire était fort heureusement absent. Elle comportait un lit en fer surmonté d'un fin matelas et d'une couverture miteuse, une table basse avec une lampe à huile et une chaise sur laquelle un vieux journal achevait de jaunir. Le papier peint à rayures défraîchi s'arrachait par pans entiers et je remarquai des chaussures d'homme soigneusement posées dans un coin. Une odeur de crasse nauséabonde me prit à la gorge.

Un miroir accroché en face de moi me renvoya mon image et je sursautai en me reconnaissant : avec mon chapeau de feutre gris à voilette et mon tailleur de voyage bleu marine, je ressemblais à une dame patronnesse assistant à un après-midi musical.

Je regrettai de n'avoir pas opté pour une tenue plus simple, d'autant que ma haute taille me faisait déjà suffisamment remarquer.

Les pas dans l'escalier me parvinrent tandis que je retenais mon souffle pour me préserver de l'odeur infecte. À peine eus-je entendu la porte de l'immeuble s'ouvrir et se refermer que je tournai sans bruit le bouton et, après un coup d'œil prudent à l'extérieur, je me précipitai hors de la chambre pour respirer.

Levant la tête, j'aperçus Lucy Blake, qui semblait m'attendre sur le palier du premier étage.

— Lucy, chuchotai-je. Je suis désolée…

— Vous n'auriez pas dû venir, répondit-elle à mi-voix.

Dans sa robe en percale protégée par un tablier trop grand pour elle qu'elle triturait avec fébrilité, elle semblait minuscule et chétive. Sa joue portait encore la trace des doigts d'Henry Kaufman et elle avait le nez gonflé d'avoir pleuré.

Je ne fis pas mine de monter. À vrai dire, j'hésitais sur la conduite à tenir.

— C'est votre propriétaire ?

Ma question parut la surprendre.

— Oui, évidemment ! Tout l'immeuble est à lui, et les deux d'à côté aussi. Enfin, à sa famille, mais c'est lui qui les gère. Si on peut appeler ça gérer…

Je demeurai immobile et elle poursuivit :

— Mrs. Garfinkel nous a dit que nous pouvions rester, même quand elle a découvert que…

Elle jeta un regard inquiet autour d'elle, comme si elle craignait d'être entendue.

— Bon, dis-je. Puis-je monter vous parler ? Je suis sûre qu'il est parti à présent et, même s'il revient, comptez sur moi pour me charger de lui. Il ne me fait pas peur.

Elle me détailla d'un regard perplexe.

— Ce doit être vrai, conclut-elle. Vous êtes plus grande que lui, non ?

Le bruit de la tête d'Henry Kaufman heurtant le mur me revint en mémoire. Je n'éprouvai aucun regret de l'avoir brutalisé ainsi et songeai que je recommencerais avec plaisir, vu la façon dont il traitait cette pauvre fille.

Lucy s'était calmée. Je la rejoignis et entrai avec elle dans sa chambre.

Celle-ci était plus spacieuse que celle du rez-de-chaussée. Elle comportait deux lits en fer similaires à celui du locataire absent, mais aussi une armoire et une commode. Le papier peint représentait des silhouettes d'enfants poursuivant des cerceaux sur une pelouse, chaque scène étant entourée d'un cercle doré complètement écaillé. Les morceaux qui manquaient par endroits laissaient apparaître une couche de plâtre qui avait été blanche un jour. Il n'y avait pas de cuisine, juste un poêle en bois surmonté d'une plaque et d'un réchaud. L'unique chaise était encombrée de linge attendant visiblement d'être raccommodé. Ne voyant nul endroit où m'asseoir, je posai mon sac sur le lit le plus proche.

— C'est ma mère qui dort ici, m'expliqua Lucy. Elle fait le ménage chez une dame, de l'autre côté de la rivière. Vous pouvez vous asseoir sur le lit, si vous voulez. Je suis désolée, je…

Regardant nerveusement autour d'elle, elle finit par saisir la pile de linge et prit sa place sur la chaise en gardant le ballot serré contre elle. Elle me dévisagea ensuite, dans l'expectative.

— J'imagine que Mr. Kaufman nous a vues ensemble tout à l'heure ? commençai-je.

Elle hocha la tête.

— En sortant de l'usine, je me suis arrêtée à l'épicerie et, quand je suis arrivée ici, il m'attendait. Il a un passe pour tous les logements.

Je me demandai combien de jeunes filles vivaient dans des chambres qu'ouvrait ce passe.

— Écoutez, commençai-je. Je suis venue vous voir parce qu'à mon avis, il faut faire quelque chose pour retrouver votre fils.

— Je sais bien… répondit-elle d'une toute petite voix, avant de fondre en larmes. Oh, je n'aurais jamais dû le laisser partir pendant la grève… Mais qu'est-ce que je pouvais faire d'autre ? On ne nous payait plus et, dans les tentes d'approvisionnement, il ne restait jamais assez de nourriture. Je n'allais tout de même pas le laisser mourir de faim, si ? Oh, vous n'imaginez pas comme ça a été dur de le voir partir…

Je la laissai pleurer tout son saoul, le ballot de linge serré contre sa poitrine et se balançant d'avant en arrière comme si elle cherchait à calmer un bébé.

Quelques minutes s'écoulèrent ainsi, puis elle renifla et s'essuya les yeux pour me contempler de nouveau.

— J'ai fait des pieds et des mains pour le retrouver, vous savez, mais il n'y a pas eu moyen. Tout le monde était parti. Tous ceux qui avaient eu un rapport avec l'évacuation ont tout bonnement disparu.

— Et vous n'êtes jamais allée vous plaindre à la police ?

Elle secoua la tête, les sourcils froncés.

— Bien sûr que non ! Henry me tuerait si je lui envoyais la police !

— Allons, il ne…

— Mais si, bien sûr que si ! Il ferait venir ses amis ici au milieu de la nuit pour mettre le feu à l'immeuble et me faire brûler vive ! Quand on s'avise de mêler la police aux affaires de ces gens-là, c'est comme si on était déjà mort !

Sa conviction me fit froid dans le dos et je pense que mon cœur manqua deux ou trois battements. Diable, qu'avais-je fait ?

— Vous êtes sûre ? soufflai-je. Moi, je connais quelqu'un qui serait prêt à vous aider, mais à condition que…

— Miss Kopp ! m'interrompit-elle en me considérant comme si j'étais une demeurée. Si Henry détient mon fils – enfin, s'il l'a placé quelque part… – que croyez-vous qu'il lui fera quand il découvrira que je suis allée parler de tout ça à la police ?

Je devais afficher un visage de marbre, car elle se pencha vers moi.

— Vous entendez ce que je dis ?

Je me contentai de hocher la tête, hébétée.

— Alors je ne sais pas pourquoi vous êtes venue ici, reprit-elle, mais si tout ce que vous avez à me proposer, c'est d'aller voir la police, j'ai bien peur que cela ne m'aide pas beaucoup !

Je me raclai la gorge pour retrouver l'usage de la parole.

— En fait, articulai-je d'une voix rauque, je… je ne vois pas ce que je peux faire d'autre pour vous.

— Moi non plus !

Il ne restait rien à ajouter, aussi me levai-je pour partir. Elle poussa un soupir triste, la tête basse et serrant toujours contre elle son ballot de linge à raccommoder. Je m'immobilisai.

— Mais avant que je m'en aille, déclarai-je, si vous me disiez juste ce que vous savez ? Pour le cas où il me viendrait une idée…

Elle leva les yeux vers moi en reniflant encore. Puis, bien qu'elle fût toujours en colère contre moi, elle me révéla d'une voix morne ce que je voulais savoir. Je notai l'adresse de Regina Doyle, chez qui on avait placé le petit Bobby, elle me parla des deux femmes, Mrs. Sanger et Mrs. Flynn, qui avaient pris la responsabilité d'évacuer les enfants durant les grèves. Je reconnus ces noms, car les journaux en avaient beaucoup parlé à l'époque. Lucy me décrivit également son bébé, âgé d'un an quand il était parti, un an plus tôt. Je lui demandai si elle se souvenait de quelque détail que ce fût concernant ses démarches en ville pour tenter de le retrouver, mais elle secoua la tête et ses larmes se remirent à couler.

— Ça ne sert à rien, gémit-elle. Regina Doyle n'est plus là. Je suis allée dans sa rue, j'ai interrogé les gens, mais personne ne se souvient même de l'avoir vue un jour.

— Elle n'a pas laissé une adresse à son propriétaire ? m'étonnai-je.

Lucy secoua la tête.

— Rien. Un beau jour, elle s'est évanouie, avec tous ceux qui la connaissaient. Les meneurs de la grève qui habitaient dans son immeuble ont disparu eux aussi. Subitement…

Un bruit retentit soudain dans l'escalier et nous nous figeâmes toutes deux, mais les pas ne ralentirent pas en passant sur le palier et ils continuèrent vers l'étage suivant. Je poussai un soupir de soulagement, puis affirmai sans grande conviction qu'il existait nécessairement un moyen d'obtenir de l'aide. Lucy secoua la tête et me fit promettre une fois de plus de ne rien dire à la police.

N'ayant aucune autre idée à suggérer, je lui fis mes adieux et descendis d'un pas mal assuré l'étroit escalier pour retrouver l'éclat éblouissant du soleil couchant.

La rue était étrangement vide et silencieuse. Seuls s'élevaient de temps à autre le claquement d'un linge mouillé que l'on secouait par la fenêtre ou l'appel du marchand de poisson qui passait avec sa charrette. Sa tournée s'achevait et il ne lui restait plus que du pagre et quelques têtes de bar dont les ménagères des quartiers plus aisés n'avaient pas voulu.

14

J'aurais pu demander au représentant Singer de cesser ses visites. Notre porte comportait un verrou et il lui eût été impossible d'entrer si je ne lui avais pas ouvert.

Mais je continuai à l'accueillir chez nous.

Au cours des semaines qui suivirent, il apparut que ses doigts longs et fins étaient tout aussi habiles à manier les boutons et les agrafes que les aiguilles et le fil. Nul homme ne connaissait aussi bien que lui les multiples façons dont deux pans de tissu pouvaient être réunis entre eux ou séparés l'un de l'autre qu'un représentant en machines à coudre. La première fois qu'il détacha mon col de ma robe, je demeurai parfaitement immobile, surprise par la prestesse avec laquelle cette opération pouvait être réalisée.

Dans la pénombre perpétuelle du salon de ma mère, il œuvra sur ma robe comme un tailleur lors d'un essayage, me priant de rester bien droite au centre de la pièce tandis qu'il décrivait des cercles autour de moi en ôtant des agrafes et en faisant glisser des boutons en perle hors des œillets cousus par ma mère. Il touchait tout cela d'une main légère, comme s'il ne cherchait qu'à en tester la solidité ou à repérer les défauts dans la confection. À chacune de ses visites, il détachait un autre des innombrables liens et fermetures avec lesquels les jeunes filles que nous étions se harnachaient selon la mode de 1897. Il lui fallut plusieurs semaines pour venir à bout du dernier d'entre eux, mais le représentant Singer était patient, et il me souriait chaque fois qu'il en défaisait un. Lorsqu'il m'embrassait, il fermait les yeux comme un homme en prière.

Ma mère m'avait imprimé dans la tête l'idée qu'une jeune fille ne devait jamais se retrouver assise sur un canapé avec un homme. Nous ne prîmes donc jamais place sur le canapé. Le représentant Singer veilla à ce que je reste toujours debout.

Une seule fois, mes genoux fléchirent, mais il me rattrapa aussitôt.

Le représentant Singer comprit avant moi. Il connaissait avec précision la coupe de chacune de mes robes pour avoir défait et rattaché mes vêtements tout l'hiver, y ajoutant même çà et là quelques fronces ou plis afin qu'ils tombent mieux. Lorsqu'il remarqua que les points qu'il m'avait lui-même cousus à la taille tiraient un peu, il sut.

Il y avait dans le New Jersey, me dit-il, un endroit pour les jeunes filles comme moi. C'était un autre représentant Singer qui lui en avait parlé.

Un autre représentant Singer ? Je compris à ces mots qu'il devait y avoir, à Brooklyn, beaucoup d'autres jeunes filles comme moi à qui des représentants Singer donnaient des leçons de couture. Le voile de brouillard qui, étrangement, m'avait obscurci l'esprit durant des mois s'estompa d'un coup. Je vis soudain tous les objets qui m'entouraient avec une froide précision et ma situation m'apparut pour la première fois telle qu'elle était. Les mots exprimant la catastrophe qui s'abattait sur moi s'affichèrent dans mon esprit comme dans les colonnes d'un quotidien.

Je laissai pourtant le représentant Singer glisser ses doigts sous la taille de ma jupe pour déterminer s'il y avait suffisamment de tissu pour l'agrandir de quelques centimètres.

Pas un instant je n'envisageai de me confier à ma mère, de lui parler de cet enfant à venir et du fait que j'avais laissé cet homme entrer de nouveau chez nous. Un Juif faisant du porte-à-porte, démarchant la mécanique du siècle à venir, qui avait mis sa fille en morceaux, point après point, ici, au cœur même de cette forteresse d'un autre âge qu'elle avait bâtie pour nous préserver…

Je ne vis pas d'autre solution que de laisser le représentant Singer m'emmener à Wyckoff et me déposer au Foyer rural pour femmes seules en situation de faiblesse de Mrs. Florence. Il ne fut jamais question de voir un médecin ni de boire un sirop ou de me jeter dans l'escalier. Je ne connaissais rien à tout cela, et je n'en saurais rien jusqu'à mon arrivée à Wyckoff, où les autres filles allaient faire mon éducation dans ce domaine.

Ainsi, sans un mot, je disparus. Une nuit d'été, je quittai mon lit de Brooklyn et Norma qui s'agitait près de moi dans son sommeil et, le lendemain matin, je m'éveillai sur un matelas de laine à Wyckoff après m'être enregistrée sous un faux nom, présentée comme une cousine infortunée du représentant Singer.

Je ne laissai pas de lettre, n'emportai rien avec moi, pas même des vêtements de rechange. À Wyckoff, je me confectionnerais une nouvelle garde-robe. En guise de cadeau d'adieu, le représentant Singer me laissa sa machine de démonstration.

15

Les pommes de terre sortaient toutes seules du sol. Leurs feuilles avaient poussé et se fanaient déjà. Il faudrait les gratter et les emballer dans la paille pour les remiser dans le cellier avant qu'elles ne deviennent vertes. J'en poussai quelques-unes du pied et elles émergèrent aussitôt de la terre, dispersant des colonies de cloportes.

Quand j'entrai dans la grange, Norma brossait Dolley. Elle lui donna une petite tape sur la croupe et la jument retourna docilement dans sa stalle.

— Et si tu chronométrais mes pigeons aujourd'hui ? suggéra-t-elle. Puisque tu es là et que tu n'as rien à faire…

J'avais des choses à faire, mais je ne lui en avais pas encore parlé. Je l'aidai à seller Dolley, que je conduisis à l'extérieur pendant qu'elle prenait le panier et se mettait en devoir d'attraper quelques oiseaux. Récemment, elle avait installé un chronomètre à pigeons dans le pigeonnier, une boîte contenant une horloge spéciale qui s'arrêtait lorsqu'on introduisait à l'intérieur la bande fixée à la patte du pigeon. Dans les compétitions, les juges ouvraient chaque boîte, mettaient l'horloge en marche à l'instant où l'oiseau était lâché, puis la refermaient. Chaque concurrent devait rapporter la boîte chez lui et attendre que ses pigeons reviennent. Dès que ceux-ci entraient dans le pigeonnier, on leur enlevait leur bande pour l'introduire par une fente de la boîte, afin d'arrêter le chronomètre. Les boîtes étaient ensuite retournées aux juges, qui les ouvraient et notaient le temps de vol, puis calculaient la vitesse.

Les oiseaux de Norma ne participaient à aucun concours, car cela eût obligé ma sœur à s'inscrire dans un club et elle était contre l'idée de s'associer à d'autres personnes de façon organisée. Toutefois, elle aimait enregistrer leur vitesse. C'était devenu ma responsabilité de rester dans le pigeonnier pour noter l'heure exacte de leur arrivée.

Elle m'indiquait donc une heure de départ et je consentais à attendre dans son local poussiéreux au sol couvert de plumes avec une montre de poche à la main, pendant qu'elle se rendait en ville avec sa montre à elle. À l'heure dite, je devais déclencher le chronomètre en sachant qu'à plusieurs kilomètres de là, elle était en train de lâcher ses oiseaux.

— Je vais seulement à Ridgewood acheter mes journaux ! me lança-t-elle.

Elle hissa son panier à pigeons et le fixa sur la croupe de Dolley. À l'intérieur retentissaient des bruits de plumes et de griffes que je pris pour une expression de joie de la part des oiseaux.

Nous réglâmes nos montres et nous mîmes d'accord sur l'heure à laquelle j'enclencherais le chronomètre. Puis elle s'en alla et disparut bientôt de ma vue, me laissant seule avec un pigeonnier à demi vide et un lopin de pommes de terre.

Je venais de retourner dans la maison après m'être activée dans le potager lorsque la cloche des pigeons retentit.

— *Ach*… Il faut que j'aille attraper ce pigeon.

— Dépêche-toi ! répondit Fleurette.

Elle préparait son déjeuner favori, pain beurré et sucre en poudre, et préférait me voir sortir de la cuisine pour ne pas m'entendre lui reprocher de gaspiller du sucre de cette façon. Je la menaçais toujours d'envoyer notre sucre aux soldats belges si elle continuait à le saupoudrer sur tout ce qu'elle ingérait.

Je la laissai donc avec le sucrier et m'empressai d'aller arrêter le chronomètre. Le pigeon qui venait d'arriver se nichait dans le coin le plus reculé du pigeonnier. Il becquetait la bande accrochée à sa patte et ne me laissa pas la lui retirer. Petit être à plumes opalescent, il se tenait très droit sur son perchoir en me considérant avec une expression mi-offensée, mi-soupçonneuse qui, étrangement, me rappela Norma. J'étais trop grande pour me tenir debout dans le pigeonnier, aussi, après m'être un peu débattue avec l'oiseau et m'être coincé les cheveux dans le grillage, je l'abreuvai d'insultes pour son entêtement et reculai jusqu'à la sortie pour accueillir les autres volatiles à l'extérieur.

Deux nouveaux pigeons atterrirent et, cette fois, je réussis à arracher les bandes de leurs minuscules pattes pour les glisser dans le compartiment du chronomètre correspondant. Le reste de la volée arriva quelques minutes plus tard. J'étais de nouveau dans la maison, occupée à négocier avec Fleurette pour lui retirer le sucrier, lorsque Norma fit irruption dans la cuisine.

— Alors ? m'interrogea-t-elle aussitôt.

— Le premier n'a pas voulu se laisser faire. Il a atterri une minute avant les suivants.

Norma jeta un journal sur la table.

— Ton ami est dans le journal, annonça-t-elle.

Fleurette se pencha pour lire le titre.

— « Un voleur de poules devant le tribunal du comté de Bergen » ?

Je parcourus l'article des yeux, le temps de constater que l'affaire concernait le shérif Heath. Une façon, pour Norma, de me signifier que nous n'avions nul besoin qu'un préposé aux voleurs de poules vienne s'occuper de nos affaires.

— Ce shérif est censé faire quelque chose pour nous ? interrogea Fleurette.

— Il doit juste aller mettre un peu de plomb dans la cervelle à Henry Kaufman, expliquai-je.

— Mais Norma ne l'aime pas ?

— Norma ne le connaît pas.

— Oh, mais je sais très bien qui il est ! protesta l'intéressée. C'est celui qui demande sans arrêt au Conseil des propriétaires fonciers de l'argent pour ses prisonniers.

— Comment ça, de l'argent pour ses prisonniers ? s'étonna Fleurette.

— Les propriétaires fonciers du Conseil sont élus pour veiller à ce quc ce comté soit géré efficacement, à la manière d'une entreprise, mais le shérif Heath dépense l'argent des contribuables en dépit du bon sens, poursuivit Norma. Il veut que chacun de ses détenus ait des vêtements neufs, il met à leur disposition une bibliothèque pour qu'ils ne s'ennuient pas trop et, en plus, ces messieurs ont droit à un bon rasage et à une coupe de cheveux ! C'est heureux que le Conseil ne lui donne pas carte blanche ! Si on laissait faire cet homme, les criminels de cette ville seraient mieux traités que les clients d'un grand hôtel !

— Ne pourrais-tu pas trouver au moins une chose polie à dire sur la seule personne qui ait proposé de se porter à notre secours ? m'indignai-je.

— Crois-moi, il ne nous a pas encore tirées d'affaire…

Mes pommes de terre étaient un peu humides au moment où je les avais ramassées et je les avais mises à sécher au soleil. Tandis que je les retournais et les débarrassais de leur terre, je sentis Norma arriver derrière moi.

— Je suis sûre que tu penses encore à cette fille, me lança-t-elle.

Je gardai les yeux rivés au sol sans répondre.

— Nous ne devons plus avoir affaire avec ce Mr. Kaufman, tu m'entends ? poursuivit-elle. Je te l'ai déjà dit, et Francis est d'accord avec moi.

— Quand as-tu parlé à Francis ?

— Il est passé ici hier, quand tu n'étais pas là.

Je me redressai en m'essuyant les mains l'une contre l'autre.

— Et tu lui as dit ? Pour la brique ? Pour…

Elle haussa les épaules.

— Ce n'est pas moi, c'est Fleurette. Elle n'a pas pu résister. Et je n'allais pas lui mentir… Lui, bien sûr, il trouve que ce qui nous arrive est une preuve de plus que nous ne pouvons pas rester seules ici.

— C'est un peu tard pour dire ça, répliquai-je. Nous nous sommes très bien débrouillées jusqu'à présent.

Norma promena son regard sur le potager et sur les pissenlits aux immenses tiges qui y projetaient leur ombre et croisa les bras. Plusieurs fois déjà, elle m'avait menacée de se charger de ces cultures à ma place si je ne faisais pas un effort. Je lui répondais toujours que je lui laissais ce soin avec plaisir et que j'étais prête à prendre en échange n'importe laquelle des tâches qu'elle assumait. Elle n'avait pas encore accepté, mais je sentais que les mauvaises herbes qu'elle avait sous les yeux offensaient son sens de l'ordre.

— Il y a des gens qui mangent les pissenlits, tu sais, hasardai-je.

Elle renifla sans répondre.

— Tu ne m'as pas raconté ce qui était arrivé à la fille, marmonna-t-elle.

— Je croyais que tu ne voulais plus penser à elle…

— En effet, et tu n'aurais jamais dû aller là-bas. Mais qu'est-ce qu'elle t'a dit, bon sang ?

Je réprimai un sourire. Norma était d'une curiosité insatiable quand il s'agissait des infortunes d'autrui. C'était la raison pour laquelle elle lisait les journaux. Chaque fois que quelqu'un, quelque part, vivait des épreuves terribles, Norma se sentait le devoir de s'en tenir informée.

— Il n'y a pas grand-chose à raconter, répondis-je. Mr. Kaufman est une brute, mais ça, nous le savions déjà. Il loue des logements à des jeunes filles, et il va personnellement collecter le montant du loyer chaque mois à leur domicile. Ce qui revient à dire que…

— S'il te plaît, inutile d'en rajouter ! me coupa Norma. Je sais bien ce que cela signifie.

— L'an dernier, au moment de l'évacuation, Lucy a envoyé son petit garçon à New York avec les autres enfants. Le problème, c'est qu'on ne le lui a jamais ramené, et que la femme qui le gardait chez elle a disparu. Lucy ne sait rien de plus…

— Mais elle sait qu'elle ne doit pas mêler la police à cette affaire, souligna Norma.

— Seulement parce qu'elle craint pour sa vie.

— Comme nous toutes, face à ce Mr. Kaufman qui ne cache pas son intention de nous prendre pour cibles !

Dolley donna un coup dans son seau d'avoine et Norma se précipita dans la grange pour le redresser. J'entrai derrière elle. La jument cligna nonchalamment les yeux à notre approche et je posai la main sur son chanfrein doux et tiède. Puis je lui envoyai une tape dans la cage thoracique, comme le faisait souvent Norma, avant de poser les mains sur son flanc. Ce contact m'apaisa. Je sentais les battements puissants de son cœur et sa respiration profonde et régulière, comme une chose venue d'un autre temps, d'une ère plus paisible. Puis je m'appuyai contre elle et éprouvai sa solidité, bien supérieure à la mienne.

— Je dois faire quelque chose pour Lucy, murmurai-je, les yeux posés sur la jument.

— Non, tu ne dois rien faire du tout.

— Si, j'y tiens. Je vais aller à New York voir ce que je peux découvrir. Il n'y a aucun mal à poser des questions.

— Aucun mal ? Alors que ces hommes sont venus jusqu'ici ? Et qu'ils ont abreuvé Fleurette d'injures comme si c'était une vulgaire…

— Je sais ce qu'ils ont fait, l'interrompis-je. Mais il faut bien que quelqu'un parte à la recherche de cet enfant !

— Je ne vois pas pourquoi ce devrait être toi.

— Ce doit être moi, parce que…

Je me tournai enfin vers elle et il me fallut tout mon courage pour la regarder bien en face et achever :

— … Parce que… que se serait-il passé si personne n'avait jugé bon de partir à ma recherche ?

16

Chez Mrs. Florence, je ne parlais jamais de ma famille.

La plupart des filles ne le faisaient pas non plus. Quelques-unes d'entre elles s'étaient enfuies comme moi, et le reste avait été déposé là par une mère ou une sœur muette de terreur, auprès de laquelle elles retourneraient quelques mois plus tard, non sans s'être accordées avec elle sur une histoire de semestre en internat ou de visite chez une tante éloignée à raconter. Une fois, un bébé fut trouvé sur le seuil avec une enveloppe bourrée d'argent et un petit mot promettant qu'une tante ou un oncle viendrait le réclamer bientôt, du moins, dès que l'on aurait réussi à les convaincre de le faire. Nul ne vint jamais.

Je m'efforçai de ne pas penser à ma propre mère. Elle était devenue une telle autorité en matière de disparitions et de filles perdues ! J'étais à présent l'une de ces innocentes abusées par un vendeur ambulant et emmenées dans un foyer du New Jersey sans un mot à la famille. Le genre d'article qu'on avait déjà lu cent fois…

Parfois, je rêvais à ma mère. Elle se trouvait au fond d'un puits, dans l'obscurité la plus totale. Même les étoiles du ciel étaient si lointaines qu'elle ne pouvait les distinguer. Aucun autre son que le clapotement de l'eau et l'écho de sa propre voix contre les parois… Elle attendait de l'aide et personne ne venait. Semaine après semaine, je retournais la visiter ainsi en songe, et je la voyais toujours au même endroit, au fond de son puits, là où le soleil lui-même ne pourrait jamais la retrouver.

S'était-elle adressée à la police ? Avait-elle averti notre père ? Arpentait-elle les rues de New York en demandant à chaque épicier, à chaque marchand des quatre-saisons s'ils ne m'avaient pas vue ? Je me posais ces questions toutes les nuits. Pas une fois, après mon retour, elle n'évoqua cette période avec moi, et Francis, pour sa part, était trop gêné pour m'en dire quoi que ce fût lui non plus. Ce fut donc par Norma que j'appris la vérité. Cela vint par fragments, au fil des ans, à l'occasion de conversations chuchotées, en ces rares moments où nous étions seules et où Norma était encline aux confidences.

Je sais ainsi que, lorsqu'ils s'éveillèrent et trouvèrent mon lit vide, ils se dirent que j'avais sans doute eu une bonne raison de me lever de bonne heure, et que je reviendrais dans la journée avec des explications qui, bien que difficiles à imaginer, éclairciraient le mystère. Le soir venu, ils restèrent au salon bien après la tombée de la nuit, autour de la flamme chétive d'une lampe à huile, comprenant, je suppose, qu'aller se coucher reviendrait à admettre qu'il n'y avait pas d'explication banale, ordinaire, à ma disparition et que, lorsqu'ils s'éveilleraient le lendemain matin, ils auraient basculé dans une autre époque de leur existence : celle qui débutait avec la perte inexpliquée d'une des leurs. Ils s'endormirent donc dans les fauteuils pour repousser l'arrivée de ce jour nouveau, mais se faufilèrent l'un après l'autre dans leurs lits au cours de la nuit. Cette fois, j'étais bel et bien partie…

Je me figure maman le lendemain matin, assise dans son gros fauteuil dans un coin du salon, plantant rageusement l'aiguille dans son ouvrage de broderie tandis que ses lèvres remuaient sans qu'il en sortît un son. Elle avait une manière bien à elle de couper court à toute conversation avec ce sombre silence qui la caractérisait. Quel accablement avait dû éprouver le pauvre Francis en comprenant que c'était à lui, seul homme de la maison, qu'il revenait d'amener sur le tapis le délicat sujet du départ subit de sa sœur ! (Car ils avaient toujours considéré cela comme un départ, ne voyant pas comment j'aurais pu être arrachée à mon lit en pleine nuit et emmenée contre mon gré.)

Francis se proposa d'effectuer les démarches traditionnelles : aller signaler ma disparition à la police, interroger les commerçants du quartier, les employés de la gare, nos oncles et tantes, pour le cas où je me serais confiée à l'un d'eux. Ma mère le lui interdit.

Ce refus fit comprendre à mon frère qu'elle avait déjà rendu son jugement : la raison de ma disparition, quelle qu'elle fût, ne pouvait être que honteuse, et il ne fallait en parler à personne, pas même à la famille. (Ma mère a toujours caché ma disparition à ses frères ; par la suite, elle y ferait parfois allusion en parlant de l'époque où j'avais suivi une formation de secrétariat à Philadelphie. Je dus alors apprendre à sourire et à déclarer que les cours avaient été intéressants, mais que le secrétariat n'était pas un métier pour moi.)

Norma se rangeait pour sa part à l'avis de Francis : il fallait solliciter la police, interroger le voisinage et tout tenter pour me ramener à la maison. Maman persista néanmoins dans son opposition. Ce fut, je pense, ce qui causa la fracture dans leurs relations.

À son grand effroi, Norma comprenait soudain que, si elle disparaissait à son tour, maman n'irait pas la chercher elle non plus.

Et puis, un beau jour, mon frère entendit parler d'une autre jeune fille du quartier qui avait disparu, mais qui était revenue d'elle-même avant la naissance de son bébé et avait tout confessé. Elle avait reçu plusieurs visites d'un représentant en machines à coudre…

Francis fit part de ses soupçons à Norma en grand secret, persuadé qu'elle protesterait et nierait que j'aie pu faire une chose pareille, mais ma sœur pâlit au contraire et alla chercher, dans son nécessaire à couture, une bobine de fil qu'elle lui tendit. Elle l'avait trouvée quelques jours plus tôt sous le buffet, lui expliqua-t-elle, et elle ne correspondait pas à celles de la machine à coudre de maman. Ils comprirent ensemble ce que cela signifiait.

Ils résolurent d'attendre d'avoir des certitudes pour en parler à maman. Francis n'ayant pu obtenir le nom du foyer où était allée l'autre jeune fille, il revint à Norma d'écrire à toutes les institutions pour femmes seules des États de New York, du New Jersey et de Pennsylvanie. Elle se mit au travail, recopiant nuit après nuit la même lettre comportant ma description et la date de ma disparition et allant la poster le matin à l'intention d'un destinataire chaque fois différent.

Quand la lettre parvint à Wyckoff, le bébé était né.

17

Le train pour New York était si bondé que je ne trouvai aucune place pour m'asseoir, aussi fut-ce un réel soulagement de parvenir enfin à destination.

Je sortis de la gare en songeant que c'était la première fois que je me rendais seule à New York. Mes oncles habitaient encore Brooklyn avec leur famille et il leur arrivait de nous inviter à déjeuner le dimanche. Une fois ou deux, j'avais également emmené Fleurette au spectacle, mais il ne m'était jamais venu à l'esprit que je pourrais un jour me trouver confrontée seule à l'immensité de la ville, avec la possibilité d'aller où bon me semblait et de faire ce que je voulais.

Ce que je voulais en cet instant précis, je le savais parfaitement. Je me mis en route vers la Treizième Ruc Est, où Regina Doyle avait vécu avec le bébé de Lucy. Je longeai sans m'arrêter des échoppes où l'on vendait des boutons et du cuir pour chaussures, de petites gargotes et des épiceries avec leurs cartons de pommes posés à même le trottoir et des immeubles de bureaux aux fenêtres desquels scintillaient en lettres d'or le nom des entreprises qu'ils abritaient.

Je trouvai en peu de temps l'adresse que m'avait indiquée Lucy. C'était un bâtiment de pierre brune qui dressait ses trois étages au milieu d'une enfilade d'autres constructions tout aussi ordinaires. Des pots de fleurs agrémentaient les fenêtres du troisième, mais les géraniums qu'ils contenaient étaient tous vieux et fanés.

Au moment où je m'arrêtai sur le trottoir, une femme passa devant moi et gravit les marches du perron. Je m'empressai de la rejoindre.

— Excusez-moi ! lui criai-je. Je cherche quelqu'un qui a vécu dans cet immeuble.

— Je ne le connais pas, rétorqua-t-elle sans même se retourner.

— Non, non ! En fait, je me demandais…

Je ne pus en dire davantage : elle avait déjà claqué la porte derrière elle. Quand je tentai de pénétrer dans l'immeuble à sa suite, cette dernière était verrouillée. Il y avait une sonnette, cependant je ne reconnus aucun des noms inscrits à côté.

Ébranlée, je retournai sur le trottoir. Un garçon boucher arrivait, chargé de paquets. Lorsque je l'arrêtai pour lui demander s'il se souvenait d'une femme du nom de Regina Doyle qui avait habité là ; il secoua la tête.

— Non, m'dame, pas du tout, répondit-il en se remettant à marcher.

— Mais vous faites des livraisons dans ce quartier, non ?

Il ne prit même pas la peine de se retourner pour me répondre.

Je poussai un soupir. Pas un instant, je ne m'étais imaginé que les gens refuseraient de me parler. Le manque de légitimité de mes questions devait paraître évident à ceux que j'approchais : je n'avais ni carte professionnelle, ni certificat, ni lettre d'accréditation. Je demeurai postée devant l'immeuble en attendant je ne savais quoi : un témoin, un indice, une meilleure idée… Il n'y eut rien de tout cela.

Je finis par m'éloigner du bâtiment pour entrer dans une épicerie qui occupait le coin de la rue, puis chez un cordonnier et dans une librairie. À chaque fois j'obtins la même réponse : personne ne connaissait Regina Doyle et personne n'en avait jamais entendu parler. Je regrettai de ne pas avoir la moindre description de cette femme à présenter. J'arrêtai aussi un fleuriste ambulant et une jeune fille qui tenait son petit frère dans les bras : ni l'un ni l'autre ne daigna m'accorder une parole.

À l'extrémité de la rue, un studio de photographie occupait la partie basse d'un immeuble. Il était signalé par une plaque de cuivre marquée « STUDIOS LAMOTTE, PHOTOGRAPHE, TOUS SUJETS ». Ne trouvant pas de sonnette, je poussai la porte et me retrouvai, non pas, comme je m'y attendais, dans un studio où l'on réalisait des portraits, mais dans une sorte de bureau encombré de papiers et de grandes enveloppes brunes toutes identiques munies de sceaux auxquels pendaient des ficelles rouges.

S'il y avait une lampe dans la pièce, je ne la vis pas. Le seul éclairage provenait d'une étroite fenêtre en hauteur que recouvrait à demi cette mousse brunâtre qui pousse sur les marches des sous-sols que le soleil ne peut atteindre.

— Encore deux minutes ! cria une voix masculine derrière une porte au fond du magasin.

Je répondis que je n'étais pas pressée, tout en me demandant ce que je pouvais bien attendre. J'entendis le bruit d'un liquide que l'on versait brutalement, puis le double cliquètement d'un interrupteur. J'en déduisis que l'homme était en train de développer des photographies et constatai que je ne m'étais pas trompée quand je le vis sortir d'une pièce obscure. Il portait un tablier de boucher en caoutchouc et dégageait une odeur de soufre et de gaz. Il était petit, bien enveloppé, avec des lunettes épaisses et une mauvaise perruque de cheveux bruns qui ne couvrait pas entièrement des pattes grises de part et d'autre de son visage.

Il eut l'air surpris de me voir.

— Ah ! s'exclama-t-il. Je croyais que c'était le gamin.

— Le gamin ?

— Le garçon de courses.

Il remonta ses lunettes sur son nez et m'examina.

— Vous n'êtes pas... reprit-il. Non, aucune importance, pardonnez-moi ! Je suis Henri LaMotte. Enchanté !

— Constance Kopp, répondis-je. Je connais le nom de LaMotte. *Votre famille vient-elle des Côtes-du-Nord** ?*

Il se mit à rire.

— Oh non, non... J'ai oublié le peu de français que ma mère a essayé de m'inculquer. Les filles écoutent leur mère, pas les garçons !

— Vous avez sans doute raison, acquiesçai-je. Mon frère n'a jamais parlé un mot qui ne soit pas du bon anglais de Brooklyn. Ma mère était désespérée en voyant que ses petits-enfants étaient de vrais New-Yorkais !

Je me tus, étonnée de moi-même : je ne me rappelais pas avoir jamais parlé de ma famille à un étranger. Toutefois, cet homme jovial et décontracté appelait aux confidences.

— Bon, Miss Kopp, qui, d'après son nom, pourrait parler aussi bien l'allemand que le français...

— *Die Familie meiner Mutter stammt aus Österreich.*

— *Oui**. Ou *ja*… Mais sommes-nous ici pour des cours de langues, ou ai-je une enveloppe pour vous ?

— Une enveloppe pour moi ? Non, je voulais juste vous poser une question. Voyez-vous, je suis à la recherche d'une personne…

— Ah, d'accord ! me coupa-t-il. Je comprends. Mais ce n'est pas par moi qu'il faut commencer.

— Je vous demande pardon ?

— C'est l'enquêteur qui me contacte, une fois que vous vous êtes arrangée avec lui.

— L'enquêteur ?

Il se rapprocha d'un pas et leva les yeux vers moi, l'air intrigué, par-dessus la monture de ses lunettes.

— Oui, le détective ou le policier. Vous voulez retrouver quelqu'un ? Nous prenons les photos, mais seulement à la demande des enquêteurs. Nous ne partons pas à droite et à gauche de notre propre chef. Ce sont eux qui nous appellent quand ils sont prêts à recourir à nos services.

— Vous travaillez pour des enquêtes policières ? Moi qui avais cru entrer dans un studio de portraits !

Il se mit à rire.

— Oh, voilà bien longtemps que j'ai arrêté les portraits ! Aujourd'hui, il suffit d'avoir un appareil photographique et quelques pans de tissu pour ouvrir un studio ! Moi, Miss Kopp, je m'occupe de recueil de preuves. Mes photographes prennent des clichés destinés à servir de pièces à conviction devant les tribunaux ou, plus fréquemment, à persuader les gens de ne pas intenter de procès. Mais si vous souhaitez un portrait, je peux vous adresser à…

— Oh non ! m'exclamai-je en m'efforçant de bien intégrer ce qu'il me disait. Non, ma question concernait ce quartier. Je cherche un petit garçon qui vivait un peu plus loin dans cette rue.

— Il ne travaillait pas pour moi, assura Mr. LaMotte.

— Non, c'était… enfin, *c'est*… un bébé. Une dame qui habitait dans cette rue l'a pris chez elle, mais elle est devenue introuvable !

Je lui donnai son nom et son adresse. Mr. LaMotte pinça les lèvres, avant de prendre une profonde inspiration.

— Oh, mademoiselle*, j'ai l'impression que vous êtes venue chercher des ennuis… Mais est-ce bien vous qui les avez cherchés, ou est-ce que ce sont eux qui sont venus à vous ?

Je le considérai sans bien comprendre.

— Ma foi, je ne sais pas… Ce sont plutôt eux qui sont venus à moi.

— Eh bien, renvoyez-les ! s'exclama-t-il en se retournant pour retirer son tablier de caoutchouc, qu'il accrocha à une patère avant de s'asseoir derrière son bureau et de disparaître à demi derrière son fouillis.

— Renvoyez-les ! répéta-t-il. Et retournez chez vous, à Brooklyn. Voilà mon conseil !

Sur ces mots, il saisit un crayon pour me signifier que notre conversation s'achevait là.

— Je n'habite plus Brooklyn, hasardai-je. Je vis près de Paterson maintenant. Je ne suis ici que pour la journée, j'essayais de…

— Paterson ? coupa-t-il en relevant la tête et en repoussant le ridicule postiche qui lui était tombé sur les yeux. Vos recherches sont-elles en rapport avec les grèves des ouvriers de la soie ?

— Oui ! m'écriai-je, peut-être un peu trop fort. Bien sûr ! En fait, le bébé avait été évacué avec les enfants des grévistes.

Mr. LaMotte secoua la tête.

— Toutes sortes de bolcheviks habitaient dans le coin pendant les grèves, soupira-t-il. Ils tenaient de grands débats qu'on entendait à cinq cents mètres à la ronde ! Il suffisait à la police de se poster un peu plus loin sur le trottoir pour être au courant de tous leurs projets. Mais ils sont tous partis maintenant.

La porte d'entrée s'ouvrit au moment où il achevait sa phrase et un jeune garçon fit irruption dans le magasin.

— Ah, te voilà ! s'exclama Mr. LaMotte avec une satisfaction manifeste. Nous avons trois dossiers pour toi, c'est ça ?

Le garçon hocha la tête en posant sur moi un regard suspicieux.

— Ne t'inquiète pas, Miss Kopp allait partir. *Veuillez m'excuser, mademoiselle* ! Je n'ai rien de plus pour vous. Bonne journée !

Il se pencha sur son empire d'enveloppes, qu'il se mit à fouiller. Avant de le saluer d'un signe de tête et de gagner la sortie, j'inscrivis mon nom et mon adresse sur une feuille, que je posai sur le bureau parmi ses papiers, pour le cas, lui dis-je, où il se souviendrait de détails susceptibles de m'aider. Une fois dans la rue, je retournai devant l'immeuble de Regina Doyle en méditant les bribes d'informations que je venais d'obtenir. Je levai la tête vers les fenêtres : elles étaient toutes fermées, les rideaux tirés.

Au bout d'un moment, la porte d'entrée s'ouvrit sur un petit garçon, qui sortit en courant. Cette fois, je fus assez rapide pour la bloquer avant qu'elle se referme. Quand je me retournai dans l'espoir de parler à l'enfant, celui-ci était déjà loin.

Parmi la rangée de boîtes aux lettres qui s'alignaient dans le vestibule, aucune ne portait le nom de Doyle. Déçue, je m'engageai dans l'escalier avec l'intention d'interroger un à un tous les occupants de l'immeuble.

Je frappai sans succès à la première porte. Une fillette d'une dizaine d'années m'ouvrit la deuxième, un bébé sur la hanche. Je lui demandai si sa maman était là et elle secoua la tête, avant de refermer doucement le battant. J'entendis le verrou glisser.

Le son d'une flûte émanait de l'appartement suivant. Je m'apprêtais à y frapper lorsqu'une voix me parvint.

— Mademoiselle ! Vous n'avez pas vu la pancarte ?

Je fis volte-face. Un homme massif d'un certain âge en tenue de travail montait péniblement l'escalier.

— La pancarte ? Non, je…

Il interrompit son ascension pour reprendre son souffle.

— Pas de démarcheurs ! Remballez vos pamphlets ou vos échantillons, enfin, ce que vous avez, et quittez cet immeuble ! Les gens qui habitent ici n'ont aucune envie d'être dérangés.

La musique derrière la porte s'interrompit.

— Je ne suis pas ici pour vendre quoi que ce soit, monsieur ! protestai-je. Je cherche une dame qui a vécu ici l'an dernier. Regina Doyle. Elle avait un bébé avec elle, mais ce n'était pas le sien.

Il fronça les sourcils.

— Si ce n'était pas son enfant, que faisait-il ici ? interrogea-t-il d'un ton brusque.

— Eh bien, monsieur, je…

— Peu importe ! coupa-t-il. De toute façon, je ne connais pas cette femme. Allez raconter vos sornettes ailleurs !

De nouveau, il me désigna la sortie. Ne voyant aucun moyen de continuer ma quête, je lui souhaitai une bonne journée et regagnai le rez-de-chaussée à contrecœur.

Je me tenais encore sur les marches du perron lorsque la porte s'ouvrit derrière moi. Je me retournai aussitôt, pour découvrir un jeune homme si maigre que ses clavicules saillaient sous sa chemise. Il referma la porte sans bruit et s'adressa à moi à voix basse.

— C'est vous qui cherchez Mrs. Doyle ?

— Oui, répondis-je. C'est vous que j'ai entendu jouer de la flûte ?

Il hocha la tête et me saisit le bras pour m'entraîner au bas des marches.

— Je ne sais pas où elle est, me chuchota-t-il, mais elle faisait partie de toute une bande de syndicalistes. Ils ont commencé à recevoir des menaces de la Mano Nera et ils sont tous partis sans demander leur reste.

— Quel genre de menaces ?

Il se retourna pour examiner l'immeuble comme s'il craignait d'être écouté.

— Comme d'habitude : incendies, enlèvements… Une fois, ils se sont introduits dans l'immeuble au beau milieu de la nuit.

— Et vous n'avez pas une idée de l'endroit où pourrait être Mrs. Doyle maintenant ?

Il secoua la tête.

— Elle a fui la Mano Nera. C'est tout ce que je sais.

Je le remerciai et il s'empressa de regagner l'immeuble.

Henry Kaufman appartenait-il à la mafia ? Depuis quelques années, les journaux abondaient en récits de crimes commis par la Mano Nera. Il s'agissait surtout d'immigrants italiens engagés dans un commerce qui consistait essentiellement à aller menacer quiconque possédait de quoi payer. Les demandes étaient simples et directes : on envoyait une lettre promettant un incendie ou un kidnapping si une certaine somme d'argent – généralement mille dollars – n'était pas versée.

Si la menace était un enlèvement, elle concernait dans la plupart des cas des jeunes filles plutôt jolies promises à la traite des Blanches. Une perspective de nature à pousser n'importe quel père à réunir la somme exigée, malgré les instances de la police qui recommandait de n'en rien faire. Les chefs de famille étaient tout disposés à payer mille dollars si cela leur évitait de vivre dans la crainte que leur enfant tombe entre les mains d'un proxénète.

Norma avait coutume de nous lire à haute voix les articles relatifs à ces rançonnements, comme l'avait fait maman avant elle. Elle adorait s'attarder sur la rubrique *Justice*, puis sur celle des faits divers, et nous expliquait qu'après avoir été l'objet de telles menaces, les jeunes filles se retrouvaient souvent fiancées, puis très vite mariées. C'était en général un associé du père que l'on pressait de rendre ce service. Une fois sous la responsabilité d'un mari, la fille ne courait plus de risques, se félicitait le père. Les hommes ont leurs limites…

Un vent violent s'était levé dans la Sixième Avenue et je dus avancer recroquevillée pour regagner la gare. Après cette journée passée dans l'agitation et la foule de New York, je comprenais l'inanité de la mission que je m'étais donnée : trouver un petit garçon dans une ville de cinq millions d'habitants relevait de l'impossible. Il n'était pas difficile de disparaître. Je l'avais fait moi-même.

18

Fleurette avait un don pour entendre toutes les conversations. Petite et agile, elle était capable de se glisser derrière les portes et de se recroqueviller sous les fenêtres sans se faire remarquer. Elle avait l'ouïe fine et l'oreille musicale, de sorte qu'en suivant la cadence de deux voix chuchotées, elle devinait ce qui se disait. Ainsi m'était-il impossible d'avoir une conversation confidentielle avec Norma à l'intérieur de la maison : Fleurette nous épiait par le trou des serrures, courait se poster dans l'embrasure d'une porte ou montait au grenier presser l'oreille contre les fentes du plancher. Même le poulailler n'était pas un lieu sûr, car elle se glissait dans le pigeonnier voisin et nous écoutait à travers les larges planches. En fait, l'unique façon pour nous de parler sans être entendues consistait à nous poster au milieu du pré et à nous entretenir à voix basse sans cesser de jeter des coups d'œil alentour. Car Fleurette arrivait en courant dès qu'elle s'était rendu compte de ce qui se passait et nous devions conclure en hâte avant qu'elle s'effondre, essoufflée, à nos pieds.

Il faisait déjà nuit et le vent soufflait fort lorsque je rentrai de la ville, aussi n'avais-je aucune envie de sortir dans le pré. J'autorisai donc Fleurette à écouter mon compte rendu de la journée. Norma me demanda d'être brève : elle souhaitait seulement savoir si je ne m'étais pas fourrée une fois de plus dans de mauvais draps. Rassurée d'entendre que je n'avais rien appris d'important ni trouvé quiconque pour me renseigner sur l'enfant de Lucy Blake, elle exigea qu'aucune parole supplémentaire ne fût prononcée à ce sujet en sa présence. Fleurette, qui m'avait écoutée bouche bée, ne dit rien avant de l'avoir entendue refermer la porte de sa chambre.

— Je pense que le flûtiste en sait plus qu'il veut bien le dire, décréta-t-elle alors d'une voix sombre. Parce que lui, il entend tout ce qui se passe dans l'immeuble. Il a l'air tout innocent, avec sa musique et ce petit perroquet bleu qui le suit partout…

— Il n'a pas de perroquet, coupai-je.

Elle pencha la tête de côté en me considérant d'un air pensif.

— Tu ne l'as pas vu, c'est tout, répondit-elle. En fait, tu aurais dû m'emmener avec toi. Je me serais faufilée dans sa chambre pendant que vous bavardiez dehors tous les deux. Peut-être même qu'il a le bébé. Le bébé était peut-être là, sous ton nez, et tu l'as manqué…

— Oh, vas-tu arrêter d'imaginer n'importe quoi ! m'impatientai-je. Ce n'est pas un conte de fées, il s'agit d'un vrai bébé que sa mère veut retrouver !

Fleurette hocha la tête.

— Mais elle croit vraiment qu'elle peut élever un bébé toute seule comme ça ?

— Que veux-tu dire ?

J'avais parfaitement compris, je cherchais juste à gagner du temps pour élaborer ma réponse.

— Eh bien, elle n'a pas de mari ! Elle ne peut pas garder un bébé : les gens sauraient !

Elle était étendue de tout son long sur le divan et j'étais assise près d'elle dans un fauteuil. Les pieds posés sur mes genoux, elle tortilla ses orteils sous ses collants noirs, sans doute pour faire diversion.

Je lui saisis l'extrémité d'un pied.

— Je ne sais pas ce qui lui fait croire que c'est possible, répondis-je, mais ce n'est pas notre problème. Et si elle refuse d'aller voir le shérif, moi, je ne peux rien pour elle.

— Quoi ? Tu ne vas plus retourner la voir ? s'écria Fleurette.

— Pourquoi est-ce que j'irais ?

— Tu veux dire que c'est fini ?

— Je l'espère !

— Mais alors, qu'est-ce qu'on va faire maintenant, nous ?

L'un des étranges effets que nos mésaventures avec Henry Kaufman avaient eus sur nos vies avait été l'abandon total de notre routine quotidienne. C'était comme si cette brique n'avait pas fait voler en éclats que ma fenêtre, mais aussi l'ordre soigneusement structuré qui régissait notre existence. Pendant les quelques semaines qui suivirent, Norma et Fleurette ne se consacrèrent plus qu'à leurs distractions favorites, transformant notre intérieur en un décor tenant à la fois du carnaval et de la ménagerie.

Fleurette convertit le salon en théâtre, avec une scène dissimulée derrière un rideau d'un scandaleux vermillon, trois rangées de fauteuils moelleux et une ingénieuse, mais dangereuse rampe lumineuse constituée de toutes nos vieilles lampes à huile récupérées aux quatre coins de la maison. Elle présentait ses spectacles à la nuit tombée, généralement devant un auditoire inexistant. Je fus cependant horrifiée de trouver un soir, en rentrant de la ville, le jeune homme de la laiterie installé dans un fauteuil, comme s'il avait acheté son billet pour la représentation. Fleurette exécutait devant lui une danse orientale de son invention avec un éventail en plumes d'autruche acheté à Paterson à un vendeur de rue et qu'elle avait teint en un rose terne en utilisant les baies qui poussaient sur notre propriété. Je renvoyai le garçon par la porte de la cuisine en le priant de sortir sans bruit, de peur que Norma ne s'aperçoive de sa présence. Si celle-ci l'avait surpris dans la maison, je suis persuadée qu'elle l'aurait pourchassé armée d'un tisonnier.

Norma posait des problèmes d'un autre ordre. L'un de ses pigeons s'était blessé au cours d'un vol prolongé et elle le soignait dans sa chambre. Elle avait enroulé dans un bandage ce qu'il restait d'une patte écrasée et pensait en outre, sans en être certaine, qu'un petit os de l'aile s'était cassé lors du même accident, qui avait causé par ailleurs la disparition du message transporté (« Une jeune fille envoyée en maison de correction », disait ce dernier, qu'elle récita par cœur à Fleurette par la suite, sans effet notable.) Elle avait donc confectionné une attelle de fortune, qui empêchait l'oiseau de replier correctement l'aile et lui donnait un aspect dissymétrique tandis qu'il reposait sur le petit coussin qui lui servait de lit.

Estimant bientôt que, à rester enfermé toute la journée dans une chambre, le pigeon risquait de devenir neurasthénique, Norma installa une vieille cage en cuivre au bas du lit et y apporta chaque jour un nouveau groupe de pigeons chargés de tenir compagnie à leur collègue malade. Cela ne sembla guère le revigorer. Le pauvre oiseau dormait la plupart du temps et n'ouvrait que très rarement l'œil pour considérer ses amis à plumes à travers les barreaux étincelants de la cage. Alors, craignant que les autres pigeons ne s'ennuient, Norma se mit à organiser dans la chambre des exercices d'entraînement. Elle leur apprit à aller se poser sur l'abat-jour du lampadaire et à revenir dans la cage en échange d'une poignée de miettes de pain.

Norma était impitoyable sur l'hygiène de ses pigeons, qu'elle tenait très propres, aussi n'y avait-il aucune odeur dans la chambre. En revanche, leurs activités faisaient beaucoup de bruit. On imagine mal quel capharnaüm peuvent causer des roucoulades et des bruissements d'ailes émanant de deux ou trois pigeons captifs, mais on les entendait dans toute la maison. Notre domicile avait ainsi pris un caractère résolument aviaire et je n'aurais pas été surprise de voir un ou deux oiseaux voleter nonchalamment dans l'escalier. Je pris l'habitude de me tenir sur le qui-vive chaque fois que je passais devant la porte de Norma, prête à en esquiver un.

Les repas avaient perdu leur régularité coutumière. Nous continuions à récolter les légumes du jardin et il y avait toujours de la soupe sur le fourneau, mais Norma et Fleurette avaient décidé de s'en servir un bol chaque fois que la faim les prenait, plutôt que de la déguster en famille à table. De temps à autre, Francis faisait une apparition, chargé d'un panier plein de plats concoctés par Bessie. Ainsi, outre la soupe, nous survivions grâce aux quiches variées que confectionnait celle-ci avec des restes de ragoût et de pommes de terre, et à ses délicieux chaussons aux pommes.

La corvée de vaisselle était elle aussi tombée en désuétude. On ne récurait la marmite que lorsqu'on en avait besoin pour préparer autre chose. Quant aux livres et aux journaux abandonnés au petit bonheur dans la maison, on les ramassait seulement si la surface qu'ils occupaient était requise pour une autre activité. Plus personne ne polissait l'argenterie et, alors que nous avions autrefois un jour de la semaine consacré à aérer les lits, un autre à frotter les sols et un troisième à faire la grande lessive, nous ne consacrions désormais plus aucun moment au ménage. On avait peine à croire qu'un foyer aussi bien ordonné ait pu renoncer ainsi du jour au lendemain à sa routine.

En revanche, la comptabilité de la maison avait toujours relevé de ma responsabilité et je continuais à m'en occuper. C'était assez simple : je payais les factures, surveillais nos économies déclinantes et me creusais la cervelle en vue de trouver le découpage adéquat pour vendre une nouvelle parcelle de terrain de notre domaine. Je me demandais aussi comment persuader Norma de mettre sur pied une petite laiterie ou de développer le poulailler pour vendre des œufs. Je savais toutefois que les revenus générés par ces éventuels commerces resteraient trop modestes pour nous permettre de voir venir…

Le soir, Fleurette cousait et Norma lisait le journal, tandis que, assise à mon bureau, j'étudiais notre livre de comptes. Henry Kaufman, de son côté, ne donnait plus aucun signe de vie. Manifestement, ce qu'avait fait pour nous le shérif Heath avait porté ses fruits.

Un mardi matin, au petit déjeuner, je décidai que notre désinvolture avait assez duré et annonçai que nous passerions la matinée à mettre des haricots verts et des tomates en conserve. Il fallait commencer sans attendre, commandai-je, afin que tout soit terminé à midi, car la chaleur rendrait alors la tâche trop pénible. Fleurette protesta et se mit à bouder. Je lui tendis un collier de maman en perles de cristal qui imitaient les diamants et les émeraudes. Pour chaque bocal confectionné, lui dis-je, elle aurait le droit de le porter un jour entier.

Norma disparut pour sa part de bonne heure et nous envoya par pigeon un article qu'elle avait dû conserver pour ce genre d'occasion : « Une jeune fille ébouillantée dans une cuisine. » Sans sa participation, le travail progressa lentement. À l'heure du déjeuner, trois douzaines de bocaux à peine s'étalaient sur la table. Je laissai à Fleurette le soin de tout nettoyer et sortis faire quelques courses à Hackensack. Avant de rentrer, je m'arrêtai dans une boulangerie pour acheter une boîte de macarons.

Je marchais vers l'arrêt du tramway lorsque les enfants d'un cours de danse surgirent d'un bâtiment et s'égaillèrent en criant devant moi. Alors que j'observais d'un œil amusé ces petits garçons et ces petites filles ravis de retrouver enfin l'air libre, je ne remarquai pas l'automobile qui me dépassait, décrivait un demi-tour au carrefour et revenait lentement vers moi. Tout mon corps se raidit pendant qu'elle s'immobilisait à quelques pas devant moi. Je cessai de respirer et jetai de petits coups d'œil autour de moi en espérant qu'il y aurait des témoins à ce qui risquait d'arriver. Outre les enfants, il y avait du monde dans la rue, mais nul ne semblait me prêter attention.

— Miss Kopp ! cria alors une voix masculine tandis que la portière s'ouvrait côté passager. Voudriez-vous faire un bout de chemin avec nous ?

Je poussai un soupir de soulagement en reconnaissant le shérif Heath. Ce dernier vint me rejoindre, son demi-sourire moqueur aux lèvres.

— Vous attendiez quelqu'un d'autre ? interrogea-t-il d'une voix chaude.

— Vous savez, je le croise toujours aux moments les plus inattendus… murmurai-je.

— Il serait bon que vous l'évitiez, plutôt.

— Mais c'est ce que je fais ! me récriai-je. Je ne l'ai plus vu du tout !

Je me gardai d'évoquer ma visite chez Lucy.

— Parfait !

Il me décocha un autre de ses charmants demi-sourires sans cesser de me dévisager avec intensité, un peu comme on examinerait l'intérieur d'un nid en espérant y découvrir quelque chose de miraculeux. Je me demandai comment interpréter cette attention qu'il me portait.

— À présent, nous autorisez-vous à vous raccompagner chez vous ? Nous pourrons bavarder de notre ami Mr. Kaufman en chemin.

Nous commencions à attirer l'attention dans la rue. Une femme se tenait tout près de nous sur le trottoir, son bébé sur la hanche, et quatre ou cinq enfants s'étaient rassemblés autour de l'automobile. L'adjoint du shérif, l'air embarrassé, descendit de la voiture pour laisser les petits garçons regarder à l'intérieur.

— Je ne dis pas non, répondis-je. Mais je vous préviens, je ne sais pas comment vont réagir mes sœurs en me voyant arriver dans la voiture du shérif.

— J'aimerais justement leur parler, déclara-t-il en m'ouvrant la portière.

Je me demandai quel spectacle avait répété Fleurette pour la soirée et dans quel état d'esprit nous trouverions Norma. Je préférai l'avertir.

— Je ne suis pas sûre du tout qu'elles soient en état de recevoir de la visite.

Une fois installée sur la banquette arrière, je voulus indiquer le chemin à l'adjoint, qui avait repris le volant, mais le shérif Heath me fit signe que c'était inutile.

— Nous savons où c'est.

Je le considérai, étonnée.

— Vous y êtes déjà allés ?

— Ma foi, je garde un œil sur votre domicile…

Je digérai l'information en silence et nous roulâmes une bonne minute sans rien dire.

— Que se passe-t-il avec la jeune fille ? s'enquit soudain le shérif. Je croyais que vous deviez me l'envoyer ?

— Elle a peur, répondis-je. Elle est sûre que, si elle vient vous voir, il s'en prendra à elle.

Le shérif et son adjoint échangèrent un regard. Nous avions déjà quitté Hackensack et, en cette fin d'après-midi, la route qui menait chez nous était encombrée de gens et d'animaux dont la journée de travail s'achevait. Il n'était pas inhabituel de devoir s'arrêter pour laisser passer un troupeau nonchalant de vaches Guernesey. Nous croisâmes la charrette du boulanger, qui rentrait après la distribution de pain, et je songeai tout à coup que j'aurais dû rapporter des provisions un peu plus substantielles pour le dîner, sachant que nous avions vidé le dernier panier de Bessie. Nous allions être réduites à manger des macarons et des œufs durs, accompagnés des derniers légumes au vinaigre qu'il nous restait de l'été.

— Vous savez, je n'ai pas oublié vos petits problèmes avec Kaufman, me lança le shérif Heath, mais j'espère que nous en aurons bientôt terminé avec ça. Nous avons un juge prêt à accepter votre plainte concernant la détérioration de la carriole. Nous vous demanderons juste de signer une déposition et de vous rendre au tribunal pour attester de sa véracité. Ensuite, le juge infligera une amende à Mr. Kaufman et lui ordonnera de ne plus s'approcher de vous. Nous irons nous-mêmes percevoir l'amende et vous n'aurez pas à le rencontrer. J'ignore quel effet tout cela aura sur lui, mais je ne peux pas faire mieux.

— Vous avez… retenu ma plainte ? Contre Henry Kaufman ?

Le shérif me lança un regard surpris.

— N'est-ce pas ce que vous vouliez ?

— Je croyais que vous alliez vous contenter de lui parler.

— Ma foi, je lui ai parlé, Miss Kopp. Je lui ai dit qu'il devait se tenir à bonne distance de vous et de vos sœurs et vous dédommager pour les dégâts qu'il avait causés. S'est-il tenu à bonne distance ?

— Je crois, oui.

— Vous croyez ?

— Oui, nous ne l'avons pas revu...

— À présent, il va vous rembourser les réparations. Voilà comment nous nous occupons des délinquants dans le comté de Bergen. Cela vous convient ?

Je me laissai aller contre le dossier de la banquette avec un soupir. Je pouvais difficilement dire non.

Lorsque nous arrivâmes à la maison, j'invitai les deux hommes à me suivre à l'intérieur. Il n'y avait pas si longtemps, monter dans l'automobile d'un shérif eût passé pour choquant et répréhensible. Quant à convier ce dernier chez nous... Toutefois, depuis le renoncement à l'ordre et aux bonnes habitudes dans notre foyer, ce genre de considérations n'avait plus cours.

Norma, qui dut m'entendre entrer, apparut bientôt dans l'escalier avec son oiseau blessé toujours couché sur son oreiller. Nous vîmes d'abord ses pieds gainés de collants, puis l'oreiller.

— C'est bien que tu sois revenue ! me lança-t-elle. Je vais avoir besoin de deux paires de mains. Si tu pouvais juste le tenir pendant que je...

Elle s'interrompit net en découvrant mes deux compagnons dans notre vestibule et s'immobilisa. Elle dut reconnaître tout de suite le shérif, dont les journaux publiaient souvent le portrait, car elle fronça les sourcils avec une détermination farouche. Elle adoptait cette physionomie face à toutes les personnes qu'elle désapprouvait pour leur signifier sa supériorité.

Sans doute accoutumé à un tel traitement, le shérif se contenta de présenter son adjoint, puis lui-même.

— Et voici Norma ! m'exclamai-je, soucieuse de ne pas laisser le silence s'installer. L'un de ses pigeons voyageurs s'est cassé la patte et elle a jugé bon de le garder à l'intérieur durant sa convalescence et de le traiter comme un membre de la famille.

Le visage du shérif s'éclaira.

— L'un de mes adjoints a justement proposé d'élever des pigeons voyageurs à la prison, dit-il. Il pense que ce serait une bonne activité, mais mes supérieurs n'en veulent pas dans la prison. Ils craignent que les détenus ne s'en servent pour envoyer des messages à leurs complices.

— Ils ne font que revenir là où ils vivent, rétorqua Norma, incapable, à ces mots, de se cantonner dans son silence méprisant. Ce ne sont pas des facteurs. Ils ne distribuent pas le courrier…

Un large sourire apparut sous la moustache de Heath.

— C'est bien ce que je leur ai dit, mais que voulez-vous…

Il écarta les mains pour signifier l'inutilité de se disputer avec ses supérieurs.

Je ne pus qu'admirer sa réaction. Je n'imaginai pas une minute que son adjoint eût jamais proposé d'élever des pigeons, mais il avait réussi à faire sortir Norma de son mutisme. Celle-ci maugréa quelques paroles inintelligibles et tourna les talons pour regagner sa chambre.

— Si tu cherches Fleurette, me cria-t-elle par-dessus son épaule, elle est allée pêcher des grenouilles.

Le shérif et son adjoint tournèrent tous deux vers moi le même visage interrogateur. Quel genre de spectacle jouions-nous là ?

— Quand ma sœur était petite, expliquai-je, une dame qui habitait un peu plus loin sur la route lui donnait de l'argent pour qu'elle aille lui attraper des grenouilles. Fleurette était ravie d'avoir un prétexte pour patauger dans la rivière. Contrairement aux autres petites filles, cela ne la dérangeait pas d'attraper des grenouilles. Elle en capturait une douzaine en un après-midi et ça lui faisait un peu d'argent de poche. Et puis, la dame a déménagé, mais Fleurette continue de descendre à la rivière attraper des grenouilles…

— Mais vous ne les mangez pas, si ? s'alarma l'adjoint.

— J'ai bien peur que si, acquiesçai-je avec un sourire. Voulez-vous que nous allions chercher Fleurette ensemble ? Elle acceptera peut-être de vous vendre une grenouille pour votre dîner.

— C'est inutile, Miss Kopp, répondit le shérif Heath sans laisser à son adjoint le temps de répondre. Nous avons déjà rencontré la petite demoiselle Kopp.

— Ah bon ? m'étonnai-je. Mais quand donc ?

Déjà, il avait pris le chemin de la sortie. Il ouvrit la porte avant de se retourner avec un sourire.

— Nous avons assisté à une représentation en matinée dans votre salon récemment. Je crois que c'est le jour où vous étiez à New York.

Nous eûmes droit ce soir-là à un *ragoût de grenouilles** tel que le préparait maman. C'était le seul plat dont Fleurette avait consenti à apprendre la recette, et seulement parce qu'elle adorait déguster ses proies. Il fut accompagné d'une salade de cresson et d'une séance de remontrances en règle de ma part sur les dangers de laisser des étrangers pénétrer dans la maison.

— Mais ce n'étaient pas des étrangers ! protesta Fleurette en aspirant bruyamment la sauce. Ils habitent à Hackensack ! Ils ont été très courtois, ils se sont assis sagement au troisième rang et ils ont applaudi à chaque fois aux bons moments. J'aurais juste aimé qu'ils ne partent pas avant le rappel…

En quête de soutien, je me tournai vers Norma, qui demeura silencieuse, comme elle l'avait été toute la soirée.

— Que se passe-t-il ici quand je ne suis pas là ? soupirai-je alors. Vous laissez la porte ouverte et tout le monde entre et sort comme dans un moulin ?

— Ce n'est pas tout le monde… se défendit Fleurette.

Elle repoussa une mèche de cheveux sous son chapeau orné des plumes de corbeau bleu-vert qu'elle avait prises dans l'armoire de maman et fixées à l'aide de ses épingles anciennes. Je tentai d'imaginer ce qu'avaient pu penser les grenouilles en la voyant arriver affublée d'un tel couvre-chef.

— Ce sont des fonctionnaires assermentés. Et apparemment, des amis à toi. Si toi, tu as le droit de les inviter à la maison, je ne vois pas pourquoi moi, je ne pourrais pas ! Et puis, ils passent tellement de temps là, sur la route, à étouffer dans leur automobile, qu'ils ont droit à de petites distractions !

— Tu ne vas pas me dire que tu les as vus devant chez nous ? s'indigna Norma, rompant soudain son pesant silence. Ils étaient sur la route, juste devant la maison ?

Fleurette haussa les épaules.

— Je croyais que c'était Constance qui les avait invités…

Norma se leva pour aller poser son bol dans l'évier.

— On *n'invite pas* le shérif à rester dehors avec un adjoint et une arme ! S'il se poste là, cela peut seulement signifier que nous sommes plus menacées que nous ne le pensions, tout ça, parce que Constance persiste à aller importuner Henry Kaufman !

— Cela fait un bon bout de temps que je ne l'ai pas importuné, protestai-je.

— Peut-être, mais tu as envoyé le shérif le faire à ta place. C'est la même chose.

— Le shérif a l'air de dire que le danger est passé. On va obliger Mr. Kaufman à payer l'amende, ce qui devrait le calmer. Et puis, nous ne l'avons pas vu depuis que le shérif a pris l'affaire en main, reconnais-le !

— Tu lui fais un peu trop confiance, estima Norma en versant de l'eau pour le café qu'elle buvait toujours après le dîner. Je t'ai déjà dit que je n'aimais pas beaucoup la police, et je pense que je vais étendre ce point de vue au shérif, qui ne semble pas connaître les vérités les plus rudimentaires sur les pigeons voyageurs, ce qui dénote un esprit peu curieux. Je ne crois pas que cet homme ait beaucoup à nous offrir, qu'en penses-tu ?

Sans attendre ma réponse, elle s'essuya les mains sur sa jupe et sortit enfermer les poules. Je raclai les parois de mon assiette avec ma cuillère, tandis que Fleurette se levait en ajustant son chapeau ridicule.

— Je me suis fait un nouveau costume de danse, me dit-elle. Tu veux bien m'aider à mettre les épingles pour l'ourlet ?

Pensive, je regardai cette petite fille qui avait commencé à virevolter dès qu'elle avait su marcher.

— Oui, bien sûr… répondis-je. Va l'enfiler !

19

Au début, on ne m'avait pas dit que c'était une petite fille. Je n'avais vu qu'une tête couverte de cheveux noirs et le tablier blanc de l'infirmière qui l'emportait. J'avais accepté de donner le bébé, mais à ce moment précis, un besoin viscéral et violent s'était emparé de moi. Dans mon délire, je rêvai de chattes mordant et léchant leurs petits et j'imagine que j'aurais presque dévoré ce nourrisson si on me l'avait rendu alors.

Le médecin qui s'occupait de moi suspecta une hémorragie et s'approcha avec une curette. En voyant le cône d'éther descendre sur moi, je lui décochai un grand coup de poing et me débattis. Le métal heurta le sol avec un bruit mat et une voix d'homme cria quelque chose, puis il n'y eut plus rien d'autre que du blanc autour de moi.

Je m'éveillai plusieurs heures plus tard dans une fantastique obscurité violette.

Étaient-ce les effets de l'éther ? Je me sentais aérienne, et très lucide. Je quittai le lit que j'occupais dans la salle de réveil aussi légèrement que de la vapeur s'élevant au-dessus de l'eau. Quelque part sous ce toit, il y avait un enfant qui était le mien.

La seule chose au monde que j'avais à faire, c'était le récupérer.

L'infirmière de nuit dormait à poings fermés sur sa chaise et elle ne bougea pas quand je passai près d'elle. Aucune lampe ne brûlait dans le vestibule, mais je connaissais le chemin jusqu'à la nurserie comme si je l'avais parcouru toute ma vie. Ni le gémissement des lattes du plancher, ni mes pas étouffés sur le tapis, ni le grincement des charnières de la porte n'alertèrent quiconque de ma présence. J'entrai dans la nurserie, refermai la porte derrière moi et pris dans mes bras le bébé aux cheveux noirs. Les autres nouveau-nés (il y en avait trois) gigotèrent et poussèrent de petits cris, comme s'ils comprenaient ce qui se passait.

Je gagnai directement la porte d'entrée et descendis la longue allée envahie par les rosiers grimpants. Je m'engageai ensuite sur la route dans le froid mordant de cette nuit d'octobre, vêtue de ma seule chemise de nuit et d'une paire de chaussons tricotés. Ma petite fille était bien emmaillotée et cette promenade nocturne ne semblait pas la troubler. Elle avait un tout petit visage rabougri, semblable à une fleur qui n'aurait pas encore éclos, et des lèvres qui remuaient sans cesse bien qu'elle eût les yeux fermés. Sur cette route, je lui donnai son nom : Fleurette Eugénie Kopp.

Eugénie, c'était pour son père, Eugène, le représentant Singer.

Durant tout le temps qu'avait duré mon confinement, je n'avais éprouvé qu'une profonde honte en pensant à lui et à ce que je l'avais laissé me faire. Mais en cette nuit particulière, alors que je cheminais sous un ciel de velours aux étoiles si nombreuses qu'on ne les distinguait pas les unes des autres, dans cet air vif rempli des odeurs d'herbe humide et de feu de bois auxquelles s'ajoutait celle, un peu aigre, de lait qu'avait le bébé, adjoindre son nom à celui de l'enfant me semblait revenir à mettre un point à la fin d'une phrase. C'était l'instant où il disparaissait et où elle prenait sa place.

Le lendemain matin, les infirmières nous trouvèrent dans une grange. Évidemment. Je n'étais pas la première à disparaître ainsi au cours de la nuit et, dans notre état, nous ne pouvions aller bien loin. Peut-être était-ce pour cette raison que l'on ne prenait guère de précautions pour nous empêcher de fuir.

Fleurette allait bien, je l'avais nourrie. C'était un bébé vorace et, malgré mon absence totale d'instruction en la matière, il y avait en chacune de nous les forces naturelles nécessaires pour nous guider. Les infirmières envoyèrent chercher le chariot et nous ramenèrent chez Mrs. Florence, où l'on m'aurait sûrement repris Fleurette si une lettre n'était arrivée de Brooklyn le même jour.

Miss Norma Kopp
92, 8e Rue Sud
Brooklyn, New York

New York, le 9 octobre 1897

Chère Mrs. Florence,

Je vous écris, car je cherche actuellement à localiser ma sœur, dont le nom est Constance Amélie Kopp (quoiqu'elle ait pu se présenter à vous sous une identité différente). Elle a quitté une famille aimante le 17 juillet dernier pour s'en remettre aux bons soins d'une maison comme la vôtre. Sa mère prie chaque jour pour la voir revenir en bonne santé et est prête à adopter l'enfant, s'il y en a un, et à l'élever comme le benjamin d'une famille respectable. Nous vous rembourserons de bon cœur toutes les dépenses qu'a pu occasionner pour vous l'accueil de ma sœur. Il s'agit d'une jeune fille très grande, un mètre quatre-vingts environ, âgée de dix-huit ans, aux cheveux plutôt auburn que bruns, aux yeux noisette, avec une bouche ferme et déterminée, et qui parle le français et l'allemand en plus de l'anglais de son pays natal.

Il suffira d'un mot de votre part indiquant qu'une telle jeune fille se trouve sous votre protection pour que nous venions promptement la récupérer et vous exprimer notre gratitude éternelle et respectueuse pour avoir donné refuge à une personne à qui la terreur liée à son état a dû faire perdre un peu de sa raison, au point qu'elle en ait oublié que le foyer le plus propice pour élever un enfant qui serait le sien est celui dans lequel elle a elle-même grandi.

Dans l'espoir que cette douloureuse épreuve connaîtra un dénouement heureux, je vous prie d'agréer, Mrs. Florence, l'expression de ma plus profonde considération.

Norma Charlotte Kopp

20

Hackensack, le 15 septembre 1914

Je soussignée Constance Amélie Kopp, résidant à Wyckoff, New Jersey, certifie qu'un dénommé Henry Kaufman, résidant à Paterson, New Jersey, était le propriétaire et le conducteur d'une certaine automobile qui a négligemment percuté une carriole dans laquelle je me trouvais avec mes sœurs, Norma Charlotte Kopp et Fleurette Eugénie Kopp, provoquant sur ladite carriole des dégradations qui nécessitent des réparations d'un montant de cinquante dollars, dont Mr. Henry Kaufman refuse de s'acquitter en dépit de plusieurs tentatives de collecter le montant en question.

Plainte déposée devant l'honorable tribunal du comté de Passaic, New Jersey

Constance Amélie Kopp

Il avait plu ce matin-là et le trottoir était ponctué de grandes flaques brunes fumantes. Je relevai ma jupe et plaçai la main qu'il me restait devant mon nez. Paterson n'avait jamais senti aussi mauvais après la pluie. Je n'osais imaginer quelles substances avaient pu être jetées et déborder ainsi des caniveaux.

Si je n'avais pas relevé la tête en m'engageant dans l'escalier du palais de justice, j'aurais sans doute foncé droit sur Henry Kaufman. Campé sur la plus haute marche, les mains dans les poches et son chapeau repoussé en arrière sur son front, il affichait cette nonchalante confiance des nantis. Deux hommes l'accompagnaient : son ami à l'œil de verre et l'autre, gigantesque, aux épaules larges comme des chasse-neige. Un peu plus loin, un quatrième individu tirait farouchement sur sa pipe. Grand et mince, il avait des cheveux bouclés presque roux et des lunettes cerclées d'or.

Le shérif Heath, qui les aperçut en même temps que moi, me prit le bras pour m'entraîner à l'écart.

— Bonjour, John ! lança-t-il néanmoins à l'inconnu.

— Bonjour, shérif.

Cet échange suffit à attirer l'attention d'Henry Kaufman.

— Elle est en état d'arrestation, shérif ? nous cria-t-il. Parce qu'elle est venue me harceler sur mon lieu de travail, vous savez ! Regardez un peu son casier judiciaire…

Mr. Kaufman et ses amis éclatèrent de rire en se donnant de grandes claques dans le dos. Le shérif Heath me poussa à l'intérieur et je sentis avec soulagement la haute porte se refermer derrière moi. Le hall du palais de justice était frais et silencieux.

— Je croyais qu'il ne devait pas être présent ! marmonnai-je.

— Je ne m'attendais pas non plus à le trouver là. Il doit manigancer quelque chose. Et je me demande comment il a réussi à embrigader cet avocat-ci dans son affaire…

— C'est son avocat ?

Le shérif hocha la tête et me conduisit le long d'un couloir encombré d'hommes en costume ou en pardessus miteux. Nous avions tout juste la place de passer entre eux. Je fus bousculée et faillis m'affaler sur le shérif.

— Pourquoi y a-t-il tant de monde ? m'enquis-je.

— C'est la dernière fournée des plaintes déposées contre les grévistes de la soie.

— Un an après ?

— Ils avaient été inculpés pour tenue de réunions illégales et condamnés aux travaux forcés, mais ils n'ont pas purgé leur peine, m'expliqua-t-il à mi-voix. À présent, il y a des rumeurs de nouvelles grèves qui courent et le chef de la police a relancé des mandats d'arrêt contre eux tous, pour les empêcher de recommencer. S'ils ne se présentaient pas aujourd'hui, la police venait les arrêter. Mais ils ont de la chance, ils passent devant l'un des seuls juges qui sympathisent un peu avec leur cause.

— Vous voulez dire que ce juge ne favorise pas les industriels de la soie ? Ce qui est la raison pour laquelle nous allons le voir nous aussi…

Il me sourit.

— C'est l'idée globale, oui.

Nous nous engageâmes dans un petit couloir et nous arrêtâmes devant une porte qui ne portait pas d'inscription.

— Souvenez-vous que ce n'est pas un procès, me dit le shérif. Vous êtes venue pour confirmer que la plainte émane bien de vous et vous n'aurez qu'à la signer quand le juge vous le demandera. C'est pour ça que nous sommes là, rien d'autre.

Je hochai la tête et il ouvrit la porte. Une longue file d'attente composée d'hommes qui se tenaient de dos s'écarta pour nous laisser passer en reconnaissant le shérif. La salle d'audience était si bruyante qu'on se serait cru au carnaval ; un huissier hurlait des ordres, les spectateurs criaient et manifestaient leur mécontentement, la galerie était bondée et, en bas, il ne restait pas un espace sur les côtés qui ne fût occupé par un ouvrier attendant son tour, adossé au mur.

— J'ignorais que j'allais devoir faire ça devant du monde, chuchotai-je.

— Il en a convoqué toute une liste, on dirait ! soupira le shérif. Mais vous serez la prochaine.

Sur ces mots, il adressa un signe de main à l'huissier, qui lui répondit d'un hochement de tête avant de se diriger vers le juge pour lui parler à l'oreille. Ce dernier était un vieil homme aux joues flasques et aux yeux bleus délavés, affublé de bacchantes blanches qui envahissaient son visage et ses oreilles.

— Très bien, Bob, amène-la ! ordonna-t-il.

Le shérif me prit le bras pour me pousser devant lui. Puis il tendit le papier au juge, qui tâtonna à la recherche de ses lunettes, avant de lire le texte en le marmottant pour lui-même.

— Tout cela est-il vrai ? m'interrogea-t-il en relevant les yeux vers moi.

Je regardai le shérif ; celui-ci hocha la tête.

— Oui, Votre Honneur, acquiesçai-je alors.

— Et ce monsieur – cet Henry Kaufman – aurait eu de multiples opportunités de vous régler la somme réclamée ?

— Oui, confirma le shérif.

— Est-il ici aujourd'hui ? s'enquit le juge en regardant autour de lui.

Il y eut un mouvement au fond de la salle et l'homme roux aux cheveux bouclés que nous avions vu à l'extérieur se détacha de la foule. Il sortit la pipe de sa bouche pour parler.

— Votre Honneur…

Le juge mit quelques instants à le repérer.

— John ? Ne me dites pas que vous êtes impliqué dans ce bazar !

— Je crains que si, répondit l'intéressé avec une visible contrariété. Je représente les intérêts de la famille Kaufman depuis des années, et Mr. Henry Kaufman m'a sollicité il y a peu pour m'occuper également de ses affaires personnelles.

J'entendis le shérif Heath soupirer. L'avocat s'avança et tous deux échangèrent un hochement de tête courtois.

— Si Votre Honneur le permet, mon client souhaite que la Cour entende sa déposition.

— Et où est-il, votre client ? interrogea le juge.

L'avocat s'éclaircit la gorge.

— Il a préféré patienter dehors, étant donné le… euh… les intérêts des parties… enfin… dans d'autres procédures judiciaires qui sont traitées aujourd'hui devant cette Cour et qui risquent…

— Peu importe ! coupa le juge. Dépêchez-vous ! On m'avait promis que cette affaire serait simple.

— Bien sûr, Votre Honneur, dit l'avocat en dépliant une feuille de papier. Cette déposition… – il lança au shérif Heath un regard lourd de sens – que je suis dans l'obligation de lire au nom de mon client, en dépit des conseils que je lui ai prodigués pour qu'il m'en dispense, sachant que…

— Mais lisez donc ! s'impatienta le juge.

La feuille trembla dans la main de l'avocat, qui se redressa et commença :

— Mr. Henry Kaufman, de la Kaufman Silk Dyeing Company de Paterson, New Jersey…

Le brouhaha qui montait de la salle redoubla quand les ouvriers entendirent qu'il représentait un patron d'usine. On comprenait qu'Henry Kaufman ait préféré ne pas se montrer.

— Ça suffit ! cria le juge.

La salle se calma un peu.

— Continuez, John !

L'avocat jeta un coup d'œil inquiet autour de lui, puis répéta le début du texte pour lui-même, avant d'enchaîner d'une voix monocorde :

— … réfute par cette déclaration toutes les charges portées contre lui concernant un accident survenu le quatorzième jour de juillet de l'année 1914, dans lequel une carriole sous la conduite des trois sœurs Kopp a volontairement percuté l'automobile de Mr. Kaufman, infligeant des dommages substantiels à ladite automobile. De surcroît, Mr. Kaufman soutient que Miss Constance Kopp est une syndicaliste et une sympathisante anarchiste qui est venue le harceler sur son lieu de travail et s'est entretenue avec ses paisibles ouvriers dans le but de les pousser à la grève et aux émeutes. Sachant que ledit harcèlement a interrompu la production et causé…

À la mention des mots « grève » et « émeutes », un nouveau grondement s'était élevé dans la foule et plusieurs hommes s'étaient levés pour mieux m'examiner.

Le juge frappa la table de son marteau et un huissier s'avança vers les bancs du public pour presser les gens de se rasseoir.

— C'est bon, John ! s'exclama le juge. Apportez-moi ça !

L'avocat s'exécuta et battit promptement en retraite, comme s'il craignait de recevoir un coup de marteau.

Lorsque le juge eut achevé sa lecture, il releva les yeux vers moi.

— Miss Kopp, êtes-vous syndicaliste ?

La surprise m'empêcha de répondre. Il se pencha en plissant les yeux.

— Faites-vous partie de ces Wobblies[1] ? Êtes-vous sympathisante anarchiste ? Bolchevik ? C'est ce que déclare ce monsieur…

Ces mots suscitèrent les rires dans la salle. J'attendis que l'hilarité se fût dissipée pour répondre.

— Non, monsieur. Je suis juste allée voir Mr. Kaufman pour récupérer l'argent qu'il me devait. Et nous n'avons pas percuté volontairement…

— Ça ira, merci ! me coupa le juge, avant de se tourner vers l'avocat. Elle ne m'a pas vraiment l'air d'une sympathisante anarchiste, John.

— Non, Votre Honneur.

— N'y a-t-il que des absurdités de ce genre dans la déposition ou est-ce juste au début ?

L'avocat ouvrit la bouche pour répondre, puis parut se raviser.

— C'est bien ce que je pensais, reprit le juge. Bon, Miss Kopp, venez signer votre plainte.

Il me tendit le papier et je gravis les marches pour inscrire mon nom avec le stylo qu'il me tendit. Ses mains tremblaient et ses doigts étaient bleuâtres. Je me demandai comment un homme d'un âge si avancé pouvait supporter chaque jour le chaos et le tumulte de cette salle d'audience.

— Merci, fis-je à mi-voix en faisant glisser la feuille sur la table.

— Ne me remerciez surtout pas ! rétorqua-t-il. Votre histoire m'a l'air d'être un sacré nœud de problèmes…

1. Nom donné aux adhérents de Industrial Workers of the World.

J'ordonne une amende de cinquante dollars, ajouta-t-il à l'intention du shérif. À vous de récupérer cet argent, Bob. Et arrangez-vous pour que Miss Kopp et Mr. Kaufman n'entrent plus en contact ! J'ai l'impression qu'ils ont du mal à s'entendre, ces deux-là.

— Très bien, Votre Honneur, répondit gravement le shérif.

— Et la prochaine fois, faites-moi plaisir, adressez-vous à un autre tribunal pour vos affaires de routine !

Les ouvriers se mirent à rire et certains applaudirent même. Le marteau du juge les fit taire non sans mal.

Nous sortîmes dans la vive lumière du jour et trouvâmes dans Main Street l'habituelle animation de l'heure du déjeuner.

— Je suis désolé pour toute cette comédie, me dit le shérif, qui devait crier pour se faire entendre. Mr. Kaufman ignore peut-être ce qu'on peut faire ou ne pas faire, mais son avocat aurait dû lui mettre les points sur les i ! À mon avis, le malheureux est en train de regretter d'avoir croisé un jour la route de la famille Kaufman !

— Ce n'est pas grave, assurai-je. Je suis heureuse que ce soit terminé.

Sur la chaussée, une automobile était arrêtée et son conducteur éventait avec son chapeau la fumée qui s'échappait du moteur. Il bloquait toute la circulation, faisant klaxonner et hurler les autres automobilistes. Les deux chevaux d'une grosse charrette piégée au milieu de l'agitation cherchaient sans succès à reculer pour fuir le vacarme.

— Quelle pagaille ! pesta le shérif. Attendez-moi ici, Miss Kopp, je vais aller chercher un agent.

Il s'engagea à grands pas parmi la foule et j'allai me réfugier sous l'auvent d'un magasin. Lorsqu'il réapparut enfin, il avait retiré son manteau et retroussé les manches de sa chemise.

— Désolé, Miss Kopp ! dit-il, un peu essoufflé. Il a fallu la pousser pour dégager la route. À présent, écoutez-moi !

Il me prit le bras et nous nous mîmes en marche.

— Il ne faut pas faire attention à ses déclarations ridicules, m'expliqua-t-il. Ce n'étaient pas des accusations formelles et ça ne le sera jamais. Les patrons faisaient la même chose pendant les grèves : ils traitaient tous ceux qu'ils n'aimaient pas d'anarchistes ou de bolcheviks. Ils faisaient rédiger par leurs avocats des accusations absurdes dans le but de semer la confusion et de s'attirer les bonnes grâces du juge. Mais cette méthode ne prend plus. En tout cas, pas cette fois !

Nous traversâmes la rue et une nuée d'enfants sortis d'une école coururent autour de nous vers un marchand de glaces ambulant, nous séparant l'un de l'autre au milieu de la rue. En parvenant sur le trottoir, je sentis une main sur mon coude. Persuadée qu'il s'agissait du shérif, je me retournai et mon regard rencontra un œil de verre laiteux.

— Laissez la police en dehors de tout ça ! déclara l'homme entre ses dents.

Sur ces mots, il me tordit le bras et me poussa violemment, au point de me faire perdre l'équilibre. Au moment où je recouvrai mon aplomb, le shérif Heath était de nouveau près de moi et l'individu avait disparu.

21

La sensation des doigts de l'homme s'enfonçant dans la chair de mon bras m'accompagna jusqu'au soir sans que je pusse me résoudre à en parler à Norma et à Fleurette. Je leur avais promis que cette matinée au tribunal mettrait un terme à nos ennuis avec Mr. Kaufman et je ne savais comment reconnaître à quel point je m'étais trompée.

Le shérif Heath avait tenté de me rassurer. Henry Kaufman ne serait pas assez bête pour nous importuner de nouveau, m'avait-il affirmé, maintenant que le juge lui avait ordonné de se tenir tranquille. Je lui avais répondu que ce serait une erreur de sous-estimer la capacité de Mr. Kaufman à se comporter de façon stupide et imprudente.

Nous sûmes très vite lequel de nous deux avait raison. Je venais à peine de m'endormir lorsque j'entendis une fenêtre voler en éclats au bout du couloir. Je crus percevoir aussi un rire masculin, mais peut-être n'étais-je pas encore bien sortie de mon rêve.

Nous nous précipitâmes toutes les trois dans le couloir. C'était une nuit sans lune et l'obscurité était totale.

— Quelle fenêtre ont-ils cassée ? interrogea Norma. Pas la mienne, en tout cas.

Il nous fallut quelques secondes pour comprendre qu'aucune de nos chambres n'avait été touchée et nous courûmes ensemble vers celle de maman, à peine conscientes que plus personne ne l'occupait.

Norma fut la première à trouver une lampe et elle l'alluma. Puis elle obligea Fleurette à retourner dans sa chambre et enfila des chaussures avant de se hasarder dans la pièce. Je trouvais très irritant de la voir prendre ainsi la situation en charge. Les briques passant par les fenêtres auraient dû être de mon ressort.

Au moment où Fleurette revint, Norma tenait une lettre à la main. Elle releva la tête vers moi avec une expression que j'ai peine à décrire : on eût dit qu'elle ne m'avait jamais vue, que j'étais pour elle une parfaite inconnue qu'elle découvrait au beau milieu de la nuit dans la chambre de notre mère.

— C'est comme cela qu'il nous protège, le shérif Heath ? murmura-t-elle.

Je ne répondis rien. Elle lut la lettre en silence, puis me la tendit :

MADAME,

CECI EST UN AVERTISSEMENT : RETIREZ LA PLAINTE CONTRE H. K., ÇA VAUDRA MIEUX POUR VOUS, PARCE QUE SINON, VOUS AUREZ AFFAIRE À NOUS, SES AMIS, ET VOUS ALLEZ SOUFFRIR. ON VOUS A VUE AU TRIBUNAL, ALORS SI VOUS LUI FAITES ENCORE DÉPENSER DE L'ARGENT, ON VOUS ATTRAPERA OU ON VOUS METTRA LE FEU. ET N'ALLEZ PAS MONTRER CETTE LETTRE À LA POLICE, SINON, VOUS LE REGRETTEREZ.

SIGNÉ :

DES AMIS DE H. K.

Debout en cercle au milieu des fragments de verre, nous lûmes et relûmes la lettre à tour de rôle. La brique avait atterri sur le bureau, brisé un miroir et renversé une boîte en bois laqué pleine d'épingles à cheveux. Répandues sur le sol, celles-ci semblaient des éclats de glace.

Nous n'avions pas encore prononcé un mot lorsque je perçus un bruit de moteur qui se rapprochait très vite.

— Couchez-vous ! criai-je.

Un instant plus tard, une autre fenêtre de la chambre explosait et une deuxième brique s'écrasait au sol en se brisant en deux. Fleurette poussa un cri et je me précipitai vers elle, toujours accroupie au cas où les intrus seraient encore en bas. J'entendis toutefois des pneus déraper sur le gravier et un moteur vrombir puis décroître. Fleurette se laissa aller contre moi.

— Tu es blessée ? lui demandai-je.

— Je… je ne sais pas. Quelque chose m'a heurté la tête…

Norma approcha la lampe et j'examinai Fleurette, mais ne décelai pas de coupure. Je retirai en revanche de nombreux morceaux de verre enfouis dans ses cheveux.

— Je crois que tu n'as rien, conclus-je.

Norma posa la lampe et ce fut seulement alors que je vis la feuille accrochée à la deuxième brique. Elle s'en empara cette fois encore et la lut en silence, avant de me la tendre sans un mot.

CHÈRE MISS FLORETTE,

VOUS AVEZ DÉJÀ ÉTÉ À CHICAGO ? C'EST SÛR QU'AVEC LES TALENTS QUE VOUS AVEZ, UNE DEMOISELLE SE TROUVERAIT SANS PROBLÈME UNE BONNE

PETITE PLACE LÀ-BAS. SI ON VOUS EMMENAIT AVEC NOUS, LA PROCHAINE FOIS QU'ON Y VA ? PRÊTE POUR L'AVENTURE ? HA, HA !

H. K. & CO

Toujours appuyée contre mon épaule, Fleurette me prit la lettre des mains et la lut à mi-voix.

— Chicago ? Pourquoi veulent-ils que j'aille à Chicago ?

Norma haussa un sourcil, guettant mes explications.

— Une fille avec mes talents ? reprit Fleurette. Mais qu'est-ce que ça veut dire ? Ils ne me connaissent même pas ! Est-ce qu'ils parlent de ma façon de danser, ou de chanter, ou…

Je lançai à Norma un appel au secours silencieux et pris une profonde inspiration en voyant qu'il n'y avait aucune aide à en espérer.

— C'est une menace d'enlèvement, Fleurette, expliquai-je alors. Ne crois pas qu'ils veuillent que tu te produises sur des planches à Chicago. S'ils proposent de t'emmener là-bas, c'est pour te vendre.

Fleurette plissa le visage avec cette expression de petite fille qu'elle retrouvait parfois.

— Pour me vendre ? Qu'est-ce que tu veux dire, me vendre ? Comment est-ce qu'on pourrait…

Elle se tut et se redressa en s'entourant le torse de ses bras. Il nous arrivait souvent de lire ensemble des histoires de traite des Blanches dans le journal, mais j'ignorais à quel point elle comprenait de quoi il s'agissait.

— Ils te droguent, murmurai-je. Ils te capturent et ils te mettent du chloroforme sur le nez et ensuite, ils t'emmènent dans un endroit où il y a des hommes qui sont prêts à payer… enfin, qui… qui paient pour avoir… pour t'avoir, toi.

Fleurette se détacha de moi et se leva. Les poings cachés sous les bras, les yeux baissés au sol sur les fragments irréguliers du miroir de maman, elle affichait cette moue boudeuse qui pouvait aisément se transformer en une expression de profond désarroi. Je vis les coins de sa bouche s'affaisser et ses lèvres trembler au moment où la vérité s'imposa à elle.

— Mais ce n'est pas ça, là, hein ? articula-t-elle. C'est une blague, n'est-ce pas ?

Je secouai la tête.

— Je ne sais pas. Je crois qu'Henry Kaufman est quelqu'un de très dangereux. Je pense que notre carriole a percuté le mauvais individu…

Pendant toute une minute, nous restâmes sans bouger, absorbées dans nos pensées respectives. Dans l'obscurité, la vieille chambre de maman était très belle. Les chrysanthèmes du papier peint brillaient comme des méduses dans la mer. Près de la fenêtre, les perles de verre qui frangeaient un abat-jour rapporté de Vienne tintaient dans la brise entrée par la vitre cassée, rendant une vague mélodie de cloches lointaines. La fine robe de chambre toujours suspendue à l'armoire se soulevait et se balançait avec la grâce d'une danseuse. En cet instant, on se serait cru dans un décor de théâtre, et non dans une maison où vivaient des gens ordinaires. Et l'on imaginait sans peine des mains de machinistes qui l'auraient fait disparaître, nous laissant au centre d'une scène nue sur fond de rideau noir.

— Bon, dis-je enfin à Fleurette. Tu ne peux pas dormir toute seule cette nuit. C'est moi qui ai le lit le plus large. Tu vas dormir avec moi.

— Et Norma ?

Celle-ci n'avait pas prononcé un mot depuis la lecture de la lettre et je me demandais même si elle avait songé à respirer. Sa voix nous parvint tel un croassement.

— Ma foi, je crois que nous n'avons pas d'autre choix que de nous installer comme des soldats dans une tranchée. Je vais me préparer de quoi dormir par terre.

C'est ce que nous fîmes. Fleurette monta directement sur mon lit et Norma alla prendre ses couvertures, tandis que je descendais chercher le vieux fusil de chasse de Francis. Cela faisait des années que je ne l'avais pas utilisé et la dernière fois que je l'avais tenu entre mes mains, c'étaient des lièvres que j'avais visés, et non des étrangers dans des automobiles.

— Que comptes-tu donc faire avec ça ? s'énerva Norma en l'apercevant.

— Il ne sert à rien s'il reste au fond d'une armoire…

Je le posai près de la fenêtre sous l'œil agacé de Norma, qui s'installa ensuite sur sa pile de couvertures.

— Tu ne veux pas plutôt te mettre devant Fleurette, pour que ce ne soit pas elle qui prenne la prochaine série d'éclats de verre ?

Fleurette était déjà endormie au beau milieu du lit. Je la poussai sur le côté opposé à la fenêtre. Elle protesta et se débattit dans son sommeil, mais finit par changer de place.

Je me couchai à ses côtés. Elle était si petite que mon corps formait une muraille à côté du sien. Sa cage thoracique se soulevait régulièrement contre moi.

— Ce sera toi qu'ils toucheront, ajouta Norma. Ça me paraît juste.

Cette fois, je devais lui donner raison. Elle se redressa un instant pour regarder le fusil, puis se recoucha, mais je ne crois pas qu'elle s'endormit. Moi non plus, d'ailleurs.

22

Ce fut Norma qui prit pour nous tous la décision de vivre à Wyckoff. Maman était pour sa part incapable d'élaborer le moindre projet. Elle avait été si étonnée d'apprendre que Francis et Norma m'avaient non seulement retrouvée, mais qu'ils s'étaient engagés en son nom à élever comme son propre enfant cette petite fille tout juste découverte qu'elle en était devenue muette et quasiment paralysée. En arrivant à Wyckoff, elle parvint à marcher jusqu'au porche de Mrs. Florence aux côtés de Norma (Francis attendait dans la carriole au bout de l'allée, ne sachant si un homme avait le droit, ne fût-ce que de s'approcher de la maison), mais ne trouva pas la force de frapper à la porte. Norma prit donc la situation en main. À peine entrée dans le hall, elle demanda à voir ses sœurs.

Car, dans son esprit, Fleurette était déjà sa sœur. Il n'y aurait pas un seul instant, dans la vie de Fleurette, où elle serait traitée comme ma fille. Norma avait fait signer à maman les papiers d'adoption qui en faisaient son enfant et l'on prit grand soin de s'assurer que mon nom ne pourrait jamais être découvert dans les dossiers de Mrs. Florence ; il n'y aurait que la fausse identité que j'avais donnée en arrivant. La lettre envoyée par Norma lui fut rendue. Seules quelques infirmières connaissaient notre secret et elles avaient l'habitude d'oublier tous les détails qui n'étaient pas consignés par écrit, afin de protéger l'intérêt des enfants. Une fille illégitime courait en effet le risque de ne jamais pouvoir se marier et elle était exclue de tous les cercles sociaux. Les infirmières comprenaient cela mieux encore que les familles. Elles assurèrent Norma que nul ne serait jamais informé des circonstances de la naissance de l'enfant, y compris Fleurette elle-même.

Lorsque ma mère eut apposé la dernière signature requise, on alla prendre Fleurette à la nurserie et on la lui remit. Quelques minutes plus tard, une infirmière venait me chercher et c'est ainsi que je la découvris : assise dans le bureau de Mrs. Florence, le bébé dans les bras, Norma penchée sur son épaule. Toutes deux relevèrent la tête à mon arrivée et me fixèrent avec une expression où se mêlaient choc et curiosité. Puis Fleurette émit un son et leur attention se reporta sur elle. Je m'assis tout au bord d'une chaise à haut dossier et les regardai l'admirer.

J'avais été infiniment soulagée d'apprendre que Norma m'avait retrouvée et que j'allais garder mon enfant mais, en cet instant, il me sembla sentir une pierre tomber au fond de mon ventre. En fait, je ne la gardais pas : c'étaient elles qui me gardaient, rien d'autre.

Il nous était désormais impossible de retourner à Brooklyn. Une jeune fille de dix-huit ans ne pouvait disparaître pendant des mois et revenir en même temps qu'un bébé entrait dans la famille sans attirer les soupçons. Francis nous loua des chambres à Paterson, avec le projet de retourner chercher nos affaires à Brooklyn dès que nous aurions trouvé un logement définitif. Il était question de s'installer à Philadelphie ou à Boston, où il se ferait facilement embaucher et où Norma pourrait terminer sa scolarité. Avec l'héritage de maman, nous n'étions pas dans le besoin.

Je pense donc que nous serions allés dans l'une de ces deux villes si, au moment de quitter la maison de Mrs. Florence, Norma n'avait surpris une conversation entre deux infirmières au sujet d'une ferme du voisinage. Le propriétaire, parti s'établir dans l'Ouest, était pressé de la vendre. Norma en nota l'emplacement et, quand nous passâmes à l'intersection de Sicomac Road, demanda à Francis de faire un détour pour aller la voir.

Et nous la vîmes : le large corps de ferme à pignons, la grange, l'enclos pour les animaux, la prairie qui menait au ruisseau bordé de saules et, en face de nous, les vaches du voisin qui meuglaient aimablement…

Les mauvaises herbes envahissaient le chemin d'accès et la peinture de la façade était écaillée, mais Norma estima qu'il y avait là quelque chose. Elle descendit de la carriole pour aller examiner la grange et fit le tour de la maison, puis demeura un long moment immobile, à observer les champs et les arbres alentour.

Lorsqu'elle revint vers nous – Maman, qui berçait Fleurette, moi, juste à côté d'elle, et Francis, qui tenait les rênes – elle avait pris sa décision.

— Ici, personne ne nous connaît, dit-elle à maman. Et en plus, nous serons loin du bruit et de la saleté de la ville.

Elle me lança un coup d'œil significatif, comme si les villes elles-mêmes, avec leur bruit et leur saleté, étaient à blâmer pour ce qui était arrivé.

Maman hocha lentement la tête.

— Quand vous étiez petits, tous les trois, murmura-t-elle, j'avais très envie de vous faire vivre à la campagne, mais votre père n'était pas d'accord…

Puis, sans laisser à Francis le temps d'objecter, elle ajouta à son intention :

— Toi, tu te chargeras des travaux nécessaires dans la maison et ensuite, je suis sûre que tu pourras trouver du travail à Paterson.

— Mais toi, qu'est-ce que tu vas faire ? demandai-je à Norma.

Tout le monde se tourna vers moi, comme si l'on avait oublié mon existence.

Norma sourit et contempla de nouveau la ferme.

— J'achèterai une chèvre, et peut-être quelques cochons. Et je crois que j'aimerais bien avoir des oiseaux aussi…

23

Je dus m'endormir à l'aube. Je rêvai d'un vol de pigeons voyageurs traçant des cercles au-dessus du toit dans la lueur blême du petit matin. Ils portaient dans leur bec des lambeaux de papier qu'ils nous lançaient tour à tour. « Des voleurs de poules envoient des lettres de menaces », ou « La police recherche le fusil de chasse d'un frère ». Fleurette en attrapait un au vol et me le tendait : « Trois sœurs sur le pied de guerre. »

Quand je m'éveillai, la matinée était déjà bien avancée. Je me redressai en me demandant si tout cela n'avait pas été un simple cauchemar : la brique, le carreau brisé, la lettre qui menaçait de nous enlever Fleurette… Puis je vis le fusil appuyé au mur et je sus que je n'avais pas rêvé.

Le bruit d'une porte qui s'ouvrait en bas me décida à descendre à la cuisine. Le shérif Heath était là. Il venait apparemment d'arriver et il avait son chapeau à la main comme un homme qui s'apprête à prononcer un discours. Debout derrière la table, les mains posées sur le dossier de leurs chaises, Norma et Fleurette semblaient tenir la pose, comme si elles servaient de modèles pour un tableau. « Sœurs attendant d'être secourues » : tel aurait pu en être le titre.

Je me penchai pour regarder si l'on m'avait laissé du café sur le fourneau, mais il n'y en avait pas.

Les yeux du shérif étaient encore plus sombres et plus creusés que d'ordinaire. Il s'était plaqué les cheveux sur un côté du crâne et portait, me sembla-t-il, le même costume marron qu'à notre dernière rencontre.

— On dirait que vous n'avez guère dormi plus que nous, déclarai-je.

Il esquissa une grimace et se lissa les cheveux.

— Ma foi, vous avez raison, répondit-il. J'ai été appelé au milieu de la nuit pour tirer l'automobile d'Henry Kaufman d'un fossé pas très loin d'ici, sur cette route.

— Je ne vois pas pourquoi vous ne l'y avez pas laissée, rétorqua Norma.

— Et Mr. Kaufman était là ? interrogea Fleurette.

— Non, je suppose qu'il a pris la fuite… Nous avons relevé les empreintes de pas de quatre hommes dans la boue. Mes adjoints surveillent régulièrement votre maison, mais ils ne l'ont encore jamais vu devant chez vous.

— Il faut croire qu'il nous a rendu visite d'abord, conclut Norma. Sachez qu'il nous a gratifiées de nouvelles créations littéraires…

— C'est bien ce que je craignais. De quelle façon vous les a-t-il délivrées ?

— De nouveau attachées à des briques, indiquai-je. Mais cette fois, il a visé l'ancienne chambre de notre mère.

— Pas si bête…

Le shérif dut remarquer notre étonnement, car il s'excusa.

— Je veux dire qu'il évite d'utiliser la poste. S'il vous envoyait ses messages par courrier, nous pourrions l'inculper de crime fédéral. Il sait ce qu'il fait. Puis-je voir la lettre ?

— Il y en a eu deux.

Je me levai aussitôt dans l'intention de monter les chercher, mais Norma les tira de sa poche. Il lui fit signe de les poser sur la table, puis s'assit.

Nous nous installâmes autour de lui tandis qu'il se penchait sur les feuilles froissées.

— Mesdames, je vais vous enseigner quelques notions du travail d'enquêteur…

Fleurette se redressa sur sa chaise. C'était le type d'excitation qu'il valait mieux éviter à une jeune fille de son tempérament.

— La première règle essentielle sur une scène de crime, c'est d'éviter de poser les doigts sur les pièces à conviction, reprit le shérif sans lever les yeux. Avec un peu de chance, il nous sera possible de relever des empreintes, mais pas s'il y a les vôtres sur toute la surface du papier.

Norma n'était pas femme à apprécier d'entendre autrui souligner ses erreurs.

— Vous vouliez donc que nous laissions les lettres par terre et que nous retournions tranquillement nous coucher sans savoir ce qu'elles contenaient ? interrogea-t-elle d'un ton pincé.

— Pas du tout, répondit-il. Mais la prochaine fois, utilisez des gants, ou un mouchoir, ou l'extrémité de votre jupe pour les ramasser. Ce que vous voulez…

Sa lecture terminée, il souleva soigneusement les deux feuilles pour vérifier que rien n'était inscrit au dos.

— Je n'aime pas ça, soupira-t-il en relevant enfin la tête. Ces lettres ressemblent fort à celles de la Mano Nera.

— La Mano Nera ? répétai-je, à l'unisson avec Norma.

— C'est de cette façon que procèdent ces gens-là, expliqua-t-il. Ils commencent petit, avec des menaces assez vagues. Ils peuvent casser un carreau ou tirer un ou deux coups de feu en l'air, histoire de montrer qu'ils ne plaisantent pas. Ensuite, les menaces se précisent, on évoque la possibilité d'un kidnapping ou d'un incendie. Elles sont toujours accompagnées d'une interdiction de prévenir la police.

— Comme nous avons bien fait d'ignorer leur conseil ! ironisa Norma.

— Votre sœur a eu tout à fait raison de m'alerter et de se défendre, assura le shérif. La majorité des gens ne le fait pas, c'est pourquoi nous ne voyons pas beaucoup ce genre de lettres. Et quand arrive la demande d'argent, les victimes sont si terrorisées qu'elles ne peuvent rien faire d'autre que payer.

— Vous êtes donc en train de nous dire qu'Henry Kaufman appartient à la Mano Nera ? demandai-je. Mais il n'est même pas italien !

— Non, ce n'est pas sûr, rectifia le shérif. Comme les journaux ont souvent publié des lettres de ce genre, il n'est pas difficile d'en imiter le style. À quelle heure est-ce arrivé ?

Je secouai la tête.

— Je suis désolée, Mr. Heath, mais aucune de nous n'a pensé à regarder l'heure. Il faisait nuit noire et nous étions profondément endormies toutes les trois quand cela s'est produit. Il y avait beaucoup de confusion, parce que…

— Il était deux heures et quart, me coupa Norma.

Nous nous tournâmes tous vers elles, stupéfaits.

— J'ai regardé la pendule en allant chercher mes couvertures. Constance, elle, était trop occupée à faire l'andouille avec son fusil de chasse pour y penser.

Le shérif Heath s'adossa à sa chaise.

— Son fusil de chasse ? répéta-t-il. Mais que comptiez-vous donc faire avec un fusil de chasse, mesdemoiselles ?

— Elle entendait protéger ses sœurs, bougonna Norma. Et vous, pendant ce temps, que faisiez-vous ?

Le shérif nous regarda tour à tour, cherchant sans doute à préciser où il en était avec chacune de nous. Puis il repoussa sa chaise et nous demanda s'il pouvait monter voir la chambre où l'incident avait eu lieu. Norma lui répondit que non au moment où je lui en donnais l'autorisation. Alors ma sœur se leva sans mot dire et quitta la cuisine. J'entraînai le shérif à l'étage, Fleurette sur nos talons.

Dans la chambre de notre mère, Norma avait retiré les morceaux de verre restés accrochés au cadre de la fenêtre, comblé les trous avec des planches vides et balayé les éclats du miroir brisé et les épingles à cheveux. Les deux briques étaient soigneusement posées au centre de la commode, tels des bibelots en exposition.

Le shérif regarda autour de lui, s'attarda sur la fenêtre et alla tester la solidité des planches. Son chapeau heurta au passage un petit chandelier au-dessus du lit et le fit chanceler. Le voir pénétrer ainsi l'intimité de maman et découvrir ses affaires telles que nous les avions laissées me mit mal à l'aise. Il dégageait en outre une vague odeur d'essence qui, me semblait-il, absorbait l'air de la pièce.

— Je vais emporter les briques, annonça-t-il.

Il enveloppa celles-ci dans un mouchoir, puis regarda Fleurette.

— Tes sœurs t'ont-elles laissée lire la lettre ? interrogea-t-il.

Je tentai de me défendre.

— Si j'avais su ce qu'elle comportait, je…

Il m'arrêta d'un geste.

— C'est très bien. Le message lui est adressé. Il faut qu'elle sache.

Fleurette était adossée au chambranle de la porte. Elle tressaillit quand il s'approcha d'elle et posa les deux mains sur ses épaules, comme l'aurait fait un père. Cela me saisit également de voir un homme la toucher ainsi. Elle se mordit la lèvre et le regarda de ses grands yeux un peu humides.

— Ces gens-là sont très sérieux, lui dit-il d'un ton grave. Ils ne plaisantent pas, sache-le. De mon côté, je vais faire tout mon possible pour les tenir éloignés de toi, mais toi, il faudra que tu restes à bonne distance d'eux. C'est compris ?

Elle hocha la tête et inspira une longue bouffée d'air. Il garda les mains sur ses épaules. Debout derrière lui, je me surpris à regarder la façon dont sa nuque se détachait de son col lorsqu'il se penchait en avant pour lui parler.

— Je ne veux pas que tu laisses la porte d'entrée déverrouillée. Je ne veux pas que tu dormes la fenêtre ouverte. Je ne veux pas que tu descendes seule à la rivière et je ne veux même pas que tu ailles seule jusqu'à la grange. Si tu vas te promener en ville, tu emmènes quelqu'un avec toi et tu fais bien attention, d'accord ?

— D'accord, acquiesça-t-elle d'une voix étranglée.

Je crus qu'il avait terminé, mais non : il continua à lui parler avec ce même mélange de bienveillance paternelle et de sévérité que Fleurette n'avait jamais reçu de quiconque. Même Francis ne s'était jamais adressé à elle de cette façon.

— Quand tu croises un étranger, tu baisses les yeux. Tu ne parles pas aux gens que tu ne connais pas. Tu n'ouvres pas la porte aux représentants ni aux livreurs, sauf s'il est prévu qu'ils viennent. Tu peux faire tout cela ?

Fleurette le fixait toujours, comme envoûtée.

— Tu peux ?

Elle hocha la tête.

— Oui…

— Tu ne t'approcheras ni des tramways ni des trains. Tu n'iras pas dans des hôtels, ni pour déjeuner, ni pour quelque raison que ce soit. Pas dans les hôtels !

— Pas dans les hôtels, répéta-t-elle.

— Et tu écoutes bien tes sœurs, tu fais tout ce qu'elles te disent. Si je mets mes hommes en danger pour toi, tu ne dois rien faire qui rende leur travail plus difficile ou dangereux.

Bouche bée, tremblante, elle parut enregistrer tout cela. Alors, enfin, il la lâcha.

— Maintenant, je vais aller faire un petit tour dehors avec tes sœurs, reprit-il en s'emparant des briques. Je veux que tu trouves à t'occuper et que tu restes ici. Surtout, n'essaie pas de nous suivre !

Nous la laissâmes dans la chambre de maman et descendîmes l'escalier. Le shérif Heath sortit par la cuisine et, docilement, je le suivis. Norma, qui nourrissait ses oiseaux dans le pigeonnier, ne se pressa pas pour nous rejoindre. Il tenta de lui poser quelques questions polies sur les pigeons voyageurs, mais il n'eut droit qu'à un silence furieux. Lorsqu'elle eut achevé sa besogne, elle ôta son tablier brodé et le suspendit à un clou à l'extérieur. Puis elle nous interrogea du regard, toujours sans prononcer un mot.

— Très bien, déclara le shérif. Suivez-moi !

Nous l'accompagnâmes jusqu'à sa voiture garée à l'extrémité de l'allée. Là, il posa les briques et prit une boîte en bois sur la banquette arrière. Puis il se redressa et regarda autour de lui, examinant un instant la maison avec ses volets baissés, sa vieille grange biscornue, les cochons des voisins dans l'enclos d'en face et notre pré aux herbes hautes qui descendait jusqu'à la rivière et aux saules. Au bas de la route, les vaches laitières se battaient les flancs de leur queue.

— Mesdemoiselles, voudriez-vous marcher avec moi jusqu'à la rivière ? demanda-t-il enfin.

Nous traversâmes le pré en tâchant de calquer nos pas sur ses longues enjambées. En quelques minutes, nous fûmes sous les branches fines des saules, qui commençaient à perdre leurs feuilles. Le shérif Heath descendit jusqu'à la berge et posa sa caisse sur le sol, avant de se tourner vers la ferme.

— On ne voit pas tellement la maison d'ici, constata-t-il, comme pour lui-même.

Puis il se baissa pour ouvrir la caisse et nous découvrîmes deux revolvers noirs.

— Ce fusil que vous avez, vous savez vous en servir, toutes les deux ? s'enquit-il.

— Il appartient à notre frère, expliquai-je. Nous savons tirer avec, mais c'est juste pour faire peur. Je ne crois pas que je serais capable de toucher quoi que ce soit avec.

— Nous pourrions toucher Mr. Kaufman s'il le fallait, affirma Norma.

Le shérif se mit à rire.

— J'espère que vous n'aurez pas à le faire ! s'exclama-t-il. À présent, si vous veniez essayer cette arme-ci ?

Norma s'approcha de lui en laissant son regard errer sur le cours d'eau. Les arbres avaient perdu beaucoup de feuilles, aussi pouvions-nous voir très loin, jusqu'à la limite de notre propriété et aux bois qui s'étendaient au-delà.

— Alors écoutez-moi ! reprit le shérif avec la même sévérité affectueuse qu'il avait manifestée à Fleurette. Vous voyez l'arbre aux feuilles rouges, là-bas ? L'érable qui se détache, juste à l'endroit où la rivière fait un coude…

Norma hocha la tête.

— Eh bien, au-dessous, il y a un gros rocher blanc qui brille au soleil. Vous le voyez ?

Elle acquiesça de nouveau.

Il sortit un revolver de la boîte et vérifia qu'il était chargé. Puis il recala le barillet et pressa la crosse dans la main de Norma, qu'il conserva dans la sienne pour la lever en direction du rocher blanc.

— Utilisez l'encoche qui est au-dessus pour viser, l'instruisit-il à voix basse.

Il était si près d'elle qu'il lui parlait au creux de l'oreille.

— Vous voyez cette lame, à l'avant du canon ? Comme une pièce de monnaie coupée en deux ? Utilisez-la pour viser.

Elle hocha la tête et pointa l'arme.

— C'est bien, enchaîna-t-il. Placez les pieds l'un derrière l'autre, comme ceci. Pieds stables, main stable. Bras fort. Pliez un peu le coude. À peine. Oui, c'est ça…

Sans tourner la tête, Norma rencontra le regard du shérif. Il leva un peu la main pour actionner le chien, mais n'en eut pas le temps. Déjà, elle le pressait elle-même du pouce, visait le rocher et tirait.

La détonation se répercuta sur toute la longueur de la rivière. Je la perçus dans ma poitrine, tel un autre cœur battant près du mien. Je sentis une odeur de brûlé et comme un sifflement à mes oreilles. Je ne saurais dire si Norma avait touché le rocher, mais le shérif Heath, manifestement, était satisfait.

Elle remontait le revolver pour viser de nouveau lorsqu'il le lui prit des mains.

— C'est bon, dit-il. Merci.

Puis il se tourna vers moi.

— Miss Kopp ?

Norma recula de quelques pas et croisa les bras. Je ne l'avais jamais vue tirer au revolver et elle semblait ravie de sa prestation.

Je pris sa place et le shérif me saisit la main droite par le poignet et la releva. Instinctivement, mes doigts se resserrèrent autour des siens. Il sourit.

— Ce n'est pas ma main qu'il faut tenir, c'est le revolver.

Puis il pressa l'arme dans ma paume. Elle était plus lourde que prévu, et encore chaude. Je m'efforçai de ne pas trembler.

Il recula d'un pas et me donna les mêmes instructions qu'à Norma un instant plus tôt.

— Visez le rocher blanc. Calez d'abord vos pieds. Bras ferme, main stable. Quand vous serez prête…

Sans attendre davantage, j'abaissai le chien et pressai la détente. Je dus toucher le haut de l'arbre, et non la roche, car une volée d'étourneaux quitta les branches avec de bruyants pépiements pour décrire quelques cercles dans le ciel et aller se poser à bonne distance.

— Ce n'est pas grave, assura-t-il. Ça va. Maintenant, vous savez à quoi vous attendre. Tirez de nouveau et, cette fois, pensez à garder la main bien ferme. Utilisez vos yeux.

Je me calai mieux sur mes pieds et tendis le canon en direction du rocher en fixant l'encoche et la petite demi-lune au bout du canon, puis je tirai. Je ne pense pas que je touchai le rocher, mais je parvins au moins à maintenir la hauteur du revolver. Je gardai la position jusqu'au moment où le shérif Heath me reprit l'arme des mains.

Il sortit alors trois balles de sa poche et le rechargea, puis le rangea dans sa boîte, qu'il me tendit en se relevant.

— Il y en a un pour chacune de vous, déclara-t-il. Mais ne laissez pas Miss Fleurette les toucher. Je préférerais même qu'elle ne les voie pas du tout. Gardez-les près de vous la nuit, mais pas sous l'oreiller. Ne les cachez pas non plus à l'intérieur de vos vêtements. Et ne tirez pas directement sur quelqu'un. Si ces hommes reviennent, vous pouvez viser dans leur direction, mais tirez dans les arbres. Ce qu'il faut, c'est seulement les effrayer. Compris ?

Norma hocha la tête et gravit la petite butte pour quitter la berge. Le shérif Heath lui emboîta le pas, puis se retourna pour m'aider à monter.

Je n'en avais pas besoin, mais je saisis la main qu'il me tendait.

24

À la suite de ces événements, Fleurette cessa ses représentations théâtrales et Norma remit l'oiseau blessé dans le pigeonnier. Son aile était presque guérie, mais sa carrière de messager avait atteint son terme. Fleurette, qui détestait les tâches ménagères et refusait jusque-là de les accomplir, devint remarquablement obéissante après le sermon du shérif. Elle répara un trou par lequel les souris allaient voler la nourriture des volailles dans le poulailler, peignit la clôture qui entourait le jardin potager et bina un carré de terre pour y planter des petits pois.

Le shérif Heath faisait surveiller la maison par ses hommes, qui se postaient devant chez nous tard dans la nuit, après s'être occupés d'autres affaires criminelles. Je m'habituai à guetter le bruit de leur moteur sur la route aux environs de minuit. Je comprenais pourquoi le shérif nous avait donné pour consigne de ne jamais tirer directement sur une personne : sans doute craignait-il de nous voir abattre l'un de ses adjoints. Ceux-ci semblaient eux aussi conscients de ce danger, car ils n'immobilisaient jamais leur véhicule juste en face de chez nous : ils parcouraient quelques dizaines de mètres supplémentaires et se garaient dans un large espace nu ménagé sous un chêne.

Je pensais souvent à Lucy, qui travaillait jour après jour à la teinturerie et remettait ensuite à Mr. Kaufman le salaire qu'elle touchait en paiement de son loyer. Et je m'imaginais aussi son bébé, qui devait être en train d'apprendre à parler quelque part. Il devait y avoir des gens qui l'appelaient en tendant les bras vers lui, comme on le fait avec les petits enfants, mais quel nom prononçaient-ils alors ?

J'aurais aimé pouvoir aider Lucy. Toutefois, il semblait que chaque démarche que je tentais pour contrer Henry Kaufman appelait une nouvelle brique contre nos fenêtres.

— Qui c'est, Henri LaMotte ? me demanda Fleurette un après-midi en revenant de la boîte aux lettres.

— Laisse-moi voir ça ! répondis-je.

— Pas avant que tu m'aies dit qui c'est !

— La lettre est pour moi, non ?

— Pas sûr ! Elle est adressée à Miss Kopp. Elle peut très bien être pour moi.

Elle s'approcha de moi, l'enveloppe à la main.

— Tu l'as déjà ouverte, n'est-ce pas ?

Elle me la tendit alors avec réticence.

— Elle pouvait être pour n'importe laquelle d'entre nous…

— Ne fais pas l'idiote, rétorquai-je.

Henri LaMotte, propriétaire
Studios LaMotte
167, 29e Rue Est
New York

New York, le 1er octobre 1914

Chère Miss Kopp,

Je viens de trouver des photographies susceptibles de vous intéresser. Elles ont été prises l'an dernier devant l'immeuble qui fait l'objet de vos recherches. L'un de mes employés avait été engagé pour photographier toutes les allées et venues à cette adresse plusieurs semaines durant, mais l'avocat qui nous a sollicités pour ce travail n'est jamais venu payer ces clichés. J'avais oublié qu'ils étaient ici et ils viennent de refaire surface par hasard. Si vous souhaitez les prendre, je les conserverai pour vous jusqu'à mardi. Après ce jour, je serai contraint de les détruire. Nous préférons ne pas devenir un dépôt de preuves photographiques non réclamées, même si j'ai manifestement relâché ma vigilance dans ce domaine.

Je dois redresser le navire et tenir le cap !

*Au revoir**,

Henri LaMotte

— Qu'est-ce que ça veut dire ? Des preuves photographiques de quoi ?

Je regardai autour de moi pour m'assurer que Norma ne nous entendait pas. Elle avait dû sortir. Je relus la lettre.

— C'est en rapport avec Lucy, répondis-je enfin.

Fleurette tressaillit et vint s'installer à demi sur le bras de mon fauteuil, à demi sur mes genoux. Cela faisait des années qu'elle n'avait pas adopté cette position.

— Nous avons trouvé un indice, c'est ça ? me chuchota-t-elle à l'oreille.

Elle avait l'odeur sucrée des crumbles aux pommes que nous lui préparions quand elle était petite. Je fermai les yeux et les souvenirs affluèrent. À l'époque, je lui disais souvent que j'avais envie de la manger :

alors elle se mettait à crier et courait se réfugier chez maman en faisant semblant d'avoir peur…

Elle me regarda droit dans les yeux.

— Est-ce que ces photographies peuvent l'aider à retrouver son bébé ? interrogea-t-elle.

— Je ne sais pas. Je vais lui envoyer cette lettre. Elle décidera elle-même ce qu'elle souhaite en faire.

Fleurette se releva d'un bond.

— Mais nous n'avons pas le temps ! Il a dit que tu devais y aller avant mardi ! C'est demain. Nous devons lui apporter la lettre tout de suite !

Je secouai la tête.

— Tu as entendu ce qu'a dit le shérif, non ? Il faut faire très attention aux étrangers.

— Mais ce n'est pas une étrangère ! protesta Fleurette. Tu n'as qu'à y aller toute seule ! Va chez elle et dépose cette lettre dans sa boîte aux lettres !

Je tournai et retournai l'enveloppe entre mes mains.

— Je ne crois pas qu'il faille faire cela, déclarai-je alors. Il me semble que, cette fois, Norma a raison : nous ne devons plus nous mêler des affaires d'Henry Kaufman.

— Mais cette pauvre fille ne te fait pas de peine ? s'indigna Fleurette d'une voix où perçait le désespoir. Essaie de t'imaginer une minute ce que ça doit être, d'avoir eu un bébé et de le perdre comme ça ! Qu'éprouverais-tu, toi ?

Je me mordis l'intérieur de la lèvre. Fleurette n'avait jamais été aussi proche de la vérité et elle ne devait pas s'en approcher davantage. J'avais pour ma part réussi tant bien que mal à faire la paix avec mon passé et je n'avais aucune envie de me heurter de nouveau à lui.

Toujours est-il que Fleurette avait raison : Lucy vivait un type de perte que je n'avais pas connu.

— Ne dis pas à Norma où je vais, ordonnai-je.

25

Dans la rue de Lucy, les fumées et la vapeur des turbines avaient encrassé les fenêtres des immeubles. Dans un appartement, quelqu'un préparait du café, dans un autre, on raclait le fond d'une marmite et ailleurs, on faisait frire du poisson. Devant une maison, une femme en robe sombre penchée sur un carré de haricots envahi par les mauvaises herbes cherchait parmi les hautes tiges et les fleurs de pissenlit quelques feuilles encore tendres qu'elle pourrait consommer.

J'avais glissé la lettre de Mr. LaMotte dans une enveloppe neuve, accompagnée d'un mot d'explication, avec l'intention de la jeter dans la boîte aux lettres de Lucy et de m'en aller aussitôt. Toutefois, la porte d'entrée de son immeuble chancela quand je la poussai, avant de s'effondrer dans un grand fracas. Le battant était sorti de ses gonds et on l'avait posé là en équilibre, sans doute dans le but de masquer l'entrée.

Je reculai dans l'allée et levai la tête. L'une des fenêtres du deuxième étage était condamnée et l'immeuble ne présentait plus aucun signe de vie : ni linge étendu ni lumière ou rideaux aux fenêtres, aucun bruit de vaisselle qui s'entrechoque, aucune odeur de cuisine. Je m'avançai de nouveau et risquai un œil dans le vestibule quand, tout à coup, l'odeur m'agressa les narines.

Le feu…

Je fis un bond en arrière comme si l'incendie faisait toujours rage. En face, une femme qui balayait son porche m'observait. Au coin de la rue, trois petits garçons se lançaient un ballon qui rebondissait sur le trottoir avec un écho sinistre.

La palissade qui séparait l'immeuble de Lucy de son voisin gisait au sol et je l'enjambai sans peine pour contourner la maison. Là, on voyait clairement que l'immeuble avait été dévasté par les flammes. Des poutres brûlées commençaient à se désintégrer dans le vent et les pluies d'automne, et les fenêtres n'étaient plus que des trous béants qui laissaient entrer oiseaux et écureuils.

À l'endroit où devait s'ouvrir la porte de derrière, il ne subsistait plus que le bloc de ciment qui servait de seuil et l'extrémité carbonisée d'un montant de porte. Je risquai un pas à l'intérieur et poussai du pied une poignée de porte cassée et le couvercle en émail d'un récipient. Le bruit se répercuta dans le hall vide et calciné. Même l'escalier avait disparu et les vestiges de la rampe pendaient inutilement du premier étage.

Si Lucy avait été présente le jour de l'incendie, je voyais mal comment elle avait pu en sortir vivante. Tous les locataires des étages avaient dû se retrouver pris au piège.

Je ne me rappelle pas avoir pris mes jambes à mon cou ni être montée à bord du tramway, mais j'avais déjà parcouru une bonne moitié du chemin jusqu'à Hackensack lorsque mes mains cessèrent enfin de trembler. Au palais de justice, je demandai à voir le shérif Heath.

— Il vient de partir, m'informa la réceptionniste.

— L'un de ses adjoints, alors, insistai-je en repoussant mes cheveux sous mon chapeau.

J'étais encore en nage après ma course folle.

— On m'a dit de venir ici si… s'il se passait quelque chose, expliquai-je. Donnez-lui mon nom. Constance Kopp.

Avec l'air le plus las et le plus indifférent qu'il est possible d'afficher, la jeune femme alla murmurer quelques mots à l'oreille du gardien en faction en haut de l'escalier.

— Attendez ici ! me commanda-t-elle ensuite.

Le gardien descendit et se dirigea vers la partie du bâtiment qu'occupait la prison.

Quelques minutes plus tard, un homme grisonnant en uniforme se présenta à moi.

— Shérif adjoint Morris, mademoiselle, annonça-t-il en jetant un coup d'œil à la réceptionniste, qui nous considérait avec curiosité. Par ici, s'il vous plaît.

Il me prit le bras et nous nous engageâmes dans le couloir. Il préférait visiblement s'éloigner des oreilles indiscrètes pour s'entretenir avec moi.

— Le shérif Heath nous aide, mes sœurs et moi, depuis que nous avons eu certains problèmes… commençai-je.

— Oui, mademoiselle. J'ai moi-même effectué plusieurs patrouilles devant chez vous. Ce monsieur est-il revenu vous importuner ?

Je secouai la tête.

— Non, c'est autre chose. C'est au sujet d'un incendie à Paterson. Il a dû se produire il y a quelques semaines déjà. Un immeuble où logeaient des ouvriers, dans Summer. En avez-vous entendu parler ?

Il réfléchit un instant.

— Je ne crois pas, mademoiselle. En fait, cela concernerait plutôt le comté de Bergen.

— Mais vous ne pourriez pas vous renseigner ?

Il se tourna vers le hall d'entrée et la réceptionniste.

— Il faudrait que je lui demande de téléphoner.

— Pourriez-vous le faire, Mr. Morris ? Je vous en prie !

Il eut un petit rire sans méchanceté.

— Cela ne vous va pas de supplier, Miss Kopp !

Fleurette fut surprise de me voir descendre le lendemain matin avec un chapeau et un manteau de voyage. Assise par terre dans le salon, elle triait les boutons d'une boîte.

— Où allons-nous ? s'enquit-elle en se levant.

— Toi, tu restes ici, répondis-je. Moi, je vais en ville. Je serai de retour pour le dîner.

— En ville ? Sans moi ?

Furieuse, elle tapa du pied et ses boutons se dispersèrent sur le tapis. Quelle enfant elle pouvait être dès l'instant où l'on contrariait sa volonté ! Je ravalai mon irritation et me penchai pour lui parler à mi-voix.

— Tu sais bien que je ne peux pas t'emmener, expliquai-je. Tu as entendu ce qu'a dit le shérif. Pas de gares, pas d'étrangers, pas de lieux que tu ne connais pas…

Elle repoussa la boîte de boutons du bout de l'orteil.

— Tu vas aller récupérer toi-même ces photographies, c'est ça ?

— Je vais essayer, oui. Maintenant, je veux que tu sois raisonnable et que tu restes ici, et que tu fasses bien ce que nous te demandons de faire.

— Mais je fais déjà tout ce que vous me demandez de faire ! s'emporta-t-elle. Toi, Norma et le shérif ! Quand est-ce que je pourrai enfin recommencer à faire les choses que moi, j'ai envie de faire ?

Sur ces mots, elle se jeta sur le canapé et s'enfouit la tête dans les coussins pour sangloter. Je poussai un soupir et me tournai vers la fenêtre. Dehors, Norma ratissait les feuilles mortes. J'allai alors m'asseoir près de Fleurette et posai la main sur son dos, comme je le faisais quand elle était petite.

— Et en plus, la semaine prochaine, c'est mon anniversaire, gémit-elle, la tête toujours dans les coussins. Alors on ne va rien faire non plus ?

— Ah oui ? C'est ton anniversaire ? Et quel âge vas-tu avoir, au fait ? Quinze ou seize ans ?

Elle me décocha un petit coup de poing dans la jambe.

— Dix-sept ! Tu le sais très bien…

— Déjà ? Ah oui, tu as raison ! Dans ce cas, il va falloir que nous t'emmenions quelque part.

Elle se rassit en reniflant. Quand elle pleurait, ses yeux avaient la couleur d'un ciel de nuit très clair.

— Où ça ? interrogea-t-elle.

— Où tu voudras. Tant que le shérif est d'accord.

— Tu vas lui demander ?

— Oui.

Lucy n'avait pas péri dans l'incendie. En fait, tous les habitants de l'immeuble avaient survécu. Le feu avait pris dans un coin du rez-de-chaussée – je m'imaginais bien Henry Kaufman et ses amis se faufilant là au milieu de la nuit, munis d'un bidon de kérosène – mais le locataire du rez-de-chaussée avait aussitôt senti une odeur suspecte et il était monté dans les étages réveiller tous ses voisins. Sans doute était-ce celui qui habitait la chambre où je m'étais réfugiée le jour où j'étais venue voir Lucy. Il avait beau vivre misérablement, il s'était conduit en héros… Je me demandais où il se trouvait à présent. Je me demandais où tous les locataires de l'immeuble se trouvaient. L'adjoint du shérif Morris n'avait pas pu me renseigner sur ce point.

Ne pouvant localiser Lucy, je me résignai à me rendre moi-même chez Mr. LaMotte avant qu'il ne jette les photographies.

Le train me déposa à New York à midi. Il y avait près de la gare un salon de thé où les dames pouvaient déjeuner, aussi m'y arrêtai-je tout d'abord pour manger un sandwich au jambon avec de la salade et une rondelle d'ananas surmontée d'une cerise. Un gâteau à la noix de coco était proposé en dessert et je le commandai, bien que je n'eusse plus faim du tout : j'en avais assez de la cuisine que nous préparions à la ferme et ne pouvais résister à une gourmandise aussi exotique. Lorsque j'eus avalé le café qui allait avec, les boutons de ma robe menaçaient de lâcher… La longue marche jusqu'au studio de photographie me fit du bien.

Mr. LaMotte se leva avec vivacité en me voyant entrer et j'eus l'impression qu'il m'attendait.

— Miss Kopp ! s'exclama-t-il. Juste au bon moment !

J'avançai d'un pas et butai dans une chaise sur laquelle s'empilaient des enveloppes.

— Oh, excusez-moi ! fis-je en me baissant pour les ramasser.

Elles ne portaient pas d'autre mention qu'un nom inscrit au crayon – Wapole, Dowd, Kurtz, Wood – et ne semblaient pas avoir été placées dans un ordre particulier, aussi les entassai-je au petit bonheur sur la chaise.

— Ne vous en faites pas, me dit-il. Elles ont tendance à sauter sur les gens qui entrent, on n'y peut rien.

Je me retins de lui répondre qu'on y pourrait sans doute quelque chose, au contraire, si l'on investissait dans une armoire de rangement et dans le recrutement d'une secrétaire pour les classer.

— J'espère que je ne vous ai pas trop fait attendre, déclarai-je. Votre lettre ne m'est parvenue qu'hier, je n'ai pas eu le temps d'y répondre.

Il pencha la tête en me considérant par-dessus ses lunettes.

— Ah, oui, les photos… Je les ai ici, je serai très heureux de vous laisser les regarder. Mais avant cela, j'aurais une petite faveur à vous demander…

La porte s'ouvrit à cet instant et un homme colossal fit irruption dans la petite boutique. Il portait le plus gigantesque pardessus en laine que j'eusse jamais vu, ainsi qu'un chapeau noir dans lequel un petit enfant eût pu se tenir recroquevillé. Malgré la pénombre, je distinguai une énorme moustache au-dessus de ses lèvres de la taille de saucisses, et deux joues protubérantes.

— C'est elle ? interrogea-t-il d'une voix caverneuse, avec un accent qui ne pouvait venir que du Bronx.

Mr. LaMotte s'empressa d'aller se poster entre nous.

— Mr. Hopper ! Je ne vous attendais pas si tôt ! Laissez-moi vous présenter Miss Kopp…

Je tendis la main au nouveau venu et eus l'impression qu'une moufle de catcheur venait l'envelopper.

— Enchantée, déclarai-je. Je ne savais pas que j'étais attendue.

— Vous n'êtes pas là pour la mission ? grogna l'inconnu.

Mr. LaMotte agita les mains pour nous faire taire tous les deux.

— Je m'apprêtais justement à y venir ! s'exclama-t-il. Miss Kopp, je me demandais si vous pourriez rendre un petit service à mon associé, Mr. Hopper. Voyez-vous, de temps à autre, nous avons besoin d'une femme photographe et…

— Une femme photographe ? répétai-je en reculant d'un pas, ce qui eut pour effet de renverser une nouvelle pile d'enveloppes. Mais je ne connais rien à la photographie ! Je suis venue ici parce que vous m'aviez dit que…

— Je vous ai dit que j'étais prêt à vous rendre un service, coupa Mr. LaMotte en recouvrant son calme, et à présent, je vous en demande un en retour. Ce monsieur qui est là aimerait que vous vous rendiez dans un hôtel pour dames de la Cinquième Avenue.

— Vous voulez que j'aille dans un hôtel ?

Le shérif Heath nous avait explicitement donné la consigne de ne jamais entrer dans les hôtels…

— Non, c'est impossible, déclarai-je d'un ton ferme.

— Tout ce que vous aurez à faire, insista-t-il, c'est vous renseigner sur le prix des chambres et demander à en voir une située à un étage élevé et donnant sur l'arrière de l'établissement. Ils vous confieront une clé et vous enverront la visiter seule. Allez-y et photographiez la chambre, ainsi que tout ce que l'on peut voir de la fenêtre. Ensuite, vous rapporterez la clé à la réception et vous viendrez me rendre l'appareil. Moi, je vous attendrai ici avec vos photographies.

Je cherchai une réponse à lui donner lorsqu'il ajouta :

— Vous m'avez l'air d'une femme débrouillarde, Miss Kopp.

— Ma foi, je...

— Croyez-moi, nous n'avons pas l'intention de vous mêler à quoi que ce soit de répréhensible. L'affaire sur laquelle nous enquêtons concerne seulement le témoin d'un crime. Nous devons confirmer certains détails qu'a fournis une dame en vérifiant la disposition de la chambre et la vue qu'elle avait de sa fenêtre. Rien d'autre. Nous irions nous-mêmes si cet hôtel n'interdisait pas l'accès aux étages aux hommes, et je n'ai actuellement aucune femme parmi mon personnel.

Mr. Hopper respirait à la manière des individus ventripotents, comme si son système respiratoire était alimenté par toute une soufflerie plutôt que par deux poumons. Il n'avait pas ôté son chapeau et je ne voyais toujours pas son visage.

— Mr. Hopper est-il l'un de vos... commençai-je.

— Associés, oui. Les meilleurs avocats de Manhattan le chargent de leurs enquêtes. Sa réputation est irréprochable. Il est très respecté, tant par la police que par les tribunaux.

L'intéressé émit un son censé manifester son assentiment. Nous nous tournâmes tous deux vers lui, mais il ne dit rien.

— Il va vous accompagner jusqu'à l'hôtel en question, reprit donc Mr. LaMotte, et vous ramener ici dès que vous aurez accompli votre mission. Je puis vous assurer que cela ne vous réclamera pas plus d'une heure, et encore, si vous flânez sur la Cinquième Avenue et pénétrez dans une ou deux boutiques...

Cette fois, Mr. Hopper gloussa – un son qui ressemblait à l'éruption d'un tout petit volcan – à l'idée que je puisse faire du lèche-vitrine avec lui.

Je fus trop étonnée pour en prendre ombrage. Jamais, de ma vie entière, je ne m'étais trouvée plongée dans tant de situations inattendues en si peu de temps. Mr. LaMotte dut prendre mon silence pour un assentiment, car il me fourra aussitôt un appareil photographique entre les mains. C'était un petit boîtier que l'on s'était appliqué à faire ressembler à un sac à main de femme. J'en admirai la poignée souple en cuir italien et le fin tweed qui recouvrait le corps de l'appareil. C'était un instrument de qualité. Dès que je l'eus en main, je décidai que j'en posséderais un de ce genre un jour.

— Tenez-le contre vous, comme ceci, me dit Mr. LaMotte. Il n'y a rien de bien compliqué. Cette petite manette que vous voyez là glisse pour ouvrir l'obturateur. Prenez votre temps, jusqu'à ce que vous sentiez qu'elle s'est bien engagée de l'autre côté. Ensuite, tournez la clé pour faire apparaître le numéro suivant. Vous avez sept clichés. Prenez-les tous, s'il vous plaît. Je vais devoir développer la pellicule immédiatement, alors je ne gagnerai rien si elle n'est qu'à moitié utilisée. Arrangez-vous pour qu'il y ait le plus de lumière possible dans la chambre et maintenez bien l'appareil immobile. Est-ce clair ? Vous vous sentez capable de faire cela, n'est-ce pas ?

Il me lança un sourire affectueux et me considéra comme on peut regarder une nièce que l'on est en train de faire entrer dans l'affaire familiale. Je ne pus m'empêcher de lui rendre son sourire.

— Tout à fait, Mr. LaMotte, assurai-je. C'est parfaitement clair.

Sur ces mots, je glissai la lanière autour de mon poignet et me tournai vers la silhouette gigantesque de Mr. Hopper. Celui-ci n'avait pas bougé. Il attendait. J'eus l'impression que, dans son métier, il devait passer beaucoup de temps à attendre.

— Allons-y !

Il m'ouvrit la porte et s'effaça pour me laisser passer. Il sentait le tabac et l'huile de gaulthérie. Nous nous retrouvâmes bientôt dans la pâle lumière d'octobre, marchant comme deux soldats vers la Cinquième Avenue.

Il n'était pas bavard et cela me convenait tout à fait. Je mis un point d'honneur à ne pas regarder une seule vitrine, afin qu'il ne me prît pas pour le genre de femme qui perdait son temps à essayer des chapeaux ou à s'extasier devant des bracelets. J'ignore pourquoi son avis importait tant pour moi. Je ne m'étais pas présentée pour un emploi de photographe mais, maintenant qu'on me l'avait confié, j'entendais accomplir mon travail correctement.

Lorsque nous nous engageâmes dans la Cinquième Avenue, un vent violent nous atteignit de plein fouet et rendit notre progression difficile. Les avenues étaient comme des canyons, les immeubles canalisaient le vent qui circulait entre eux. Je fourrai l'appareil sous mon manteau et boutonnai mon col.

L'hôtel pour dames s'appelait *Le Mandarin* et était situé au milieu d'un groupe d'immeubles en mauvais état. Il était assez ordinaire, avec ses cinq étages et sa double porte de verre surmontée d'un auvent vert. Un portier se tenait à l'extérieur, sous une lampe à gaz en laiton.

Nous le dépassâmes pour continuer jusqu'à l'intersection suivante, où Mr. Hopper s'immobilisa. Il m'attendrait là, m'indiqua-t-il, repoussant son chapeau en arrière pour mieux me considérer.

— Ça va aller, mademoiselle ?

Son expression n'avait rien d'hostile. Il avait des yeux noisette et un visage plus jeune et plus doux que je ne l'avais cru au départ. C'était sans doute le genre d'homme qui terrorisait les gens malgré lui.

— Oui, ne vous inquiétez pas.

J'étais sincère. Je gagnai l'hôtel d'un pas résolu. Le portier retira sa casquette avant de m'ouvrir.

Le hall correspondait à ce que j'avais imaginé pour un petit hôtel à la clientèle exclusivement féminine. Le sol carrelé était recouvert de tapis orientaux dans les tons rouges, les murs étaient lambrissés jusqu'à mi-hauteur et la partie supérieure tapissée d'un motif de fougères vert et or. Les lampes à gaz à l'ancienne étaient assorties à celle de l'extérieur et, à l'entrée, un portier et une femme d'un certain âge très collet monté, vêtue d'une élégante robe de velours bleu marine à boutons de cuivre, se tenaient tous deux derrière un comptoir en acajou. À droite de celui-ci, un petit salon permettait aux clientes de recevoir leurs visiteurs masculins.

Je me présentai et fis ce que m'avait demandé Mr. LaMotte. Il avait vu juste : j'obtins sans difficulté des clés pour aller inspecter des chambres avant de me décider. Il y en avait une au cinquième étage donnant sur l'arrière qui restait disponible, me dit la femme, mais aussi une autre au quatrième, avec vue sur la Cinquième Avenue. Cette dernière ne m'intéressait pas, mais elle insista pour que je la regarde, aussi emportai-je les deux clés.

Le portier fit le tour du comptoir dans l'intention de m'accompagner. Je cherchais désespérément un prétexte pour monter seule lorsqu'une mère sortit de l'ascenseur avec ses trois filles et réclama de l'aide pour ses bagages. Je souris en cliente courtoise.

— Je vous en prie, ne vous faites pas de souci pour moi, dis-je. Je n'en aurai que pour une minute.

Sans lui laisser le temps de répondre, je m'engouffrai dans l'escalier et disparus de sa vue.

En passant, je jetai un coup d'œil à chaque étage. Ils étaient tous identiques, avec tapis rouge, lambris de chêne et papier peint à rayures dorées. L'établissement était respectable et bien tenu. Au dernier étage, je trouvai la chambre et y entrai. Il n'y avait pas grand-chose à voir, seulement un lit en laiton recouvert d'un édredon blanc, une coiffeuse avec miroir et cuvette pour se laver et un petit bureau muni d'un encrier et de papier à lettres. Dans un angle se trouvaient un portemanteau et un support pour les bagages.

La disposition de la chambre me parut très classique, mais je pris néanmoins une photographie en me postant dans un angle. Puis je pointai l'appareil vers la fenêtre et en pris une deuxième, avec l'allée et la façade d'en face noircie par des décennies de poussière de charbon. L'espace entre les deux bâtiments n'était rien de plus qu'un vide dans lequel les gens devaient jeter leurs ordures ou le contenu de leur pot de chambre. Je me demandai ce que le mystérieux témoin avait vu, et ce que l'on avait bien pu précipiter dans ce lieu sombre.

Il me restait cinq clichés, j'en pris deux en regardant vers le bas, puis un vers la gauche et un autre vers la droite. Enfin je tins l'appareil droit à la hauteur de mon visage pour déclencher de nouveau l'obturateur et photographiai les toits.

En sortant, je m'arrêtai au quatrième étage afin de visiter la deuxième chambre, bien que je n'eusse pas de réelle raison de le faire. Je compris aussitôt pourquoi la femme de la réception avait insisté. C'était une chambre beaucoup plus vaste que la première, une sorte de suite qui devait coûter bien plus cher. Elle comportait un grand bureau et deux fauteuils rembourrés disposés autour d'une petite cheminée. Deux baies vitrées donnaient sur la Cinquième Avenue. Je m'en approchai et la vue me saisit ; si je n'étais pas en train de contempler l'endroit le plus animé du monde, je n'en étais pas loin. Une marée humaine se déplaçait au-dessous de moi, tandis qu'une parade infinie de bâtiments défilait jusqu'à Central Park et, dans l'autre direction, vers Wall Street. Partout, de nouveaux buildings s'édifiaient, rivalisant pour parvenir plus près des nuages, et leurs échafaudages les faisaient ressembler à des arbres nus se détachant dans le ciel d'automne. Là, dans cette pièce, il me semblait être au cœur de quelque chose. C'était un endroit qui comptait, de sorte que j'eus l'impression d'être aussi, pour ma part, quelqu'un qui comptait.

Cette chambre me plut tellement que je fus tentée de la louer sur-le-champ. Je rendis la clé et m'informai des tarifs. La dame du comptoir sourit et me tendis la feuille des prix.

— J'étais sûre que cette chambre vous correspondrait, commenta-t-elle.

Mr. Hopper m'attendait comme convenu à l'angle de la rue. Je l'assurai que je n'avais eu aucune difficulté à prendre les photographies et nous regagnâmes le studio en silence. Il m'ouvrit courtoisement la porte en arrivant, mais n'entra pas.

— Au revoir, Miss Kopp. Je pars sur une autre mission. Je vous laisse à la vôtre.

Sur ses mots, il s'éclipsa dans la rue.

Mr. LaMotte me reprit l'appareil photographique des mains et le porta dans sa chambre noire. Il en revint avec une grosse enveloppe.

— Votre salaire, mademoiselle, déclara-t-il. Emportez-les. À présent, je dois fermer le magasin pour pouvoir travailler tranquillement.

Il se retourna et se mit à fouiller dans un tiroir de son bureau sans plus se soucier de moi.

Je le remerciai, glissai l'enveloppe sous mon manteau et me dirigeai vers la sortie. Avant d'atteindre celle-ci cependant, je ne pus résister à la curiosité. Je me retournai.

— Mr. LaMotte ?

Il releva la tête, comme surpris de me voir encore là.

— Oui ?

— Cette dame… qu'a-t-elle vu au juste ?

— Cette dame ? Quelle dame ?

— Celle qui était à l'hôtel.

Il secoua la tête et fit le tour du bureau en me couvrant d'un regard bienveillant.

— Écoutez, Miss Kopp. Je vais vous donner un conseil qui vous servira beaucoup si vous poursuivez dans cette carrière.

— Dans cette carrière ?

— Ma foi, vous pouvez appeler comme vous voulez cette petite enquête que vous menez…

Je rougis.

— D'accord…

— Moins les gens en savent, mieux c'est. Quand on n'a rien à dire, on n'a pas peur de se faire questionner.

— Je comprends…

— C'est important ! Il faut dresser des barrières entre vos témoins, vos victimes, vos enquêteurs, vos adversaires, vos avocats et vos amis et ennemis dans la presse. Évitez à chacun de savoir des choses qu'il n'a pas besoin de savoir. Et arrangez-vous pour que tous ces gens ne communiquent pas entre eux.

Il accompagna ces mots d'une série de petits gestes, comme s'il coupait quelque chose en tranches.

— Vous comprenez ? Des murs. Moi, j'érige un mur entre vous et la dame de l'hôtel. Si vous ne savez pas qui elle est, vous ne pourrez parler d'elle à personne, même si on vous interroge.

Il retourna derrière son bureau et reprit sans me regarder :

— Moins il y a de gens qui savent ce qu'a vu cette femme, mieux c'est. Ma petite photographe, en particulier, n'a pas besoin de savoir…

Je ne suis pas votre petite photographe ! fus-je tentée de lui rétorquer, mais je n'en fis rien. Munie de l'enveloppe, je sortis pour regagner la gare. Mr. LaMotte me suivit et verrouilla la porte de sa boutique derrière moi.

26

Je ne pus regarder les photographies dans le train. Il y avait trop de monde et les gens, tout aussi pressés que moi de rentrer chez eux à temps pour le dîner, se battaient pour trouver une place assise. Le train avançait dans un vacarme assourdissant, branlant sur ses rails, lancé à la vitesse d'un cheval emballé.

Arrivés à Paterson, tous les voyageurs durent changer de train.

Je descendis avec la foule et attendis qu'elle se dispersât. Puis, une fois le quai vide, je m'assis sur un banc pour ouvrir l'enveloppe. Il y avait plus d'une centaine de photographies. Le nom de Mr. LaMotte ne figurait ni sur les clichés ni sur l'enveloppe. La seule mention que l'on pouvait lire était le nom *Ward* inscrit au crayon au dos des photographies.

Celles-ci avaient été prises sur une période de plusieurs semaines, d'un point situé juste en face de l'adresse en question. On voyait le temps passer sur la façade de l'immeuble : au fil des semaines, les géraniums du troisième étage perdaient leurs feuilles, puis refleurissaient. Ensuite, les fenêtres s'ouvraient et des draps étaient mis à sécher à l'extérieur.

Je parvenais à la fin de la pile quand j'entendis une toux discrète derrière moi. Je sursautai. Le shérif Heath regardait par-dessus mon épaule.

— Mais que faites-vous ici ? m'écriai-je en me levant, avec l'impression d'être surprise en train d'accomplir une action répréhensible.

— Je suis officier de justice, Miss Kopp, répondit-il. Je n'ai pas à rendre de comptes sur mes faits et gestes. Vous, en revanche, si. Je croyais que vous étiez chez vous, en train de veiller sur vos sœurs… Fleurette m'a expliqué où vous étiez allée. Elle dit qu'elle a peur quand vous la laissez seule.

Je remis les photographies dans l'enveloppe, que je glissai sous mon bras.

— Elle n'a pas peur. C'est seulement qu'elle avait envie de venir avec moi. Norma est parfaitement capable de la surveiller le temps d'un après-midi. Moi, j'avais des choses à faire en ville.

— Quel genre de choses ?

— Des choses qui ne vous concernent pas.

Il fronça les sourcils, faussement blessé.

— J'ai quelque chose pour vous, me dit-il en enfonçant la main dans la poche intérieure de sa veste. Mr. Kaufman a payé sa contravention.

Il me tendit une liasse de billets, que je mis aussitôt dans mon sac à main, puis je me laissai retomber sur le banc, soudain épuisée.

— Eh bien, ça y est, il a payé sa dette ! soupirai-je. Cette histoire est terminée…

Il s'assit près de moi. Le train avait quitté depuis longtemps la gare et nous étions seuls sur le quai.

— Je l'espère. Je dois dire qu'il n'était pas ravi de payer cette amende, mais il n'avait guère le choix. C'était ça, ou je l'arrêtais.

— Cette visite a dû vous être très agréable.

— Non, au contraire. Sa sœur était là, cette fois-ci.

— Ah, vous avez donc fait la connaissance de Mrs. Garfinkel ?

Il hocha la tête.

— Elle n'était pas contente du tout de me voir. Elle tient à garder le nom de sa famille propre. Elle m'a donné deux cents dollars en me disant qu'elle espérait que cela mettrait un terme aux problèmes judiciaires de son frère.

— Deux cents… ? Mais l'amende n'était que de cinquante dollars ! Vous voulez dire que…

Il hocha la tête. Je le dévisageai et ressortis la liasse de billets de mon sac.

— Miss Kopp ! Vous ne pensez tout de même pas que je les ai pris !

— Bien sûr que non !

Il me sourit et baissa la tête pour me considérer par-dessus ses lunettes.

— Un shérif peut toujours trouver le moyen de se mettre de l'argent dans les poches, dit-il, mais moi, je ne mange pas de ce pain-là. À présent, jetons un coup d'œil à ces images.

Je songeai à ce que m'avait dit Mr. LaMotte sur la nécessité de dresser des murs entre les différents acteurs d'une enquête, mais je n'eus pas le courage de protester. De toute façon, j'étais sûre que les clichés ne comportaient aucun indice. Je lui tendis l'enveloppe en lui expliquant où je l'avais obtenue.

Il feuilleta les photographies. Sur l'une d'elles, une vieille femme avec une canne s'arrêtait devant l'immeuble, mais sans y entrer. Sur une autre, deux petits garçons rentraient chez eux en courant, et plusieurs autres encore montraient le même homme qui revenait du travail en livrée de portier.

— Je ne reconnais personne, commenta le shérif Heath. Cela n'a rien à voir avec l'incendie de l'immeuble dont vous avez parlé à Morris, n'est-ce pas ?

— Je ne peux pas vous le dire.

Il garda le silence durant toute une minute, contemplant la voie ferrée. Un morceau de papier paraffiné provenant d'un traiteur proche de la gare avait atterri sur les rails et un rat gris se dirigeait vers lui.

Enfin, le shérif me rendit l'enveloppe.

— Acceptez-vous que je vous raccompagne chez vous, Miss Kopp ?

Les magasins de Paterson étaient sur le point de fermer. Les gens se pressaient dans la grand-rue, les mains pleines de paquets, sans se soucier de la file d'automobiles qui vibraient et hoquetaient en avançant au pas.

Le shérif conduisait en silence et ses lèvres remuaient sans qu'il en sortît un son. Je me taisais moi aussi, consciente qu'il réfléchissait. Il faisait presque sombre à présent et il s'arrêta. Il allait devoir vérifier les phares, m'expliqua-t-il, avant de s'engager dans la campagne.

Je descendis comme lui de voiture. Cela faisait du bien de se retrouver au bord de la route, de sentir l'herbe sous mes pieds et de respirer l'air vif de la nuit tombante. Il me semblait que je venais de vivre la vie d'une autre et que je retournais à présent à la mienne.

Le shérif Heath se pencha pour examiner les phares avant, puis vint me rejoindre sur mon côté de l'automobile et s'y adossa, les mains dans les poches.

— Cette fille a peur de la police, déclara-t-il, mais à vous, elle parlera. Vous êtes une étrangère pour elle.

— Vous aussi, vous êtes un étranger pour elle, rétorquai-je.

Il contempla la cime des arbres.

— Les femmes ont toujours des réticences à se confier à nous.

— Elles n'en ont aucune à se confier à moi, rétorquai-je.

— Peut-être, mais quel intérêt pour nous si vous ne nous dites rien ensuite ?

Une automobile noire passa devant nous sur la route et, prenant un peu trop de vitesse dans le virage, nous envoya un nuage de poussière et de gravillons. Cela suffit à m'effrayer et je reculai dans l'herbe en trébuchant. Il me rattrapa par le coude.

— Merci, je... j'ai juste été surprise, murmurai-je en époussetant ma robe. Au fait, ajoutai-je, c'est bientôt l'anniversaire de Fleurette. Pensez-vous que nous pourrions l'emmener en ville pour la journée ?

Le shérif réfléchit.

— Il ne faudra pas la quitter des yeux, acquiesça-t-il. Et emportez votre revolver. Et n'allez pas à Paterson. Je n'ai pas envie que vous tombiez sur lui.

Je hochai la tête.

— Dans ces conditions, c'est d'accord, reprit-il. Nous ferons un tour devant chez vous en votre absence.

— Un shérif n'a-t-il pas mieux à faire que surveiller des rôdeurs dans les champs ?

Il me considéra d'un air surpris.

— Ma mère disait exactement ce genre de choses.

— Il ne me semble pas la connaître.

— Elle est décédée l'an dernier.

Il m'ouvrit la portière et je montai dans l'automobile.

— Je suis désolée... La mienne aussi. J'ignorais que nous avions cela en commun.

Il démarra le moteur et se remit en route, avant de reprendre :

— Elle avait des idées très précises sur le rôle d'un shérif, tout comme mon père, d'ailleurs, même s'il n'a pas vécu assez longtemps pour me voir à ce poste.

— Comment était-il ?

— Oh, allez demander comment était Doc Heath à n'importe quelle personne d'un certain âge ! Il y a vingt ou trente ans, c'était lui qui faisait tourner tout Hackensack. C'était le capitaine des pompiers, le pharmacien de la ville et le dentiste.

— Tout cela à la fois ?

— Ma mère a toujours voulu qu'il choisisse l'une de ces professions et qu'il renonce aux autres, mais il ne s'y est jamais résolu. Ma mère est une fille Gamewell, l'entreprise qui fabrique les alarmes incendie.

— La compagnie appartient à sa famille ?

— Oui, et tous les hommes qui épousent des filles Gamewell deviennent capitaines de pompiers dans une ville ou dans une autre, afin de pouvoir faire installer des alarmes incendie un peu partout. Mais mon père avait appris des rudiments de dentisterie pendant la guerre entre les États et il ne pouvait pas s'empêcher d'en faire un peu ici aussi. Et puis, il est devenu juge de paix…

— Une quatrième profession !

Le shérif hocha la tête.

— Il aimait se vanter d'être l'homme qui avait envoyé le plus de gens en prison, uni le plus de couples et arraché le plus de dents de tout le New Jersey.

— Vous tenez de lui, alors. Et y a-t-il d'autres shérifs et d'autres capitaines de pompiers dans la famille ?

— Oh non, mes frères travaillent tous dans des entreprises.

— J'imagine que vous avez aussi des sœurs ?

Il hocha la tête.

— Nous étions dix enfants.

— Dix !

— Mais nous ne sommes que cinq à avoir survécu. J'ai été le premier.

Je me tournai vers la vitre pour observer les troncs d'arbres et les clôtures qui défilaient avant de disparaître derrière nous.

— Votre pauvre mère !

— On peut le dire… Elle n'a pas eu une vie facile !

— Quant à votre père, je suis sûre qu'il aurait aimé vous savoir shérif.

Il secoua la tête.

— Ma foi, je ne sais pas trop ce qu'il en aurait pensé. Il était du genre rigoureux, partisan du « On les enferme et on jette la clé ». Il n'appréciait pas du tout mes idées de réforme des prisons. S'il était encore en vie, je suis sûr qu'il ferait partie du Conseil des propriétaires fonciers qui se réunissent tous les mardis soir pour se plaindre de mes dépenses inconsidérées.

— Dans ce cas, vous êtes encore en train de vous disputer avec lui, si je comprends bien !

— Je suppose que je continue à contester ses idées, oui. Mais il y a une chose qui, j'en suis sûr, lui aurait fait plaisir.

— Ah oui ? Laquelle ?

— Me voir arrêter Henry Kaufman. Doc Heath méprisait l'ivrognerie et la paresse, et il ne pouvait tolérer qu'on harcèle des femmes.

— Ma foi, moi non plus…

27

En promettant à Fleurette que je l'emmènerais là où elle voulait pour son anniversaire, je m'attendais à devoir faire les boutiques avec elle dans une ville voisine. Elle choisit une journée à la mer.

— Nous n'y sommes pas allées de tout l'été ! plaida-t-elle. Il paraît que l'hiver qui nous attend sera le plus froid que nous ayons eu depuis des années. Il faut aller à la plage au moins une fois avant que ça ne devienne trop affreux.

Le matin de son anniversaire, nous nous levâmes donc toutes les trois de bonne heure. L'air était frais, mais le soleil entrait généreusement par nos fenêtres et c'était le genre de journée qu'il convenait de passer dehors. Norma s'empressa d'aller atteler la carriole, Fleurette prit une couverture et trois ombrelles chinoises, ainsi qu'une série d'écharpes de soie dont je ne pus déterminer l'utilité ; quant à moi, je préparai des sandwiches au foie haché et de la salade de pommes de terre, auxquels j'ajoutai une pomme pour chacune de nous et six œufs durs. Nous bûmes notre café accompagné d'un toast debout dans la cuisine. Cela nous semblait une perte de temps de nous asseoir à table alors que nous avions un but à notre journée.

Nous confiâmes Dolley à des écuries voisines de la gare. Nous avions opté pour la plage de New Rochelle où notre oncle Frederick tenait jadis chaque été un café en plein air. Il s'agissait en tout et pour tout d'une tente plantée sur un terrain de gravier, mais les amateurs de bord de mer n'en exigeaient pas davantage. Il installait des planches sur tréteaux et des chaises pliantes et servait de la bière autrichienne et des saucisses. Il fabriquait lui-même sa bière selon une recette personnelle.

— Ici, il n'y en a qu'une seule sorte, disait-il à ses clients. De la fraîche !

Quand nous étions petits, Francis, Norma et moi, l'accès à son établissement nous était interdit. Maman s'installait donc à la table la plus proche de la plage avec son tricot ou un ouvrage de broderie et bavardait avec l'épouse de son frère et quelques autres femmes de sa connaissance. Nous courions sur le sable et revenions régulièrement la voir avec des morceaux de bois flottant ou des coquillages, que nous disposions à ses pieds à la façon d'une offrande.

Durant l'enfance de Fleurette, Norma et moi avions continué à venir de temps en temps pour lui faire plaisir, même si nous étions trop âgées pour jouer sur la plage. Elle en parlait comme si c'était chez nous une tradition, mais cela faisait une éternité que nous ne l'y avions pas emmenée. N'ayant pas de fils pour prendre le relais, notre oncle avait depuis longtemps cédé son kiosque.

Le train pour New Rochelle était presque vide. Ensuite, la plage ne se situait qu'à quelques centaines de mètres, que nous parcourûmes à pied. Norma et moi portions le panier de pique-nique, les ombrelles et les écharpes et Fleurette courait devant nous.

— Ça fait drôle d'être ici sans maman… dit Norma à mi-voix.

En arrivant au bord de l'eau, Fleurette se déchaussa et, sans nous laisser le temps de l'en empêcher, passa les mains sous sa jupe pour rouler ses collants et les fourrer dans ses chaussures. Depuis les planches de la promenade, nous la regardâmes courir dans les vagues en nous demandant si nous devions l'imiter ou lui donner un exemple plus digne.

De loin, elle avait encore l'air d'une petite fille. Elle courait dans l'eau, sa jupe retroussée jusqu'aux genoux, et criait quand les vagues l'aspergeaient.

— Cette soie va être complètement fichue ! soupirai-je.

— Ce n'est pas de la soie, rectifia Norma. C'est un nouveau tissu fait pour être porté dans l'eau. Elle a travaillé dessus toute la semaine.

— Ah bon ? Je n'ai pas remarqué.

— Elle travaille vite. Elle a un don.

Nous n'avions jamais prêté attention à l'intérêt de Fleurette pour la couture avant le jour où, âgée de huit ans, elle avait découvert la machine à coudre du représentant Singer cachée dans mon armoire et l'avait prise pour aller la montrer à maman.

— Je peux utiliser celle-ci, *maman** ? demanda-t-elle en la posant sur le sol et en commençant à la tirer comme un chiot qu'elle aurait adopté.

Maman leva les yeux du col en dentelle qu'elle ajoutait à un tablier.

— Où donc as-tu trouvé un…

Elle s'interrompit net et pâlit.

Norma avait posé son journal et elle fixait la machine. Ni l'une ni l'autre ne se tourna vers moi.

Fleurette courut vers maman et monta sur ses genoux.

— C'est Constance qui l'avait dans sa chambre, expliqua-t-elle, mais elle déteste coudre. J'ai envie de faire un petit tablier. *S'il te plaît, laisse-moi essayer* !*

Les yeux sur la machine, maman lui caressa les cheveux d'un air absent.

— Cette machine ne convient pas à une petite fille, répondit-elle d'un ton neutre et parfaitement maîtrisé. Nous irons à Paterson l'échanger contre une autre, qui sera plus adaptée pour toi. Une Franklin, je pense. Pas une Singer.

Toujours sans un regard pour moi, elle repoussa Fleurette et alla ramasser la machine du représentant Singer. Le lendemain, toutes deux se rendirent en ville. Elles revinrent avec une Franklin noire flambant neuve ornée d'un phénix égyptien et d'un scarabée et montée sur un socle en chêne. Francis, qui venait de se marier, était parti vivre à Hawthorne, de sorte que sa chambre devint la pièce de couture de Fleurette.

Au bout d'un an, celle-ci confectionnait déjà ses propres déguisements, copiant les styles des dames qu'elle voyait dans les journaux. Lorsqu'elle eut douze ans, elle commença à se fabriquer de vraies robes et des chemises de nuit. À présent, semblait-il, elle était capable de confectionner un costume de bain dès que l'on évoquait l'idée d'une journée à la plage.

Norma étendit la couverture le long d'un muret, entre le sable et les planches de la promenade, et nous nous assîmes toutes les deux. Fleurette nous cria de venir la rejoindre, mais nous lui fîmes signe que non et nous contentâmes de contempler l'eau plate bleu ardoise. Bientôt, Norma ferma les yeux, le visage levé vers le ciel.

— Cela fait du bien d'être un peu toutes seules, dit-elle, sans tous ces policiers en armes qui nous surveillent !

À peine eut-elle prononcé ces paroles qu'elle se redressa en jetant de petits coups d'œil autour d'elle.

— À moins que le shérif Heath ne nous ait suivies jusqu'ici et qu'il ne soit caché dans une tente de bain ? ajouta-t-elle. Il me semble en avoir vu une bouger tout à l'heure…

— Nous sommes parfaitement en sécurité, assurai-je, et je trouve que c'est un bon signe que nous n'entendions plus parler d'Henry Kaufman depuis quelque temps.

Norma se rembrunit. Pour elle, fort peu de choses pouvaient passer pour de bons signes.

— Tu n'es pas d'accord avec moi ? lança-t-elle de cette voix chantante qu'elle adoptait pour énoncer ses affirmations à l'emporte-pièce. Tu ne penses pas qu'il vaudrait mieux que nous arrêtions toutes les trois de nous occuper de cette petite ouvrière de l'usine et de faire des escapades secrètes à New York sans rien dire aux autres ? Enfin, c'est plutôt de toi en particulier que je parle…

— Eh bien, je vois que Fleurette t'a tout raconté, rétorquai-je, ce qui me dispense de le faire !

Quelques grains de sable s'étaient glissés derrière le col de ma robe et je les époussetai d'un geste vif.

— Fleurette adore les secrets, expliqua Norma, parce qu'elle adore apprendre aux gens des choses qu'ils ne sont pas censés savoir. Moi, je préfère leur dire des choses qu'ils sont censés savoir.

— Et tu le fais très bien !

— C'est ce que j'ai toujours pensé…

De nouveau, quelque chose dans ma nuque me gêna et je me redressai. Je m'aperçus alors qu'une colonie de fourmis résidait dans les interstices du muret de pierre et qu'elles s'étaient organisées pour partir à l'assaut de notre panier de pique-nique.

Nous nous levâmes aussitôt et secouâmes la couverture pour en chasser les indésirables, avant d'aller nous installer quelques mètres plus loin.

— Toute cette histoire n'a pas été très bénéfique pour Fleurette, reprit Norma. Elle ne parle plus que de cela. Ces expéditions mystérieuses, ces lettres secrètes… Elle a un tempérament bien trop nerveux pour être mêlée à ce genre d'aventures.

— Il faudrait que nous lui trouvions de quoi s'occuper, estimai-je. Cela l'empêcherait de trop y penser. Mais je n'aimerais pas qu'elle travaille comme simple couturière. Peut-être pourrions-nous l'inscrire à un cours de sténographie ou…

Je me tus, constatant que je n'avais, à vrai dire, aucune idée d'un métier qui pourrait convenir à Fleurette.

— Elle n'aura jamais la discipline nécessaire pour suivre des cours, fit remarquer Norma. Et puis, même si elle acceptait, que se passerait-il ensuite ? Nous ne pouvons pas la laisser partir travailler tous les jours dans un bureau. Dieu sait quelles bêtises elle commettrait…

Je me tournai vers elle pour la regarder bien en face. Nous étions couvertes de sable et elle en avait jusque sur les cils et sur le fin duvet au-dessus de ses lèvres.

— Il faudra bien que nous la laissions sortir seule un jour… déclarai-je. Tu ne crois pas ?

Elle secoua la tête.

— Je préfère ne pas y penser…

— Toujours est-il qu'elle, elle doit commencer à y penser, persistai-je. Elle a dix-sept ans maintenant. C'est presque l'âge que j'avais quand…

— Raison de plus pour la garder à la maison ! coupa Norma d'un ton sec. Et ce serait encore mieux si nous pouvions nous arranger pour qu'il n'y ait plus d'étrangers en automobile qui viennent crier son nom sous nos fenêtres. Crois-tu que nous puissions y parvenir ?

Lasse des leçons de morale de ma sœur, je me levai pour contempler l'océan. Au bout de la plage, un groupe de jeunes filles de l'âge de Fleurette étaient installées sur des couvertures à larges rayures, vêtues de costumes de bain que nous ne l'aurions jamais autorisée à porter : il s'agissait de jupes-culottes munies d'une ficelle destinée à les remonter pour en faire des culottes bouffantes au moment de se baigner. L'idée était d'attendre d'être dans l'eau pour tirer sur la ficelle, mais ces jeunes filles n'en avaient pas eu la patience, et nous savions que Fleurette ne l'aurait pas non plus. Elles avaient retroussé leurs jupes le plus haut possible et étendaient les jambes au soleil.

— Puisque nous sommes venues jusqu'ici, autant nous mouiller au moins les pieds, proposai-je.

La plage scintillait comme un miroir sous le soleil, presque argentée. La chaleur s'était intensifiée depuis notre arrivée et nous avions davantage l'impression d'être en août qu'en octobre. Je délaçai mes chaussures et, après avoir bien vérifié que personne ne me regardait, retirai mes collants. Je frissonnai de plaisir en plongeant mes pieds nus dans le sable tiède.

Norma esquissa un demi-sourire en signe de reddition et se retrouva bientôt nu-pieds elle aussi. En nous voyant arriver, Fleurette courut vers nous et, nous prenant chacune par la main, nous entraîna dans l'eau. Pendant toute une heure, nous nous aspergeâmes et nous ébattîmes sur le sable, pourchassant les mouettes comme une famille ordinaire à la plage.

Nous sortîmes ensuite les provisions du panier et deux garçons vinrent nous proposer de la citronnade et des bretzels. Fleurette voulut acheter quelque chose en l'honneur de son anniversaire, ce que nous fîmes donc. Nous mangeâmes les bretzels assises sur le sable, puis nous nous allongeâmes sur le dos pour contempler le ciel. Les vaguelettes s'échouant sur la plage troublaient à peine le silence. Les mouettes fusaient dans l'air et venaient se poser près de nous, inspectaient les bouteilles de citronnade vides, puis repartaient. Je dus m'endormir car, lorsque je rouvris les yeux, Fleurette se tenait au bord de l'eau et contemplait le détroit de Long Island, et l'Atlantique qui s'étendait à perte de vue.

28

Au début, il n'aurait servi à rien de faire semblant que le bébé n'était pas le mien. Le couffin de Fleurette demeura donc toute une année dans ma chambre, afin que je puisse l'allaiter et me lever la nuit quand elle pleurait. Durant la journée toutefois, maman me la prenait.

— Elle doit apprendre à venir vers moi, disait-elle.

Je savais qu'elle avait raison. Il ne fallait pas que, des années plus tard, Fleurette ait avec l'une de ses sœurs un lien inexplicable qu'elle n'aurait pas eu avec l'autre. Elle devait grandir avec une seule mère, et l'on avait déjà décidé qui serait celle-ci. C'était donc maman qui la tenait dans ses bras et la berçait, décidait comment l'habiller et à quel moment lui donner le bain.

Elle ne me tendait le bébé qu'aux moments des tétées. Je l'emportais alors dans le cellier et m'asseyais sur un petit tabouret placé là pour moi. Fleurette et moi nous retrouvions dans l'obscurité, entourées de bicarbonate de soude et du thé du petit déjeuner. Pendant que je l'allaitais, Fleurette levait sur moi ses immenses yeux noirs pleins d'incompréhension. Elle regardait sa mère, comme le font tous les bébés du monde lorsqu'ils tètent. Les yeux déjà ouverts, mais le cerveau non encore formé, elle contemplait le grand secret de sa vie, cette chose qu'elle était censée oublier, et qu'elle oublierait.

J'avais l'impression d'être une voleuse dans ces moments-là. Si elle s'endormait, je la gardais contre moi en réglant ma respiration sur la sienne, là, parmi les conserves et les haricots au vinaigre, comptant les minutes jusqu'au moment où les pas de ma mère retentissaient derrière la porte et où celle-ci finissait par s'ouvrir.

— Tu exagères… soufflait-elle en la prenant.

Quant à Norma, elle ne portait pas un intérêt particulier au bébé. Elle était adolescente, encore scolarisée à Ridgewood, et elle aimait se consacrer aux travaux de la ferme pendant son temps libre. Francis et elle avaient acheté deux chèvres, construit un poulailler, édifié une clôture pour empêcher les cerfs d'approcher du jardin potager, et ils songeaient à élever aussi des oiseaux. Tous deux étaient si occupés à l'extérieur que ni maman ni moi ne remarquâmes qu'ils avaient également construit un pigeonnier. Ce fut seulement quand une couveuse apparut dans la cuisine que nous comprîmes ce que Norma avait en tête.

Si elle préférait les bébés pigeons aux bébés humains, elle s'occupait néanmoins de Fleurette sans renâcler quand on le lui demandait. Elle s'asseyait avec elle sur le carrelage de la cuisine et toutes deux regardaient les petites boules de duvet gris sautiller dans leur caisse de bois et de paille. Parfois, Norma attrapait un oisillon et l'approchait de Fleurette en lui écartant les pattes et en lui immobilisant les ailes derrière le dos. Fleurette tendait alors le doigt vers le plumage duveteux en riant de bon cœur.

Fleurette riait pour tout. Elle se trouvait au centre d'un monde créé à son intention et elle le savait.

29

De gros nuages masquaient la lune quand nous atteignîmes enfin la maison et ce fut dans une obscurité totale que nous manœuvrâmes la carriole dans l'allée. Fleurette, qui s'était assoupie sur le chemin du retour, pesait sur moi de tout son poids, tiède et lourde. Norma s'apprêtait à sauter à terre pour aller voir ses pigeons lorsque je l'arrêtai d'un geste.

Notre porte d'entrée était grande ouverte.

D'un même mouvement, nous agrippâmes toutes deux Fleurette, qui poussa un cri.

— Chut ! lui intimai-je.

Je tirai aussitôt du panier à pique-nique les deux revolvers que j'y avais dissimulés et Fleurette tressaillit en les apercevant.

— Qu'est-ce que c'est que ça ? souffla-t-elle.

Sans répondre, je descendis de la carriole, puis me retournai vers elle pour lui saisir le menton. Elle me dévisagea bouche bée, effarée.

— Ne fais aucun bruit ! chuchotai-je. S'il se passe quoi que ce soit, va tout droit à la laiterie et cogne à la porte jusqu'à ce qu'on t'ouvre.

Elle hocha la tête en silence et je lui pressai les rênes dans les mains.

Norma était descendue à son tour de la carriole et, d'un signe de tête, je lui désignai la porte ouverte. Elle me prit l'un des revolvers des mains tout en commençant à avancer vers la maison. Nous allions atteindre le porche quand la porte de la cuisine s'ouvrit à la volée et quatre ou cinq hommes se ruèrent dans la nuit noire.

Je les pris aussitôt en chasse, m'arrêtant juste le temps de les viser et de tirer.

Le coup de feu explosa dans le silence du pré, envoyant une volée de corneilles croassantes vers le ciel. Déjà, les fuyards étaient parvenus aux arbres qui bordaient la route et je ne les distinguais plus. Je repris ma course en soulevant ma jupe, mais le bruit d'un moteur qui démarrait accompagné d'un crissement de pneus sur le gravier m'arrêta. Je tirai encore et encore dans l'obscurité que l'automobile laissait derrière elle.

Le nuage de poudre et de poussière qui m'enveloppait mit toute une minute à se dissiper. Alors, je pris une profonde inspiration et commandai à mes mains de cesser de trembler. Quand je me retournai vers la maison plongée dans la nuit, j'aperçus la vague silhouette de notre cheval, mais ne distinguai ni Norma ni Fleurette.

Je les avais laissées seules…

Je repartis à toutes jambes et découvris Norma derrière la carriole. D'un même élan, nous nous précipitâmes vers Fleurette, restée à bord, comme si nous avions besoin de tâter son pouls.

— Je n'ai pas osé tirer quand je t'ai vue détaler, me souffla Norma.

— Ce n'est pas grave, répondis-je. Je pense qu'ils sont partis.

Nous voulûmes aider Fleurette à descendre de voiture, mais elle secoua la tête en demeurant rivée à son siège.

— On ne peut pas pénétrer dans la maison, chuchota-t-elle, tremblante. Imaginez que l'autre soit en train de nous attendre…

— Quel autre ? m'enquis-je.

— Hen… Henry Kaufman.

Norma et moi nous esclaffâmes ; un rire nerveux et un peu tremblant…

— Celui-là ne se déplace jamais sans sa bande, assurai-je. S'il était là tout à l'heure, il a décampé avec les autres…

Sur ces mots, je me tournai vers la porte ouverte et m'écriai :

— Vous avez entendu, Henry Kaufman ? Si vous étiez là tout à l'heure, vous êtes parti maintenant !

Je tirai un coup de feu en l'air pour donner du poids à mes paroles. Norma sursauta et Fleurette se boucha les oreilles, mais peu m'importait. Je commençais à en avoir par-dessus la tête d'Henry Kaufman et il n'était pas question pour moi d'avoir peur de pénétrer dans ma propre maison.

— Allons-y !

Enhardie par le bruit de la détonation qui résonnait encore à mes oreilles, je gagnai la porte. Norma saisit la lampe du perron et l'alluma avant de me suivre à l'intérieur.

L'horloge de grand-père était renversée dans le vestibule au milieu d'éclats de verre. Il fallut l'enjamber et nous ménager ensuite un chemin parmi des magazines éparpillés au sol aux côtés de chapeaux et d'écharpes, qui avaient dû être accrochés au portemanteau de l'entrée. Norma leva la lampe et c'est alors que nous comprîmes : en fait, toute la maison avait été saccagée.

Les meubles du salon se trouvaient empilés au centre de la pièce : chaises retournées, tables sens dessus dessous, bureaux aux tiroirs dispersés, et le canapé bizarrement posé à la verticale. On avait arraché les tableaux des murs pour les jeter en vrac par-dessus le reste et le verre des cadres était brisé. Les vases, lampes et même le contenu d'un panier à tricoter étaient pour leur part éparpillés partout dans la pièce.

La salle de séjour n'était pas en meilleur état : la table d'appoint placée à l'entrée, où nous posions le courrier, trônait par-dessus un nouvel empilement de meubles. Les étagères avaient été vidées de leurs livres et le gros caoutchouc en pot, que je croyais impossible à déplacer, gisait sur le flanc, entouré de terre et de céramique brisée. Même le tapis avait été grossièrement roulé sur la vague pyramide inégale de nos possessions.

— Ils ont pris des choses ? fit la voix de Fleurette derrière nous.

Je secouai la tête.

— Cela m'étonnerait. Je crois qu'ils cherchaient uniquement à…

Je m'interrompis. Nous venions d'atteindre la salle à manger et l'odeur nous parvint à toutes les trois en même temps. Une odeur de fumée…

Cette fois, ce fut Norma qui s'élança en tête, gagna la cuisine et nous cria d'apporter une couverture. Ne trouvant rien à extraire aisément des amoncellements d'objets, nous la rejoignîmes. Les journaux que nous avions laissés le matin sur la table de la cuisine étaient carbonisés et quelques coins de papier continuaient à se consumer dans une lueur vacillante, tandis que la nappe en dentelle achevait elle aussi de rendre l'âme : chaque filament passait à l'orangé avant de s'effriter en une poussière noire. Les quelques flammes restantes jetaient une lumière sinistre sur la cuisine et de la fumée montait au plafond en un cyclone miniature.

J'ôtai aussitôt mon manteau et, aidée de Norma, en frappai la table à plusieurs reprises pendant que Fleurette allait tirer un seau d'eau.

Au bout d'un moment, il n'y eut plus sur la table qu'une masse détrempée de tweed et de cendres, accompagnée des restes brisés des assiettes sales que nous avions abandonnées le matin en partant.

Essoufflées et toussant un peu, nous nous laissâmes tomber sur les chaises face au spectacle de désolation qui s'offrait à nous. En s'enfuyant, les intrus avaient laissé la porte de la cuisine ouverte et un courant d'air froid pénétrait dans la pièce. Un bidon métallique gisait dans l'embrasure.

— Qu'est-ce que c'est ? demanda Fleurette en suivant mon regard.

— Du kérosène. Ils s'apprêtaient à faire un grand feu de joie…

Il fallait à présent inspecter les chambres à l'étage. Après quelques instants d'indécision – nous étions trop épuisées et confuses pour réfléchir – nous traversâmes ensemble les pièces du bas en refermant portes et fenêtres sur notre passage. Norma et moi tenions chacune notre revolver pointé dans une direction différente.

— Où avez-vous eu ça ? interrogea Fleurette.

— C'est le shérif Heath, répondis-je à mi-voix.

— Mais pourquoi vous a-t-il donné des…

Elle n'acheva pas. La réponse avait dû lui sauter à l'esprit.

— À cause de ça… rétorqua sombrement Norma. Parce qu'il savait que quelque chose de ce genre risquait de se produire.

Une fois certaine que personne ne se dissimulait au rez-de-chaussée, je les laissai toutes les deux dans l'entrée et montai l'escalier en frappant bruyamment les marches du pied, de manière à annoncer mon arrivée. Avant d'entrer dans les chambres, je décochai de petits coups secs sur chaque porte avec le revolver. Elles se révélèrent vides et intactes. La chemise de Fleurette restait suspendue au cadre de son lit, telle qu'elle l'avait laissée. Le traité sur les pigeons de Norma était toujours ouvert sur sa table de nuit. L'idée que ces hommes auraient pu pénétrer dans nos univers personnels et toucher à nos affaires me révulsa soudain et je sentis mes genoux se dérober sous moi. Je redescendis.

En bas, Norma et Fleurette avaient commencé à trier un peu le désordre et elles essayaient de comprendre ce qui s'était passé.

— Norma a trouvé une boîte d'allumettes près de la porte de la cuisine, m'informa Fleurette, et ce ne sont pas celles que nous utilisons. Elle pense qu'ils nous ont entendues arriver et qu'ils n'ont pas eu le temps de verser le kérosène, mais qu'avant de partir, ils ont tout de même jeté une allumette enflammée sur les journaux qu'il y avait sur la table.

Je hochai la tête, les bras croisés.

— Oui, ce doit être quelque chose de ce genre…

À cet instant, Norma apparut avec un pardessus d'homme qu'elle prenait soin de tenir à bout de bras.

— Ils ont laissé ça, annonça-t-elle.

— Est-ce qu'il peut y avoir des empreintes digitales sur un manteau ? s'enquit aussitôt Fleurette.

— Je ne crois pas, répondis-je. Sur les boutons, peut-être. Mais faisons bien attention tout de même.

Fleurette prit le vêtement des mains de Norma et l'examina dans la lumière diffuse du vestibule. C'était un lourd manteau de laine bleu marine bordé de soie couleur rhubarbe, avec des empiècements de cuir au col et aux manches et des boutons qui devaient être en cuivre, mais qui brillaient comme de l'or. Il avait dû être confectionné à la main, car nous ne vîmes à l'intérieur ni marque ni mention de la ville de fabrication.

C'était un vêtement de grande qualité, à l'évidence porté par un amateur de belles choses. Je trouvai soudain très angoissant de voir près de Fleurette la forme de l'homme qui avait pénétré chez nous, aussi le lui repris-je des mains pour lui trouver une place sur le portemanteau. Nous reculâmes toutes les trois et le considérâmes, comme s'il pouvait d'un instant à l'autre se retourner vers nous.

Je distinguai alors un objet qui brillait sur le revers du col : une broche en or ornée d'un diamant.

— Il faut être sacrément vaniteux pour porter ce genre de vêtement, estima Norma, dédaigneuse.

Nous reprîmes la lanterne et opérâmes un nouveau tour du rez-de-chaussée pour évaluer les dégâts. Nous trouvâmes un mouchoir qui ne nous appartenait pas et une chevalière d'homme en or. Je ne pus lire le nom du joaillier, mais je tins la bague par les côtés en espérant qu'on pourrait y relever des empreintes.

— Nous l'apporterons au shérif demain, décidai-je. Il n'y a rien d'autre à faire ce soir.

— Mais nous n'allons tout de même pas dormir ici ! s'indigna Norma.

— Où veux-tu aller ? Je n'ai pas l'intention de réveiller Francis à cette heure. En plus, s'il découvre ce qui s'est passé, il ne nous laissera jamais revenir ici.

Fleurette, qui arpentait le salon d'un pas traînant, repoussa au passage les débris d'un vase rouge rubis que nous pensions incassable.

— Je ne peux plus voir tout ce bazar, lança-t-elle par-dessus son épaule en se dirigeant vers l'escalier. S'ils reviennent, vous n'aurez qu'à leur tirer dessus, et nous nettoierons tout demain.

— Couche-toi dans mon lit, commandai-je.

Norma attendit qu'elle eût disparu pour me souffler à l'oreille :

— Moi, je ne dors pas dans cette maison…

— Qui te parle de dormir ? rétorquai-je. Mais nous n'avons nulle part où loger, à moins que tu ne veuilles aller à Hackensack demander au shérif de nous héberger dans sa prison pour la nuit.

Norma poussa un soupir.

— Si le choix que nous avons, c'est entre Francis et la prison de Hackensack, conclut-elle après une courte réflexion, je crois que je vais pouvoir supporter de rester ici.

Nous vérifiâmes une fois de plus que toutes les portes et fenêtres étaient bien fermées, puis montâmes dans ma chambre, où nous reprîmes nos places respectives. Je passai mes bras autour de Fleurette, tandis que Norma disposait ses couvertures au pied du lit. Le fusil était resté posé contre le mur mais, cette fois, Norma avait son revolver à portée de main, tout comme moi. Fleurette ne ferma les yeux qu'au petit matin. J'écoutai sa respiration tout au long de la nuit.

30

Cette fois, personne ne resta à la ferme quand je partis pour la ville. Nous nous levâmes avec le jour et emportâmes dans la carriole nos objets et souvenirs précieux, pour le cas où les hommes reviendraient en notre absence. Je roulai en boule le manteau de l'intrus et l'enfouis dans une taie d'oreiller avec la bague, la broche et les allumettes que nous avions trouvées. Toucher ces objets me donna la nausée, mais il n'y avait que moi pour m'en charger.

Fleurette chercha à prendre les rênes, mais je l'en empêchai : nous ignorions qui nous croiserions sur la route, arguai-je. Ce fut Norma qui conduisit et je m'assis sur la banquette près de Fleurette, un bras autour de son cou et une main dans mon sac sur la crosse du revolver. Toutes les automobiles noires me semblaient suspectes. À un moment, j'entendis un moteur pétarader derrière nous et je poussai violemment Fleurette au sol, suscitant un vif cri de protestation.

— Mais arrête ! s'écria-t-elle. Tu ne crois tout de même pas qu'il va venir nous embêter là, dans la rue, devant tout le monde !

— Ce ne serait pas la première fois.

— Ce n'est pas une raison ! intervint Norma sans se retourner. Tu vas me faire avoir une crise cardiaque si tu continues à nous effrayer comme cela à la moindre occasion !

Je me tus et gardai le silence durant le reste du trajet. Le contact froid de la crosse du revolver dans ma paume avait sur moi un effet apaisant.

Il n'était pas encore neuf heures lorsque nous vîmes apparaître la prison de Hackensack. C'était un bâtiment neuf d'aspect insolite, conçu, selon le Conseil des propriétaires fonciers, comme une forteresse médiévale, avec des tourelles et des meurtrières en guise de fenêtres. La rivière Hackensack la longeait à la manière de douves.

Les journaux s'étaient bien moqués de cette construction, lui reprochant de représenter un vaste gaspillage pour l'argent des contribuables et de ressembler davantage à une maison d'amusements pour enfants qu'à un bâtiment sérieux destiné à un usage public.

En outre, comme toutes les forteresses médiévales (du moins le supposais-je, n'en ayant jamais visité aucune), elle ne possédait pas de hall d'accueil. Nous en fîmes une première fois le tour en nous demandant, devant chaque porte, si l'entrée du public se trouvait là. En désespoir de cause, j'en repérai une qui paraissait plus prometteuse que les autres, montai les quelques marches qui y menaient et frappai.

À ma grande surprise, ce fut une femme qui m'ouvrit. Agitée, les joues rouges, elle portait un tablier jaune et tenait sur sa hanche un beau bébé au visage encadré de boucles blondes. Je reculai, confuse.

— Oh, c'est la prison que nous cherchons, expliquai-je. Nous voulons voir le shérif Heath. Est-ce que…

— Vous y êtes, répliqua la femme d'un ton brusque. Oui, c'est bien la prison, et il se trouve que c'est aussi mon domicile.

Elle semblait si offensée en prononçant ces paroles que je crus qu'elle attendait de moi des excuses et me demandai ce que j'avais fait de répréhensible. Voyant Fleurette sur le point d'intervenir et ne voulant pas nous attirer d'ennuis supplémentaires, j'enchaînai à la hâte :

— Je suis navrée de vous avoir dérangée. Nous sommes ici pour une affaire urgente qui concerne le shérif.

Le bébé se mit à se tortiller dans les bras de la femme, qui repoussa un peu la porte pour le protéger du froid.

— Oui, je sais, acquiesça-t-elle. Il vous a vues arriver du troisième étage et il m'a prévenue. Il va venir.

Elle nous dévisageait de son regard glacial et sa bouche n'était qu'une ligne fine et dure.

— Où souhaitez-vous que nous l'attendions ? m'enquis-je en voyant qu'elle ne nous invitait pas à entrer.

Avec un soupir exaspéré, elle considéra un instant l'allée qui faisait le tour de la prison, puis ouvrit grande sa porte.

— Bon, allez-y, entrez ! Les grands esprits qui ont conçu ce bâtiment ont oublié de prévoir une entrée et une salle d'attente pour le public.

Nous la suivîmes à l'intérieur. À ma grande surprise, la pièce était meublée comme une salle de séjour ordinaire, avec des fauteuils et une cheminée, et des jouets d'enfants étaient éparpillés sur le sol.

— On dirait que des gens vivent ici ! s'exclama Fleurette.

Je me retournai pour lui intimer le silence, mais la femme répondit avec humeur :

— Beaucoup de gens vivent ici, figurez-vous, et la plupart sont des voleurs et des assassins. Mais là, vous êtes chez le shérif. Je suis Mrs. Heath.

Mrs. Heath ? Jamais encore, je n'avais songé à l'épouse du shérif mais, si j'avais cherché à me la figurer, je n'aurais certes pas imaginé cette mégère désagréable et pleine d'amertume. Pourtant, à bien y réfléchir, quelle sorte de femme pouvait accepter de vivre avec mari et enfants au rez-de-chaussée d'une aussi lugubre bâtisse ?

— Enchantée, dis-je en esquissant, au prix d'un effort, un sourire qui ne me fut pas rendu. Je suis Constance Kopp, et voici mes sœurs, Norma et Fleurette.

Sans me quitter du regard, elle posa au sol le bébé qui avait commencé à se débattre dans ses bras et se releva, avant de jeter un coup d'œil à Norma. Puis son regard passa à Fleurette, particulièrement jolie ce jour-là dans sa cape de cavalière en velours noir bordée de fourrure de lapin. Je regrettai de ne pas lui avoir demandé de se vêtir plus sobrement. Nous allions dans une prison, pas à l'opéra.

— Bob ne m'avait pas dit que vous aviez des sœurs, lança la femme.

Au même instant, des pas se firent entendre derrière elle et, à mon grand soulagement, le shérif apparut.

— Désolé, Cordelia, dit-il.

Il n'y eut pas de réponse.

— Miss Kopp, poursuivit-il à mon intention. Par ici, s'il vous plaît.

Je jetai un coup d'œil hésitant à Norma, qui affichait un sourire forcé assez désagréable en tenant Fleurette par la manche.

— Je suis sûr que Mrs. Heath appréciera un peu de compagnie ce matin, ajouta le shérif.

Il s'agissait plus d'un ordre que d'une suggestion. Ce n'était visiblement qu'une tâche déplaisante de plus imposée par le shérif à son épouse. La vie ne devait pas être facile pour elle.

Je le suivis le long d'un couloir mal éclairé. Il remit une grille métallique en place après notre passage et la verrouilla avec l'une des nombreuses clés qu'il portait à la ceinture. Au bout du couloir, nous nous arrêtâmes devant une deuxième grille.

— David ? appela-t-il.

Un gardien en uniforme surgit aussitôt pour nous faire passer et nous continuâmes notre progression, pour nous retrouver bientôt, après une nouvelle grille, dans une minuscule pièce sans fenêtres. Devant nous se dressait une porte métallique. Cela sentait la rouille et la térébenthine. Le gardien referma la grille derrière nous avant d'ouvrir la porte et nous débouchâmes dans le bureau du shérif Heath.

C'était une pièce agréable, meublée de bibliothèques vitrées et chauffée par une cheminée. J'avais dû retenir longtemps mon souffle, car je me surpris à prendre une profonde inspiration lorsque je m'assis sur la chaise face au bureau.

Le shérif déplaça son fauteuil pour venir s'installer près de moi.

— Comment allez-vous, toutes les trois ? m'interrogea-t-il enfin. Il s'est passé quelque chose ?

Je lui fis le récit le plus concis possible et lui tendis le manteau et les bijoux. Il les sortit de la taie et prit son temps pour les examiner.

— Je me demande ce qui a bien pu les arrêter…

— Je pense qu'ils ont entendu la carriole. Si nous étions arrivées cinq minutes plus tard, ils auraient eu le temps de verser le kérosène dans toutes les pièces et d'y mettre le feu.

— Mon adjoint est passé chez vous hier et il n'a rien remarqué d'anormal. Ils ont dû attendre son départ pour venir.

Il s'adossa à son fauteuil et contempla le plafond d'un air pensif.

— J'aurais bien aimé que nous le coincions cette fois-ci, dit-il comme pour lui-même. C'était l'occasion. Eh bien, à présent…

— Attendez ! coupai-je. En fait, il n'a pas fait que cela…

Une sueur froide m'envahit. Je venais de comprendre que l'incendie de l'immeuble de Lucy était nécessairement en rapport avec ce qui s'était produit chez nous.

— Vous vous souvenez de la jeune fille dont je vous ai parlé ? repris-je. Eh bien, l'immeuble qui a brûlé à Paterson, c'était celui où elle habitait. Et c'est lui qui y a mis le feu ! Il s'en est d'abord pris à elle, puis il est venu chez nous.

— Qu'est-ce qui vous fait dire cela ?

— Il l'avait menacée, c'est elle qui me l'a dit. Elle était terrifiée.

— Mais l'immeuble appartenait à la famille Kaufman. Êtes-vous en train de me dire qu'il a mis le feu à sa propre propriété dans le seul but d'effrayer l'une de ses employées ?

— Il en est capable…

— Mais vous ne voulez toujours pas me donner le nom de la jeune fille ?

— Je ne peux pas. Je lui ai promis.

Le shérif Heath se leva et se mit à arpenter la pièce, les mains dans les poches et la tête basse, comme si les réponses pouvaient être inscrites sur le cuir de ses chaussures.

— Je vais parler au capitaine des pompiers. Et je travaillerai aussi sur les indices dont nous disposons. Mes adjoints feront le tour des bijoutiers de la ville et je connais un tailleur qui pourra nous aider pour le manteau. Et peut-être trouverons-nous des empreintes sur la boîte d'allumettes. Dans ce cas, nous aurons un dossier à présenter au procureur.

— Et nous, qu'allons-nous faire pendant que vous parlez à votre tailleur ? Transformer notre ferme en bunker ? Nous relayer pour monter la garde ? Vivre avec un revolver toujours pointé sur la route ?

Il ferma les yeux et se passa la main dans les cheveux.

— Non. Je vais me charger de votre protection. Ramenez vos sœurs à la maison, je vous rejoins dès que possible.

Au même instant, la porte s'ouvrit et un gardien passa la tête à l'intérieur.

— Ils sont prêts, shérif ! annonça-t-il.

Le shérif Heath hocha la tête et l'homme repartit.

— Prêts pour quoi ? demandai-je.

— Je suis désolé, Miss Kopp. C'est une mauvaise journée à la prison. Nous avons découvert un prisonnier sans vie dans sa cellule après l'office du dimanche. Je dois aller parler aux détenus.

— Oh, je…

— Non, Miss Kopp, il n'y a rien à en dire… Allez-y et veillez sur vos sœurs.

On lisait dans son expression une sorte de confusion mêlée de désespoir. Il alla m'ouvrir la porte et le gardien me raccompagna.

31

Nous prîmes notre temps pour tout remettre en ordre. Nous avions décidé d'en profiter pour polir les parquets et lessiver les murs. Fleurette avait lu qu'il existait une méthode pour estomper les dommages causés aux meubles en y posant du papier d'emballage humide sur lequel on appliquait un fer chaud jusqu'à ce que la surface se redresse. Entreprendre un tel travail me semblait sans espoir – la moindre table, chaise ou armoire était criblée de trous et de rayures –, mais Fleurette avait un nouveau fer à repasser et elle avait envie de s'en servir. Norma et moi replaçâmes ensemble les meubles lourds et elle s'occupa des tissus et du bois. Nous époussetâmes les livres et jetâmes les tableaux cassés ; nous en avions assez de voir toujours les mêmes images aux murs de toute façon. Les globes de verre des lampes avaient tous été brisés mais, sachant qu'ils étaient trop sales pour être nettoyés, nous étions ravies de ce prétexte pour les remplacer. Quand nous eûmes terminé, les pièces étaient plus lumineuses et aérées qu'elles ne l'avaient jamais été.

Cette semaine-là, le corps calciné d'un illustrateur de magazines fut retrouvé dans ce qu'il restait d'une maison incendiée de Harrington Park. On soupçonna d'abord un cambrioleur, puis l'épouse de l'illustrateur vint confesser au shérif Heath qu'elle s'était enfuie à New York et que son mari l'avait menacée de mettre le feu à la maison si elle ne rentrait pas. Quelques jours plus tard, une femme avala du poison sur les marches du palais de justice parce que son employeur refusait de lui laisser du temps pour voir ses enfants. Les prisonniers la virent s'effondrer de leurs fenêtres et crièrent au shérif Heath de courir à son secours. Il la porta jusqu'à son bureau, où elle rendit l'âme en lui demandant de veiller sur ses enfants. Le lendemain, le shérif renoua avec des tâches plus classiques : il arrêta une jeune femme pour cohabitation illégale et envoya un avis de saisie à une veuve.

Tous ces événements furent consignés avec application dans le journal local. Sans doute les journalistes observaient-ils tous les faits et gestes du shérif. Je me demandai pourquoi ils ne l'avaient pas suivi jusqu'à chez nous. Sans doute estimaient-ils que rien d'intéressant ne pouvait se produire à la campagne.

Deux fois par jour, le shérif empruntait Sicomac Road pour aller chercher l'agent de faction à la ferme et en déposer un autre à sa place. Parfois, il garait son automobile dans notre allée et je venais le rejoindre pour faire avec lui le tour du propriétaire. Nous contournions la grange, puis la maison, et il m'expliquait comment chercher des empreintes de chaussures ou de pneus sur le sol. Nous retournions au bout de l'allée et inspections chaque extrémité de la route. S'il y avait des nouvelles à me donner, il le faisait.

— Vous aviez raison, me dit-il au bout d'une semaine de cette routine.

— À quel sujet ?

— L'immeuble qui a brûlé. Pour le capitaine des pompiers de Paterson, c'est un incendie criminel. Ne m'avez-vous pas dit que vous aviez rencontré la sœur de Mr. Kaufman ?

— Si. Marion Garfinkel. C'est elle qui gère l'usine, me semble-t-il.

— Dans ce cas, j'aimerais que vous veniez avec moi.

Le shérif Heath téléphona à l'usine et parvint à convaincre Mrs. Garfinkel de nous accorder un rendez-vous. Il souhaitait ma présence, car il estimait que la dame serait plus disposée à coopérer si elle avait face à elle une victime d'Henry Kaufman. Pour vaincre sa réticence, il dut promettre qu'il s'agirait d'une rencontre privée et discrète et expliquer en outre que, si elle refusait, il viendrait sans se faire annoncer avec plusieurs adjoints, et peut-être deux ou trois journalistes qu'il ne pourrait empêcher de se joindre à eux.

— Alors arrivez de bonne heure, concéda-t-elle. Henry n'est jamais là avant midi, de toute façon.

L'adjoint Morris, qui nous conduisit à l'usine, nous déposa à l'angle de la rue.

— C'est une visite amicale, expliqua le shérif Heath. Je ne veux pas qu'elle voie notre automobile devant son usine.

Sur ces mots, il glissa son badge dans sa poche.

La journée de travail venait de débuter. Le sol était encore sec, mais les premiers écheveaux baignaient dans les bains de teinture et, lorsque nous ressortirions, un lac de colorants se déverserait dans les gouttières d'évacuation. Cette fois, j'avais prévu un mouchoir pour mon nez mais, à cette heure matinale, l'odeur n'était pas aussi forte que lors de ma première visite.

Marion Garfinkel nous accueillit à la porte de la partie administrative.

— Nous pouvons aller dans le bureau d'Henry, nous dit-elle en nous précédant. Mesdemoiselles, je serai en rendez-vous fournisseurs, ajouta-t-elle à l'intention des secrétaires qui, assises derrière leurs machines, nous suivaient des yeux.

L'odeur de tabac froid et de whisky me parut pire encore que celle des cuves de teinture. Marion émit une exclamation furieuse et demanda au shérif de l'aider à défaire les loquets pour ouvrir les hautes fenêtres.

— Il les maintient fermées parce qu'il est persuadé qu'on l'espionne, expliqua-t-elle. S'il passait autant de temps à réfléchir à la bonne marche de l'usine qu'à manigancer avec ses fichus amis, je ne serais pas là !

Sur ces mots, elle se laissa tomber dans le gros fauteuil de cuir derrière le bureau et nous fit signe de nous asseoir. Il y avait des cartes à jouer et des cendriers pleins un peu partout dans la pièce, ainsi que des étuis de cartouches en cuivre que le shérif Heath examina avec intérêt, mais sans y toucher. Il prit deux des chaises disposées autour de la table et les installa devant le bureau, face à Mrs. Garfinkel.

— Bien, commença celle-ci quand nous fûmes assis. Vous vouliez un rendez-vous, vous l'avez ! Faisons vite, s'il vous plaît !

— Votre époux va-t-il se joindre à nous ? s'enquit le shérif.

— Il a du travail à notre usine de Pittsburgh. Honnêtement, il préfère me voir régler seule les problèmes que nous rencontrons ici. Il a horreur des teintureries et il ne porte pas Henry dans son cœur.

— Allez-vous finir par prendre la place de votre frère dans cette usine-ci ?

Elle eut un petit haussement d'épaules négligent.

— J'espère que non. Mon père était persuadé qu'Henry pourrait s'améliorer si on lui confiait la charge d'une usine et le contrôle de ses finances. Mais, pour être franche, Mr. Kaufman senior s'est affaibli, de sorte que nous, les frères et sœurs, avons dû prendre le relais des affaires familiales. J'ai tiré le mauvais numéro et c'est moi qu'on a chargée de venir ici régler le problème Henry.

— Comment comptez-vous procéder ?

— Ma foi, il faut qu'Henry s'en aille, et la seule façon de le faire quitter l'usine, c'est de lui couper les vivres. Mais pour cela, j'ai besoin de l'accord paternel. Nous sommes en train d'y travailler, conclut-elle avec un sourire forcé. Mais est-ce pour cela que vous êtes venus ? Pour que je vous parle de nos difficultés familiales ?

Le shérif Heath joua avec le bord de son chapeau.

— Non, Mrs. Garfinkel, je n'entends pas me mêler de ce qui ne me regarde pas. Nous sommes ici pour une affaire criminelle et nous aimerions recevoir votre aide.

Elle me jeta un coup d'œil par-dessus ses lunettes.

— Henry a payé son amende. Cela ne règle-t-il pas le problème ?

— Je crains qu'il n'ait continué à harceler Miss Kopp et ses sœurs. Mais aujourd'hui, nous…

— Je suis désolée, shérif, coupa Mrs. Garfinkel avec humeur, mais je ne puis être tenue pour responsable de ce que fait mon frère à l'extérieur de ces quatre murs. La seule chose qui nous intéresse, mon époux et moi-même, est de remettre cette usine sur les rails et de faire en sorte qu'Henry… Enfin, de trouver une solution au problème d'Henry, qui, aussi loin qu'il m'en souvienne, a toujours été une épine dans le pied pour notre famille.

Elle contempla le morceau de ciel que découpait la fenêtre ouverte.

— … Depuis son cinquième anniversaire, maintenant que j'y pense… ajouta-t-elle, comme pour elle-même.

Profitant de l'occasion, je me penchai vers elle et interrogeai :

— Quel genre de problème un enfant peut-il causer le jour de son cinquième anniversaire ?

Elle se retourna vivement vers moi.

— Il peut mettre le feu au cellier et essayer de pousser son frère dans le puits.

— Tout cela le même jour ? s'étonna le shérif à mi-voix.

— Tout cela le même jour, oui. Il aurait fallu l'envoyer tout de suite en maison de redressement, mais, oh là là, non ! Il n'était pas question d'associer le nom de Kaufman à une école pour petits garçons dérangés… Non, c'était tellement préférable de se contenter de…

Elle se tut brutalement, se rappelant sans doute à qui elle s'adressait.

— Mais qu'y a-t-il, shérif ? Je pense que nous avons tous du travail ce matin !

— L'affaire sur laquelle j'enquête, commença le shérif Heath sans cesser de considérer le chapeau sur ses genoux, concerne un incendie.

Elle s'adossa à son siège avec un soupir contrarié.

— L'immeuble des ouvriers, oui, je sais… Notre famille en possède un certain nombre depuis des années et ils ne nous ont jamais attiré que des ennuis. Je suis étonnée que nous n'ayons jamais eu d'incendie domestique avant celui-ci. Mon époux a décidé de tout vendre, de toute façon…

— Qu'est-ce qui vous fait croire qu'il s'agit d'un incendie domestique ?

— Eh bien, Henry nous a dit qu'il avait discuté avec le capitaine des pompiers et que…

Elle s'interrompit net, bouche bée.

— Henry… ? souffla-t-elle.

Obéissant à un regard impérieux du shérif, je conservai la plus parfaite immobilité. Au bout d'un moment, Mrs. Garfinkel se mit à ranger distraitement les documents posés sur le bureau.

— Mais il n'existe aucune preuve, n'est-ce pas ? reprit-elle. Et puis, il faudrait être fou pour mettre le feu à une chose qui vous appartient !

Elle avait prononcé ces paroles avec l'expression contemplative d'un avocat préparant la défense de son client.

— J'ai cru comprendre que votre frère avait eu des ennuis avec une jeune fille qui vivait dans cet immeuble. Une jeune fille qui, selon Miss Kopp, travaille ici. Est-elle présente aujourd'hui ?

Je me figeai. Que faisait-il ?

Le regard de Mrs. Garfinkel passa de lui à moi mais, avant qu'elle ait ouvert la bouche, je compris que cet entretien était terminé.

— J'ignore ce que Miss Kopp croit savoir et en quoi cette affaire la concerne, déclara-t-elle avec vivacité, mais Lucy Blake ne compte plus parmi notre personnel. Elle est partie sans prévenir et ne recevra pas de lettre de recommandation. Elle n'a cessé de harceler mon frère et, sincèrement, il est préférable qu'elle ne soit plus là.

Je tressaillis. J'avais tenu ma promesse en ne révélant pas au shérif le nom de Lucy, mais je lui avais néanmoins fourni trop d'informations. À présent, il savait.

— On m'a dit aussi qu'un enfant avait disparu, poursuivit le shérif.

À ces mots, Mrs. Garfinkel se leva et nous l'imitâmes à contrecœur.

— Cette fille cherchait à soutirer de l'argent à notre famille. C'était du chantage, rien d'autre. S'il y a eu un enfant – mais en ce qui me concerne, je ne l'ai jamais vu – il est certainement mieux là où il se trouve désormais.

Elle se dirigea vers la porte et l'ouvrit. Le shérif Heath la rejoignit et repoussa doucement le battant pour la refermer. Il parla alors si bas que je l'entendis à peine.

— Quelqu'un a tenté de mettre le feu à la maison des sœurs Kopp la semaine dernière. Je ne suis venu que pour vous demander si vous savez où se trouvait votre frère ce soir-là, ainsi que la nuit où votre immeuble a brûlé. Votre coopération nous permettrait de traiter cette affaire en toute discrétion.

Je vis le coin des lèvres de Mrs. Garfinkel tressauter et je crus un instant qu'elle réfléchissait à une réponse. Elle rouvrit toutefois la porte.

— Je vous remercie d'être venus, lança-t-elle d'une voix forte pour être entendue des secrétaires. Mais nous n'utilisons pas ces produits.

32

— J'aurais préféré que vous ne mêliez pas Lucy Blake à tout ça, m'indignai-je, une fois dans l'automobile qui nous ramenait à Wyckoff.

— J'avais besoin du nom de cette fille, répondit le shérif avec calme. Je ne peux vous aider ni l'une ni l'autre si je ne sais pas ce qui se passe.

— Elle m'avait fait jurer de ne pas parler d'elle à la police.

— Mais nous pouvons lui venir en aide si elle nous en donne la possibilité ! plaida-t-il. Si elle était venue nous voir quand le bébé est né, nous aurions pu déposer une requête auprès d'un juge pour faire reconnaître la paternité de Kaufman. Cela l'aurait obligé à verser une pension. Nous avons déjà fait ce genre de chose par le passé.

— Je ne crois pas qu'une jeune ouvrière d'usine terrorisée par son patron aurait pu courir parler au shérif au beau milieu d'une période de grève, même si elle avait su cela, objectai-je.

— Elle ne devrait pas avoir peur de nous, soupira-t-il. Mais, de toute façon, vous aviez très envie que je connaisse le nom de cette fille. Depuis le départ.

Il avait raison, mais je n'allais pas le reconnaître.

— Et maintenant, poursuivit-il, elle a disparu de la circulation. Cela ne change-t-il pas les données du problème ? Ne croyez-vous pas qu'elle aimerait que vous fassiez quelque chose pour la retrouver ?

— Que comptez-vous faire, vous ?

— Vous allez nous donner sa description et nous commencerons à la chercher, répondit-il. Et nous ferons venir Henry Kaufman dès que j'aurai convaincu le procureur de prononcer certaines accusations.

— Vous voulez dire que vous devez demander la permission à ce monsieur pour convoquer un pyromane doublé d'un ravisseur d'enfant à un interrogatoire ? Comment s'appelle celui que j'ai vu, déjà ? Courter ?

— Non. C'est encore pire que cela. C'est à son patron que je dois m'adresser.

Lorsque nous nous engageâmes dans l'allée de la ferme, Norma et Fleurette étaient dehors en compagnie de l'un des policiers de garde.

— Nous avons reçu une lettre ! cria Fleurette sans attendre de nous voir descendre de voiture.

Elle sautillait sur place, comme chaque fois qu'elle était excitée. Je commençais à croire que Norma avait raison : Fleurette voyait vraiment ce qui nous arrivait comme l'un de ces feuilletons du dimanche que nous lisions dans le journal.

Le shérif Heath s'empressa de prendre l'enveloppe des mains de son agent en la tenant avec précaution par un bord.

— Il l'a envoyée par la poste ? interrogea-t-il.

La réponse était oui, ce qu'il considéra comme une bonne nouvelle. On allait pouvoir la transmettre au service des postes chargé de traiter les lettres anonymes et autres menaces parvenant par courrier.

Je la lus par-dessus son épaule.

MADAME,

VOUS AURIEZ MIEUX FAIT DE PAS MÊLER LA POLICE À TOUT ÇA. ON VA RÉGLER CETTE AFFAIRE, VOUS POUVEZ NOUS CROIRE. SI VOUS CONTINUEZ À FAIRE DES PROBLÈMES À HENRY KAUFMAN, VOUS ALLEZ LE REGRETTER, PARCE QU'ON FERA SAUTER VOTRE MAISON. CETTE FOIS ON VOUS AURA, ON VOUS TIRERA DESSUS QUAND ON VOUS VERRA DANS LES CHAMPS OU DANS LA RUE.

H. K. & SES AMIS

Le shérif Heath se tourna vers la route et je suivis son regard. Il pouvait arriver n'importe quoi par cette route. Moi qui m'étais toujours sentie si isolée à la campagne, si loin de tout ! Nous avions choisi cet endroit pour nous cacher et, à présent, nous n'étions plus à l'abri de rien.

Fleurette croisa les bras en sautillant de plus belle pour se réchauffer. Il faisait gris et humide et le froid nous transperçait les os. Norma la prit contre elle et lui frotta les épaules.

— Je vais placer quelqu'un ici vingt-quatre heures sur vingt-quatre, décida le shérif sans cesser de contempler la route. S'ils reviennent, nous les verrons de loin. Je ne veux pas que vous vous inquiétiez. La prochaine fois qu'ils s'approcheront de chez vous, nous les arrêterons tous.

Il nous recommanda néanmoins de ne pas nous tenir devant les fenêtres, de poser des seaux d'eau un peu partout dans la maison pour le cas où un incendie se déclarerait et de garder nos revolvers à portée de main, même dans la journée.

Telle allait être notre vie désormais. Nous étions en état de siège.

L'hiver se refermait sur nous. La première semaine de novembre, nous avions déjà eu droit à quelques flocons de neige. Le matin, il fallait répandre du gros sel sur le perron pour ne pas glisser et, chaque jour, nous brisions la glace dans l'abreuvoir de Dolley.

Nos poules subirent une mue précoce ; elles perdaient si rapidement leurs plumes que, le matin, le sol du poulailler en était recouvert, comme si l'une d'elles avait été dévorée par un renard durant la nuit. Sachant que nous ne tiendrions pas jusqu'à Noël si ce froid subsistait, Francis nous fit livrer du bois supplémentaire.

Au lever du jour, près de la rivière, les saules étaient couverts de givre. En sortant dans le pré, j'entendais leurs fines branches tinter les unes contre les autres comme les pendeloques d'un lustre en cristal. Je me désolais de voir les policiers stationner sur la route par ce froid et finis par leur faire accepter de s'abriter dans la grange, avec un réchaud qui leur prodiguerait un minimum de chaleur.

Il fallut plusieurs semaines à Henry Kaufman pour mettre ses menaces à exécution. Et puis, une nuit, je m'éveillai en sursaut en entendant de la glace craquer sous des pas. J'étais si profondément endormie que je ne compris pas tout de suite ce qui se passait. Puis je perçus distinctement le claquement sec d'une branche, suivi d'un juron étouffé. En un clin d'œil, je me précipitai sous la fenêtre, la crosse glaciale du revolver au creux de ma paume.

Le givre recouvrait le carreau en une couche fine semblable à un ouvrage de dentelle. Je me redressai un peu pour regarder dehors. Ma chambre donnait sur le pré et le jardin potager, mort en cette saison, et je ne voyais qu'un coin de la grange, qui baignait dans l'obscurité. Je me demandai si le policier qui y passait la nuit était à l'affût ou pas.

La cour me parut déserte et immobile. Je me baissai en me demandant s'il ne fallait pas réveiller Norma et Fleurette. Depuis quelques jours, nous avions recommencé à dormir dans nos chambres respectives et je regrettais à présent de ne pas avoir prévu un système de cloches pour pouvoir nous avertir les unes les autres.

Je déverrouillai la fenêtre et, tandis que je l'entrouvrais de quelques centimètres, j'entendis un nouveau craquement. Je risquai un coup d'œil au-dehors. Il m'aperçut à l'instant même où je le vis. Son arme était déjà sortie. Je glissai la mienne dans l'interstice de la fenêtre et appuyai sur la détente.

La balle toucha un arbre et l'homme riposta aussitôt. Le mur trembla un peu quand le projectile atteignit la maison. Un instant plus tard, j'entendis la porte de la grange s'ouvrir violemment. Dès lors, je ne pouvais plus tirer sans mettre en danger le policier. Je me laissai donc retomber sous la fenêtre et patientai quelques instants.

Comme l'inconnu ne tirait plus, je me relevai pour regarder dans l'allée. L'homme courait vers la route, courte silhouette trapue avec manteau et chapeau. Je n'aurais pu affirmer avec certitude qu'il s'agissait bien d'Henry Kaufman, mais rien, dans son apparence, ne me donna de raisons de penser le contraire.

Une automobile l'attendait à l'extrémité de l'allée. Elle était déjà loin quand le policier, courant à perdre haleine, atteignit la route à son tour.

Le lendemain matin, le shérif Heath exprima son mécontentement à son adjoint, qui avait laissé échapper l'agresseur, mais pour ma part, je ne lui en voulais pas. D'après les traces de pas dans la glace, l'intrus avait abordé la maison par l'autre extrémité, loin de la grange, afin de ne pas donner l'alerte. Même si le policier n'était pas assoupi à son arrivée (une accusation formulée par le shérif Heath et qu'il avait réfutée), il était difficile pour lui de sortir de la grange assez vite. Toute cette confrontation n'avait guère duré qu'une minute.

— N'est-ce pas le moment propice pour arrêter cet homme et mettre un terme à tout cela ? suggéra Norma au shérif.

Celui-ci secoua la tête.

— Nous en sommes encore à essayer de constituer le dossier pour le procureur, répondit-il.

— Mais Constance l'a vu ! insista Fleurette qui, assise à la table de la cuisine, étalait du sucre sur son toast.

Le shérif, Norma et moi nous tenions en demi-cercle autour d'elle.

— Elle *pense* qu'elle l'a vu, rectifia le shérif Heath. Et je veux bien le croire moi aussi. Seulement, nous manquons de preuves.

— Dommage qu'elle n'ait pas mieux visé ! maugréa Norma. Nous aurions alors la meilleure des preuves sous la forme d'un cadavre congelé dans notre allée…

— Et qu'en est-il du manteau, de la broche et de la bague ? m'enquis-je.

Il secoua la tête.

— J'ai envoyé mes hommes faire le tour des tailleurs et des bijoutiers de la ville. Aucun de ceux-ci n'a pu les identifier. Le manteau a été confectionné par un excellent tailleur particulier et les bijoux ne portent aucune marque. Quant à la boîte d'allumettes, nous n'avons pas pu exploiter les empreintes qu'elle comportait.

— Et les lettres ? insistai-je.

— J'ai quelqu'un qui travaille dessus à la poste. Je sais que cela ne va pas vous être d'un grand réconfort, mais sachez que nous mettons tout en œuvre.

— Tout comme Henry Kaufman… commenta Norma.

À la suite de cet incident, nous eûmes droit à deux policiers au lieu d'un pour nous protéger et nous reprîmes l'habitude de dormir toutes les trois ensemble. Nous choisîmes de le faire dans la chambre de maman, la seule qui donnait sur la grange et la route. Un intrus ne pourrait parvenir sous la fenêtre sans se faire remarquer.

La balle tirée sur la maison resta logée dans le bois de la façade. Nous n'avions pas à craindre que les coups de feu traversent les murs : avec sa construction solide et son bois de charpente bien épais, la ferme n'avait certes pas été bâtie dans l'objectif de résister à une armée de gangsters, mais elle semblait remplir cette fonction à la perfection.

Nous n'en déplaçâmes pas moins tous les meubles de maman contre le mur extérieur de sa chambre. Pour nous atteindre, les balles allaient devoir traverser les bardeaux, les poutres et le chiffonnier en chêne de maman.

33

Nous en étions réduites à rester cachées et éprouvions la même appréhension, la même sensation d'angoisse et de danger omniprésent que dix-sept ans plus tôt, quand le monde extérieur représentait une menace qui nous avait contraints à nous établir à Wyckoff. Un poids similaire pesait sur mes épaules alors, l'impression que tout était arrivé par ma faute…

Sauf qu'à l'époque, nous avions un bébé pour nous distraire. Là, nous devions supporter une adolescente de dix-sept ans qui s'ennuyait à mourir et un régiment de policiers qui se succédaient dans notre grange toutes les douze heures.

Chaque jour, Norma épluchait le journal à la recherche d'indices de ce que Kaufman et sa bande pouvaient être en train de manigancer.

— Il y a eu une descente dans une maison de jeux hier soir, disait-elle. Peut-être a-t-il été balayé à cette occasion…

Le moindre accident mettant en cause une automobile retenait son attention, car nous le savions dangereux au volant. Et s'il y avait un incendie – de n'importe quel type, même un feu domestique déclenché par une bonne négligente –, Norma découpait l'article pour le montrer au shérif.

— Le pire, c'est de ne pas savoir ce qu'il fait, déclara-t-elle un matin. Où est-il en ce moment ? Et quand il ne s'en prend pas à nous, qui crois-tu qu'il harcèle ?

Elle l'imaginait tenant une longue liste de femmes dans notre situation, qu'il se plaisait à tourmenter par les mêmes menaces.

— À mon avis, lui répondis-je, Henry Kaufman n'est pas assez méthodique pour tenir des listes.

— Non, tu as peut-être raison, concéda-t-elle, mais cela ne m'étonnerait pas qu'un certain nombre d'autres femmes souffrent comme nous par sa faute. J'ai pensé mettre une annonce dans le journal pour créer une sorte de ligue de défense.

— La Ligue de protection des victimes d'Henry Kaufman, suggéra Fleurette.

Norma nota la proposition.

— N'empêche que j'aimerais bien savoir ce qui est arrivé à Lucy Blake, reprit Fleurette. Peut-être qu'il l'a kidnappée et qu'il les retient dans sa cave, elle et son bébé. Personne n'est allé voir ?

Norma fit bruisser les pages de son journal pour signifier son déplaisir d'entendre prononcer le nom de Lucy Blake. Le sort de la jeune fille habitait l'esprit de Fleurette comme un feuilleton et l'on ne pouvait l'empêcher d'en parler.

— Mais pourquoi le shérif ne la retrouve-t-il pas ? poursuivit-elle. Il n'est pas possible que personne ne l'ait vue ! Il faut interroger les gens dans les gares… Ou peut-être pourrait-on mettre une annonce dans le journal ? Est-ce qu'ils ont fait tout ça ? Une jeune fille ne peut pas s'évanouir comme ça dans la nature !

— Oh que si ! protesta Norma sans relever les yeux.

La lettre suivante nous parvint une semaine plus tard. Pourquoi nous l'avait-il envoyée ? Je n'en savais rien. Nous avions à peine mis le nez dehors et une chose était sûre : nous ne nous étions approchées ni de lui ni de son usine. J'imaginais le cerveau d'Henry Kaufman fonctionnant comme l'un de ces tourbillons qui se formaient tout à coup au bas des chutes de la Passaic, nés de nulle part, et qui persistaient jusqu'à ce qu'un objet s'y engouffre – un morceau de bois mort, une balle en caoutchouc, une vieille chaussure – et se fasse aspirer. Tel me semblait être Henry Kaufman, tournoyant sur lui-même tel un derviche avant de nous expédier soudain une autre de ses lettres insensées.

La suivante nous fut de nouveau délivrée par courrier. Le facteur nous l'apporta l'après-midi, juste avant l'arrivée du shérif Heath venu récupérer l'un de ses hommes.

MADAME : C'EST LE DERNIER AVERTISSEMENT QU'ON VOUS ENVOIE. LA PROCHAINE FOIS, ON VOUS AURA TOUTES LES TROIS, VOUS ÊTES PRÉVENUES. ON VOUS CONNAÎT ET QUAND ON SERA LÀ, VOUS LE REGRETTEREZ, PARCE QU'ON VA EN FINIR AVEC VOUS.

SALUT !

VOTRE HEURE VA BIENTÔT SONNER

H. K. & SES AMIS

— Le dernier avertissement ? dis-je. Mais que nous veut-il encore ? Un avertissement avant quoi ?

Assis sur notre canapé, le shérif ferma les yeux. Il avait une mine affreuse, avec des cernes aussi sombres que des hématomes, et la lettre qu'il tenait tremblait dans sa main. Il me parut plus petit aussi, comme s'il avait rétréci dans son pardessus.

— Shérif Heath, repris-je, soudain inquiète. Vous n'avez pas l'air bien…

Pourquoi ne l'avais-je pas remarqué plus tôt ?

Il eut un petit rire gras qui lui déclencha une quinte de toux.

— Des détraqués viennent tirer des coups de feu sur votre maison et vous vous enquérez de ma santé ?

J'allais lui proposer du café lorsque nous entendîmes une détonation, puis un cri perçant venu du pré. Lâchant la lettre, le shérif se précipita vers la porte d'entrée avant que j'aie pu comprendre ce qui se passait.

Je sortis à mon tour ; Norma courait déjà vers Fleurette, qui arrivait vers nous, en larmes, peinant à traverser le pré sur le sol détrempé. Elle repoussa Norma avec violence quand celle-ci la rejoignit. Norma tenta un instant de la maîtriser, puis elle dut s'apercevoir que Fleurette n'avait qu'un but : rentrer à la maison. Alors elles se mirent à courir ensemble, glissant dans la boue mêlée de neige fondue. Le shérif parvint à leur hauteur avant moi et envoya ses deux policiers vers la rivière, avant de regagner la maison avec nous.

La jupe de laine noire de Fleurette était dégoulinante et maculée de boue. Fleurette se couvrait le visage de ses mains et se détournait de nous. Si elle était sortie avec un chapeau, celui-ci avait disparu. Il était impossible de lui arracher un mot.

Sur les conseils du shérif Heath, nous montâmes avec elle dans la place forte qu'était devenue la chambre de maman et ce fut seulement là qu'elle commença à se calmer. Elle nous laissa lui ôter ses vêtements mouillés et lui laver le visage, puis lui faire passer une chemise de nuit et une robe de chambre en flanelle de maman. Je ne vis aucune plaie sur son corps, seulement de la boue et de l'herbe. Elle se mit au lit et attendit que nous soyons allongées près d'elle pour recouvrer enfin l'usage de la parole.

— Il y avait deux hommes, expliqua-t-elle. Au début, je ne les avais pas vus à cause des arbres. Mais ils étaient au milieu de la rivière, on aurait dit qu'ils m'attendaient…

— Qu'est-ce qu'ils t'ont fait ? la pressai-je.

Elle s'entoura la poitrine de ses bras.

— Ils m'ont tiré dessus et je me suis mise à courir.

— Mais tu es sûre que tu n'as rien ?

Je voulus soulever la chemise de nuit pour inspecter de nouveau la moindre parcelle de son corps, mais elle s'accrocha aux couvertures et m'empêcha de la toucher.

— Que faisais-tu là-bas, à la rivière ? interrogea Norma.

Fleurette nous considéra l'une après l'autre, le menton tremblant.

— La pompe s'était bloquée, alors je suis allée chercher de l'eau pour la lessive. Je croyais que tout le monde pouvait me voir.

La pompe à eau avait en effet cette tendance, l'hiver. Nous avions alors recours à des seaux de neige fondue, mais parfois, nous descendions également puiser de l'eau à la rivière.

— Mais nous avons ici deux hommes qui n'ont rien à faire de leurs journées ! protesta Norma. Et nous aussi, nous aurions pu essayer de débloquer la pompe ! Tu sais bien que nous y arrivons, en général ! Pourquoi n'as-tu pas demandé de l'aide à quelqu'un ?

Fleurette secoua la tête en s'enfonçant un peu plus sous les couvertures.

— Bon, ça suffit ! décidai-je. Le shérif Heath nous attend en bas, il veut savoir ce qui s'est passé. Pourrais-tu décrire ces deux hommes ?

— Ils portaient des manteaux longs et ils avaient rabattu leur chapeau sur leurs yeux. Ils étaient grands, plus grands que Mr. Kaufman, je crois.

— Et ils étaient au milieu de la rivière ? Dans l'eau ?

— Non, sur les rochers plats qu'on utilise pour traverser.

Je promenai la main sur son front et elle ferma les yeux. Ses cheveux noirs et brillants formaient sur l'oreiller un demi-cercle parfait.

— Reste ici et repose-toi. Nous descendons retrouver le shérif.

Ce dernier était sorti rejoindre ses adjoints. Réunis en un petit cercle, ils tapaient des pieds pour se réchauffer tout en conversant à mi-voix. Une automobile garée de l'autre côté de la rivière, dans le champ du voisin, attendait les inconnus, et ceux-ci s'étaient enfuis à son bord. En arrivant, les policiers n'avaient trouvé que des empreintes de pneus dans la terre détrempée.

Nous leur livrâmes le peu que nous avait appris Fleurette. Tout portait à croire que les hommes traversaient la rivière pour s'approcher de la maison lorsqu'elle les avait surpris.

Le ciel s'était éclairci cet après-midi-là et un soleil pâle faisait scintiller le sol gelé. Le shérif Heath porta la main devant ses yeux pour se protéger de la réverbération et se tourna vers moi.

— Ils s'enhardissent, estima-t-il. Ils finiront tôt ou tard par déraper. C'est presque fini. Mais je ne peux pas vous laisser courir dans les bois et jouer dans le ruisseau, toutes les trois ! Vous devez suivre nos consignes à la lettre et demeurer dans les endroits où nous pouvons vous protéger.

Norma et moi nous contentâmes de hocher la tête. Nous allions devoir nous relayer pour surveiller Fleurette de plus près.

— Votre sœur s'est couchée ? s'enquit le shérif Heath.

— Oui.

Il glissa la main sous son pardessus pour consulter sa montre.

— Très bien. Laissez-la se reposer et ensuite, faites-lui prendre un bon repas. Je reviens à six heures.

— C'est inutile, protestai-je. Je ne pense pas qu'elle ait grand-chose à raconter de plus.

Il jeta un coup d'œil à la maison et à la route.

— C'est pour lui apprendre à tirer que je vais revenir, révéla-t-il. Vous aurez toutes les trois un revolver sur vous jusqu'à ce que tout soit terminé.

Et c'est ainsi que nous nous retrouvâmes au milieu du pré dans le vivifiant froid de novembre, nous efforçant de distinguer les piquets de clôture qui nous servaient de cibles dans l'obscurité grandissante, tirant coup de feu après coup de feu avec le shérif qui nous tenait par les épaules, nous parlait sereinement à l'oreille et reprenait les revolvers de nos mains pâles et glacées pour les recharger, afin que nous puissions tirer encore et encore sur cette menace qui nous guettait, là-bas, quelque part, de l'autre côté de la rivière.

34

Jusque-là, Henry Kaufman s'était amusé avec nous à la manière d'un chat taquinant un oisillon tombé du nid : de façon vicieuse et sans se presser. Ce fut donc avec un certain soulagement que nous reçûmes, vers la mi-novembre, sa menace la plus grave et la plus précise.

Désormais, nous avions une date et un lieu :

MADAME, SI VOUS NOUS DONNEZ PAS 1 000 $, ON VOUS TUE. DONNEZ L'ARGENT À LA FILLE EN NOIR AU COIN DE BROADWAY ET CARROLL, À PATERSON, SAMEDI À 8 H DU SOIR. SI VOUS PAYEZ PAS, ON METTRA LE FEU CHEZ VOUS ET ON ENLÈVERA LA PETITE. ON CONNAÎT VOTRE CHEVAL ET VOTRE VOITURE. ON HABITE À PATERSON.

HA, HA !

H. K. & CO.

Je fis glisser la lettre au centre de la table après l'avoir parcourue et nous regardâmes toutes les trois l'adjoint Morris, de faction cet après-midi-là. Devant son absence de réaction, nous nous mîmes toutes à parler en même temps.

— Parfait ! me félicitai-je. Cette fois, nous allons pouvoir le coincer.

— Mille dollars ! s'exclama Fleurette. Je vaux mille dollars ?

— Ça commence à bien faire ! s'indigna Norma. Nous ne paierons pas !

Le policier fit taire notre chœur en se levant.

— Ce sera au shérif Heath de décider, déclara-t-il. Retournez à vos occupations, mesdemoiselles. Il sera là tout à l'heure.

Hélas, une tempête éclata ce soir-là, envoyant grêlons et neige fondue sur les champs par vagues successives. Chaque fois que nous pensions qu'elle se calmait, un nouveau déferlement de pluie glacée s'abattait. Ce mauvais temps avait dû retarder le shérif et nous n'avions rien d'autre à faire qu'à attendre. Les policiers avaient depuis longtemps dépassé les douze heures que devait durer leur faction et je les invitai à venir prendre une assiette de soupe et un petit pain chaud dans la maison. Il leur était interdit de dîner avec nous, mais ces hommes avaient espéré être chez eux pour le repas et ce ne serait pas le cas. Ils devaient manger quelque chose.

Vers dix heures, Norma et Fleurette montèrent se coucher. Je restai en bas, à faire les cent pas jusqu'au moment où j'entendis enfin les pneus de l'automobile du shérif Heath dans l'allée de gravier. Ses adjoints sortirent aussitôt de la grange pour s'avancer à sa rencontre et lui parler de la lettre et, peu après, il se retrouvait dans mon salon avec quatre hommes autour de lui, les deux qui arrivaient et les deux qui achevaient leur tour de garde. La pièce sentait la laine mouillée et la fumée du réchaud de la grange. Le shérif Heath prit place sur le canapé, posa son chapeau sur ses genoux et parcourut la lettre en silence. Puis il releva les yeux, scrutant mon visage comme s'il cherchait à y découvrir quelque chose.

— Allez refaire le tour de la maison, commanda-t-il à ses hommes. Prenez une lampe et vérifiez bien les fourrés et les dépendances. Après ça, vous m'attendrez dans la grange.

Les quatre policiers sortirent et il se retourna vers moi.

— Asseyez-vous, dit-il, j'ai quelque chose à vous demander.

— Quoi donc ?

— Asseyez-vous d'abord !

En silence, je m'installai près de lui sur le canapé. Il se frotta les yeux et se prit le front entre les mains avant de sombrer dans une telle immobilité que je le crus endormi. Mais il se redressa soudain et tourna vers moi des yeux humides et rougis.

Je vis sa pomme d'Adam monter et redescendre.

— Miss Kopp, commença-t-il, j'ai fait tout ce qui était en mon pouvoir pour arrêter cet homme. Je l'ai suivi aux quatre coins de la ville, j'ai fait surveiller son domicile, j'ai parlé à sa sœur et à ses associés, et même à lui. J'ai essayé de constituer un dossier pour le bureau du procureur, mais ce dossier est contesté. Le procureur n'a jamais mis un patron d'usine en accusation et il n'entend pas commencer aujourd'hui. La famille Kaufman est très puissante, vous savez. Elle possède des usines dans trois États. S'ils le veulent, ces gens-là ont le pouvoir de rallier derrière eux tous les industriels.

Il s'interrompit, guettant ma réaction. Je hochai la tête.

— Par ailleurs, j'ai consacré à votre protection un nombre d'adjoints que le bureau du shérif n'a pas les moyens de s'offrir. Le Conseil me conteste la moindre facture que je lui soumets et bientôt, je ne pourrai plus payer mes hommes. Jusqu'à présent, nous avons réussi à masquer ces dépenses, mais si les propriétaires fonciers découvrent les sommes que j'ai consacrées à cette affaire, ils me placeront devant mes responsabilités.

— Je suis désolée, murmurai-je à ces mots. Je ne savais pas que…

— Ce n'est pas votre problème, coupa-t-il, m'intimant le silence d'un geste. Ce qui vous concerne, vous, c'est la nécessité de résoudre cette affaire au plus vite. Nous ne pouvons pas passer le reste de l'hiver à patienter sagement…

Là encore, il attendit de me voir acquiescer, ce que je fis.

— Cette lettre nous fournit une opportunité, poursuivit-il. J'aimerais que vous alliez à Paterson samedi soir, comme elle le demande. Vous aurez votre revolver sur vous et je placerai des hommes tout autour de vous. Nous nous assurerons qu'il ne puisse rien vous arriver. Nous allons essayer de pincer cette fille en noir, et ceux qui l'accompagneront s'il y en a.

— Bien sûr ! répondis-je avec enthousiasme. Je peux le faire, il n'y a aucun problème. Je commence à bien m'habituer au revolver.

Je dus lui paraître un peu trop pressée de tirer sur Henry Kaufman, car il me couvrit d'un regard soucieux.

— Très bien, déclara-t-il enfin. C'est parfait. Mais ce n'est pas la seule chose que j'attends de vous.

Surprise, je redressai les épaules et l'interrogeai du regard.

— J'aimerais que vous parliez à la presse, annonça-t-il.

— À la presse ? Vous voulez que l'on parle de nous dans les journaux ?

Norma détesterait cette idée. Les problèmes des autres devaient certes figurer dans le journal pour que le monde entier en ait connaissance, mais les nôtres, sûrement pas…

— Oui. Je veux que la presse parle de cette escapade nocturne que vous allez entreprendre. Vous fournirez aux journalistes un compte rendu détaillé de tout ce qui s'est passé depuis juillet. Vous les laisserez écrire ce qu'ils veulent sur les événements de samedi soir, quels qu'ils soient, et publier leurs articles dans l'édition de lundi.

— Mais pour quelle raison voulez-vous mêler la presse à cette histoire ?

Il se laissa aller en arrière contre les coussins du canapé.

— Parce que cela obligera le procureur à s'y intéresser, répondit-il d'une voix un peu rauque. Le Conseil a horreur que la presse parle d'affaires non résolues. Il se plaint des factures que leur présente le bureau du procureur tout autant que des miennes. Il tient à en avoir pour son argent. Si les journaux publient cette histoire, le procureur devra rendre des comptes pour son attentisme.

Il m'observa un instant d'un œil scrutateur.

— Qu'en pensez-vous, Miss Kopp ?

Je me sentis rougir.

— Nous avons toujours été des gens très discrets, vous savez…

— Oui, je sais. Vous habitez sur cette route, en pleine campagne, à des kilomètres de vos voisins, aucune de vous ne semble fréquenter de clubs, vous ne recevez jamais d'amis, d'anciens camarades de classe ni de messieurs. Pour une raison ou pour une autre, vous êtes résolues, toutes les trois, à ne pas faire de bruit. J'ai conscience de vous demander une chose qui ne va pas être facile pour vous mais, à mon avis, le seul moyen d'envoyer ces gens devant un juge, c'est de commencer par un procès dans la presse, si désagréable que cela vous paraisse.

La décision allait me revenir : Norma s'opposerait à l'idée, Fleurette supplierait pour qu'on la laisse accorder une interview et ma voix serait donc déterminante.

— Vous ne craignez pas de le provoquer en attirant ainsi l'attention de la presse sur nous ?

— Je ne crois pas qu'il soit possible de provoquer davantage Henry Kaufman.

Il consulta sa montre.

— Il est près de minuit, conclut-il. Allez dormir un peu. Vous me donnerez votre réponse demain matin.

Je hochai la tête et il se leva pour prendre congé. Malgré la fatigue, il se tenait toujours très droit. Il se dirigea vers la porte d'un pas raide et disparut, me laissant seule dans la pénombre avec ma décision.

35

Fleurette ne nous demanda jamais pourquoi elle n'allait pas à l'école. Aucun autre enfant n'habitait le long de Sicomac Road et sans doute ne lui vint-il jamais à l'esprit qu'il pût y avoir à proximité une école qu'elle aurait pu fréquenter. Elle acceptait sans rechigner l'idée que les petites filles apprenaient leurs leçons sous la supervision de leur famille. Elle ne savait pas que maman voulait la cacher, que la terreur du scandale et l'absence de confiance qu'avait celle-ci dans les formalités, le gouvernement et les organisations quelles qu'elles fussent rendaient inconcevable pour elle la perspective d'envoyer Fleurette étudier hors de la maison.

Nous tentions souvent de la convaincre du contraire en lui expliquant que l'école ne trouverait pas anormal qu'une femme de près de cinquante ans soit la mère d'une petite fille, mais maman soutenait que, tôt ou tard, quelqu'un finirait par assembler les pièces du puzzle. En outre, même si nous avions accompli toutes les formalités d'adoption et disposions des documents propres à faciliter les choses, nous n'avions pas révélé à Fleurette qu'elle était une enfant adoptée. Cela nous plaçait dans une position délicate et il semblait plus simple – du moins, aux yeux de maman – de ne rien dire du tout et de garder Fleurette à la ferme.

Pour expliquer la naissance de Fleurette à la famille, nous avions donné l'impression à mes oncles que notre père avait fait un bref retour à la maison, puis qu'il était reparti. Fleurette devait avoir la même idée, même si nous ne parlions presque jamais de lui.

En fait, rien ne lui semblait bizarre dans toute cette situation, jusqu'au jour où, à l'âge de neuf ans, on lui mit entre les mains des histoires de pionniers destinées aux enfants. Ainsi commença-t-elle à lire à haute voix les exploits de Daniel Boone. Aucune de nous ne lui prêtait vraiment attention, car la voix de Fleurette lisant ses leçons faisait partie de notre quotidien et nous ne l'écoutions que d'une oreille tandis que nous vaquions à nos occupations. Pour ma part, j'étais en train de remplir le livre de comptes.

— « Ils revenaient sur leurs pas pour rentrer à la maison quand soudain des Indiens d'aspect farouche surgirent des bois et saisirent le bateau. »

Alarmée, je relevai la tête pour regarder maman, mais celle-ci, absorbée dans sa broderie, ne semblait rien entendre. Elle trouvait tout naturel de laisser les enfants lire les histoires les plus terrifiantes mettant en scène des ogres et des sorcières ou décrivant des situations dramatiques. C'était l'un de nos points de désaccord quant à l'éducation de Fleurette.

— « Betsey tenta de les repousser à l'aide de sa pagaie, poursuivit Fleurette, mais elle ne put rien faire : les Indiens prirent les enfants et les conduisirent au fond des bois. »

Je posai mon crayon, prête à protester. Fleurette était une petite fille très impressionnable : elle allait rester éveillée la moitié de la nuit après un récit de ce genre.

— « Tandis qu'ils avançaient, Betsey prenait soin d'arracher des branches aux buissons. Elle savait que son père se lancerait à sa recherche et espérait qu'il pourrait suivre leurs traces en remarquant ces branches cassées. »

C'en était assez.

— Maman, ne crois-tu pas que…

Maman releva la tête, mais je n'avais pas achevé ma phrase que, déjà, Fleurette refermait son livre et venait se poster devant elle.

— Et notre père à nous, *maman*,* où il est ? demanda-t-elle.

— Que lisais-tu ? interrogea maman en lâchant son ouvrage.

— Des récits de pionniers, intervins-je. J'allais justement faire remarquer que c'est beaucoup trop violent pour une petite fille…

— On n'a pas de père, nous ? insista Fleurette en grimpant sur les genoux de maman. Francis n'a pas de père ?

Maman la fit redescendre et lissa sa jupe.

— Bien sûr que si, répondit-elle. Tout le monde a un père.

— Alors où est-il ?

Maman m'appela au secours d'un regard. Toutefois, c'était elle qui refusait de parler de notre père et qui semblait déterminée à faire en sorte que celui-ci n'apprît jamais l'existence de Fleurette ni le lieu où nous vivions désormais.

— Malheureusement, il est…

Je secouai la tête pour l'arrêter. Il me paraissait injuste vis-à-vis de Frank Kopp de prétendre qu'il était décédé. Maman s'était certes déjà fait passer pour veuve, mais jamais en présence de Fleurette. En outre, il pouvait fort bien réapparaître un jour sur notre seuil, et quel choc ce serait alors !

— Parti ? compléta Fleurette. Parti se battre contre les Indiens ?

Maman sourit et lui tapota la main.

— Exactement, *ma chérie**. Il est très courageux.

Je m'étonnai de la facilité avec laquelle elle venait de mentir mais, là encore, qu'aurait-elle pu dire d'autre ?

— Et est-ce qu'il reviendra un jour ?

— Je crains que non. Il est parti très très loin…

D'une certaine manière, nous participions tous à l'éducation de Fleurette. C'était une enfant vive et imprévisible qui prenait autant de plaisir à aller pêcher des grenouilles dans la rivière qu'à danser en costume sur une scène improvisée. La faire étudier et accomplir sa part de tâches ménagères réclamait notre concours à toutes les trois – ainsi que l'aide de Francis avant qu'il ne se marie. En prenant de l'âge toutefois, maman eut de plus en plus de peine à supporter la vitalité de Fleurette et elle se déchargea peu à peu de la responsabilité de son éducation sur Norma et moi-même.

Avant que Fleurette n'atteigne l'âge de dix ou douze ans, je ne faisais que regarder maman l'élever. Quand elle avait de la fièvre, c'était maman qui la soignait, le jour de son anniversaire, maman organisait la petite fête. Et quand elle s'égratignait les genoux ou se faisait prendre en chasse par un coq du poulailler, c'était dans les bras de maman qu'elle se précipitait en larmes, et non dans les miens.

Non, Fleurette n'avait jamais eu besoin de moi… jusqu'à présent. Mais s'il le fallait désormais, j'étais résolue à rester postée toute la nuit dans l'ombre, mon revolver à la main, pour empêcher ces hommes de s'approcher d'elle.

36

— Miss Kopp, soutenez-vous que cette attaque n'a en aucun cas été provoquée ?

J'étais assise à une table installée pour moi dans le bureau du shérif Heath. Il avait tenu à convoquer les journalistes au palais de justice, afin qu'ils passent devant le bureau du procureur. Cependant, toutes les salles étant occupées, il leur avait fait traverser la pelouse pour les conduire à la prison, non sans les avoir laissés patienter dans le grand hall le temps d'attirer l'attention souhaitée.

Après une brève entrée en matière du shérif, je livrai avec sobriété le récit que j'avais soigneusement répété. Tous les petits quotidiens des comtés de Passaic et de Bergen avaient envoyé quelqu'un. Quant aux grands journaux, ils avaient pour la plupart un bureau de presse dans les environs, aussi se trouvait-il aussi, dans la pièce, des reporters de New York, Philadelphie, Newark et Trenton.

Durant mon exposé, ces hommes prirent consciencieusement des notes dans le plus grand silence. Dès que j'eus terminé cependant, ils posèrent toute une volée de questions auxquelles je ne m'étais pas du tout préparée.

— Mademoiselle, aviez-vous déjà tiré au pistolet avant que le shérif Heath vous donne des leçons ?

— Comment font trois filles, toutes seules dans une ferme ? N'avez-vous pas un oncle ou un cousin pour vous recueillir ?

— Pendant toutes ces années, aucune de vous n'a reçu de demande en mariage ?

Je me tournai vers le shérif Heath pour l'appeler à la rescousse. Adossé à son fauteuil derrière son bureau, il semblait aussi détendu que s'il avait passé tous ses après-midi à répondre aux questions de vingt journalistes. Il se leva en croisant mon regard implorant.

— Les sœurs Kopp s'en sortent très bien toutes seules, assura-t-il, prenant le relais. Elles vivent à la campagne et elles savaient déjà tenir un fusil de chasse. Elles se sont révélées très compétentes armées d'un revolver. Et bien entendu que cette attaque n'a pas été provoquée, Simon : que pourraient bien faire trois jeunes filles en carriole pour inciter une automobile à foncer droit sur elles ?

Une salve de rires accueillit ces paroles, puis les journalistes se mirent à griffonner sur leurs calepins et le silence retomba.

— Bien, reprit le shérif en regagnant son siège, je pense que cela répond à toutes vos questions.

Un homme très brun à l'accent italien installé au fond de la salle se leva à ces mots.

— Non, shérif ! On n'a pas répondu à ma question sur les demandes en mariage !

Je m'avançai sans laisser au shérif Heath le temps de se relever. Ces journalistes devaient savoir que j'étais apte à me défendre seule.

— La présence ou l'absence de prétendants dans la vie des sœurs Kopp n'a aucune incidence sur cette affaire, déclarai-je, et je ne vois d'ailleurs aucun homme ici présent qui pourrait avoir la moindre chance de plaire à l'une d'entre nous.

Des rires bruyants et non dénués d'admiration saluèrent cette réponse et j'eus même droit à un sourire du shérif.

Les questions se prolongèrent encore quelques minutes, puis le shérif Heath exposa à l'assistance son rôle dans l'enquête et évoqua la regrettable absence de coopération du bureau du procureur. Il fournit tous les détails du rendez-vous prévu avec la femme en noir le lendemain soir et distribua des copies réalisées à la main de la lettre de menaces, afin que celle-ci puisse être reproduite dans son intégralité. Il invita les reporters qui le souhaitaient à assister à la rencontre en se dissimulant dans un garage situé sur Broadway, non loin du lieu de rendez-vous. Ils devraient arriver tôt et demeurer cachés jusqu'au moment où le shérif ou l'un de ses adjoints les autoriserait à sortir.

Tous les participants se déclarèrent partants. Il y avait un vent d'excitation dans l'air, l'impatience d'un groupe de chiens de chasse attendant d'être lâchés pour fondre sur leur proie. Même moi, je ressentais cela.

Dès que les journalistes furent sortis, le shérif Heath retrouva sa mine sombre.

— C'est un jeu pour eux ! soupira-t-il. Il va falloir que je place un agent avec eux dans le garage pour les empêcher de se faire remarquer et de faire tomber toute l'opération à l'eau.

Il m'ouvrit la porte.

— Mais ce n'est pas votre problème, ajouta-t-il. Vous, allez vous reposer pour être en forme demain ! Habillez-vous chaudement et mettez des chaussures solides. Et prenez un sac à main pour votre arme. Je viendrai vous chercher à sept heures.

Il avait briqué son badge et portait un col propre. En passant la porte, je sentis l'odeur sèche et crayeuse de l'amidon qu'utilisait sa femme.

— Merci d'être venu à mon secours, lui dis-je. Face à ces journalistes, je veux dire… Je n'ai pas l'habitude que l'on me pose autant de questions.

Il me décocha le plus bref des sourires.

— Vous vous en êtes bien sortie, Miss Kopp, répondit-il. Vous avez eu la repartie qu'il fallait. Ils cherchaient juste à savoir si vous étiez de taille à vous défendre seule, et vous leur avez montré que vous l'êtes.

37

— Cela ne devrait-il pas être plutôt à moi de rencontrer la femme et de lui donner l'argent ? interrogea Fleurette.

— Personne ne va donner d'argent à personne, rétorquai-je. Nous n'avons pas l'intention de prendre les exigences de ces individus au sérieux. Le seul objet de valeur que j'aurai sur moi, ce sera mon revolver.

Assise sur le lit de Fleurette, je la regardais fourrager dans sa garde-robe en vue de me trouver la tenue adéquate pour un rendez-vous avec un maître chanteur. Elle sortit une cape avec col de fourrure bordée de velours rouge et un chapeau dont le bandeau comportait une poche secrète.

— Je serais ridicule dans cette cape, estimai-je. En plus, le shérif veut que je porte du noir, et des vêtements simples. La nuit sera glaciale et qui sait combien de temps je vais devoir patienter dans la rue…

Fleurette s'enveloppa de la cape qui, je dois le reconnaître, lui allait à merveille. Elle lui donnait une allure de femme mystérieuse, de personnage qui pourrait aller remettre mille dollars à une dame en noir et survivre. Elle posa ses yeux brillants sur moi.

— Tu pourrais la tuer ? demanda-t-elle.

— Qui ?

— La femme en noir. Celle qui va venir chercher l'argent. Est-ce que tu pourrais lui tirer dessus ?

— Mais non, voyons ! m'exclamai-je. Je n'ai aucune intention de tirer sur une malheureuse fille que l'on aura embrigadée dans cette histoire ! Et en plus, le shérif et ses hommes seront là, tout près de moi. La seule chose que j'aurai à faire, c'est me placer bien en évidence et attendre.

Fleurette tourna sur elle-même et la cape s'envola comme un oiseau sauvage pour revenir atterrir sur ses épaules.

— Moi, si j'avais pour mission de me tenir dans un endroit bien en évidence, je le ferais mieux que toi ! affirma-t-elle.

Je souris.

— J'en suis sûre !

Norma choisit cet instant pour faire irruption dans la chambre et considéra les vêtements fantaisistes que Fleurette avait jetés sur le lit.

— Tu ne vas tout de même pas mettre l'une de ces choses-là ! me lança-t-elle.

— Bien sûr que non !

— Je ne comprends pas à quoi sert la police si les femmes de la région doivent aller elles-mêmes piéger les criminels.

— Ils ne peuvent pas faire ça sans moi, tu le sais bien.

Les sourcils froncés, Norma se dirigea vers une pile de sacs à main que Fleurette avait entassés sur une chaise. Elle en disqualifia un en soie jaune à franges, un deuxième en perles en forme de papillon et une pochette de velours pour jumelles de théâtre.

— Rien de tout cela ne convient pour un revolver, estima-t-elle. Avec toutes ces fioritures, tu ne sauras pas dans quelle poche glisser la main si tu as besoin de le prendre vite pour tirer.

— Mais je n'aurai pas besoin de tirer ! protestai-je une fois de plus. Vous êtes toutes les deux convaincues que je vais là-bas pour abattre une pauvre innocente !

Norma me considéra d'un air contrit, comme si elle se désolait de constater l'étendue de mon aveuglement.

— Tu crois vraiment qu'il te demanderait d'emporter le revolver s'il ne pensait pas que tu allais devoir t'en servir ?

Je piaffais d'impatience depuis une heure au rez-de-chaussée de la maison lorsque les pneus du shérif crissèrent enfin dans l'allée. Il était accompagné de deux agents qui viendraient avec nous, tandis que deux autres resteraient à la ferme avec Norma et Fleurette. Avant de me laisser monter dans l'automobile, le shérif Heath demanda à voir mes souliers, afin de s'assurer qu'ils ne me gêneraient pas pour courir. Je relevai ma jupe et il esquissa un demi-sourire en découvrant les bottes que j'utilisais pour nettoyer la grange.

— Vous êtes obéissante, c'est bien, me dit-il à mi-voix.

Il saisit ensuite mon sac à main – un petit cabas de voyage très neutre que j'avais déniché dans l'armoire de maman – et regarda à l'intérieur. Il ne contenait que le revolver, qu'il sortit pour vérifier qu'il était chargé.

— Vous n'avez pas d'objets de valeur sur vous ? Pas de collier au cou, pas de peigne dans les cheveux ? Pas d'argent non plus ?

Il se tenait si près de moi que je crus qu'il allait se mettre à fouiller les poches de mon manteau.

— Rien du tout.

Alors il me regarda droit dans les yeux. Je savais qu'il me jaugeait une dernière fois.

— Très bien, résolut-il. Allons-y !

Dans l'automobile, personne ne parla jusqu'à Paterson. Nous nous garâmes à l'hôtel de ville, à plusieurs centaines de mètres du lieu fixé pour le rendez-vous.

— Nous ne pouvons pas nous approcher davantage, nous risquerions d'attirer l'attention, m'expliqua le shérif. Vous irez jusque là-bas à pied.

— À pied ? m'exclamai-je.

De ma vie entière, je n'avais jamais marché la nuit dans une ville sans être accompagnée. Mais je regrettai aussitôt ma réaction.

Je vis le shérif Heath hésiter. Sans doute se demandait-il soudain s'il n'avait pas commis une erreur en me faisant confiance.

— Ça va aller, assurai-je.

Il secoua la tête.

— Non, vous avez raison. Il ne faut pas que vous soyez seule. Voilà ce que nous allons faire : je vais envoyer mes hommes avec vous, mais ils vous surveilleront à distance. Morris sera dans Fair, la rue parallèle côté est, et English marchera dans Van Houten, à l'ouest. J'ai placé un agent dans Auburn, devant le garage où sont cachés les journalistes. Il est chargé de vous garder à l'œil. Vous passerez devant lui en chemin, mais sur le trottoir d'en face ; ne le regardez pas et ne lui adressez aucun signe, sauf si vous vous sentez en danger.

Je hochai la tête et nous nous préparâmes tous trois à partir vers Broadway. L'adjoint Morris s'en alla le premier et tourna à gauche pour emprunter une rue étroite où se succédaient des échoppes de cordonniers et de tailleurs, ainsi que des boutiques qui avaient depuis longtemps fermé leur devanture. L'adjoint English partit pour sa part à droite afin de s'engager dans une rue bordée de plusieurs petites églises et d'une école pour filles. Quand le shérif Heath me fit signe, je me mis en route à mon tour, droit devant moi, mais il me rappela aussitôt dans un chuchotement :

— Miss Kopp !

Je me retournai. Il se tenait devant le garage, les mains enfoncées dans les poches de son pardessus.

— Je ne veux pas vous dire où je serai ce soir. Vous ne me verrez pas, mais je serai présent à chaque instant. Je ne vous lâcherai pas des yeux.

Je ravalai le mélange d'angoisse et d'appréhension qui avait commencé à s'insinuer en moi et hochai la tête, puis je me mis en marche vers Broadway.

Malgré la nuit noire, les rues n'étaient pas encore désertes. Quatre jeunes couples me dépassèrent en riant et en bavardant avec animation et je songeai qu'ils sortaient sans doute danser. Quelques ouvriers rentraient chez eux en solitaires et l'extrémité tressautante de leurs cigarettes luisait dans l'obscurité.

Le centre-ville de Paterson finissait juste après Straight Street, laissant place à des immeubles à deux étages où vivaient surtout des commerçants. Chacun était précédé d'un carré d'herbe identique et d'une fine plate-bande où poussaient des géraniums en été et où s'amoncelait la neige sale l'hiver. De la fumée sortait des cheminées et, par moments, des odeurs de cuisine parvenaient à mes narines.

Les hommes du shérif Heath avaient à peine quelques pas d'avance sur moi. Chaque fois que je parvenais à une intersection, je les voyais traverser la même rue à quelques mètres à droite et à gauche. En approchant d'Auburn, j'aperçus le policier dissimulé dans l'ombre d'un porche. Je pris soin de ne pas le regarder et de ne pas chercher non plus à distinguer les journalistes derrière les fenêtres.

Je parvins au carrefour de Broadway et de Carroll plus vite que prévu et me postai quelque minutes à chaque angle, étudiant la disposition des rues et des trottoirs en vue de déterminer par quel côté m'enfuir et où me cacher en cas de nécessité.

Dans l'un des coins s'élevait un immeuble de brique assez banal, qui devait abriter de petits bureaux. Très peu de fenêtres donnaient sur le carrefour et aucune n'était éclairée. En face se trouvait une boutique de fleuriste, tout aussi sombre, et fermée par des volets en bois. Près de moi s'étendait un terrain vague à l'herbe rare qui m'effraya par son aspect désolé. Une vision fugitive m'apparut, celle d'une femme en noir tendant les mains pour prendre l'argent qu'on lui avait promis, debout dans la neige fondue au centre de ce lopin de terre. Je frissonnai.

Je décidai de traverser la rue et me postai devant un bâtiment de bois délabré qui avait dû servir d'atelier à un menuisier ou à un forgeron. Je songeai que le shérif Heath se dissimulait peut-être à l'intérieur, d'où il m'observait par les interstices des planches qui en condamnaient les fenêtres.

Il devait déjà être huit heures et nulle femme en noir n'apparaissait. Il n'y avait d'ailleurs plus personne dans la rue à présent, et je n'avais guère vu passer que deux automobiles. Je me demandai ce que Norma et Fleurette faisaient en cet instant à la ferme. Pensaient-elles à moi ? Je me les figurai, allant d'une fenêtre à l'autre, à l'affût du moindre signe alarmant.

Je serrais depuis si longtemps le cabas sous mon bras que j'en avais oublié son existence. J'y plongeai la main pour m'assurer que le revolver s'y trouvait toujours, la pointe dirigée devant moi. Au même instant, une forte détonation me fit sursauter et je manquai lâcher le sac. Au bas de la rue, je vis un policier bondir à l'intersection et regarder dans ma direction.

Ce devait être un moteur qui avait des ratés… Je m'avançai dans la lumière que projetait la lune sur le trottoir afin de me placer bien en vue.

Une silhouette apparut alors dans Carroll Street, marchant vers moi. Dans l'obscurité, je ne pouvais encore déterminer s'il s'agissait d'une femme ou d'un homme. Je finis par distinguer la forme d'une longue jupe et d'un chapeau à large bord.

Était-ce celle que j'attendais ? Il était impossible de distinguer la couleur de ses vêtements.

J'orientai mon sac de manière à pointer le revolver à travers le cuir. Malgré le froid, j'étais en nage. Une goutte de sueur coula le long de mon buste, une autre dans mon dos.

La femme ralentissait à mesure qu'elle se rapprochait. M'avait-elle vue ?

Je jetai un coup d'œil alentour pour m'assurer qu'il n'y avait personne d'autre. À plusieurs dizaines de mètres, deux hommes traversaient la rue. Plus loin, un moteur tressauta, puis se tut. Je remarquai alors des bruits auxquels je n'avais pas prêté attention jusque-là : l'aboiement des chiens qui gardaient les usines, plus bas le long de la rivière, les aérations des sous-sols d'où montaient les sifflements de vapeur des chaudières, les pleurs lointains d'un bébé impossible à calmer.

Arrivée au carrefour précédent le mien, la femme tourna soudain en direction de Van Houten. Sans doute allait-elle passer devant l'adjoint English.

Fallait-il que je la suive ? Elle ne m'avait fourni aucune indication dans ce sens, aussi demeurai-je à mon poste. Une nouvelle automobile traversa Broadway non loin, puis j'entendis un train siffler et quelqu'un tousser violemment.

Enfin, trois hommes sortirent du garage d'Auburn et s'avancèrent vers moi. Je reconnus le shérif Heath à la forme de son chapeau et à son pardessus. Je pus également identifier l'adjoint Morris et l'un des journalistes que j'avais vus la veille.

— Il est neuf heures, m'annonça le shérif Heath en me rejoignant. Nous avons assez attendu. Soit ils n'avaient pas l'intention de venir, soit ils nous ont repérés et ils sont partis.

— Et la femme qui a tourné dans Carroll ? demandai-je.

Il secoua la tête.

— Ce n'était pas elle. English l'a suivie jusqu'à chez elle et lui a parlé. Elle n'a rien à voir avec tout ça.

Je ne m'étais pas rendu compte que j'avais retenu mon souffle. Je respirai enfin. Le shérif Heath sortit le revolver de mon sac.

— Laissez-moi vous alléger, dit-il. Vous avez accompli votre mission.

Lorsque nous reprîmes le chemin du garage, il me présenta le journaliste qui les accompagnait, George Pieters, du quotidien de Paterson.

— George est un très bon ami, m'expliqua-t-il. Vous pouvez lui faire confiance pour ne pas trahir les faits. Je lui ai proposé de venir avec nous afin qu'il puisse vous poser des questions en chemin. Dites-lui tout ce qu'il a besoin de savoir. Demain, une flopée de journalistes viendront vous réclamer des interviews. Ils voulaient tous vous voir ce soir, mais je leur ai dit que vous aviez besoin de repos. De toute façon, personne ne rendra d'article avant demain soir.

Dans la voiture, George Pieters me demanda donc de lui répéter, avec mes propres mots, comment toute l'histoire avait débuté et ce que nous avions fait pour mettre un terme à nos tourments. Il voulut savoir à quoi ressemblait notre maison à notre retour de la plage, lorsque nous avions découvert le projet d'incendie criminel, et aussi comment j'avais appris à tirer au pistolet et ce qui pouvait pousser une femme à faire cette démarche inhabituelle de s'armer d'un revolver pour protéger ses sœurs.

Je me tournai vers la vitre de l'automobile et contemplai les formes floues des maisons et des arbres dans la nuit.

— Mes sœurs et moi, nous ne pouvons compter que sur nous-mêmes, répondis-je enfin. Et si l'une d'entre nous doit prendre les armes pour défendre les autres, ce ne peut être que moi.

38

Quand je descendis à la cuisine le lundi matin, le journal était plié sur la table. En le prenant, je découvris un carré vide à l'endroit du titre. Ce dernier nous fut délivré par pigeon voyageur quelques heures plus tard, et je le recollai alors à sa place.

LA FILLE AU REVOLVER
Importunée depuis des mois,
Miss Kopp accepte un rendez-vous
fixé par ses maîtres chanteurs.
Son domicile surveillé jour et nuit.

Miss Constance Kopp, qui a passé une bonne partie de la nuit de samedi à dimanche à attendre, sous vigilance policière, un maître chanteur qui lui réclamait 1 000 dollars, affirme que les lettres de menaces ne sont pas son principal souci. Une série d'incidents les a en effet conduites, ses sœurs et elle-même, à se barricader chez elles, quasiment en état de siège.

Voilà des semaines que leur maison est surveillée jour et nuit par des policiers en armes. Cela ne les a pas empêchées d'être la cible de coups de feu tirés par des rôdeurs qui, au dire de Miss Kopp, se déplaceraient en automobile.

« Un soir, juste après la tombée de la nuit, je regardais par la fenêtre de ma chambre quand j'ai aperçu un homme posté sous un arbre, à moins de cinquante mètres de la maison, raconte Constance Kopp. Il se trouvait sur notre propriété, aussi lui ai-je demandé ce qu'il faisait là. Voyant qu'il ne répondait pas, j'ai tiré un coup de feu à travers la vitre. Il a riposté en tirant plusieurs fois sur moi et je me suis évanouie de terreur.

« En une autre occasion, alors que Florette était descendue à la rivière qui traverse notre propriété pour y puiser un seau d'eau, un homme caché dans les fourrés a tiré deux coups de feu dans sa direction.

« Et pourtant, un membre des forces de l'ordre du comté a balayé notre plainte d'un revers de main et a refusé de nous prendre au sérieux.

« Dame, ces individus prêts à tout, mais lâches, se sont même introduits chez nous par effraction en notre absence et ont empilé nos plus beaux meubles dans une pièce !

« Aucune de nous n'ose plus s'éloigner de la maison après la tombée de la nuit sans son revolver, mais nous disposons maintenant de chouettes chargeurs que nous brûlons toutes les trois de vider sur ces rôdeurs nocturnes, parce que ceux-ci n'ont rien à faire chez nous ! »

Obéissant à des consignes données par le maître chanteur, Miss Kopp s'est rendue samedi soir à Paterson et a attendu au carrefour prescrit jusqu'à vingt et une heures. Contrairement à ce qui était annoncé dans la lettre, aucune femme vêtue de noir n'est venue lui réclamer les 1 000 dollars. Miss Kopp a donc fini par rentrer chez elle.

Elle avait un revolver dissimulé dans son manchon et comptait bien s'en servir.

Pendant une heure entière, le shérif Heath et ses hommes ont pour leur part patrouillé en automobile aux abords des rues Broadway et Carroll, veillant sur Miss Kopp et examinant toutes les femmes en noir qui franchissaient le carrefour.

Les demoiselles Kopp sont de charmantes jeunes femmes issues d'une famille aisée. Les autorités leur ont délivré un permis de port d'arme.

« Si nous voyons un inconnu s'approcher subrepticement de la maison après la tombée de la nuit, nous utiliserons nos revolvers », a assuré Miss Constance Kopp.

— Tu ne t'es jamais évanouie de ta vie ! s'indigna Fleurette en jetant le journal sur sa table de couture. Et puis, il va vraiment falloir que je leur écrive pour leur donner l'orthographe de mon nom !

Des récits des épreuves que nous traversions parurent dans le *New York Tribune*, le *Sun*, le *New York Herald*, le *Philadelphia Evening Ledger* et dans tous les journaux du New Jersey. À chaque fois, la réalité était déformée d'une manière ou d'une autre. Je lus ainsi que c'était à Newark que j'avais attendu la femme en noir, le nom de Fleurette devint systématiquement Florette et l'on mit dans ma bouche les propos les plus fantaisistes : « Ah, comme j'aimerais dégommer une bonne fois pour toutes ces fichus rôdeurs ! » proclamait un titre qui donna le fou rire à Fleurette.

— Les journaux se moquent de nous, il fallait s'y attendre ! bougonna Norma. D'ailleurs tu t'es bien gardée de me dire que tu comptais rencontrer la presse. Je t'en aurais dissuadée, crois-moi !

— Voyons, tu n'imagines tout de même pas que Constance t'a volontairement caché ça, si ? fit Fleurette, moqueuse.

Sans cesser de remuer sa tasse pour refroidir son café, Norma rentra le menton, ce qui eut pour effet de rassembler toute la graisse de son cou. Dans cette posture, elle ressemblait à ces vieilles dames qui font usage de leur double menton pour signifier leur réprobation. Il me semblait parfois que Norma n'avait pas la patience d'attendre la venue du grand âge pour manifester cette gravité dont les gens s'imprègnent d'ordinaire peu à peu à mesure qu'ils avancent dans l'existence.

— Cette publicité faite autour de nous aura évidemment de très graves conséquences, reprit-elle, et je ne veux même pas imaginer ce que va dire Francis, ou même cette brave Bessie, qui a toujours été si gentille avec nous et qui va avoir un choc terrible en lisant son journal aujourd'hui !

— C'est d'ailleurs étonnant que nous n'ayons pas encore vu Francis ce matin ! fit remarquer Fleurette. Il doit se réserver pour Thanksgiving !

Elle était occupée à défaire l'ourlet d'une robe devenue trop petite pour ellc, tandis qu'installée sous un jeté de lit, je lisais les autres journaux en me mouchant sans cesse, car j'avais attrapé un rhume le samedi soir. Son café terminé, Norma laça ses bottines en vue d'emmener en promenade un nouveau groupe de pigeons. Il faisait un froid piquant, mais le soleil brillait et les routes étaient dégagées. Dolley n'avait presque pas quitté la grange ces dernières semaines et Norma estimait que jument et pigeons avaient besoin de prendre l'air.

— Seras-tu guérie jeudi ? me demanda Fleurette en coupant les fils de son ourlet. Parce que, sinon, nous te laisserons ici sans personne pour te garder, je te préviens. Je n'ai aucune envie de rater Thanksgiving !

— Ça ira, assurai-je, et d'ailleurs, j'espère que les adjoints du shérif seront autorisés à prendre leur journée pour Thanksgiving…

— Oh non ! Moi, j'aimerais bien en emmener deux avec nous chez Francis et Bessie ! Tu imagines la tête de Francis s'il nous voit débarquer chez lui sous escorte policière ?

En réalité, le shérif Heath ne comptait pas nous laisser sans protection le jour de Thanksgiving.

— Ça m'étonnerait que Kaufman et sa clique se mettent en congé ce jour-là ! grommela-t-il lorsqu'il vint nous amener un nouveau gardien le mardi. Ils vont passer leur journée à boire du whisky et, le soir, ils sortiront semer une pagaille que mes hommes devront ensuite nettoyer. Pour nous, les jours fériés sont les pires !

Nous faisions tous deux notre ronde traditionnelle autour de la maison. Le vent qui s'était levé menaça d'emporter mon chapeau, que je renfonçai fermement sur mes oreilles.

— Vous ne devriez pas être dehors par un froid pareil, estima-t-il.

— Oh, je vais bien ! assurai-je. Ce n'est qu'un petit rhume. Mais vous savez, je suis sûre que vos hommes aimeraient pouvoir passer cette journée-là en famille !

En parvenant à la grange, nous vîmes l'adjoint English qui, posté sur le seuil, regardait les poules picorer le chaume de la cour. Il toucha son chapeau avec un petit signe de tête.

— Je leur donnerai leur journée, rassurez-vous ! me répondit le shérif. Seulement, ils devront se tenir disponibles pour le cas où il y aurait une fusillade ou un cambriolage. Et je vous garantis que nous aurons droit à l'un ou à l'autre au moins avant le coucher du soleil ! Mais pour ce qui est de votre surveillance, c'est moi qui l'assurerai.

— Et Mrs. Heath, que va-t-elle en dire ?

— Mrs. Heath…

Il me considéra de ce curieux regard scrutateur que je ne parvenais pas à déchiffrer. Quelque chose de triste passa dans son expression et disparut très vite.

— Mrs. Heath est mariée au shérif du comté de Bergen, reprit-il avec brusquerie, et elle sait très bien quels sacrifices cela implique.

39

Le matin de Thanksgiving, je m'éveillai dans un monde figé par le froid. La tempête qui, la veille, avait soufflé du nord avait laissé derrière elle un ciel blanc et glacial. Une épaisse couche de givre recouvrait toutes les fenêtres de la maison et des stalactites pendaient du toit, tels des poignards affûtés. Nous ne tentâmes même pas d'actionner la pompe à eau et, comme aucune de nous ne souhaitait braver le pré gelé pour aller voir si l'eau de la rivière coulait encore, nous brisâmes quelques stalactites du porche et les fîmes fondre dans la cuisine, ce qui nous permit de faire la vaisselle avant de partir chez Francis et Bessie.

Il restait deux bocaux de prunes au sirop dans le cellier et un beau morceau de porc en salaison offert par le voisin. Nous enveloppâmes le tout dans un torchon et l'emportâmes.

Nous nous apprêtions à partir quand le shérif Heath fit son apparition.

— J'aurais préféré que vous me laissiez vous emmener là-bas, déclara-t-il.

Norma émit un vague grognement en guise de réponse et passa devant lui pour aller atteler Dolley.

— C'est que nous avons peur de ce que pourrait penser Francis, expliqua Fleurette.

J'intervins aussitôt.

— Non, nous n'avons pas peur de Francis, assurai-je. Mais nous n'aurons pas de problème. Ces voyous ne sortent jamais avant la tombée de la nuit, n'est-ce pas ?

Le shérif suivit des yeux Fleurette qui s'éloignait pour aller rejoindre Norma dans la grange. Elle portait une élégante robe en soie vert réséda qu'elle avait un peu trop ajustée, à mon goût, au niveau du buste.

— Cette jeune fille a bien grandi, depuis que je la connais ! s'exclama le shérif Heath.

Je poussai un soupir.

— Et je crains que les menaces d'enlèvement que nous avons reçues lui soient montées à la tête. Elle se prend pour un objet de très grande valeur que tout le monde convoite. Je ne sais pas ce que nous allons faire avec elle !

— Gardez-la à la ferme le plus longtemps possible.

— J'ignore combien de temps encore nous y parviendrons. En tout cas, pour aujourd'hui…

— Aujourd'hui, vous allez vous asseoir à côté d'elle dans la carriole et garder l'œil sur la route. Baissez la bâche de protection pour qu'on ne vous voie pas. Comptez-vous emporter votre revolver ?

— Bien sûr. Mais vous ne pensez tout de même pas que j'en aurai besoin, si ?

— J'espère que non…

Déjà, Norma et Fleurette s'approchaient à bord de la carriole. Dolley tapait le sol gelé de ses sabots et de gros nuages de vapeur lui sortaient des naseaux. Je montai et me serrai contre Fleurette.

— Je passerai deux ou trois fois du côté de chez votre frère aujourd'hui, nous informa le shérif.

Je hochai la tête et le regardai se diriger vers la grange, haute silhouette se détachant dans le ciel vide.

Francis et Bessie vivaient dans un quartier de petits pavillons modestes, mais résolument modernes, à Hawthorne. Il s'agissait de logements confortables et bien équipés en matière de plomberie, de gaz et d'électricité. Chaque maison avait son allée et son garage, plutôt destiné à une automobile qu'à un attelage, mais en passant dans la rue, je m'aperçus que quelques familles avaient un cheval à l'écurie.

Mon frère et sa femme avaient été les premiers à emménager dans ce lotissement. Toutes les pièces, y compris la chambre des enfants, étaient éclairées à l'électricité, et les meubles venaient de chez Rafner, sur Grand Street. La première fois qu'elle était entrée chez eux, maman avait découvert avec effroi qu'ils avaient acheté un salon complet, en tout point semblable à celui que présentait la publicité dans le journal. Et quand Norma avait précisé que le tout coûtait cent quatre-vingt-quinze dollars, payables en douze mensualités, elle avait été scandalisée.

Ils avaient également fait l'acquisition, pour la salle à manger, d'un ensemble table, chaises, vaisselier, tapis de velours et buffet avec miroir mural.

— J'imagine qu'il est inutile que j'aille voir votre chambre : vous avez pris la chambre à coucher complète, n'est-ce pas ? avait-elle interrogé d'un ton chagrin. Dire que nous avons une ferme remplie de meubles magnifiques que vous auriez pu emporter !

Mais Francis et Bessie ne voulaient pas des meubles de la ferme, et je ne pouvais les en blâmer. Leur maison était flambant neuve et « exempte de défauts », comme aimait le souligner Francis, c'est-à-dire indemne de fuites de gaz, de courants d'air, de sombres buffets ventrus et des monstrueux fauteuils en bois sculpté qui représentaient l'enfance autrichienne de maman. Le couple vivait dans un logement américain, une habitation du XXe siècle où les vieilleries n'avaient pas leur place.

Francis vint à notre rencontre, détacha Dolley et l'entraîna à l'arrière pour lui donner à boire. Nous restâmes toutes les trois devant la pelouse avec l'impression de nous être trop éloignées de la civilisation, ces derniers temps, pour pouvoir pénétrer dans cette maison parfaite. N'avions-nous pas dormi avec des revolvers sur nos tables de nuit et tiré sur des inconnus dans l'obscurité ? N'étions-nous pas exposées à de si grands dangers que le shérif lui-même estimait nécessaire de nous escorter où que nous allions ? Nous étions bien étrangères à cette joyeuse maisonnette bleue, coquette, chaleureuse et baignée de lumière, d'où montaient les riches odeurs du repas de Thanksgiving…

La porte s'ouvrit soudain et les enfants se précipitèrent vers nous. Le garçon, que nous appelions Frankie, pour le distinguer de son père, Francis, et de son grand-père, Frank, se jeta dans les bras de Norma, qui manqua perdre l'équilibre. Tous deux partageaient un amour des animaux que nul autre, dans la famille, ne comprenait. Il l'entraîna vers le jardin afin qu'elle lui donnât tout de suite son avis sur un nid de bébés souris qu'il y avait découvert. Lorraine, l'aînée, portait une robe qu'elle avait aidé sa mère à confectionner et Fleurette et elle franchirent ensemble la porte d'entrée en se lançant dans une conversation sur les cols et les ourlets.

Je me retrouvai seule devant la maison. Prenant mon courage à deux mains, j'inspirai une grande bouffée d'air froid, puis suivis les autres à l'intérieur, prête à endurer dignement le sermon de mon frère.

Par chance, Bessie me vit entrer la première. Avant même que j'aie refermé la porte, elle se précipita vers moi pour me serrer dans ses bras. Contre toute logique, nous avions toujours été proches l'une de l'autre. Elle était douce et témoignait à mon frère une patience infinie, tenait parfaitement son foyer et avait deux enfants adorables et très bien élevés. Je l'admirais pour tout cela, même si je n'imaginais pas une seconde adopter moi-même ce type d'existence. De son côté, pour des raisons que j'avais peine à me figurer, elle me traitait comme si je menais à Wyckoff une vie excitante et riche en aventures qui ne pouvait susciter qu'envie et louanges.

— Je suis bien contente de te revoir entière ! me confia-t-elle à mi-voix. Vous nous avez fait peur, tu sais ! Nous n'avons rien dit aux enfants…

— Bien sûr ! approuvai-je. Je suis vraiment désolée que vous ayez appris tout cela par le journal. Ce n'était pas très délicat de notre part.

Elle se détacha de moi pour me gratifier d'un large sourire, puis m'embrassa de nouveau.

— J'ai défendu que l'on dise quoi que ce soit sur ce que racontent les journaux avant la fin du repas ! m'informa-t-elle.

Puis elle m'entraîna dans la cuisine en ajoutant à mi-voix :

— Tout ce que je regrette, c'est de n'avoir pas pris les armes moi aussi pour t'accompagner là-bas samedi soir…

Je me mis à rire en imaginant Bessie munie d'un hachoir dans une main et d'un pistolet dans l'autre.

— La prochaine fois ! promis-je.

Elle se mit alors en devoir d'étaler de la pâte pour ce que Francis appelait « ses illustres tartes ». Au cours de l'heure qui suivit, nous nous activâmes côte à côte en ne parlant guère que des enfants, du temps qu'il faisait et de son activité de bénévole à la bibliothèque. Je prenais un plaisir infini à me retrouver dans cette cuisine chaleureuse et bien équipée, en compagnie de cette femme joviale qu'était Bessie. Peut-être ma vie était-elle devenue trop pénible ces derniers temps. Il y avait des mois que je ne m'étais pas sentie aussi détendue que là, dans cette cuisine…

— Puisque ça a l'air de tant te plaire, Constance, je te laisserai te charger de la préparation du repas de Noël ! me lança-t-elle avec un sourire. Mais pour l'an prochain : cette année, nous passons Noël à Boston, chez ma tante. D'ailleurs, pourquoi ne viendriez-vous pas vous aussi ?

— C'est trop difficile de laisser la ferme en hiver, tu sais, répondis-je. Non, nous serons bien toutes les trois.

Nous mangeâmes dans une atmosphère plaisante. Bessie, Fleurette et les enfants assuraient toute la conversation, tandis que Francis découpait les volailles et que je passais les assiettes. Un repas classique dans la famille Kopp… Maman n'avait jamais apprécié la dinde ; pour les fêtes, elle préférait l'oie rôtie ou le canard. Fidèle à cette tradition, Bessie avait déniché un canard bien gras, auquel elle avait adjoint un poulet. Il y avait aussi des haricots verts et du maïs qu'elle avait mis en conserve l'été précédent, des oignons au vinaigre et de petits pains qui dégageaient de la vapeur quand on les coupait en deux. Ces derniers avaient été confectionnés d'après une recette de maman que nulle autre que Bessie n'avait jamais maîtrisée. Il fallait ajouter à la pâte de fines lamelles de beurre, dures comme de la glace, à la toute dernière minute, et seule Bessie avait le tour de main nécessaire pour cela.

À la fin, Norma et Fleurette débarrassèrent la table et je sortis avec Francis sous la véranda qui courait derrière la maison, d'où nous regardâmes Dolley mâchonner des touffes d'herbe congelées arrachées à la pelouse.

— Je ne m'attendais pas à apprendre des choses sur mes sœurs dans le journal… commença Francis dès qu'il eut refermé la porte.

— Dans quel journal ? m'enquis-je.

— Ah, parce qu'il y en a eu plusieurs ? s'écria-t-il. Lorsqu'il parlait, son souffle formait un petit nuage de vapeur blanche.

— Nous étions dans la presse de tout l'État de New York et à Philadelphie.

— Ce n'est pas possible ! soupira-t-il. Et moi qui ne savais rien…

Nous restâmes toute une minute sans parler. Francis alluma sa pipe et l'odeur douce de son tabac vint me chatouiller les narines.

Je ne comptais ni me justifier ni fournir la moindre explication. J'attendis de l'entendre réciter son texte.

— Je ne savais pas que tu faisais surveiller la ferme par la police du comté. La plupart des choses que j'ai lues dans le journal, tu ne m'en as jamais parlé.

— Je sais. J'aurais dû. Mais qu'aurais-tu fait alors ? Tu nous aurais ramenées ici ? Et si Kaufman et son équipe nous avaient suivies, hein ?

Il s'accouda à la rambarde.

— Je ne sais pas. En tout cas, j'aurais fait quelque chose. Vous êtes sous ma responsabilité.

— Nous sommes assez grandes pour prendre soin de nous-mêmes.

— Oh oui, je vois ça ! Vous êtes très fortes, bravo ! Non mais, tu imagines si les types qui ont tiré sur Fleurette l'avaient touchée ?

— Il ne s'est rien passé de tel.

La porte s'ouvrit derrière nous. C'était la petite Lorraine, envoyée par Bessie pour savoir si nous voulions du café. Nous lui répondîmes que oui.

— Je savais bien que c'était une mauvaise idée de vous laisser là-bas toutes seules, reprit Francis lorsqu'elle fut repartie. Il est temps de vendre la ferme maintenant.

Je le dévisageai, interdite.

— Qu'est-ce que tu veux dire ? C'est pour nous que maman l'avait achetée !

— Peut-être, mais vous ne tiendrez plus très longtemps, affirma-t-il. Je suis allé à la banque et j'ai consulté votre compte, figure-toi.

— Tu as fait quoi ? m'écriai-je, outrée.

— Chhhut ! fit-il. Écoute-moi, Constance ! Tu ne vas pas pouvoir continuer à vendre des parcelles de terrain comme ça pour payer les factures. Alors comment comptes-tu t'en sortir ? Maman ne possédait pas de quoi faire vivre trois filles jusqu'à la fin de leurs jours. D'ici un an, vous aurez besoin d'un revenu complémentaire et, à moins que l'une de vous n'ait en perspective un futur mari dont, là encore, je ne saurais rien…

— Un mari ? Maintenant, tu essaies de nous refiler à un mari ?

Il se mit à rire.

— Je n'avais encore jamais entendu présenter l'institution du mariage de cette façon.

Je reculai contre le mur. La nuit commençait à tomber autour de moi.

— Ça ne peut pas attendre un peu ? La police va bientôt arrêter cet homme. Ensuite, nous pourrons oublier toute cette histoire et il sera toujours temps de trouver ensemble une solution.

Francis me considéra, la tête penchée, songeur.

— Très bien. Alors, après Noël. Et pas plus tard qu'au printemps. Le printemps, c'est la bonne période pour vendre une ferme. Pour vous, ce sera la meilleure chose à faire, tu verras.

Nous nous installâmes dans un silence pénible. En entendant une automobile dans la rue, je songeai que c'était peut-être le shérif qui passait devant la maison. Je fus tentée de me pencher pour vérifier, mais je n'osai pas.

40

ARRESTATION DANS L'AFFAIRE DES LETTRES DE MENACES

Harry Kaufman, propriétaire d'usine à Paterson, mis en accusation par le Grand Jury fédéral pour avoir menacé Misses Constance et Florette Kopp, de Wyckoff.

3 décembre. Harry Kaufman, qui dirige une teinturerie de soie à Paterson, est en état d'arrestation à la suite d'une inculpation prononcée à Newark pour utilisation impropre du service des postes. Il a été remis en liberté provisoire grâce à la caution versée par sa sœur, Mrs. Marion Garfinkel, de Pittsburgh.

C'est l'inspecteur Francis A. Butler, qui enquête sur l'affaire depuis la révélation de la sensationnelle histoire de Miss Constance Kopp, de Wyckoff, qui a procédé à l'arrestation. Cette mise en accusation vient conclure son enquête.

*La semaine dernière, l'*Evening Record *avait rapporté les péripéties vécues par les demoiselles Kopp à la suite de leur rencontre avec Kaufman à Paterson, il y a près de six mois, à l'occasion d'un accident entre l'automobile de celui-ci et leur* *carriole. Kaufman ayant alors refusé de payer pour les dommages occasionnés, l'affaire avait dû se régler en justice.*

Selon Constance Kopp, des lettres anonymes ont ensuite commencé à affluer, les menaçant de toutes sortes de calamités si elles continuaient à se plaindre de Kaufman aux autorités. Des hommes armés se sont mis à rôder autour de leur maison la nuit et des coups de feu ont été tirés pour terroriser les jeunes filles, en visant même parfois des membres de la famille.

Les inspecteurs de police du comté Blauvelt et Courter, le procureur Wright, le substitut du procureur Zabriskie, le juge Seufert et le Comité de canton de Franklin ont tous coopéré dans cette affaire peu commune et le procès promet d'être passionnant.

Depuis quelque temps, le shérif Heath a posté un garde armé au domicile des Kopp.

— Qui sont tous ces gens ? questionnai-je en reposant le journal.

Aux côtés de Morris et English, ses deux adjoints, le shérif Heath souriait largement. Norma et Fleurette, qui venaient de lire l'article avec moi, étaient assises à mes côtés sur le canapé. Je dus arrêter Norma, qui saisissait déjà les ciseaux pour découper le titre.

— L'inspecteur Blauvelt, le procureur Zabriskie, l'inspecteur Butler… Je n'ai jamais vu ces gens-là de ma vie ! m'indignai-je. Et depuis quand le Comité de canton de Franklin est-il mêlé à cette affaire ? Je pensais que ces gens-là ne faisaient qu'arrêter les voleurs de chevaux ?

Le shérif Heath s'installa sur une chaise en souriant de plus belle.

— Je crois que vous venez d'apprendre une leçon importante sur la justice dans le comté de Bergen. Sachez que ce sont mes hommes qui se chargent du plus difficile, qui courent après les voleurs et tirent sur les intrus au milieu de la nuit. Mais dès l'instant où un reporter se présente avec un crayon et un calepin, les inspecteurs et les procureurs bondissent de leur bureau juste à temps pour procéder à l'arrestation, mettre en examen et s'assurer que les journalistes ne se trompent pas dans l'orthographe de leur nom. C'est leur travail, du moins, c'est la façon dont ils le conçoivent. Nous, nous n'y prêtons pas trop attention et nous continuons à faire ce que nous avons à faire.

— Ce n'est pas comme ça que vous vous ferez réélire ! grommela Norma. Je comprends maintenant que vous soyez si impopulaire dans les journaux. Les seules fois où l'on parle de vous, c'est pour dire que vous n'êtes pas satisfait des conditions de détention de vos prisonniers !

Le shérif Heath était de belle humeur, et ce n'étaient pas les sombres prédictions de Norma qui allaient le démoraliser.

— Je parle au nom des gens que l'on m'a chargé de protéger, répondit-il. C'est ma mission. Les électeurs du comté de Bergen fondent leur décision sur mes actes, et non pas sur la prose d'un journaliste qui n'est même pas capable d'écrire correctement les noms du délinquant et de la victime.

— Moi, si je pouvais, je voterais pour vous ! assura Fleurette.

Il acquiesça en se relevant, prêt à prendre congé.

— Un jour prochain, sans doute…

Il nous rappela alors que Mr. Kaufman resterait en liberté jusqu'au procès.

— Il sait que, si quiconque s'approche de votre maison, vous envoie une lettre ou vous menace d'une manière quelconque, nous l'arrêterons et, cette fois, il restera sous les verrous. Son avocat est en train de le convaincre de se tenir à carreau, et sa sœur y travaille aussi. Du coup, je ne crois pas que vous ayez encore besoin de nous pour surveiller la ferme la nuit. Nous passerons néanmoins le plus souvent possible.

Nous raccompagnâmes les hommes dans l'entrée et un vent glacial s'engouffra dans le vestibule quand je voulus ouvrir la porte, aussi m'empressai-je de la refermer.

— Merci beaucoup, shérif, répondis-je. Je suis convaincue que tout ira bien. Mais qu'en est-il de Lucy Blake ? N'avez-vous rien de neuf à son sujet ? Personne n'est venu signaler sa disparition ?

— Nous avons mené notre enquête, mais je la soupçonne de s'être tout bonnement enfuie. Dans ce cas, nous ne pouvons pas faire grand-chose.

Fleurette agrippa alors ma manche et se mit à sauter sur la pointe des pieds.

— Mais son enfant, alors ? interrogea-t-elle. Nous sommes sûres que Mr. Kaufman l'a enlevé.

— Nous ne sommes sûres de rien du tout, intervint Norma, agacée.

Le shérif Heath remonta son col.

— Kaufman affirme ne rien savoir au sujet du petit. Je suis désolé, mesdemoiselles, mais nous n'avons rien qui nous permette d'avancer sur cette affaire.

— Je suppose que le procès n'aura pas lieu avant Noël ? s'enquit Norma.

— Avant Noël ? Oh, non ! Il commencera seulement dans plusieurs mois. Les tribunaux ont toujours beaucoup de retard et l'avocat de Kaufman fera tout pour le différer encore. Comme il n'a aucune chance de gagner, tout ce qu'il peut faire, c'est le repousser encore et encore, ce qui lui permettra en plus d'envoyer chaque mois sa note d'honoraires à son client.

— Vous voulez dire que Kaufman sera en liberté pendant plusieurs mois avant d'aller en prison ? lançai-je, outrée.

Je ne m'imaginais pas vivre dans l'incertitude aussi longtemps.

Le shérif Heath jeta un coup d'œil à ses adjoints.

— J'espère que vous me pardonnerez si je vous ai donné une fausse impression, déclara-t-il d'un ton prudent. Voyez-vous, il est très peu probable qu'il soit condamné à une peine de prison, en fait. Il écopera d'une grosse amende, mais je suis sûr que sa sœur la paiera et, dans ce cas, il n'ira pas en prison, sauf s'il recommence à vous importuner. C'est comme ça que les choses se passent dans ce genre d'affaires…

À ces mots, Norma mit les mains sur ses hanches, me décochant un petit coup de coude au passage.

— Mais c'est un scandale ! Alors dans ce comté, on a le droit de tirer des coups de feu sur les fenêtres des gens et de venir préparer des incendies dans leurs maisons sans craindre d'être puni ?

— Miss Kopp, commença le shérif, je…

— Êtes-vous en train de nous dire que vous ne mettrez jamais cet homme sous les verrous ? insista-t-elle sans l'écouter. Qu'il va continuer à se promener partout en faisant tout ce qui lui passe par la tête ? Toute sa vie ? Mais nous, alors, que sommes-nous censées faire ?

Je regardai Fleurette en me demandant comment je pourrais la laisser aller seule en ville en sachant Mr. Kaufman en liberté. Comment devrais-je m'y prendre pour faire en sorte qu'elle ne coure jamais aucun risque ? Je me tournai vers le shérif.

— Vous pensez peut-être qu'il n'y a plus aucun danger pour nous, lui dis-je, mais voyez-vous, je ne suis pas de votre avis. Alors j'ai l'intention de conserver mon revolver, et ne soyez pas surpris si j'ai des raisons de m'en servir…

Le shérif me couvrit d'un regard pensif.

— Très bien, acquiesça-t-il. Gardez vos armes.

Était-il réellement en train de se décharger de cette affaire sur moi ?

— Franchement, soupirai-je, je préférerais savoir Henry Kaufman en prison pour recommencer à dormir sur mes deux oreilles…

— Miss Kopp, vous me demandez une chose que je n'ai pas les moyens de vous offrir. Croyez-moi, si je le pouvais, je le garderais sous mon toit pour le restant de ses jours, mais la vérité, c'est que je ne peux rien prouver, en dehors de menaces et de tentatives d'intimidation, d'une utilisation abusive du service des postes et de quelques coups de feu qui n'ont rien fait d'autre que casser une vitre et effrayer tout le monde.

— Et cela ne suffit pas pour l'envoyer en prison ?

— Il paiera pour ce qu'il a fait. On parlera de lui et il ne sera pas présenté à son avantage dans les journaux. Entre les amendes infligées et les frais d'avocat, sa famille va devoir mettre la main à la poche. Enfin, au moindre regard qu'il posera sur l'une de vous trois, il ira droit en prison. C'est le mieux que je puisse faire…

Il n'y avait rien à ajouter. Nous marmonnâmes des remerciements et les trois hommes ouvrirent la porte pour regagner leur automobile en luttant contre la bise.

41

Les semaines suivantes apportèrent avec elles la pire tempête de glace de l'histoire du New Jersey. Une automobile glissa sur un pont gelé et tomba dans la rivière Hackensack, causant la mort d'un couple de jeunes mariés. Un chariot transportant des enfants partis écouter un concert dans une église se retrouva bloqué en pleine campagne sous un amas de neige et deux jeunes garçons durent parcourir sept kilomètres à pied pour aller chercher du secours. Leurs pieds gelèrent en chemin : le premier perdit deux orteils, le second trois. Les écoles de Paterson furent fermées, de même que le palais de justice, car rares étaient ceux qui pouvaient se rendre à leur travail. Seules les usines continuèrent à fonctionner, alimentées par de gigantesques chaudières et la sueur des ouvriers, qui ne pouvaient se permettre de perdre un jour de paie avant Noël. Avec la vapeur et la fumée qui s'échappaient à toute heure des cheminées, le ciel restait gris en permanence au-dessus d'elles. C'était la forte saison, le moment de l'année où New York réclamait le plus de rubans, de glands et de tissus colorés pour la confection des robes de fête. Même lorsque toutes les rues de Paterson furent devenues impraticables, celle qui reliait les usines à la gare resta ouverte. On ne manqua pas une seule expédition.

L'hiver, les teinturiers et leurs assistants souffraient plus que tous les autres ouvriers de la soie. Les tisserands, au moins, pouvaient rester secs. Dans les teintureries non chauffées, la vapeur et les liquides qui s'écoulaient des cuves gelaient, formant une pellicule de glace qui rendait les sols glissants. Et les vêtements trempés de teinture des employés durcissaient en chemin lorsqu'ils rentraient du travail.

Lucy, elle, ne souffrait sans doute plus de cet inconfort. Toutefois, que deviendraient-ils, son enfant et elle, si nous ne la retrouvions pas ? Parfois, la nuit, je contemplais de ma fenêtre la couche de glace dans le pré et sur le toit de la grange, et je ne songeais pas seulement à Henry Kaufman et aux multiples tourments qu'il nous avait causés, à Lucy et à nous-mêmes, et sans doute à d'autres encore, mais à toute la folie et la malfaisance qui sévissaient dans le monde, au-delà de notre route défoncée. Je comprenais alors d'où venait ce regard sombre que le shérif Heath posait si souvent sur les choses. S'élever contre ces fléaux – en tentant par exemple de sauver une jeune fille à laquelle on avait fait du tort ou de mettre derrière les barreaux un voleur ou un assassin – revenait à vouloir arrêter une locomotive avec une bride en cuir verni. Et je me demandais ce qui l'incitait à penser qu'il devait même essayer. La plupart des individus laissaient ce soin à d'autres pour se consacrer à des métiers plus confortables. Le shérif Heath, lui, avait souhaité accomplir ce travail, il avait mené campagne pour être élu à ce poste. Je comprenais pourquoi Mrs. Heath paraissait si malheureuse. Elle ne devait pas avoir une vie facile.

Tandis que l'année touchait à sa fin, l'accès à la ferme devint trop difficile et nous ne vîmes presque plus le shérif Heath ni ses adjoints. Nous nous rassurions en songeant que, si le shérif ne pouvait venir jusqu'à chez nous, il en était de même pour n'importe quelle automobile. Même le chariot de la laiterie ne passait plus que deux fois par semaine et le garçon qui le conduisait se sentait très seul. Lorsqu'il nous livrait, il s'arrêtait pour bavarder un peu et acceptait toujours notre invitation à venir se réchauffer à l'intérieur.

Norma et moi organisions nos propres patrouilles : toutes les deux ou trois heures, nous faisions le tour de la maison et de nos terres, le revolver braqué devant nous bien en évidence, même sous la grêle et la neige. Un exercice sans doute inutile, mais nous avions toutes les deux besoin d'action. Sans les policiers sur le domaine, la vie était devenue très morne. Certes, notre problème semblait résolu, mais nous n'avions pas la satisfaction de savoir Henry Kaufman incriminé pour des actes de délinquance graves. Je me prenais à souhaiter qu'il revienne nous rendre visite, afin de pouvoir tirer sur lui avec mon revolver.

Et malgré tout, nous nous sentions plus libres que nous ne l'avions été depuis des mois. Je lisais au lit et faisais la grasse matinée, nous jouions aux cartes et nous nous lancions dans de menus projets pour la maison : Fleurette confectionna de nouveaux rideaux pour la cuisine et, moi, j'entrepris de décoller le papier peint de la chambre de maman.

Et puis, un beau jour, une nouvelle lettre arriva. Cette fois, l'adresse était dactylographiée, aussi la pris-je pour une facture. Je ne l'ouvris que le soir, assise à mon bureau.

Je poussai une exclamation en découvrant les premiers mots. Aussitôt, Norma et Fleurette se précipitèrent près de moi et lurent par-dessus mon épaule.

George Ewing
78, Albion St.
Paterson, NJ

21 décembre 1914

Chère Miss Kopp,

J'ai eu vent d'une conspiration secrète pour enlever Florette. On dirait que vous avez réussi à vous faire prendre en grippe par un terrible gang de hors-la-loi italiens.

Pour le moment, tout va bien. Dites à la jeune fille de ne pas répondre aux faux câbles et aux coups de téléphone des hôpitaux et autres. Cette histoire peut être réglée et il n'y a que vous, moi et le gang à être au courant. Ne perdez pas la tête. N'allez rien publier dans les journaux, sinon, cela va gâcher tous nos plans.

Écrivez-moi à cette adresse si ça vous va. Mais n'y envoyez pas la police, elle ne m'y trouvera pas.

Dès que je recevrai des nouvelles de vous, je vous fixerai rendez-vous.

Et n'oubliez pas ! Nous réglerons ça entre nous !

Bien à vous,

George Ewing

— Qui est ce George Ewing ? s'étonna Norma.

Je secouai la tête.

— Je n'en ai jamais entendu parler. Et c'est la première lettre tapée à la machine que nous recevons. Je crois que nous avons affaire à un nouveau malfrat.

Fleurette me prit la lettre des mains.

— Décidément, pas un seul de ces bandits ne sait écrire mon nom ! s'exclama-t-elle.

— Moins ils en savent sur toi, mieux c'est, estimai-je. Et puis, ce n'est pas une invitation à aller danser, alors cesse de te plaindre !

— Qu'est-ce que c'est ?

— Je n'en sais rien. J'en parlerai demain au shérif Heath.

— Et nous aurons de nouveau des policiers dans la grange ?

Cette nuit-là, je rêvai de Fleurette chaque fois que je fermais les yeux. Elle était redevenue petite fille et était assise par terre dans le salon avec une boîte de boutons. La pièce était sombre, seule une lampe jetait un rond de lumière sur elle. On frappait à la porte et je savais, de cette façon dont on sait les choses dans les rêves, que Fleurette allait être emmenée dans un hôpital. Elle se levait alors en renversant tous les boutons sur le sol et j'essayais de la retenir, mais j'avais l'impression d'avoir la bouche pleine de coton et je m'étouffais en voulant l'appeler. Je tentais de la saisir, mais mes bras étaient si lourds que je ne parvenais pas à les lever. Fleurette ouvrait la bouche et disparaissait dans une explosion de lumière, comme si elle se dirigeait vers une maison en flammes.

Au milieu de la nuit, une quinte de toux qui manqua de m'étouffer me réveilla et je me retrouvai dans l'obscurité de ma chambre, en sueur. Je m'épongeai avec le drap et entrepris d'extraire mes jambes des couvertures emmêlées. La chaleur pulsait sur ma peau dans le froid glacé. Je voulus aller vérifier si Fleurette et Norma se trouvaient bien dans leurs lits, mais je fus incapable de bouger et les cauchemars revinrent m'envahir.

Je ne me rappelle pas grand-chose des jours qui suivirent. La fièvre me terrassait, au point qu'il me semblait avoir sur moi un énorme animal endormi, sauvage, menaçant et immobile. Dans mon délire, je savais que, tant que je ne le réveillerais pas, il ne me ferait aucun mal. Une ou deux fois, Norma vint dans ma chambre et voulut soulever les couvertures pour faire baisser la température de mon corps. Elle me raconta plus tard que je m'agrippais à elle et la suppliais de ne pas la déranger… le « la » étant la monstrueuse créature que j'imaginais. Comme elle ne se sentait pas très bien elle-même, Norma n'avait pas eu la force de protester.

Fleurette fut la dernière à succomber. Elle s'était occupée de nous deux, nous préparant les bouillons les plus légers possible, avec, en tout et pour tout, de l'eau chaude, du sel et un os de poulet. Je me souviens d'elle essayant d'introduire une cuillère entre mes lèvres ; cela m'avait fait tousser et cracher et je l'avais repoussée.

Elle s'alita avant qu'aucune de nous deux ne se fût relevée.

Il y eut une journée ou deux dont je n'ai gardé aucun souvenir. La maison était sombre et silencieuse. Nous luttions toutes les trois contre les créatures que la fièvre faisait naître dans nos imaginations respectives.

La mienne fut la première à céder. Je m'éveillai un matin avec un appétit féroce et l'envie saugrenue d'un petit déjeuner impossible : des œufs bien frais comme nous n'en avions pas vu depuis que les poules avaient cessé de pondre, en novembre, les petits pains au lait légers que faisait maman, la confiture de cerises que nous n'avions pas eu le courage de mettre en conserve l'été dernier et un melon tiède bien sucré du jardin. Ma gorge me faisait si mal que je pouvais à peine déglutir et, quand je toussais, je crachais du sang sur mon oreiller. Malgré la douleur toutefois, j'aurais dévoré un repas comme celui-là sans hésitation si on me l'avait servi.

À défaut, je m'enveloppai dans une couverture et descendis à la cuisine en m'appuyant au mur d'une main tremblante. La maison n'ayant pas été chauffée du tout depuis que Fleurette était clouée au lit, la rampe était trop froide pour que j'y pose les doigts. À la cuisine, il ne restait que des brindilles et des écorces dans le panier à bois, mais j'allumai tout de même du feu dans le poêle.

Je ne trouvai à manger qu'un toast et le dernier bocal de compote, que j'accompagnai d'un thé. J'ignorais qu'un toast pût être aussi délicieux. Je songeai que son odeur allait certainement réveiller Norma et Fleurette et les attirer en bas, mais ni l'une ni l'autre n'avait encore d'appétit. Je leur préparai du thé. Norma réussit à s'asseoir dans son lit pour en boire un peu ; en revanche, la fièvre de Fleurette continuait à la dévorer sauvagement. Jamais je n'avais touché visage aussi chaud que le sien ce jour-là. Je voulus lui ôter ses couvertures, mais elle se débattit comme je l'avais fait pour les garder sur elle.

En redescendant, je fus prise d'une série de vertiges et dus m'asseoir sur les marches pour recouvrer l'équilibre. Il eût été préférable que je reste encore au lit, je le savais, mais il fallait aller voir les animaux dans la grange et vérifier s'il y avait de quoi manger dans le cellier. Je passai mon manteau sur ma chemise de nuit et glissai mes pieds nus dans les bottes en caoutchouc que je laissais toujours dans la buanderie.

La porte de la cuisine se révéla impossible à ouvrir. Une tempête de neige avait soufflé sur la maison et, en gelant, un gros bloc avait formé une barrière de glace derrière le battant. J'essayai la porte d'entrée sans plus de succès. Seule celle de derrière était exempte de neige mais, avec le gel, j'eus toutes les peines du monde à l'ouvrir. Je dus la pousser de toutes mes forces et y donner des coups de pied. Elle finit par céder dans un grand craquement et je me figeai dans l'air glacial, haletante, tandis que les étoiles du ciel d'hiver dansaient devant moi.

Rassemblant alors mon courage, je contournai la maison pour gagner la grange. Comme je le redoutais, Dolley et les poules étaient restées sans eau, de même que les pigeons de Norma. Je pesai de tout mon poids sur la pompe de la citerne qui, par miracle, se mit en mouvement. Dolley pencha son énorme tête sur l'abreuvoir tandis que je le remplissais, posant sur moi l'un de ses yeux couleur charbon au milieu du caquètement des poules qui déployaient leurs ailes et faisaient le plus de bruit possible pour obtenir à boire elles aussi. Quant aux pigeons, ils roucoulèrent sans me manifester la moindre gratitude quand je leur donnai de l'eau et des graines.

Déjà, toute la chaleur résiduelle de ma fièvre s'était dissipée et je me sentais horriblement inconsistante, comme si j'allais me mettre à flotter dans les airs ou fondre dans la neige. Je parvins malgré tout jusqu'au cellier et en saisis la poignée, mais manquai de force pour la tirer. J'ignore comment je regagnai la maison. J'ai juste en tête l'image de deux bouteilles de crème que le livreur de la laiterie avait dû laisser sous le porche, enterrées sous la neige et dont n'apparaissait que le bouchon de papier rouge.

Je dormis tout l'après-midi sur le canapé avec mon manteau et mes bottes. Ce fut seulement en me levant pour aller me mettre au lit que je pris conscience que nous avions totalement manqué Noël.

42

Le lendemain de Noël, un ouvrier d'un moulin à papier agressa le veilleur de nuit et lui vola sa paie. Le shérif Heath arrêta cinq hommes et dut prendre en charge le bébé de l'un d'eux, âgé de huit mois. Je lus cette histoire à Fleurette lorsqu'elle put enfin se redresser dans son lit et parler avec moi.

— Je me demande ce qu'a pensé Mrs. Heath quand on lui a apporté ce petit à la prison, commenta-t-elle.

— Cela m'étonnerait qu'elle ait apprécié ! Elle doit déjà s'occuper de ses propres enfants…

— Tu sais, il y a des gens qui adorent les bébés.

— C'est vrai. N'empêche que je me demande bien où était la mère de celui-ci !

Le visage de Lucy m'apparut alors et je tressaillis. La fièvre m'avait conféré l'impression très nette que j'étais habitée par des fantômes. Il y avait celui de Lucy, celui d'Henry Kaufman, mais aussi celui du nouveau personnage qui venait d'entrer en scène, George Ewing. Je n'avais pas encore bien recouvré mes esprits.

Et voilà que venait s'y ajouter celui du malheureux veilleur de nuit battu à mort pour une semaine de salaire… Les histoires des journaux ressemblaient à ces vieux contes de fées autrichiens que ma mère nous chuchotait la nuit, peuplés d'ogres et de trolls que les pauvres mortels étaient trop faibles pour combattre.

Norma avait été la plus malade d'entre nous. Elle resta longtemps en proie à de violentes quintes de toux qui n'en finissaient pas. Fleurette laissait en permanence sur le réchaud un récipient d'eau qu'elle lui montait toutes les deux ou trois heures dans sa chambre pour lui faire respirer de la vapeur. On ne pouvait laisser Norma seule, aussi n'osai-je pas me rendre chez le shérif Heath tant que Fleurette n'était pas en assez bonne forme pour veiller sur elle.

La veille du Jour de l'an, je jugeai enfin possible d'y aller. La route avait été dégagée et Dolley n'eut aucune peine à gagner la ville. Je pense qu'elle était aussi impatiente que moi de sortir respirer de l'air frais. Le long du chemin, les champs disparaissaient sous une couverture blanche, ponctués çà et là de troncs d'arbres qui jaillissaient de la neige comme s'ils cherchaient à reprendre leur souffle. Des vaches noires apparaissaient par moments, aussi gelées et immobiles que des blocs de roche.

En arrivant à la prison, j'allai directement sonner chez le shérif. Je n'obtins aucune réponse et actionnai de nouveau la cloche, avant de frapper deux petits coups au battant. Je demeurai longtemps sans entendre aucun son à l'intérieur, puis la porte s'ouvrit soudain et je découvris le shérif Heath en pantalons, pieds nus et la chemise déboutonnée, enveloppé dans une couverture. Une barbe de plusieurs jours lui couvrait le menton et ses cheveux se dressaient droit sur sa tête. J'identifiai sans peine le regard vitreux dont il me couvrit.

— Vous êtes malade…

Une quinte de toux l'empêcha de me répondre et il s'effaça pour me laisser entrer. Des poupées et des jouets étaient répandus partout sur le sol et les restes d'un repas gisaient dans une assiette. Ce n'étaient pas des choses qu'un visiteur était censé voir, aussi, ne sachant où poser les yeux, résolus-je de fixer mes pieds.

— Nous aussi, nous avons été malades, l'informai-je.

— Toute la ville l'a été... fit-il en repartant d'une nouvelle quinte de toux.

— Nous avons encore reçu une lettre...

Je lui tendis l'enveloppe, qu'il prit en haussant les sourcils, avant de reculer pour chercher à tâtons un fauteuil et s'y laisser tomber. Je m'assis en face de lui et le regardai lire à deux reprises le message dactylographié sans cesser de se tamponner le nez avec un mouchoir.

Enfin, il glissa la lettre dans son enveloppe et me la rendit. Une quinte de toux l'empêcha un moment de prendre la parole et je le suivis des yeux lorsqu'il se leva pour gagner la cuisine. L'eau coula, puis il revint avec un verre d'eau, qu'il s'efforça de boire à grand-peine.

— Il n'y a personne pour vous aider ? m'enquis-je. Et les enfants, ils sont malades eux aussi ? Et Mrs. Heath ?

— Tout le monde est malade.

— Vous ne voulez pas que je m'occupe d'eux ?

Il balaya ma suggestion d'un geste et désigna la lettre.

— Organisez une rencontre.

— Mais... vous êtes sûr ? Après ce qui s'est passé la dernière fois ?

— C'est quelqu'un d'autre, répliqua-t-il d'une voix rauque. Celui-là, nous pourrons le coincer.

J'écrivis donc à George Ewing et reçus la réponse une semaine plus tard. Il me demandait de le retrouver à la gare de Somerville, ce qui ne plut guère au shérif Heath.

— Une gare, marmonna-t-il lorsqu'il s'arrêta chez nous pour voir la lettre. Trop de possibilités de fuite… À mon avis, ce gars-là n'en est pas à son coup d'essai.

— Dois-je lui proposer un autre endroit ?

— Non, ça ira. Je posterai des hommes sur les deux quais. Soyez simplement bien préparée, comme la dernière fois. Retirez tous vos bijoux et choisissez des vêtements confortables, dans lesquels vous pourrez courir au besoin. Ah… et il faudra que je puisse vous repérer dans une foule. Mettez donc ce chapeau que vous avez, vous savez, celui avec la voilette. Comme vous êtes assez grande, il se distinguera parmi les chapeaux des messieurs.

Je changeai de position dans mon fauteuil, mal à l'aise.

— Pardonnez-moi, dit-il aussitôt en se remettant à tousser. Mrs. Heath me répète toujours qu'un homme ne doit pas commenter l'apparence physique d'une femme. Mais c'est une déformation professionnelle, que voulez-vous ? J'ai l'habitude de remarquer les détails.

— Comme la haute taille des dames, ou leurs couvre-chefs ?

Que ce fût l'un ou l'autre, l'idée me déplaisait profondément.

— Vous portiez ce chapeau sur Broadway l'autre soir, vous vous souvenez ? répondit-il. Je vous avais promis de ne pas vous lâcher des yeux. Et qu'y avait-il d'autre à faire, sinon détailler votre chapeau ?

Je souris.

— Cela a dû être sacrément ennuyeux pour vous !

Il enfila son pardessus et ouvrit la porte d'entrée, laissant pénétrer un souffle de froid polaire, avant de rabattre son chapeau sur les yeux.

— Rien de ce qui concerne les sœurs Kopp n'a jamais été ennuyeux pour moi, sachez-le, répondit-il.

43

Le matin de mon rendez-vous avec George Ewing, je ne tenais pas en place et consultais sans cesse l'horloge. J'avais mis la même tenue que la fois précédente, à l'exception des bottes de travail. Car si personne ne pouvait les distinguer de nuit sur Broadway, elles auraient dénoté dans une gare. J'enfilai donc une vieille paire de bottines en cuir qui se boutonnaient sur le dessus.

Le sac à main était le même lui aussi. Il contenait à présent cinquante dollars fournis par le shérif Heath, et l'on avait relevé les numéros des billets. Il n'y aurait pas de revolver cette fois, m'avait-il indiqué, car une gare n'était pas un lieu où déclencher une fusillade.

Fleurette brûlait tant de m'accompagner que je fis promettre à Norma de la maintenir sous surveillance constante après mon départ.

— Assieds-toi sur elle s'il le faut ! insistai-je. Je n'ai pas envie de la voir surgir soudain près de moi à la gare.

— Avec ce temps ? objecta Norma de sa voix encore rauque. Tu crois vraiment qu'elle irait à pied jusqu'à la gare ?

— Surveille-la, c'est tout !

Le fourgon de police arriva enfin. Le shérif amenait avec lui l'adjoint Morris, qui nous manquait beaucoup depuis qu'il ne venait plus garder la ferme, ainsi que l'adjoint English, qui m'avait suivie comme mon ombre sur Broadway, et un autre, nommé Richards. Ils me déposeraient à la gare, puis continueraient jusqu'à Somerville, que je gagnerais pour ma part en train. Il était toutefois prévu que je patiente un certain temps avant prendre celui-ci, afin qu'ils atteignent la gare de Somerville bien avant moi et y prennent position. Si tout se déroulait comme prévu, ils arrêteraient George Ewing et le ramèneraient à bord du fourgon, tandis que je reprendrais moi-même le train jusqu'à Ridgewood. En effet, le shérif refusait de me voir voyager dans la même voiture que l'homme qui m'avait menacée, même après son arrestation. Je l'assurai que je ne voyais aucun inconvénient à revenir seule à la ferme.

La gare était étonnamment bondée cet après-midi-là. C'était la première journée ensoleillée depuis bien longtemps et les gens étaient ravis de sortir après tant de jours de confinement forcé. Les enfants couraient sur le quai comme par une journée d'été, sous l'œil indulgent de leurs mères, soulagées de les voir se défouler ainsi au grand air. Des hommes en long manteau se tenaient par petits groupes, battant des pieds pour se réchauffer et exhalant un mélange de buée et de fumée de cigarette.

Le shérif Heath tourna dans une petite rue et alla s'arrêter devant un kiosque à journaux, à deux cents mètres de la gare.

— Il ne faut pas qu'on vous voie avec nous, m'expliqua-t-il. Achetez-vous un journal et faites des petits tours dans le quartier. Je vous attendrai à Somerville.

Je descendis du fourgon et fis ce qu'il me demandait. Avec un journal sous le bras, j'arpentai les rues en m'arrêtant devant les vitrines aux alentours de la gare. Un coiffeur avait exposé des perruques réalisées avec les cheveux de ses clientes et, sur la devanture de la boutique voisine, les serrures de cuivre et de fer d'un serrurier brillaient de mille feux. À la pharmacie, on avait fabriqué un bonhomme de neige à base de bandages blancs. Je jetai un coup d'œil à l'intérieur et m'immobilisai soudain : Lucy Blake, qui s'apprêtait à sortir, se tenait devant moi. Elle portait un tablier de ménage et un fichu rouge confectionné dans une texture grossière, comme en tricotent les vieilles tantes pour Noël. Elle s'élança pour s'enfuir en me reconnaissant, mais je la retins par le coude.

— Lucy ? Mais que s'est-il passé ?

— On ne peut pas parler ici, murmura-t-elle, l'air apeuré. Il ne faut pas qu'on me voie avec vous…

— Mais vous allez bien ! m'exclamai-je, soulagée. Nous vous avons cherchée partout, vous savez ! Après l'incendie, personne n'a pu nous dire où vous étiez passée…

— Je vais bien, oui.

— Mais cet incendie… C'était vous qu'il visait ?

Elle se mordit la lèvre et cligna des yeux. Des mèches de cheveux balayaient son visage et elle les repoussa sous son fichu.

— Je crois, dit-elle. Il n'arrêtait pas de me demander pourquoi je vous avais parlé. Et puis un soir, il est entré chez moi… Il était très tard. Il a trébuché et il s'est étalé sur le lit où était couchée ma mère. Du coup, je lui ai cassé une assiette sur la tête et il s'est sauvé. C'est cette nuit-là que l'immeuble a brûlé. Ça ne peut être que lui.

— Et tout le monde s'en est sorti ?

— Oui, je crois. Mais tout va bien maintenant, vraiment. Je m'occupe de deux dames.

— Quelles dames ?

— De vieilles sœurs qui ne peuvent plus sortir de chez elles. Elles partagent la maison et moi, je loge en bas et je leur fais tout. Nous habitons juste au-dessus de Dover Street.

En disant ces mots, elle désignait, sur la colline derrière elle, une rue où se succédaient de majestueuses bâtisses avec toits de bardeau en écailles de poisson et belvédères qui, par temps clair, offraient sans doute un beau panorama s'étendant jusqu'à New York. Ces anciens hôtels particuliers avaient manifestement été divisés en appartements pour être occupés par des locataires.

— Et votre mère ?

— Elle a trouvé une place tout près d'ici, chez des particuliers elle aussi. Elle leur fait surtout la lessive et la couture.

À cet instant, j'entendis gronder un train au loin.

— Il faut que j'y aille, dis-je à la hâte. Mais j'aimerais revenir vous voir. J'ai trouvé des photographies de l'immeuble de Regina Doyle et j'aurais voulu vous les montrer. Pourrai-je vous les apporter ?

Elle m'agrippa le bras.

— Des photographies de Bobby ?

— Non, je ne crois pas. Mais peut-être reconnaîtrez-vous des personnes impliquées dans votre histoire.

— Quand pouvez-vous venir ? demanda-t-elle, soudain désireuse de me revoir vite.

— Très bientôt. Mais laissez-moi amener le shérif avec moi. Il a arrêté Mr. Kaufman et je pense qu'il aurait les moyens de vous aider.

Elle secoua la tête.

— Je ne sais pas… souffla-t-elle.

Le train avait presque atteint la gare.

— Réfléchissez-y. Dites-moi, à quel numéro habitez-vous ?

Je notai mentalement l'adresse, tandis que le train freinait dans un crissement.

— Je viendrai dès que possible, promis-je en m'éloignant.

Le train pour Somerville était bondé, mais le voyage fut bref. Je parvins à m'introduire sur une banquette entre deux voyageurs et tirai mon journal, ravie d'avoir une distraction. Je fis mine de lire la première page mais, en fait, toutes mes pensées allaient à Lucy. Dire que, pendant tout ce temps, elle avait vécu si près de nous ! Peut-être n'était-il pas trop tard pour lui venir en aide…

Je finis par ranger le journal et m'aperçus avec effroi que le prochain arrêt était Somerville. Pas un instant, je n'avais songé à George Ewing. Une veine se mit à tressauter sous le col de ma robe et je dus y poser les doigts pour apaiser les battements. Je savais que le shérif Heath et ses hommes m'attendaient et qu'ils me surveilleraient. En outre, la gare serait pleine de monde. J'ignorais quel genre d'homme j'allais devoir chercher et je me contentai d'espérer que je réussirais à lui échapper, ou à lui résister s'il fallait se battre.

Les freins crissèrent bientôt, le moteur exhala un nuage de vapeur et le conducteur cria le nom de Somerville. Je descendis au milieu de la foule et me dirigeai vers le guichet comme si j'avais moi aussi une multitude de choses à faire, puis je m'arrêtai pour attendre que les voyageurs se dispersent.

Le vent soufflait sur le quai exposé plein nord, balayant les poteaux et le toit de tôle ondulée. Il faisait déjà sombre et le préposé aux réverbères passa près de moi pour allumer les vieux becs de gaz. Plusieurs personnes se groupèrent sous ces derniers comme s'ils allaient leur apporter un peu de chaleur, mais les flammes qui frémissaient sous leur protection de verre ne prodiguaient guère qu'un vague halo de lumière.

Je m'installai sur un banc en croisant les chevilles et posai mon sac à main sur les genoux. Quelques individus solitaires s'approchèrent, mais ils continuèrent sans s'arrêter. Je m'efforçais de ne pas regarder l'horloge, qui venait de sonner cinq heures, de crainte que l'on ne remarquât ma nervosité. Je ne pus en revanche m'empêcher de tapoter le sol du pied et je m'en voulus pour ce signe d'agitation.

J'étais en train d'étudier la façon dont les rails étaient fixés entre eux lorsqu'une main m'agrippa brutalement l'épaule.

— Pas ici, Miss Kopp, chuchota une voix masculine derrière moi.

Je sentis une haleine chargée de tabac dans mon cou et me dégageai d'un mouvement d'épaule, avant de me retourner pour regarder mon interlocuteur. Au même instant, un employé de gare lança un coup de sifflet et cria :

— Hé, vous ! Laissez la dame tranquille !

Je n'eus que le temps d'apercevoir George Ewing, qui s'était déjà mis à courir sur le quai pour gagner la sortie, longue silhouette en pardessus gris qui se propulsait d'une jambe sur l'autre avec une boiterie manifeste. C'était l'un des compagnons de Kaufman, l'homme à la jambe de bois.

Le shérif Heath et ses adjoints se matérialisèrent soudain à l'intérieur du bâtiment, au coin de la gare et sur le second quai, et tous s'élancèrent derrière

Ewing. Un silence complet s'abattit alors et il ne me resta plus qu'à jouer le rôle de la victime interloquée.

La jeune femme qui tenait le buffet se précipita vers moi avec une tasse de thé et un petit pain, que je ne vis aucune raison de refuser. Un vieux monsieur bien mis s'assit près de moi et me proposa d'appeler un médecin. Je refusai poliment en lui expliquant que j'allais prendre le train pour Ridgewood et que ma famille m'attendait là-bas.

Après avoir bu le thé, je pris bientôt le train du retour, puis un cab pour regagner la ferme. Il était huit heures du soir lorsque je foulai enfin notre allée et la lumière brillait dans la cuisine. Il y aurait une assiette préparée pour moi et Norma et Fleurette m'accueilleraient avec inquiétude. J'aurais aimé pouvoir leur affirmer sans l'ombre d'un doute que George Ewing avait été rattrapé. Je savais déjà ce que dirait Norma, d'ailleurs :

— De toute façon, si le shérif Heath n'est même pas capable d'arrêter un unijambiste, nous avons encore plus de souci à nous faire que je ne le pensais…

44

Le lendemain matin, j'aidais Norma à ôter les parasites des poules tout en gardant un œil sur la route lorsque le fourgon de police s'engagea dans notre allée. C'était l'adjoint Morris.

— Nous vous avons abandonnée hier soir, Miss Kopp, me lança-t-il en descendant, j'en suis désolé !

— Ne vous faites pas de souci pour moi, répondis-je. L'avez-vous attrapé ?

Un large sourire se dessina sous sa barbe.

— Bien entendu ! Mais vous savez, mine de rien, il court terriblement vite avec son pilon ! Enfin… le shérif souhaite que vous veniez authentifier les pièces à conviction que nous avons recueillies.

À notre arrivée, le shérif Heath était penché sur divers documents éparpillés sur une table. Je reconnus la lettre que j'avais envoyée à George Ewing pour demander un rendez-vous, mais il y en avait aussi d'autres, qui lui étaient également adressées. Je vis en outre un carnet dont la première page était couverte de pattes de mouche, un mouchoir et un flacon qui semblait venir de chez le pharmacien.

— Qu'est-ce que c'est ? m'enquis-je en désignant ce dernier.

— Du chloroforme.

Je reculai, comme si la bouteille pouvait me sauter à la figure et m'empoisonner. Le shérif Heath m'avança une chaise et vint s'asseoir près de moi pour me parler avec douceur.

— Nous pensons qu'il projetait de vous emmener dans un hôtel et de vous droguer.

— Dans un hôtel ? Et de quelle façon aurait-il pu me convaincre de le suivre dans un hôtel ?

Il sourit.

— Je ne crois pas que Mr. Ewing ait bien compris à qui il avait affaire. Mais c'est la façon de procéder de ces gens-là. Vous savez, il ne faut pas beaucoup plus qu'un peu de chloroforme sur un mouchoir pour maîtriser une femme. Ça s'est déjà vu.

Je secouai la tête.

— Ma foi, s'il a cru que cela fonctionnerait avec moi, c'est qu'il manque de jugeote…

— Tenez, jetez un coup d'œil à cela !

De la pointe de son crayon, il poussa vers moi le carnet ouvert. J'eus toutes les peines du monde à déchiffrer l'écriture.

— De quoi s'agit-il ? demandai-je.

— Cela ressemble à un plan pour kidnapper Fleurette et la vendre à des esclavagistes pour la traite des Blanches.

— Vraiment, c'est son plan ? Soigneusement noté dans un carnet, pour que tout le monde puisse le lire ?

— Je m'apprête à l'interroger, mais j'avoue qu'il nous a facilité les choses. Et ce n'est pas tout : cet individu revendique la responsabilité de toutes les menaces que vous avez reçues, vos sœurs et vous-même.

Je le dévisageai, incrédule.

— Toutes les lettres de l'an dernier ? Tout ce qu'a fait Henry Kaufman ?

— J'en ai peur. Et il affirme avoir agi seul. Il dit n'avoir jamais entendu parler d'Henry Kaufman.

— Mais… voyons, c'était lui ! m'indignai-je. Avec sa jambe de bois ! Je vous avais dit que je l'avais vu en compagnie de Mr. Kaufman !

— Et vous en êtes certaine ? Vous êtes sûre que c'était le même homme ?

— Bien sûr, que c'était le même homme ! Je vous ai même parlé de sa dent du devant, vous vous souvenez ? Et de sa jambe. Combien y a-t-il d'unijambistes qui courent dans les rues de cette ville ?

— Je voulais juste m'en assurer, répondit-il. Mr. Ewing a déjà été arrêté dans le comté de Somerset pour avoir décroché des fils électriques de leurs poteaux avec une bande de voyous. Les autres s'étaient tous enfuis, j'ignore s'il s'agissait des amis de Kaufman ou non. Mais Mr. Ewing, lui, a purgé sa peine à la prison d'État et il a été relâché juste avant votre collision avec Henry Kaufman l'été dernier.

À cet instant, un gardien vint annoncer que le prisonnier était prêt pour l'interrogatoire. Le shérif Heath se leva.

— Soyez prudente, déclara-t-il. Rentrez chez vous et restez tranquille quelque temps. Vous avez vos armes. Nous passerons vous voir le plus souvent possible.

Je ne lui parlai pas de Lucy. Si celle-ci avait raison – si Henry Kaufman entendait se venger au cas où elle allait voir la police –, je ne voulais pas être celle qui lui attirerait de tels ennuis. Elle était parvenue à s'enfuir et à se cacher, même sans aller très loin, mais elle ne pourrait pas demeurer longtemps incognito.

LE « GANG » DES MAÎTRES CHANTEURS, C'ÉTAIT MOI !
La confession d'un repris de justice vient éclaircir le mystère des lettres de menaces envoyées aux sœurs Kopp

Hackensack, New Jersey, 23 janvier 1915. « Je suis le seul et unique auteur des lettres de menaces envoyées à Miss Constance Kopp, de Wyckoff, dans lesquelles je la menaçais d'enlever sa mignonne petite sœur, Florette. On m'avait dit que les Kopp étaient des gens riches et j'ai pensé que ce serait un moyen facile de leur extorquer un joli paquet de fric. »

Telle est la confession faite aujourd'hui par George Ewing, un repris de justice interpellé il y a quelques jours dans les montagnes de Neshanic par le shérif Heath, de Hackensack. Une bouteille de chloroforme retrouvée dans sa poche a conduit à la découverte d'un probable complot supplémentaire visant à kidnapper Florette Kopp pour la livrer à des esclavagistes de Chicago qui organisent la traite des Blanches.

Ces aveux mettent fin au règne de la terreur qui prévaut chez les demoiselles Kopp depuis juillet dernier. Miss Constance Kopp avait en effet poursuivi en justice Henry Kaufman, propriétaire d'une teinturerie de soie à Paterson, afin d'être dédommagée pour les dégâts causés à sa carriole renversée par l'automobile de Mr. Kaufman. Des lettres de menaces avaient alors commencé à affluer chez les Kopp et des rôdeurs apparus à la nuit tombée avaient même tiré sur la maison.

— Quoi ? Il revendique la responsabilité de tout ça ? s'étonna Fleurette en m'arrachant le journal des mains avant que j'aie pu terminer l'article. Mais pourquoi ?

— Pour qu'Henry Kaufman n'ait plus de problèmes, j'imagine, répondis-je. Puis-je récupérer mon journal ?

Fleurette secoua la tête et se plongea dans la suite de l'article, lisant certains passages à voix haute et en marmonnant la majeure partie dans sa barbe.

— Ils disent qu'Ewing avait l'intention de t'attirer dans un hôtel et de t'endormir avec du chloroforme, reprit-elle. Je croyais que c'était moi qu'on devait kidnapper ! Je me demande bien ce qu'il comptait faire de toi !

— Ne parle pas comme ça ! s'énerva Norma. Ce n'est pas parce que tu es celle qui a reçu le plus de menaces que tu es la plus intéressante !

— Alors je suis quoi ?

— La plus petite. C'est toi qu'ils menacent parce que tu es la plus petite et la plus jeune. Ils pensent que, pour cette raison, c'est toi qui as le plus de valeur. Ils se disent que nous serons prêtes à payer la plus grosse somme pour te récupérer.

— N'empêche qu'ils ont raison…

— N'en sois pas si sûre !

— Mais pourquoi écrire dans un carnet le plan d'un crime qu'on a l'intention de commettre et se promener avec ce carnet dans sa poche comme ça ?

— Tu as entendu ce qu'a dit Constance : ce n'est pas le délinquant le plus intelligent que nous ayons jamais rencontré !

— Nous n'avons pas rencontré beaucoup de délinquants ! Quoique… En fait, si ça continue, nous connaîtrons tous les malfrats et tous les truands du New Jersey !

— Ça suffit, vous deux ! lançai-je, agacée. L'essentiel, c'est que cet homme soit maintenant sous les verrous.

— Cela signifie-t-il qu'Henry Kaufman ne sera plus inquiété ? s'enquit Norma.

— Je l'ignore…

— Ah, comme nous avons bien fait d'aller raconter nos déboires à la presse ! Maintenant, tous les malfaiteurs de la région sont au courant ! Franchement, Constance, je ne comprends toujours pas pourquoi tu as suivi les conseils de cet homme !

— C'est du shérif Heath que tu parles ? Dis-moi, tu ne te plaignais pas autant quand il t'a donné un revolver ! Tu n'as pas refusé son aide à ce moment-là, si ?

— Je n'avais guère le choix. Et que va-t-il se passer pour ce Mr. Ewing maintenant ?

— Il sera envoyé en prison pour tentative d'enlèvement, répondis-je. Demain, je dois aller faire une déposition pour le procureur et ensuite, j'ai quelques autres petites choses à régler en ville.

Je me gardai de révéler que j'entendais retourner voir Lucy.

— Je viens avec toi ! s'écria Fleurette en sautant sur ses pieds. Je mettrai mon crêpe noir. Et j'ai un chapeau qui fait très sérieux et qui donne l'impression…

Je l'interrompis en me campant devant elle pour prendre son visage entre les mains et la forcer à me regarder. Ses joues étaient roses d'excitation et ses yeux brillaient. Elle avait l'air d'un petit animal au poil soyeux, un vison ou un renard.

— Écoute-moi bien, Fleurette : en aucun cas, tu ne te retrouveras dans la même pièce que George Ewing ou que n'importe quel individu appartenant à sa bande. Jamais !

Elle se libéra et s'écarta de moi avec mauvaise humeur.

— De toute façon, on dirait bien que je ne me retrouverai jamais dans la même pièce que qui que ce soit, en dehors de vous deux, rétorqua-t-elle, boudeuse.

— Pour moi, c'est aussi bien comme ça, oui…

45

La maison, en meilleur état que ses voisines, semblait avoir récemment reçu une couche de peinture. Une clôture en fonte entourait un jardinet soigné où, de la neige mouillée, émergeaient des arbustes et des tiges suggérant la possibilité de voir un jour apparaître des hortensias sous la fenêtre et une plate-bande de belles-de-jour le long de l'allée.

Je tournai le bouton de la sonnette d'une main ferme. La fumée d'une cheminée me chatouillait les narines et l'odeur du bois qui brûlait me rappela que bien du temps avait passé depuis que j'avais pris mon petit déjeuner.

Au bout d'un moment, quelqu'un toussa à l'intérieur et j'entendis des pas traînants. La porte s'ouvrit alors et la plus petite femme que j'eusse jamais vue apparut. Toute frêle, un fin visage entouré de mèches blanches duveteuses, elle portait une robe grise dont le col se boutonnait sous le menton. Les chaussures de cuir qui pointaient sous le bas de sa jupe auraient pu être celles d'une fillette.

Levant la tête vers moi, elle me dévisagea d'un regard bleu porcelaine.

— Bonjour, dit-elle enfin. À qui ai-je l'honneur ?

— Je viens voir Lucy Blake, expliquai-je. Je suis une de ses amies. Je l'ai rencontrée au marché ces jours-ci et elle m'a invitée à passer la voir.

Elle m'examina encore, évaluant sans doute la vraisemblance de mes propos.

— Lucy travaille en ce moment. Elle s'occupe de ma sœur.

— Je suis désolée de vous importuner, Mrs.…

— Miss ! Miss Eldridge. Je suis la plus jeune des demoiselles Eldridge. De dix minutes.

Je souris.

— Je n'en ai pas pour très longtemps, Miss Eldridge, assurai-je. J'ai juste besoin de l'interroger sur une affaire importante. Puis-je entrer pour l'attendre ?

À cet instant, des bruits de pas se firent entendre dans l'escalier et Miss Eldridge se retourna. Lucy surgit alors derrière elle et écarquilla les yeux en me reconnaissant.

— Excusez-moi, madame, déclara-t-elle aussitôt, c'est juste une amie qui vient me voir pour une affaire personnelle.

Sans laisser à la vieille dame le temps d'objecter, elle me rejoignit sur le perron et me saisit par le poignet pour m'entraîner au bas des marches, jusqu'à l'entrée d'un appartement en sous-sol.

— Ici, nous pourrons parler, m'indiqua-t-elle à mi-voix en ouvrant la porte.

Au bas d'un escalier, je découvris une petite pièce meublée d'un bric-à-brac constitué sans doute de tout ce dont les demoiselles Eldridge n'avaient plus besoin : une causeuse de velours rouge élimée jusqu'à la trame et quatre chaises de salle à manger en acajou dont les coussins devaient dater de l'époque où les jumelles avaient appris à coudre. Une armoire en piteux état, un coffre et une étagère au-dessus d'un petit évier complétaient le mobilier. Au fond, une porte s'ouvrait sur ce qui ressemblait à une alcôve juste assez large pour accueillir un divan.

Je repérai un poêle à bois dans un angle, mais Lucy ne fit pas mine d'aller l'allumer. Sans doute ne lui fournissait-on qu'une quantité réduite de combustible pour l'hiver et, comme nous étions deux dans la pièce, celle-ci ne tarderait pas à se réchauffer.

Lucy me prit les mains.

— Je vous attendais. Vous avez apporté les photographies ?

— Oui, et je voudrais que vous les regardiez très attentivement, répondis-je en tirant l'enveloppe de mon sac à main. J'espère que vous reconnaîtrez quelqu'un.

Elle saisit l'enveloppe en la tenant par les bords comme si elle craignait de se brûler.

— Qu'est-ce qui est écrit là ? demanda-t-elle en plissant les yeux pour déchiffrer le mot inscrit au crayon. Ward ?

— Ce doit être le nom de la personne qui a commandé les photographies, expliquai-je. Elle n'est jamais venue les réclamer, c'est pourquoi Mr. LaMotte, le photographe, me les a proposées.

Elle sortit les images et commença à les examiner, étudiant chaque visage avant de passer à la suivante. Il y avait des hommes en costume, des livreurs et de petites filles qui jouaient devant l'entrée de l'immeuble. Lucy s'arrêta un long moment sur une femme qui portait un paquet sur l'épaule. Même s'il s'agissait d'un bébé, il lui était impossible de déterminer si c'était son fils.

Elle me rendit les clichés après les avoir tous passés deux fois en revue.

— Je suis désolée, soupira-t-elle. Je ne reconnais personne.

— Vous en êtes sûre ? Je pensais que vous auriez pu croiser au moins l'une de ces personnes à l'usine. Un associé d'Henry Kaufman, par exemple…

Je m'apercevais soudain que je n'avais pas la moindre idée de la conduite à tenir désormais. Si ces photographies n'apportaient rien, que lui proposer de plus ?

Elle tira distraitement sur un fil de la causeuse râpée.

— Non. Mais merci quand même d'être venue, Miss Kopp.

— Vous savez, repris-je, j'aimerais vraiment que vous parliez au shérif Heath. Je me proposais de l'amener ici, mais maintenant que je vois votre situation, je ne veux surtout pas éveiller les soupçons de vos patronnes.

Lucy releva le menton d'un air de défi.

— Il n'y a rien à craindre, elles savent déjà tout ! Les demoiselles Eldridge ont eu une vie très longue et très mouvementée, et elles ont vu beaucoup de choses. Ce n'est pas une fille mère qui va les choquer…

Une petite cloche argentée tinta à la porte en haut des marches et Lucy se leva aussitôt.

— Attendez ! m'écriai-je en la suivant. Je vous en prie, réfléchissez encore, pour le shérif ! Je suis sûre qu'il peut vous aider. Il vient d'arrêter l'un des acolytes de Mr. Kaufman et il travaille maintenant sur…

— Le jour où il mettra Henry Kaufman en prison, j'irai lui parler, m'interrompit-elle en se tournant vers moi. Pas avant.

— Mais…

— Il a mis le feu à un immeuble qui était à lui, poursuivit-elle avec une expression à la fois dure et lourde de désespoir. Vous imaginez ce qu'il ferait à cette maison ?

Un deuxième tintement de cloche l'incita à gravir les marches pour sortir en trombe, me laissant le soin de refermer sa porte. Postée sous le porche de la maison, Miss Eldridge me regarda m'en aller.

46

— Tu ne voudrais pas te trouver une autre occupation ?

Je venais de détruire trois bagues en cherchant à les fixer à la patte des pigeons et me mettais en devoir de capturer un nouvel oiseau pour tenter ma chance avec une quatrième.

— Je n'ai pas besoin de ton aide, insista Norma. Tu ne fais que m'agacer !

Nous nous trouvions dans le pigeonnier, où je devais rester voûtée pour éviter de me prendre les cheveux dans les grillages du plafond. Nos vingt pigeons voyageurs avaient tous battu en retraite dans leurs nids artificiels, affolés à l'idée de tomber entre mes mains. Norma, elle, s'occupait des plus jeunes, auxquels elle fixait leur toute première bande et y attachait des messages. « Les oies sauvages ne divorcent jamais », devait bientôt revenir au pigeonnier, de même que « La population est priée de ne pas tenter nos soldats en leur proposant des boissons fortes ».

Excédée, Norma passa derrière moi et alla m'ouvrir la porte.

— Vas-y, sors ! Va voir ce que fait Fleurette. Elle a peut-être besoin de toi…

— Elle répète ses pas de danse classique, répondis-je, tout en reculant pour gagner la sortie.

— Dans ce cas, astique les poignées de porte. Ou commence à préparer le repas, tu veux bien ?

Oui, je voulais bien…

Je partis tirer quelques carottes de la caisse de sable que nous entreposions dans le cellier, puis m'activai devant l'évier à les frotter sans cesser de contempler par la fenêtre la grange et le potager que nous allions bientôt devoir replanter. Un crissement de roues sur le gravier m'annonça tout à coup l'arrivée d'une voiture et je me penchai pour voir : la charrette de Francis, chargée d'une cargaison de paniers protégés par une toile cirée, s'immobilisait devant l'entrée.

Sautant à terre, mon frère alla d'emblée rejoindre Norma. Je pris le temps de bien laver mes carottes. Lorsqu'elles furent impeccables et d'une belle couleur orange, je les déposai au fond de l'évier et restai à contempler la vieille table en bois de la cuisine, qui avait survécu à des années de mauvais traitements infligés par trois filles qui, bien que rarement d'accord entre elles, n'en continuaient pas moins à s'y asseoir ensemble. Le poêle à bois en fonte n'avait pas sa place lui non plus dans une cuisine moderne mais, lorsque nous avions emménagé, la maison ne possédait ni gaz ni électricité et nous avions dû apprendre à nous en passer. La vieille porcelaine festonnée de maman, avec ses motifs de roses mousseuses que nous connaissions par cœur, était toujours exposée dans le vaisselier. La seule nouveauté de la pièce résidait dans les rideaux bleu pâle agrémentés d'un passepoil jaune qu'avait confectionnés Fleurette.

Je me dis alors que, si j'avais certes fort peu de goût pour les cuisines, je ne me voyais pas renoncer à ce décor-là…

Francis me fit signe du dehors avant de venir me rejoindre, un journal à la main. Il s'était laissé pousser la barbe tout l'hiver et quelques poils gris y apparaissaient çà et là. C'était exactement la même que notre père et je songeai soudain avec effroi que Francis avait presque l'âge de celui-ci la dernière fois que je l'avais vu.

Il tapa ses pieds sur le seuil avant de passer la porte

— « Le gang des maîtres chanteurs qui traumatisent les sœurs Kopp » ? commença-t-il en jetant le journal sur la table. Que s'est-il passé ?

Il retira son chapeau et s'assit.

— Je croyais cette histoire réglée, ajouta-t-il. Qu'est-ce qu'il y a eu encore ?

Je m'essuyai les mains et pris place en face de lui.

— Je t'avais dit qu'ils s'apprêtaient à arrêter Henry Kaufman, répondis-je. Eh bien, ils l'ont fait.

— Oh, je sais ! J'ai lu ça dans les journaux aussi. Figure-toi que, depuis quelque temps, c'est par eux que je prends des nouvelles de mes sœurs ! Mais pourquoi ne m'as-tu pas averti qu'on vous avait encore menacées ?

Je me tournai vers la fenêtre. Norma continuait à s'activer avec ses pigeons et je ne pouvais espérer aucune aide de ce côté. Quant à Fleurette, elle avait mis sur le gramophone l'enregistrement d'un ballet parisien et j'entendais ses talons heurter le plancher chaque fois qu'elle faisait une pirouette.

— Qu'aurais-tu fait si je te l'avais dit ? Tu sais, à mon avis, nous sommes bel et bien sorties d'affaire maintenant. Cet homme, ce George Ewing… Il travaillait pour Mr. Kaufman, et comme il est retourné en prison…

— Mais voyons, Constance, réfléchis un peu ! s'emporta mon frère. Peu importe qu'on l'ait attrapé ou non ! Tu te doutes bien qu'il va y en avoir un autre, et encore un autre après ! Tu ne comprends pas ? Vous êtes des cibles on ne peut plus visibles ici. Trois jeunes filles qui vivent seules et que tout le monde croit riches comme Crésus !

De faibles femmes fortunées, isolées au fin fond de la campagne… Était-ce l'image que les hors-la-loi avaient de nous ? Cette idée me donna la nausée.

— Et tu t'imagines que nous serons plus en sécurité auprès de toi ?

— Mais évidemment ! C'est ce que je te répète depuis le début ! Venez vous installer chez nous et vous vivrez dans un quartier peuplé, et non plus sur une sombre route de campagne ! Nous avons un officier de police dans la rue, et aussi un pompier. Et puis, je serai là, moi !

— Ah ! C'est toi qui vas nous protéger ? Cela m'étonnerait que tu fasses peur à Henry Kaufman et à sa bande, vois-tu !

— Ils ne s'en prennent qu'aux gens qui les provoquent. Moi, je les laisserai tranquilles.

Dehors, Norma fixait à présent le panier des pigeons sur le dos de Dolley. Elle allait partir et me laissait assumer cet entretien seule. La musique de Fleurette tressauta et le disque reprit au début.

Repoussant sa chaise, Francis se leva pour s'en aller.

— De toute façon, sans un revenu supplémentaire, vous n'aurez bientôt plus les moyens de rester ici, tu le sais.

C'était vrai. Nous n'avions pratiquement rien dépensé cet hiver, mais nos économies ne s'en amenuisaient pas moins.

— Envoie-nous au moins Fleurette ! plaida encore Francis. Puisque c'est surtout après elle qu'ils en ont…

— Fleurette reste avec moi, rétorquai-je d'un ton sans appel.

Il se pencha légèrement vers moi à ces mots pour me glisser à mi-voix, en me fixant droit dans les yeux :

— Le premier souci des mères ne devrait-il pas être d'assurer la sécurité de leurs enfants ?

Je me reculai sans lâcher son regard.

— Et que crois-tu que j'aie fait jusque-là ? répliquai-je dans un souffle.

Cette fois, il gagna la porte. Il se tenait déjà un peu voûté, comme un homme accablé sous le poids des soucis. Je contemplai la couture qui venait manifestement d'être recousue par la main de Bessie, au dos de son manteau.

— Francis, le rappelai-je, tu te souviens comment réagissait maman quand nous étions dans la rue et qu'il se passait quelque chose ?

Il s'immobilisa, puis se retourna vers moi, agacé.

— Je me souviens d'une fois où nous étions dehors avec elle, toi et moi, repris-je. Un petit garçon est passé en courant et il a trébuché près de nous en renversant un gros sac qu'il portait. Des dizaines d'oignons ont alors roulé sur le trottoir. Tu te rappelles ?

Francis secoua la tête.

— J'ai aussitôt voulu me baisser pour l'aider à les ramasser, poursuivis-je, mais maman m'a retenue par le bras et m'a défendu d'y toucher, comme s'il pouvait y avoir un piège…

— Elle était comme ça ! soupira-t-il en s'adossant au chambranle. Elle ne faisait confiance à personne.

— C'est vrai. Et pendant des années, il ne m'est jamais venu à l'idée que, si nous faisions nous-mêmes tomber quelque chose par terre, des passants pourraient s'arrêter pour nous aider à ramasser. Que des gens – comme les messieurs qui ont redressé notre carriole accidentée pour que Fleurette parvienne à s'en extraire – puissent être prêts à se mettre eux-mêmes en danger, pas seulement parce qu'ils ne réfléchissent pas aux conséquences de leurs actes, mais parce qu'ils souhaitent porter une main secourable à autrui…

Francis haussa les épaules.

— Maman avait ses raisons. Et puis, c'était une époque différente…

— Exactement ! m'exclamai-je. C'était une époque différente ! Aujourd'hui, nous n'avons plus à nous cacher, nous n'avons plus besoin de fuir.

Francis leva les bras en signe de reddition.

— Écoute, fais ce que tu veux ! Mais sache que vous pourrez toujours…

— Oui, nous pourrons toujours aller frapper à ta porte, je le sais, acquiesçai-je. Et je vous en remercie, Bessie et toi. Seulement, jusqu'à présent, nous nous en sommes très bien sorties toutes seules, et j'en suis heureuse.

Il ne répondit pas et, avec un signe de tête en guise d'au revoir, quitta la maison. Je demeurai dans la cuisine les yeux fermés, à écouter ce lointain orchestre français que passait le phonographe et les pas de Fleurette qui glissait en chaussons sur le sol inégal du salon.

Il y avait une chose que je n'avais pas dite à Francis : quand Lucy m'avait agrippé la manche ce jour-là dans la grand-rue de Paterson, j'avais été stupéfaite qu'une personne pût aborder ainsi une parfaite étrangère pour lui confier ses soucis. Je savais désormais que la plupart des gens faisaient cela : ils appelaient à l'aide. Et ils trouvaient toujours de bonnes volontés pour leur répondre, par sens du devoir, peut-être, ou encore parce que les gens estimaient constituer une partie du monde dans lequel ils vivaient. C'était le cas du shérif Heath et de ses hommes lorsqu'ils attendaient, postés dans notre grange glaciale, l'arme à la main, avec l'espoir de capturer les individus qui cherchaient à nous nuire.

Si je pouvais, pour ma part, transmettre une chose à Fleurette, si la mère qu'elle ignorait avoir pouvait lui faire un cadeau silencieux, ce serait celui-là : lui inculquer que nous appartenons au monde dans lequel nous vivons. Qu'il ne faut pas détaler au moindre ennui ni tourner le dos quand nous croisons des personnes en difficulté. Qu'il importe de bannir l'idée de fuite et d'éviter de se cacher.

Fleurette avait regardé vivre maman et elle avait appris dc sa façon d'être, tout comme moi. J'espérais toutefois qu'en me voyant vivre moi aussi, elle tirerait des enseignements différents.

47

Une semaine s'écoula, puis un soir, juste après dîner, nous entendîmes frapper à la porte. J'allai ouvrir. Le shérif Heath et l'adjoint Morris se tenaient sur le seuil, tremblants et trempés jusqu'aux os. Ils avaient ôté leurs pardessus ruisselants d'eau et le tissu de leurs vêtements leur collait à la peau comme une couche de peinture.

Tous deux se mirent à parler en même temps.

— Nous sommes désolés de vous déranger, Miss Kopp… commença l'adjoint Morris.

— Je vous prie de nous excuser, mais pourrions-nous… fit le shérif.

Déjà, j'avais ouvert la porte en grand et les invitais en hâte à entrer.

— Nous avons tout à fait conscience de nous imposer à une heure trop tardive, reprit l'adjoint Morris.

— Ce n'est pas grave, le coupai-je. Que se passe-t-il ?

Norma et Fleurette m'avaient suivie dans l'entrée. Sans attendre, Norma partit chercher serviettes et couvertures, tandis que Fleurette, dans tous ses états, pressa les nouveaux venus de retirer leurs chaussures mouillées et les entraîna près du feu. Une odeur de mousse et de boue se dégagea peu à peu, à mesure que leurs vêtements se réchauffaient.

Norma revint avec une pile de serviettes et disparut de nouveau pour aller faire chauffer du café. Après avoir ajouté une bûche dans la cheminée, Fleurette se campa devant les deux hommes comme si elle s'attendait à des révélations dramatiques.

— Racontez-nous tout, je vous en prie ! les pressa-t-elle. Vous avez poursuivi notre Mr. Kaufman ici, au bord de la rivière ? Faut-il que nous allions chercher nos revolvers ?

L'adjoint Morris secoua la tête.

— Non, mademoiselle. C'est après un autre voyou que nous courions ce soir. Un cambrioleur. Il a volé des bijoux et de l'argent et, en plus, il a causé la peur de sa vie à la maîtresse de maison ! Nous avons rassemblé quelques habitants du voisinage et mené une battue tout l'après-midi, mais nous avons perdu sa trace à la nuit tombée.

— Et ensuite, vous avez eu envie de prendre un petit bain ?

— Un bain par un froid pareil, certainement pas ! Mais figurez-vous que le gars que nous pourchassions a tiré sur le shérif et que nous sommes tombés tous les deux à l'eau. Ensuite, nous avons voulu rentrer directement, mais avec la route…

— Vous êtes blessé ? l'interrompis-je d'une voix étranglée en me tournant vers le shérif.

Pendant que son adjoint parlait, ce dernier avait gardé les yeux rivés sur les flammes. Il me fit face pour répondre :

— Non, non, la balle a juste déchiré mon manteau. Le malfaiteur nous a pris au dépourvu, c'est tout…

— Il y a un accroc dans sa veste, m'informa Fleurette.

— Laissez-moi voir…

Il recula quand je m'approchai de lui, mais je lui saisis fermement les bras et l'obligeai à me regarder. Il cligna des yeux, étonné.

— Miss Kopp, je vous assure…

— Arrêtez ! ordonnai-je. Je pense que vous êtes en état de choc.

J'introduisis la main sous la déchirure et la ressortis couverte de sang.

— Il vous a touché, annonçai-je à mi-voix, tout en m'approchant encore pour tenter d'examiner la blessure. Il fait trop sombre dans cette pièce. Fleurette, va chercher des bandages, du savon et tout ce qu'il faut. Et cherche si nous avons des vêtements d'homme quelque part. Le shérif va avoir besoin d'une autre chemise.

Il voulut protester, mais je ne lui en laissai pas le loisir.

— Nous allons tout de suite regarder l'état de votre épaule.

Norma revenait avec le café au moment où je menais les deux hommes à la cuisine. Elle tressaillit à la vue du sang qui suintait sur la veste lorsque nous plaçâmes le shérif sous la lumière de la lampe.

— Sers-leur le café, lui commandai-je, et remets de l'eau à chauffer. Et allume l'autre côté du poêle pour que l'adjoint Morris puisse se réchauffer un peu.

Elle m'obéit sans broncher et j'obligeai un shérif Heath plus que réfractaire à s'asseoir. Fleurette revint alors avec les bandages et de vieux vêtements qui avaient appartenu à Francis. Elle m'aida à retirer la veste du shérif, qui émit un cri de douleur quand nous lui soulevâmes le bras.

— Penchez-vous un peu en avant sur la table, s'il vous plaît, que nous puissions voir dans la lumière, demandai-je. Nous n'allons pas vous toucher, nous voulons juste regarder.

La chemise était imprégnée de sang au niveau de l'épaule et sur une grande partie du dos. Je la lui décollai délicatement de la peau, puis Fleurette la découpa avec les ciseaux. Au-dessous, je découvris une blessure large, mais superficielle, masquée par du sang à demi coagulé.

— Je pense que ce n'est pas méchant, commentai-je dans un souffle. Il me semble que la balle vous a juste effleuré. Nous allons nettoyer ça pour mieux voir.

Il répondit d'un hochement de tête. Il avait les deux mains agrippées à la table et les jointures de ses doigts étaient blanches.

Norma approcha une serviette et une bassine d'eau chaude et Fleurette fournit le savon. Je fis de mon mieux pour nettoyer les bords de la blessure sans toucher celle-ci. La balle s'était enfoncée suffisamment pour arracher la peau, mais l'os n'était pas visible. À mesure que je nettoyais la blessure, l'épaule retrouva sa couleur naturelle, rose et blanc sous l'eau chaude. Quelques taches de rousseur y formaient une ligne droite ; j'en comptai cinq en tout.

Le shérif respirait bruyamment, avalant de longues bouffées d'air comme un animal captif.

— Bon, repris-je. Maintenant, nous allons devoir nettoyer la blessure elle-même. Adossez-vous à la chaise et restez en arrière pour éviter que nous n'en mettions partout…

Il s'exécuta sans rien dire. Je baissai les yeux vers lui, mais il évita mon regard. Ses cheveux, au sommet de son crâne, commençaient à sécher et deux boucles se détachaient des autres.

Je fis couler un filet d'eau sur son épaule et Fleurette pressa une serviette au-dessous pour le bloquer. L'eau vira au rouge vif, mais la blessure me parut nette. Je l'examinai avec attention, aspirant l'odeur métallique du sang frais.

— Il va falloir faire recoudre cette plaie, estimai-je. Ça ne se refermera pas tout seul.

Il se dégagea et voulut se couvrir avec les pans déchirés de la chemise.

— C'est bon, je n'ai pas besoin de médecin, assura-t-il.

— Chef, je crois que ces demoiselles ont raison, intervint l'adjoint Morris. Ce serait bien que quelqu'un vous voie ce soir.

Le shérif secoua la tête tout en cherchant à se lever.

— Je n'ai aucune intention de tirer un médecin du lit pour si peu.

— Dans ce cas, restez assis ! commandai-je avec une fermeté qui parut le surprendre. Vous ne sortirez pas sans un bon bandage et une chemise propre.

Il se rassit à contrecœur et, aidée de Fleurette, je me mis en devoir de lui bander l'épaule. L'endroit n'était pas commode à recouvrir et, mettre des épingles se révélant impossible, Fleurette décida de coudre quelques points pour maintenir le pansement en place. Puis elle prit l'ancienne chemise de nuit de notre frère et le shérif se retira dans la buanderie pour se changer. À son retour, il m'adressa un signe de tête.

— J'aurais besoin de m'entretenir une minute avec Miss Kopp, dit-il.

Nous quittâmes ensemble la cuisine pour gagner le salon. Le feu que nous avions alimenté quelques minutes plus tôt crépitait gaiement. J'encourageai le shérif Heath à s'asseoir, mais il préféra rester debout.

— Je ne suis pas encore tout à fait sec, se justifia-t-il en se penchant vers l'âtre.

Je m'installai pour ma part dans un fauteuil et attendis. Le feu seul éclairait la pièce, mais je ne pris pas la peine d'allumer les lampes.

— Ewing ne veut rien changer à sa déposition, m'annonça-t-il. Il continue de revendiquer la responsabilité de l'ensemble des lettres et des coups de feu tirés, bref, de tout.

— De tout ?

Le shérif voulut hausser les épaules et esquissa une grimace de douleur en portant la main à son pansement. Derrière lui, les flammes qui dansaient projetaient de petites étincelles. Il fit un pas de côté et la lumière orange vacillante qui l'éclairait par le bas lui donna des allures d'apparition.

— Hélas, oui. Si nous ne parvenons pas à le faire revenir sur ses déclarations, le procureur sera obligé d'abandonner toutes les charges contre Henry Kaufman.

— Nous savons tous les deux qu'il ment. Il fait certes partie du gang de Mr. Kaufman, mais il n'a pas fait tout cela tout seul. Ce n'est pas possible !

De nouveau, le shérif Heath haussa les épaules et émit un gémissement.

— Je suis sûr que Kaufman lui a proposé de l'argent en échange d'une confession de délits qu'il n'a pas commis. Pour lui, cela revient à économiser au moins mille dollars, sans parler de la mauvaise image que cette histoire donnera de lui…

— Ou alors, il l'a menacé.

— Peut-être y a-t-il eu un peu des deux. Il est clair que Kaufman savait qu'Ewing se ferait attraper. C'est le plus faible de la bande, et le plus facile à sacrifier.

Je me laissai aller dans mon fauteuil en fermant les yeux. Je ne parvenais pas à me faire à l'idée qu'après tout ce qui s'était passé, Henry Kaufman s'en sortirait sans même une réprimande du juge, et qu'il lui avait suffi de soudoyer un pauvre diable pour ne plus avoir à répondre de ses actes.

— Mais j'ai aussi une bonne nouvelle, reprit le shérif. Nous avons sollicité un expert en graphologie de New York. Il s'appelle William Kingsley et il fait autorité dans l'étude scientifique de l'écriture. Il regardera les lettres que vous avez reçues et il essaiera d'établir un lien entre elles et Kaufman.

— Cela m'étonnerait qu'il y arrive, soupirai-je. Ces lettres sont toutes rédigées en majuscules.

— Oh, il a ses méthodes, même pour les cas où les gens cherchent à déguiser leur écriture. Il a souvent aidé à remporter des procès. Mais il y a une chose : il nous a demandé de recueillir des échantillons de l'écriture de toutes les parties impliquées, et pas seulement de Kaufman et d'Ewing. J'aimerais donc que vous veniez toutes les trois au tribunal pour que je puisse enregistrer les vôtres.

— Mais, voyons… Pourquoi aurions-nous écrit ces lettres ? me récriai-je.

— Il veut pouvoir vous défendre si l'on vous accuse de l'avoir fait pour faire parler de vous.

— Et y aura-t-il aussi des gens pour nous accuser d'avoir lancé des briques sur nos propres fenêtres ? m'indignai-je. Et renversé notre propre carriole ?

— Allons, ce ne sera qu'une formalité.

La porte s'ouvrit à cet instant et Norma, Fleurette et l'adjoint Morris entrèrent, l'air exténué. Je me levai aussitôt.

— Oh, je suis désolée que nous vous ayons fait attendre ainsi, déclarai-je à l'intention de l'adjoint. Vous devez avoir envie de rentrer chez vous.

— Mais je croyais qu'il y avait un problème avec la route ? intervint Fleurette. Ne devraient-ils pas plutôt rester ici cette nuit ?

Les deux hommes se raidirent à ces mots, tout comme Norma.

— C'est très gentil à vous, Miss Fleurette, répondit l'adjoint Morris, mais ce ne sera pas nécessaire. La route est presque impraticable à cause des ornières et parce que c'est la nouvelle lune, mais maintenant que nous sommes secs et réchauffés, le trajet devrait être supportable.

Avant de sortir, le shérif Heath remercia Fleurette pour ses bons soins d'infirmière et Norma pour le café. Puis il se tourna vers moi.

— À demain, Miss Kopp, ajouta-t-il simplement.

48

Quand le shérif Heath arriva le lendemain matin, nous étions déjà postées toutes les trois sous la véranda. Le soleil avait percé les nuages, mais l'air restait glacial et sentait la nature mouillée.

— Cela ne me plaît pas du tout que nous nous déplacions comme ça en automobile, bougonna Norma.

— Moi, j'aimerais bien apprendre à en conduire une, rétorqua Fleurette. Je me demande si le shérif serait d'accord pour me montrer. J'ai vu tout à l'heure dans un magazine un ravissant petit chapeau pour rouler en voiture ; je suis sûre qu'il m'irait très bien…

— N'ennuie surtout pas le shérif avec ça ! répondis-je. C'est une faveur qu'il nous fait de venir nous chercher jusqu'ici. C'est quelqu'un de très occupé, tu sais.

Le shérif Heath s'engagea bientôt dans notre allée et descendit prestement du véhicule, le sourire aux lèvres, pour venir m'ouvrir la portière. Norma et Fleurette s'installèrent à l'arrière.

— Je vous trouve de fort belle humeur pour un homme blessé par balle la veille ! fis-je remarquer.

— Ça y est, nous l'avons arrêté ! m'annonça-t-il. Et il va sans doute être inculpé de voie de fait pour avoir tiré sur un représentant de la loi.

— Vous l'avez attrapé la nuit dernière, en sortant de chez nous ? Dans votre état ?

— Non, pas Morris et moi. Nous, nous sommes allés nous coucher directement. Mais l'un de nos hommes l'a traqué toute la nuit et l'a ramené au poste juste avant le lever du jour. Je l'ai immédiatement promu adjoint. Ce sont des gars comme ça qu'il nous faut !

— C'est sûr…

Les ouvriers de la laiterie profitaient des quelques rayons de soleil pour effectuer des travaux sur la route, étalant une nouvelle couche de gravillons qu'ils compressaient ensuite à l'aide d'un rouleau. Ils s'écartèrent pour nous laisser passer, bien que les roues des automobiles eussent pour effet de creuser de nouvelles ornières.

— Ce serait plutôt au comté de remettre cette route en état, commenta le shérif Heath comme pour lui-même. Ce macadam est tout juste bon pour les carrioles et les bicyclettes.

— Si vous connaissez un moyen de faire payer ces travaux par le Conseil des propriétaires fonciers, dites-le-moi ! m'exclamai-je.

— J'aimerais bien ! En ce moment, je dois me battre pour chaque sou avec ces gens-là. Ils ont investi six cent mille dollars dans la prison et la construction n'est toujours pas terminée ! J'ai dû déposer une requête pour obtenir un système d'évacuation des eaux usées et des fenêtres qu'on ne puisse pas déverrouiller avec des instruments ordinaires. En plus, nous n'avons toujours rien pour faire la lessive et pas d'argent pour pouvoir fournir des uniformes aux prisonniers. Vous n'imaginez pas la pagaille que c'est…

— Les propriétaires fonciers sont-ils venus visiter la prison ? Aucun d'entre eux n'est de votre côté ?

— Je ne leur ai pas organisé de visites guidées, non, répondit-il en souriant.

— Eh bien, vous devriez ! Ou alors, montrez-leur des photographies. Personne n'a d'appareil ?

— Si, moi.

Le silence s'installa dans l'habitacle. Soudain, l'automobile roula dans une ornière plus profonde que les autres et le shérif grimaça de douleur.

— Qu'a dit le docteur pour votre épaule ? m'enquis-je aussitôt.

Il ne détourna pas le regard de la route. Sans doute souhaitait-il oublier qu'il avait été soumis aux talents d'infirmières amateurs des sœurs Kopp la nuit précédente.

— Mrs. Heath a soigneusement examiné la blessure, finit-il par répondre, et elle a changé le pansement.

— Et a-t-elle approuvé que vous repreniez le travail ce matin ?

— Non.

— Je suis de son avis ! Vous auriez dû vous reposer aujourd'hui.

Il haussa les épaules et son visage se crispa encore.

— Les hors-la-loi ne prennent pas de repos, Miss Kopp. Vous le savez, et Mrs. Heath le sait aussi.

Il se retourna alors un instant pour s'adresser à Norma et Fleurette.

— L'exercice auquel vous allez devoir vous soumettre, mesdemoiselles, dit-il, n'est destiné qu'à satisfaire l'extrême rigueur de Mr. Kingsley. Ne craignez rien, on ne soupçonne pas les sœurs Kopp d'avoir écrit ces lettres.

— J'espère bien ! s'exclama Norma.

— Sa méthode est très scientifique : il examine chaque mot de près et détermine la façon dont les lettres ont été formées. Il peut dire avec quelle force celui qui écrit a appuyé le crayon sur le papier, et il fait la différence entre des lettres écrites en début ou en milieu de mot. Il a remporté toutes sortes d'affaires à New York. Avec lui, nous allons pouvoir faire incriminer notre cher Mr. Kaufman.

— Ce n'est pas *notre cher* Mr. Kaufman, rectifia Norma.

— Oh, si ! protesta Fleurette. Depuis le temps, on peut l'appeler comme ça ! C'est notre maître chanteur particulier. Toutes les filles n'ont pas la chance d'en avoir un !

Le shérif Heath lui décocha un regard grave.

— Il ne faut pas plaisanter avec ces choses-là, mademoiselle, lui dit-il.

— C'est ce que nous n'avons cessé de lui répéter ! assurai-je, avant de me tourner vers elle pour la gronder de nouveau. Le shérif Heath et ses hommes ont risqué leur vie en montant la garde chez nous. Je ne veux plus t'entendre parler de cette histoire à la légère, et surtout pas au palais de justice !

Fleurette haussa les épaules et se tourna vers la fenêtre, boudeuse. Je me demandai alors si nous ne l'avions pas trop protégée. Elle se sentait totalement en sécurité et semblait convaincue qu'il ne pouvait rien lui arriver.

En parvenant à Hackensack, j'eus l'impression que le soleil avait rendu le sourire à toute la ville. Les enfants sautaient à la corde dans les cours de récréation, les mamans promenaient leurs bébés et les commerçants fumaient devant leur boutique. Je crus même apercevoir des bourgeons sur les branches des cerisiers, mais sans doute était-ce le fruit de mon imagination…

Une fois au palais de justice, le shérif nous confia à l'adjoint Morris, qui nous emmena dans une salle vide où il nous demanda de patienter.

— Ils ont malheureusement pris du retard, expliqua-t-il. Mais maintenant que le shérif est de retour, je suis sûr que les choses vont aller très vite.

Nous attendîmes néanmoins près d'une heure. J'avais apporté un livre, Norma son journal, mais Fleurette, elle, ne fit que s'agiter en se plaignant que personne ne lui ait dit de prendre quelque chose pour s'occuper.

— Eh bien, tu le sauras, maintenant ! finit par s'impatienter Norma. Quand tu vas quelque part, tu prévois de quoi passer le temps. C'est tout !

Au terme d'une attente interminable, l'adjoint Morris revint nous chercher et nous escorta dans un long couloir lambrissé. Nous nous arrêtâmes à la porte d'une salle d'audience devant laquelle plusieurs agents montaient la garde. Ils nous considérèrent non sans inquiétude.

— Les demoiselles ne sont pas censées le voir, dit l'un d'eux à l'adjoint Morris.

— Mais je croyais qu'il avait terminé…

L'agent secoua la tête.

— Non, il est toujours là, à hurler et à taper sur la table, il est infernal. Je n'ai jamais vu quelqu'un d'aussi obstiné. Il ne va pas rester chez nous, si ?

L'adjoint Morris fronça les sourcils.

— Je n'ai pas plus envie que vous de l'avoir sous notre toit mais, s'il mérite une peine de prison, il écopera d'une peine de prison !

— Est-ce d'Henry Kaufman que vous parlez ? m'enquis-je. C'est lui qui est à l'intérieur ?

Tous les hommes nous regardèrent d'un air surpris, comme s'ils avaient oublié notre présence. De la salle d'audience, nous parvinrent alors des bruits de chaises que l'on repoussait, accompagnés d'éclats de voix.

— Mesdemoiselles, fit l'adjoint Morris en désignant l'extrémité du couloir, nous allons retourner là-bas pour attendre encore un peu…

Au même instant, la porte s'ouvrit et Henry Kaufman sortit en trombe, le visage rouge et l'air furieux, quelques mèches de cheveux collées à son front mouillé de sueur. En me voyant, il fonça droit sur moi avant que quiconque ait pu esquisser un geste.

— Vous ! C'est à cause de vous, tout ça ! hurla-t-il.

Sans lui laisser le temps de me toucher, je le repoussai violemment contre le mur, tout comme je l'avais fait l'été précédent. Si sa tête ne cogna pas le mur avec le bruit très satisfaisant de la dernière fois, ce fut seulement parce que deux agents m'avaient saisie aux épaules, brisant mon élan.

— Lâchez-la tout de suite ! ordonna l'adjoint Morris, suscitant quelques rires parmi les spectateurs.

Certes, Henry Kaufman était l'agresseur, mais j'étais parvenue à le maîtriser et les agents n'étaient pas autorisés à nous séparer.

L'espace d'une seconde, je fixai Henry Kaufman droit dans les yeux et il soutint mon regard. Je venais de passer une bonne partie de l'année à fuir cet homme, mais je voulais à présent qu'il me voie. Je voulais qu'il regarde bien en face la personne qu'il avait tourmentée. Cependant, même si ses yeux étaient levés vers moi, ils me parurent vides. Pour ce qui était de l'humanité qu'ils révélaient, il aurait aussi bien pu s'agir de deux cailloux noirs. J'avais devant moi un homme qui avait été un petit garçon dissipé et trop gâté et qui était devenu un ivrogne à l'esprit dérangé, et je ne distinguais guère de possibilités de rédemption dans ses traits. Cela me donna envie de le secouer plus fort encore, dans l'espoir de faire sortir, peut-être, ces choses détestables ancrées au fond de lui.

S'apercevant sans doute que les policiers m'avaient lâchée, il promena autour de lui un regard affolé. Je le tenais toujours par le col d'une main et utilisais l'autre pour lui plaquer l'épaule contre le mur.

— Pas un mot, lui glissai-je à voix basse, afin qu'il soit le seul à m'entendre.

Je le tenais à ma merci et l'excitation m'avait envahie. J'avais l'impression d'être un faucon s'apprêtant à dévorer un poisson.

J'entendis soudain du bruit et me retournai. Le shérif Heath se tenait dans l'embrasure de la porte avec une expression que je ne pus déchiffrer. Jamais encore on ne m'avait regardée avec une telle intensité. Il semblait fasciné.

— Shérif Heath, demandai-je avec tout le calme dont j'étais capable, vous a-t-il laissé un échantillon de son écriture ?

Il cligna des yeux, manifestement surpris, puis esquissa un lent sourire.

— Non, Miss Kopp. Il s'est montré récalcitrant.

Je baissai la tête vers Mr. Kaufman, qui se tortillait pour se libérer de ma poigne.

— Je vous conseille de retourner faire ce que vous demande le shérif, déclarai-je. Je vous attends ici.

Je le poussai de nouveau de toutes mes forces contre le mur, puis le fis basculer vers la porte. Le shérif le saisit alors par l'épaule et le guida dans la salle d'audience. Il referma la porte derrière lui, non sans m'avoir de nouveau décoché un long regard étrange.

Ce jour-là, Henry Kaufman laissa un échantillon de son écriture au tribunal. Lorsque la porte se rouvrit et que le shérif Heath indiqua que tout s'était bien passé, l'adjoint Morris nous entraîna à l'écart afin de m'éviter une nouvelle confrontation. Puis ce fut enfin notre tour de nous asseoir dans la salle d'audience et de recopier devant le shérif les lettres que nous avions reçues. Je ne les avais pas revues depuis que je les lui avais remises. Je trouvai troublant de les relire, et plus encore de devoir écrire ces mots que l'on avait utilisés pour nous menacer.

SI VOUS PAYEZ PAS, ON METTRA LE FEU CHEZ VOUS... ON CONNAÎT VOTRE CHEVAL ET VOTRE VOITURE ... ON VOUS ATTRAPERA OU ON VOUS METTRA LE FEU...

VOUS AVEZ DÉJÀ ÉTÉ À CHICAGO ? C'EST SÛR QU'AVEC LES TALENTS QUE VOUS AVEZ, UNE DEMOISELLE SE TROUVERAIT SANS PROBLÈME UNE BONNE PETITE PLACE LÀ-BAS...

Je vis la main de Fleurette trembler un peu lorsqu'elle recopia ces dernières lignes. À voir son visage ainsi penché sur la feuille, je me remémorai toutes les heures que Norma et moi avions passées à lui apprendre à tracer les lettres de l'alphabet. Elle avait copié des poèmes et des histoires, écrit des mots à ses oncles de Brooklyn et composé des messages à attacher aux pattes des pigeons de Norma. Maman lui avait appris à écrire en français et Francis lui avait enseigné le peu dont il se souvenait en musique. En la contemplant, je ne pouvais m'empêcher de voir la petite fille qu'elle avait été, concentrée sur ses études, et non cette jeune fille presque femme qui coopérait à une enquête criminelle.

En redescendant les marches du palais de justice en compagnie de l'adjoint Morris, nous croisâmes un garde qui tenait un prisonnier par le bras. C'était George Ewing, vêtu d'une vieille combinaison brune. Sa boiterie me sembla s'être accentuée depuis la dernière fois.

Je m'empressai de me placer devant Fleurette et obligeai celle-ci à détourner le visage. Cet homme avait menacé de la kidnapper, je ne voulais pas qu'il la voie.

L'adjoint Morris nous fit accélérer le pas, mais c'était trop tard : Mr. Ewing se mit à crier.

— C'est vous, hein ? C'est Constance Kopp ? Et c'est votre sœur ?

Je tressaillis et agrippai Fleurette pour l'empêcher de se dégager. Déjà, le gardien faisait franchir la porte du palais de justice à son prisonnier, mais celui-ci résista tout en continuant à hurler à mon intention.

— Miss Kopp ! Empêchez-les de m'envoyer à Trenton ! Ne me faites pas retourner là-bas !

Je m'immobilisai au bas des marches et interrogeai l'adjoint Morris du regard.

— Je suis désolé, Miss Kopp, me dit celui-ci. Ils n'auraient pas dû le faire passer par là. Il n'était pas supposé vous voir, vos sœurs et vous !

— Mais qu'a-t-il voulu dire ? Qu'est-ce que c'est que cette histoire de Trenton ?

Il haussa les épaules.

— Je n'en sais rien. Hier, il a été convoqué à une audience concernant sa sentence. Apparemment, il n'a pas envie de retourner à la prison d'État. Il devait s'imaginer qu'il serait condamné à purger sa peine ici, dans notre prison à nous.

— Mais quelle est la différence ?

— Oh, la prison d'État est épouvantable ! Il n'y a pas de lumière, il fait glacial, ça sent mauvais et c'est infesté de rats et de poux. Le genre d'endroit où on n'a pas vraiment envie de passer du temps…

— Pour ne pas passer de temps en prison, c'est très simple, intervint Norma. Il suffit de ne pas enfreindre la loi.

49

— Je vous en prie, ne me dites pas qu'on vous a encore menacées ! s'exclama le shérif Heath en me voyant entrer dans son bureau le lendemain matin. Je n'ai pas les effectifs nécessaires pour protéger les sœurs Kopp de tous les éléments criminels du comté !

— J'ai eu une idée pour George Ewing, annonçai-je.

Il s'adossa à son fauteuil, un vague sourire aux lèvres.

— Ma foi, pourquoi pas ? Non moins de cinq des plus grands esprits du comté en matière de justice se sont déjà penchés sur le sujet, et quelques autres un peu moins brillants y ont aussi réfléchi. Quelle est-elle, cette idée ?

J'attendis sans répondre de le voir recouvrer ses bonnes manières.

— Oh, pardonnez-moi, Miss Kopp. Je vous en prie, continuez !

Je pris place en face de lui.

— Hier, lorsqu'il nous a croisées sur les marches du palais de justice…

— Oh oui, j'en suis désolé ! me coupa-t-il. D'habitude, les détenus que l'on conduit de la prison au tribunal passent par un couloir spécial, mais il est en travaux en ce moment. On n'aurait jamais dû mener

Ewing par l'entrée principale sans avoir vérifié au préalable que vous étiez bien parties…

— Peu importe… Ewing a dit qu'il ne voulait pas retourner à la prison de Trenton.

Le shérif Heath secoua la tête.

— Évidemment ! C'est le pire centre de détention de tout l'État.

— Il préfère donc la vôtre ?

— Ma foi, elle est propre, la nourriture y est acceptable, nous lavons les vêtements des prisonniers de temps en temps et nous ne les traitons pas comme des cochons dans une porcherie. Et puis, vous savez, il se faisait rosser à Trenton. Sa jambe de bois fait de lui une proie facile.

— Dans ce cas, pourquoi ne concluriez-vous pas un accord avec lui ?

Je le vis considérer cette idée, mais il garda le silence.

— Proposez-lui de l'incarcérer ici, à Hackensack, repris-je, mais à une condition : qu'il se résolve à dire la vérité. Faites-lui promettre de ne pas revendiquer la responsabilité de délits qu'il n'a pas commis.

Le shérif leva la tête, pensif.

— Ce n'est pas bête… commenta-t-il. Nous n'avons pas réussi à trouver de quoi le faire revenir sur ses aveux. Il ne nous est même pas venu à l'idée qu'il s'attendait à purger sa peine ici. Maintenant qu'il sait qu'on compte le renvoyer à Trenton, peut-être qu'il se montrera disposé à négocier…

— Est-ce une chose que vous pouvez faire ? Pouvez-vous vous arranger pour qu'il soit incarcéré à Hackensack ?

Le shérif se leva.

— Je pense que oui. Nous attendons encore la sentence, mais nous avons un juge compréhensif sur l'affaire. La question est de savoir si Ewing jouera le jeu. Peut-être seriez-vous mieux placée que moi pour le convaincre, Miss Kopp ?

Je saisis les accoudoirs de mon fauteuil à ces mots.

— Moi ? Pourquoi faudrait-il que ce soit moi ?

— Parce qu'il a demandé à vous voir, figurez-vous ! Il a l'air de regretter ce qu'il vous a fait subir. Ne vous inquiétez pas, il y aura des barreaux de fer entre vous. Vous serez en parfaite sécurité, cette fois, je peux vous le garantir.

— Mais… Maintenant ? Je…

— Sauf si vous avez peur, bien entendu, ajouta-t-il en me décochant l'un de ses rares sourires.

— Peur ? Certainement pas ! marmonnai-je.

Je le suivis donc jusqu'à un couloir que je n'avais encore jamais emprunté et nous nous retrouvâmes bientôt dans une pièce étroite meublée en tout et pour tout d'une rangée de chaises blanches. L'un des murs était percé de portes métalliques que je pris pour des placards.

— Mon gardien va nous amener Mr. Ewing, m'informa le shérif en m'indiquant un siège. C'est moi qui parlerai d'abord. Ne répondez à aucune question personnelle.

Je hochai la tête et m'assis. Il poursuivit :

— Essayez seulement de le rallier à votre cause, de l'encourager à dire la vérité. Rappelez-lui qu'il sortira bientôt s'il le fait et qu'il n'a pas à endosser la responsabilité de méfaits commis par d'autres.

À cet instant, l'une des portes s'ouvrit et je découvris des barreaux métalliques derrière lesquels se tenait un George Ewing ensommeillé et surpris.

Il sourit en me reconnaissant, dévoilant ses dents irrégulières.

— Miss Kopp ! Si je m'attendais à vous voir ici…

Le shérif se pencha un peu pour lui signaler sa présence.

— George, Miss Kopp a demandé à te rendre visite.

Le prisonnier ouvrit de grands yeux, puis hocha vigoureusement la tête. Je m'étonnai de lui trouver l'air innocent et sincère. Il était pâle, maigre, on lui avait rasé les cheveux et la barbe. Ses yeux étaient un peu trop écartés et ses lèvres tremblaient lorsqu'il parlait, lui conférant un léger bégaiement.

Il se pencha vers les barreaux et s'adressa à moi d'un ton pressant.

— Miss Kopp, Miss Kopp, ne les laissez pas m'envoyer là-bas ! souffla-t-il. Vous pouvez bien glisser un mot au juge, non ? Après tout, il ne vous est rien arrivé de si terrible, à vous et vos sœurs… Des petites menaces de rien du tout, mais vous allez bien, toutes les trois, hein ?

Le shérif Heath leva la main pour le faire taire.

— George, Miss Kopp est venue me trouver ce matin avec une idée intéressante. Je me demandais si tu serais prêt à y réfléchir…

L'homme nous considéra tour à tour d'un air suspicieux.

— Quand un shérif me dit qu'il a une idée, je me méfie…

— Peut-être, mais je suis sûr que celle-là va te plaire ! insista le shérif Heath. Qu'est-ce que tu dirais si je demandais au juge de t'incarcérer ici, à Hackensack ?

Mr. Ewing se leva d'un bond en agrippant les barreaux.

— Vous feriez ça ? Oh, shérif, vous feriez ça pour moi ?

— Je crois que je…

— J'ai fait au moins dix prisons dans le New Jersey, reprit Mr. Ewing sans le laisser poursuivre, et y en a pas une seule d'aussi bien que la vôtre, shérif ! Je l'ai dit aux autres, d'ailleurs. Y en a qui étaient jamais allés en prison avant ça, du coup, ils savent pas la chance qu'ils ont d'être ici ! Vot' prison est formidable, shérif, c'est la meilleure, et ce serait un honneur pour moi de purger ma peine chez vous. Merci pour l'invitation, shérif, j'accepte. Avec plaisir. Oui, bien sûr que j'accepte !

— Oui, enfin, ce n'est pas si simple que ça, George.

Mr. Ewing lâcha les barreaux et se rassit avec un soupir.

— Pas si simple, shérif ? Pourquoi ? Y a un loyer à payer, c'est ça ? C'est quoi, l'embrouille ?

Le shérif Heath parut réprimer un sourire.

— Si chaque détenu me versait un loyer, j'aurais moins de problèmes avec le Conseil. Non, George, ce que je te demande, c'est d'arrêter de raconter que tu es coupable de tout. Henry Kaufman doit être puni pour ce qu'il a fait. Et nous avons besoin de toi pour ça.

Mr. Ewing emplit ses joues d'air, qu'il expulsa d'un coup.

— Je vois pas d'quoi vous parlez, shérif, bougonna-t-il. C'est absurde, pourquoi j'irais m'accuser des crimes des autres ?

— Par exemple, si on vous a payé pour ça… suggérai-je.

— Payé ?

Il me dévisagea avec des yeux ronds.

— Parce qu'on peut se faire payer pour ça ?

— Ou alors, on vous aura menacé, repris-je. Est-ce qu'Henry Kaufman a menacé de s'en prendre à vous si vous refusiez d'endosser toutes les responsabilités ?

Il baissa la tête et contempla un instant ses mains.

— Un peu… marmonna-t-il.

Je me penchai alors vers le shérif.

— Vous sera-t-il possible de le mettre dans un train dès qu'il aura purgé sa peine ? lui chuchotai-je à l'oreille.

Il me jeta un coup d'œil songeur, puis hocha la tête.

— Écoute, George, lança-t-il alors en se tournant vers Mr. Ewing. Toi, tu vas faire ce que tu as à faire. Tu vas dire la vérité sur toute cette affaire chaque fois qu'on t'interrogera. Même quand on te fera témoigner au procès de Kaufman. Tu diras ce qui s'est vraiment passé et moi, je te garderai ici, à Hackensack, et je ferai en sorte qu'il ne t'arrive rien. Je te mettrai même dans un train le jour où tu seras libéré.

— C'est vrai ?

Le shérif confirma d'un hochement de tête.

— Je te conduirai personnellement à la gare et je veillerai à ce que tu sois en sécurité dans le train. Où voudrais-tu aller, George ?

Mr. Ewing s'adossa à son siège avec un long soupir.

— Alors là, shérif… Va falloir que je réfléchisse… Je peux vous donner ma réponse plus tard ?

Le shérif sourit.

— Tu peux me la donner dans six mois, George.

Lorsque Mr. Ewing eut disparu, le shérif appela le gardien pour nous faire sortir.

— Je vous avoue, Miss Kopp, que c'est notre plus belle avancée depuis longtemps ! s'exclama-t-il alors. Je vais aller trouver John Ward maintenant. Avec ce genre d'argument, nous pourrions bien finir par obtenir des aveux complets de Kaufman…

— Qui est John Ward ? m'enquis-je en lui emboîtant le pas dans le couloir.

— L'avocat de Kaufman. Nous les avons vus ensemble, vous vous souvenez ?

Je m'immobilisai à ces mots.

— Ward ? Vous êtes sûr qu'il s'appelle comme cela ?

Le shérif Heath se retourna vers moi, les sourcils froncés.

— Bien sûr qu'il s'appelle comme ça ! Ça fait des années que je le connais ! Je lui procure des certificats de divorce et des préavis d'expulsion. Mais je me demande encore comment il a pu accepter de se mêler des affaires d'un énergumène comme Kaufman…

— Dans ce cas, nous le tenons ! lançai-je.

— Qui ?

— Oui… Nous le tenons !

50

Le shérif Heath me raccompagna à la ferme et attendit dans son automobile pendant que je courais prendre l'enveloppe. J'avais dissimulé celle-ci dans un secrétaire que nous avions transféré dans la chambre de maman pour barricader les fenêtres. Je contemplai un instant cette précieuse pièce d'ébénisterie viennoise peinte à la main en songeant à quel point il était étrange que son tout dernier emploi ait été de nous servir de protection contre des coups de feu.

Je redescendis l'escalier en courant, sans m'arrêter pour parler à Fleurette, installée devant sa machine à coudre, ni à Norma qui, dans la buanderie, peaufinait un petit travail de menuiserie. Le shérif redémarra dès que je fus installée et immobilisa la voiture quelques centaines de mètres plus loin.

— Bon, dit-il. Faites-moi voir ça…

Il me prit l'enveloppe des mains et l'examina. Là, faiblement inscrit au crayon de l'écriture hâtive de LaMotte, figurait le nom de l'avocat : Ward.

— Quand je pense que je n'ai pas réagi en voyant ça ! soupira-t-il. Ce sont bien les photographies que vous m'aviez montrées, n'est-ce pas ?

Je hochai la tête.

Sans un mot, il me rendit l'enveloppe et l'automobile repartit.

Le cabinet d'avocats Ward & McGinnis était installé dans l'immeuble de la Second National Bank de Colt Street, l'une de ces monstrueuses constructions de brique et de calcaire qui comportait tous les types de colonnes, lucarnes, tourelles et frises corinthiennes dont étaient capables les tailleurs de pierre du siècle dernier. Le bâtiment avait survécu à un incendie qui avait ravagé une grande partie de la ville à l'époque où Fleurette était petite et des traces de suie noire restaient logées dans ses volutes, lui donnant des allures de dessin au fusain.

J'ignorais quel genre d'affaires judiciaires traitait maître Ward mais, en entrant dans ses bureaux, je compris qu'il les traitait avec raffinement. Les murs étaient lambrissés d'acajou bien ciré qui dégageait une légère odeur d'encaustique. Un tapis rouge aux motifs de diamants étouffait les bruits de la rue et de très modernes chandeliers électriques en cuivre éclairaient le vestibule. Deux ventilateurs flanquaient une fenêtre, plantés dans des vases chinois laqués noir et or perchés sur dc minuscules pieds en fonte en forme de pattes de lion.

Trônant dans ce hall très stylé derrière un délicat bureau d'acajou équipé d'une machine à écrire et d'un téléphone, une jeune fille d'une vingtaine d'années vêtue d'une robe à pois leva les yeux vers nous sous un halo de cheveux dorés. Elle n'avait rien de la secrétaire débordée que l'on trouvait d'ordinaire dans les bureaux de Paterson. Avec ses immenses yeux bleus, ses discrètes taches de rousseur et ses lèvres rouge vif, elle ressemblait plutôt à un modèle posant pour la couverture du magazine *Vogue*. Les maîtres des lieux avaient dû faire passer pas mal d'entretiens avant de recruter une telle secrétaire. On imaginait mal que celle-ci fût venue se présenter dans ces bureaux par hasard.

— Bonjour ! nous lança-t-elle avec un chaleureux sourire qui creusa de jolies fossettes dans ses joues.

— Nous voudrions voir maître Ward, annonça le shérif Heath. C'est pour une affaire urgente. Il est là ?

La jeune fille haussa les sourcils.

— Si je savais où se trouvent ces deux-là à tout moment de la journée, je pourrais peut-être tenir ce bureau comme un cabinet d'avocats respectable…

— Mais cet endroit me paraît tout à fait respectable ! protestai-je en regardant autour de moi.

Des bruits de pas et des rires se firent entendre à cet instant derrière nous et la jeune fille se leva d'un bond. Je me retournai pour voir la porte s'ouvrir et deux hommes faire irruption, tout sourire.

— Oh, Gertie, tu ne vas pas le croire ! lança le plus grand et le plus maigre des deux.

Avec ses cheveux frisés tirant sur le roux et sa pipe au coin des lèvres, je le reconnus aussitôt. Il s'interrompit net en nous découvrant. L'autre homme – plus petit et plus rond, les cheveux franchement roux et le visage criblé de taches de rousseur, avec des yeux vert pâle et un sourire radieux – s'immobilisa en même temps que lui.

La secrétaire voulut nous présenter, mais ne put aller bien loin, dans la mesure où nous ne lui avions pas communiqué nos noms.

— Maître Ward, je…

— Inutile, Gertie ! coupa l'intéressé en sortant la pipe de sa bouche pour m'examiner de la tête aux pieds. Enfin, Miss Nolan… Nous sommes de vieux amis, Bob et moi. Ravi de te voir, shérif ! ajouta-t-il en venant serrer vigoureusement la main du shérif

Heath. Alors, quel genre de problème vais-je avoir aujourd'hui ?

Il m'adressa un large sourire et je dus réprimer l'envie de le lui rendre. John Ward n'était pas beau à proprement parler, mais il y avait dans son expression un mélange d'intelligence et d'espièglerie qui séduisait d'emblée. On eût dit à tout moment qu'il s'apprêtait à raconter une blague ou à faire un sketch. Du peu que j'avais vu de lui au tribunal, j'imaginai sans peine les poses théâtrales qu'il était capable d'adopter devant un juge.

Lorsqu'il m'eut bien dévisagée, il recouvra son savoir-vivre et se présenta dans les formes.

— Maître John Ward, mademoiselle. Avocat à la cour. Et mon associé, maître Peter McGinnis. Et vous avez déjà fait la connaissance de Miss Nolan, je pense…

— Enchantée, répondis-je. Je suis Constance Kopp. Je suis venue…

— Oh, mais oui ! me coupa-t-il en décochant un coup de coude à son compagnon. Je me disais bien que je la connaissais ! Petey, c'est la jeune femme de l'affaire Kaufman ! Je crois que tu vas devoir aller au rendez-vous sans moi !

— Hé, non ! Tu ne vas pas me coller seul avec Mrs. Cumberland ! s'indigna Mr. McGinnis.

John Ward remit la pipe entre ses dents.

— J'en ai peur, si ! Je vais devoir bavarder un peu avec Miss Kopp. Par ici, ma chère. Tu peux venir aussi, Bob !

Il me guida dans le vestibule jusqu'à une porte qui portait leurs deux plaques. Le shérif Heath nous suivit en silence.

— Nous partageons le bureau, Petey et moi, reprit l'avocat en m'ouvrant la porte. Depuis toujours.

Quand nous étions en fac de droit, nous logions dans la même chambre d'étudiants et nous avons été en stage ensemble dans le même cabinet à Trenton. Et aujourd'hui, nous travaillons sur la même table ! Nous sommes un peu comme un vieux couple, lui et moi, sauf qu'il n'y a pas moyen de lui faire repasser mes chemises !

Avant de refermer la porte, il passa la tête par l'embrasure et cria :

— Pas vrai, Petey ?

Maître McGinnis, qui s'entretenait à voix basse avec Miss Nolan, releva la tête.

— Qu'est-ce que tu dis ?

— J'expliquais juste à Miss Kopp que tu refusais de repasser mes chemises, malgré tout ce que je fais pour toi.

— Je te rappelle que je l'ai fait une fois, mais c'était dans des circonstances exceptionnelles !

John Ward referma la porte avec un petit rire.

— C'est vrai, il lui est arrivé de me repasser ma chemise, confirma-t-il avec une note d'étonnement dans la voix, avant de m'approcher une chaise. Je vous raconterai ça un jour, Miss Kopp. Je l'avais presque oublié moi-même…

Je m'assis avec précaution, mon sac à main sur les genoux, et le shérif prit l'autre chaise. Maître Ward s'installa dans un fauteuil de cuir derrière l'immense bureau double, puis désigna d'une main négligente un siège identique, à l'autre extrémité.

— C'est là que Petey fait sa sieste, expliqua-t-il en retirant la pipe de sa bouche pour la vider dans un cendrier. Mais vous n'êtes pas venus ici pour visiter nos locaux, n'est-ce pas ? Vous êtes là pour savoir si je vous laisserai battre de nouveau Henry Kaufman au tribunal.

Le shérif Heath s'éclaircit la gorge. Il n'avait pas prononcé un mot depuis notre arrivée et je me demandais à présent lequel de nous deux devait prendre la parole. Je m'étais attendue à un entretien beaucoup plus conventionnel. L'avocat ne nous laissa toutefois le loisir de répondre ni l'un ni l'autre.

— Eh bien, il y a une chose pour laquelle vous n'avez plus de souci à vous faire, annonça-t-il. Je ne suis plus son avocat !

— Pardon ? m'exclamai-je, stupéfaite. Vous n'êtes plus son avocat ?

— Votre petit chéri m'a viré ! C'est un fou furieux, vous le saviez ?

Cette fois, je ne pus réprimer un rire.

— Kaufman n'est pas mon petit chéri !

— Je savais que je finirais par vous faire sourire ! Écoutez, Miss Kopp…

Là, il se pencha vers moi en cherchant sans grand succès à afficher une certaine gravité.

— Ce monsieur m'a fait vivre un enfer – je suis désolé, mais je ne plaisante pas ! – et j'imagine aisément à quoi a pu ressembler votre année à vous ! À votre avis, comment fait sa sœur pour le supporter ?

— Je ne crois pas qu'elle le supporte, répondis-je.

Il remit la pipe dans sa bouche et s'adossa à son fauteuil, posant les pieds sur le bureau pour mieux contempler le plafond.

— Non, vous avez raison. Quand je pense que c'étaient des clients si agréables, si tranquilles ! Des gens comme il faut, avec des affaires classiques, rien d'extraordinaire… Et puis, le père s'est mis en tête que le seul moyen de replacer son vaurien de fils dans le droit chemin était de lui donner une usine à diriger. J'ai bien cherché à l'en dissuader, croyez-moi, Miss Kopp ! Mais il lui a cédé le compte en banque et donné les clés de l'usine, bref, la totale ! Il disait qu'il voulait qu'Henry comprenne qu'il était sérieux. Le problème, c'est qu'il s'est toujours montré trop indulgent avec lui. Je ne sais pas pourquoi. Heureusement, Mrs. Garfinkel est arrivée pour essayer de rétablir les choses dans l'état où elles étaient avant que leur père ne mette son grain de sel. C'est une catastrophe…

— Excusez-moi, dis-je. Mais vous avez bien dit que Mr. Kaufman vous a renvoyé ?

— Ma foi, appelons plutôt ça une séparation par consentement mutuel… Vous connaissez ses bons amis… Ce ne sont pas les personnes les plus respectueuses de la loi qui soient. Henry me les amenait pour que je les défende chaque fois qu'ils avaient affaire à la justice. Très vite, ils se sont mis à leur tour à venir ici avec leurs frères, leurs cousins, leurs voisins… Ils harcelaient Miss Nolan, empestaient nos bureaux… Bref, j'ai fini par dire à Henry que j'arrêtais de me charger de ses affaires pénales, qu'il s'agisse de défendre ses copains ou lui-même. Ça l'a mis dans une colère noire et il est sorti en claquant la porte. Je ne l'ai pas revu depuis.

Je changeai de position sur ma chaise.

— Mais si vous ne le défendez plus à ses procès, qui le fera ?

Il se mit à rire et reposa ses pieds sur le sol.

— Un autre imbécile ! En tout cas, ce ne sera plus le cabinet Ward & McGinnis. Mais à votre place, je ne m'inquiéterais pas, Miss Kopp. Kaufman ne pourra pas trouver de bon avocat, et un mauvais ne fera que vous aider à gagner votre procès. Mrs. Garfinkel a enfin réussi à convaincre son père de lui confier le contrôle des comptes bancaires, et il me semble qu'Henry n'a plus remis les pieds à son usine depuis un certain temps. Je ne vois pas où il pourrait trouver l'argent pour se payer un autre avocat.

Le shérif Heath s'éclaircit la gorge.

— Si tu me permets d'en placer une, John…

— Désolé, Bob. Bien sûr ! Je m'oublie un peu, parfois…

Le shérif fit glisser l'enveloppe sur le bureau.

— Est-ce que, par hasard, tu aurais engagé un photographe pour prendre des clichés d'un immeuble à New York ?

Maître Ward demeura un instant bouche bée.

— Oh… mais c'est l'une des fameuses enveloppes de LaMotte !

— Vous connaissez Mr. LaMotte ? m'étonnai-je.

— Bien entendu ! J'utilise ses services de temps en temps. Aurais-je oublié de le payer pour ces photographies ? Alors là, je vais avoir des problèmes ! Pourquoi Gertie ne s'en est-elle pas occupée ?

Il ouvrit alors l'enveloppe et feuilleta les clichés.

— Ça n'a aucun sens, murmura-t-il. Je ne sais pas ce que pouvait bien chercher Kaufman avec ça.

— Alors c'était bien lui ? m'écriai-je.

— Ça, c'est certain ! Encore une de ses idées saugrenues ! J'aurais dû le laisser tomber à cette époque-là déjà.

— Que t'avait-il demandé de faire ? interrogea le shérif.

Au même instant, nous entendîmes le téléphone sonner dans le vestibule et l'avocat releva la tête pour tendre l'oreille. Un instant plus tard, on frappait à la porte et Miss Nolan apparaissait dans l'embrasure.

— C'est Mrs. Ward.

Il laissa tomber sa pipe sur le cendrier.

— Plus pour longtemps, croyez-moi ! maugréa-t-il.

J'étouffai une exclamation en même temps que Miss Nolan.

— Désolé, mesdemoiselles. Mais un bon conseil : ne vous mariez jamais, ni l'une ni l'autre ! Tu ne peux pas lui dire que je suis parti avec Petey ?

— Elle vient de le voir entrer au Hamilton Club.

— Et c'est pour ça qu'elle appelle, ajoutèrent-ils tous les deux à l'unisson.

Maître Ward se mit à rire et leva les mains en signe de reddition.

— Très bien, dis-lui de patienter.

Miss Nolan battit en retraite en refermant la porte derrière elle. Maître Ward jeta un nouveau coup d'œil aux photographies.

— Où en étions-nous ?

— Écoute, John, c'est très important, déclara le shérif Heath. Tu ne peux vraiment rien nous dire sur ces clichés ?

L'avocat repoussa l'enveloppe sur le bureau.

— Je ne sais pas, Bob. Comme je vous l'ai dit, il m'a juste demandé de faire surveiller cet immeuble. Je crois que Kaufman aimait bien me piéger dans ses combines démentes, juste pour voir mes réactions. Tiens, il m'a même demandé un jour en quoi consistait l'adoption d'un enfant. Tu imagines ? Henry Kaufman avec un gamin ?

Déjà, j'avais bondi sur mes pieds.

— Il vous a parlé d'adoption ?

Maître Ward se leva à son tour.

— Bon, évidemment, il n'en est rien sorti. Je ne sais pas pourquoi je vous en parle… Enfin, il est tout de même revenu à la charge un peu plus tard en me demandant des renseignements sur les orphelinats. Je l'ai trouvé très énervé. Il l'était souvent, d'ailleurs.

La voix de Miss Nolan résonna de nouveau dans le vestibule.

— Mr. Ward, elle attend toujours au bout du fil !

Le shérif Heath s'apprêta à parler, mais je l'en empêchai en lui prenant le bras.

— Allons-y ! déclarai-je.

Je l'entraînai hors de la pièce et maître Ward nous suivit pour aller prendre le téléphone. Nous l'entendîmes crier dans le combiné tandis que nous nous éloignions vers la sortie.

— Peaches ? C'est toi ?

51

— Vous voyez ? m'exclamai-je alors que l'automobile du shérif Heath commençait à redescendre Colt Street. Il l'a confié à un orphelinat ! C'est là que les gens déposent les bébés dont ils ne veulent pas.

— Comment le savez-vous ?

J'hésitai un instant. Je n'avais aucune envie de répondre à cette question.

— Tout le monde le sait. On abandonne son enfant lorsqu'on n'a pas les moyens de le nourrir, ou parce que le père est en prison, par exemple, ou que la mère est contrainte de travailler pour survivre. En général, les gens affirment qu'ils reviendront le chercher, mais ils ne le font jamais. Maître Ward a dit que Mr. Kaufman l'avait questionné sur les orphelinats. Il se demandait sûrement ce qu'il pourrait faire du bébé et il se renseignait. Lucy avait raison : il ne voulait pas donner d'argent, il en avait assez qu'elle lui en demande et il craignait qu'elle finisse par le faire chanter pour avoir accès à la fortune familiale. Il a donc enlevé l'enfant et est allé le porter dans un orphelinat pour le faire adopter. Il croyait peut-être même avoir ce droit en tant que père.

Nous nous arrêtâmes devant un passage à niveau. Nous étions la cinquième automobile de la file et, derrière nous, deux chevaux de trait attelés à un chargement de barriques piaffaient et s'ébrouaient en entendant le grondement du train.

— J'ai un peu de mal à m'imaginer Kaufman tenant un bébé dans ses bras, déclara le shérif en redémarrant. Et puis, que comptez-vous faire ? Écrire à tous les orphelinats du New Jersey et de New York ?

— Non, nous n'allons pas écrire. Je ne vois pas Mr. Kaufman perdant son temps à sillonner New York à la recherche d'un orphelinat. À mon avis, ce n'est pas à New York qu'il l'a placé. Et s'il l'avait ramené directement à Paterson ?

Le shérif me considéra, songeur.

— Vous voulez donc que j'aille frapper aux portes des orphelinats de la ville pour demander s'il n'y a pas un petit garçon en trop ?

— Vous n'irez pas seul. Je viens avec vous.

Le silence régna plusieurs minutes dans l'automobile tandis que nous roulions au pas dans la circulation très dense. Puis le shérif s'arrêta à une intersection, repoussa son chapeau et se massa les tempes.

— Très bien, dit-il. Il y en a un à deux pas d'ici, autant y aller tout de suite. J'en connais un deuxième dans McBride. Et bien sûr, il y a l'asile de l'hôpital, dans Market Street. Je n'en vois pas d'autres.

L'époque où l'on cachait les foyers pour jeunes accouchées au fond de la campagne était révolue. La maison de Mrs. Florence, à Wyckoff, avait été fermée depuis bien longtemps. Orphelinats et foyers accueillaient désormais les mères déchues et leur bébé en plein cœur des villes, à proximité des hôpitaux ou des gares.

— Parfait ! acquiesçai-je. Nous en avons donc trois à aller voir ! Nous avons le temps de le faire cet après-midi et nous serons rentrés pour le dîner.

Sans répondre, il s'engagea dans Union Street. Bientôt, nous débouchâmes dans Albion, une avenue bordée d'arbres et de maisons anciennes. À son extrémité se trouvait un bâtiment de ferme tout simple aux volets verts devant lequel se dressait un orme gigantesque. La maison me parut confortable et plutôt propre mais, une fois à la porte, une forte odeur de moisissure mêlée de chou et de haricots cuits m'agressa les narines. Punaisé au battant, un écriteau rédigé à la main indiquait : *Foyer de Mrs. Livingston. Réservé aux jeunes filles isolées anciennement respectables. Pas d'adoptions.*

Un bébé se mit à crier lorsque le shérif Heath sonna, imité par un autre, puis un troisième. Je perçus des bruits de pas, mais la porte ne s'ouvrit pas.

Un chat décharné sauta soudain sur le perron et, surpris sans doute de nous trouver là, bascula en arrière avant de battre en retraite. Lorsqu'il se fut suffisamment éloigné pour se sentir en sécurité, il se mit à cracher dans notre direction.

Le shérif sonna de nouveau et, cette fois, des pas se rapprochèrent. Une jeune fille ouvrit, vêtue d'un tablier, les cheveux négligemment rassemblés au sommet du crâne. Ce n'était guère qu'une adolescente et son corps déformé laissait deviner un enfantement récent. Je m'efforçai de chasser mes souvenirs. À l'époque de mon accouchement, je courais me cacher quand des visiteurs se présentaient à la porte du foyer. Cette fille-là semblait très effrontée, en comparaison.

En apercevant le shérif, elle lâcha cependant le chiffon qu'elle tenait à la main.

— Bonjour, mademoiselle, déclara-t-il. Je suis le shérif Robert Heath, et voici Miss Kopp. Nous sommes ici au sujet d'un enfant. Pourrions-nous parler à Mrs. Livingston ?

La jeune fille referma la porte sans un mot, tandis que le chat s'enhardissait à venir renifler nos chevilles. Le shérif Heath le repoussa d'un coup de pied, puis releva la tête vers moi, l'air gêné.

— Je n'aime pas beaucoup les chats, m'avoua-t-il.

— Moi non plus.

De nouveaux bruits de pas retentirent et la porte s'ouvrit, révélant cette fois une femme trapue d'un certain âge, dont les cheveux avaient la couleur d'une marmite en fonte et le caractère, sa souplesse. Sa robe boutonnée au col haut ressemblait à celles que portait ma grand-mère et ses lunettes étaient aussi épaisses et poussiéreuses que les fenêtres de sa vieille maison.

— Vous n'avez rien à faire ici ! lança-t-elle avant que le shérif Heath ait pu ouvrir la bouche. Nos jeunes filles viennent de familles respectables et les enfants sont placés par nos soins dans de très bons foyers.

Elle voulut refermer la porte sur cette proclamation, mais le shérif retint le battant.

— Nous devons vous parler, déclara-t-il. Au sujet d'une affaire criminelle. Nous souhaitons vérifier qu'aucun acte répréhensible n'a été commis dans votre maison, mais si nous ne pouvons pas le faire aujourd'hui, je serai obligé de vous envoyer mes hommes demain matin. Nous préférerions ne pas devoir en arriver là.

Les rides de mauvaise humeur se creusèrent dans le visage de la femme, qui fit néanmoins un pas de côté pour nous laisser entrer. Elle referma la porte derrière nous et nous nous retrouvâmes dans un vestibule sombre, près d'un entassement de vieux journaux et d'une série de bouteilles de lait vides. Il y avait des couvertures et des jouets en bois sur les marches de l'escalier, des tasses et de petites assiettes au sol, et une odeur de lait tourné imprégnait le tapis. Jamais Mrs. Florence n'aurait toléré un tel désordre.

La femme leva la tête vers nous, dans l'expectative. Je m'éclaircis la gorge.

— Nous pensons qu'un monsieur est venu déposer un bébé dans un orphelinat ou dans une église l'an dernier.

Elle secoua la tête.

— S'il était venu ici, nous l'aurions renvoyé tout de suite. Nous n'acceptons plus ce genre de chose. C'est trop de problèmes, et nous en avons bien assez comme ça !

Comme pour illustrer ses propos, deux jeunes filles à peine pubères s'engagèrent pesamment dans l'escalier. Elles avaient le ventre si gonflé qu'aucune robe n'aurait pu dissimuler leur état. Le shérif Heath se détourna et elles-mêmes accélérèrent le pas sans demander leur reste en nous apercevant.

— Nous sommes désolés de vous avoir dérangée, Mrs. Livingston, déclarai-je. Pourriez-vous me dire qui serait susceptible de se charger d'un tel enfant ?

— Pas une maison comme la mienne, en tout cas ! aboya-t-elle. Et pas non plus le Foyer catholique. L'asile de l'hôpital le prendrait mais, si personne ne venait le réclamer, le gamin serait vite envoyé à l'adoption.

L'orphelinat en question se trouvait dans un terrifiant bâtiment de brique de Market Street, où il se dressait comme le rappel solennel des infortunes dont les petits enfants pouvaient être victimes. Plus d'un parent, plus d'un grand frère ou d'une grande sœur mal intentionnés avaient déjà menacé de petits garçons ou de petites filles de les y envoyer s'ils se conduisaient mal. Chez nous, ce genre de plaisanteries était banni, mais Fleurette avait malgré tout eu vent de cet endroit d'une manière ou d'une autre et, à l'âge de cinq ans, elle le visitait dans ses cauchemars. Je me souviens que, ces nuits-là, je restais éveillée en luttant contre le désir d'aller la réconforter ; c'était ma mère qui se levait.

Pourtant, comparé au foyer de Mrs. Livingston, l'asile pour orphelins était étonnamment propre et net. Nous y pénétrâmes en franchissant de magnifiques portes en cuivre et fûmes accueillis par une fraîche odeur de produit d'entretien et le crépitement d'une machine à écrire. La petite femme potelée assise derrière le bureau de la réception interrompit son travail à notre arrivée.

— Shérif Heath ! s'exclama-t-elle en repoussant ses lunettes en haut de son nez. Quelle bonne surprise ! Comment vont cette chère Cordelia et vos charmants enfants ?

— Tout le monde va bien, merci ! répondit-il. Puis-je vous présenter ma partenaire, Miss Kopp ? Elle m'aide sur une affaire. Mrs. Griggs, ajouta-t-il à mon intention, était notre voisine avant que nous ne partions nous installer dans notre logement actuel.

— Je suis sûre que Cordelia regrette sa cuisine, commenta Mrs. Griggs.

— Et je pense qu'elle regrette encore plus ses voisines, acquiesça-t-il. Les détenus et les gardiens ne sont pas une compagnie pour une mère de famille. J'espère que vous viendrez bientôt lui rendre visite.

— Oh ! dit la femme en se troublant. À la prison ? Je ne pense pas que…

— C'est la maison la plus sûre de tout le comté de Bergen, vous savez ! intervins-je, ce qui me valut un sourire reconnaissant du shérif. J'y suis allée moi-même et je puis vous assurer que Mrs. Heath y est très bien installée !

— Ma foi, je tâcherai d'aller la voir… articula-t-elle sans grand enthousiasme.

Le shérif Heath se gratta la gorge puis m'adressa un signe de tête. J'expliquai alors le motif de notre venue. Notre interlocutrice nous considéra un instant, les sourcils froncés.

— Je ne me souviens pas de lui, mais je ne suis pas la seule à recevoir les visiteurs, expliqua-t-elle. À quoi ressemble le petit garçon ?

— Hélas, nous n'en savons rien, répondis-je. La dernière fois qu'il a été vu, il était bébé et nous n'en avons qu'une description très vague.

Elle jeta un coup d'œil à un long couloir vide. De part et d'autre se trouvaient des portes vitrées portant des noms en lettres dorées.

— S'il est venu là, nous devons avoir un dossier…

Elle réfléchit un instant, avant d'ajouter :

— Il est près de cinq heures et je crois qu'il n'y a plus personne. Attendez-moi ici, je vais aller voir au secrétariat.

Elle s'engagea dans le couloir et disparut derrière l'une des portes. Nous vîmes passer plusieurs nurses et aides-soignantes qui avaient terminé leur journée et portaient sur le bras leur manteau et la gamelle de leur déjeuner. Elles nous regardèrent sans rien dire en se dirigeant vers la sortie.

Mrs. Griggs revint bientôt avec une pile de dossiers.

— J'ai là tous les enfants qui sont arrivés chez nous à l'époque qui vous intéresse. Quels noms avez-vous dits, déjà ?

Nous lui donnâmes tous les noms susceptibles d'être liés à l'affaire qui nous vinrent à l'esprit. Il y avait plusieurs dizaines de dossiers à consulter et elle les feuilleta l'un après l'autre, avant de secouer la tête.

— Je regrette, dit-elle, mais je ne vois aucun de ces noms.

— Tous ces enfants ont-ils été adoptés ? m'enquis-je.

— Oh, j'imagine que oui, depuis le temps ! Laissez-moi regarder…

Elle se remit à feuilleter les dossiers, qu'elle répartit en trois piles sur le bureau.

— Ça, ce sont ceux qui sont retournés dans leur famille d'origine, expliqua-t-elle en désignant la première. Ceux-là ont été proposés à l'adoption et ont trouvé une famille d'accueil. Et ceux-là, conclut-elle en montrant la troisième, sont toujours là, ou ont des dossiers incomplets. Il faudra que je me renseigne pour savoir ce qui s'est passé pour eux…

J'indiquai d'un geste les deux piles de droite.

— Pourriez-vous me montrer tous les dossiers de garçons ? demandai-je.

Tirant mon carnet de mon sac à main, je notai les noms inscrits sur les fiches qu'elle me tendit. Celles-ci comportaient très peu d'informations : dans certains cas, il n'y avait qu'une date, l'âge et le sexe de l'enfant, et une ligne indiquant le nom que les gens avaient bien voulu fournir. Je ne vis ni Bobby ni Robert ni Robbie, ni d'ailleurs aucun garçon d'un âge correspondant qui aurait été déposé dans l'établissement au cours de la période en question.

— Vous êtes sûre qu'il n'y en a pas d'autres ? insistai-je.

— Tout est là, sauf les placements privés, expliqua-t-elle. Certains de nos dossiers sont scellés à la demande de la mère.

Je secouai la tête.

— Dans cette affaire, c'est la mère qui est à la recherche de son enfant.

Le shérif Heath remercia son amie et nous fûmes bientôt dehors dans la lumière déclinante de la fin d'après-midi. Les usines venaient de libérer leurs ouvriers et une foule de teinturiers, de tisseurs et de machinistes se déversait dans Market Street, tremblant dans leurs vêtements de travail et marchant d'un pas lourd vers ce qui leur servait de logement. Le shérif Heath me ramena à Wyckoff et je demeurai silencieuse dans l'automobile, promenant pensivement les doigts sur les bords de la page où j'avais inscrit les noms des enfants trouvés et des orphelins, et ceux des adultes qui les avaient déposés à l'asile.

— Votre histoire ne me plaît pas, lança le shérif Heath au moment où je m'apprêtais à descendre. Je ne vois vraiment pas Kaufman et sa bande aller enlever un bébé pour le porter dans un orphelinat. Ils ne sauraient même pas comment le tenir !

J'étais d'accord avec lui. Je n'imaginais pas moi non plus Henry Kaufman mener une telle entreprise. Toutefois, je refusais de penser qu'il n'était pas impliqué, d'une manière ou d'une autre, dans cette affaire.

52

Cette nuit-là, une nouvelle tempête de neige rendit Sicomac Road presque impraticable. Deux des énormes platanes bordant la route furent coupés en deux par la force du vent et le gel, bloquant le passage jusqu'à ce que le ciel se fût suffisamment éclairci pour permettre à quelques hommes des environs de venir les débiter en petit bois. Avec la pluie, les nids-de-poule s'étaient transformés en ruisseaux, puis avaient gelé. Maintenant que la glace fondait, la terre, au-dessous, se soulevait en se craquelant.

De bon matin, un bruit assourdissant me fit bondir hors du lit. Convaincue qu'il s'agissait d'un coup de feu, j'allai m'accroupir sous la fenêtre. Le givre qui recouvrait celle-ci m'empêchait de voir à l'extérieur. Je cherchais en vain à l'ouvrir lorsque Norma apparut à ma porte, déjà habillée et revêtue de son manteau d'hiver.

— C'était un arbre, m'informa-t-elle. Il est tombé devant la grange. Habille-toi !

Je m'exécutai sans broncher et la retrouvai à la cuisine, qui était plongée dans une obscurité si glaciale qu'elle aurait pu être elle aussi recouverte de givre. Norma me tendit des gants de travail et des cache-oreilles.

— Fais attention à ne pas glisser, me prévint-elle en ouvrant la porte. C'est complètement gelé.

Le premier souffle de la bise polaire me coupa la respiration. Enfonçant le menton dans le col de son manteau, Norma se mit à avancer vaillamment en émettant de petits grognements pour accompagner ses efforts.

À quelques mètres devant nous gisait un vieil orme qui avait perdu le combat contre la tempête. Seules ses racines n'étaient pas encore tapissées de glace. Avec ses branches qui barraient la porte de la grange, il était devenu impossible d'aller s'occuper des bêtes. Pis encore, un angle bas du toit s'était effondré quand l'arbre l'avait heurté dans sa chute. De là où nous nous tenions, nous entendions les poules récriminer.

— *Ach !* Nous aurions dû refaire ce toit l'été dernier, pestai-je à l'intérieur de mon col.

— Nous n'avons plus qu'à nous y atteler aujourd'hui, rétorqua Norma.

Durant toute la matinée, nous coupâmes les branches de l'arbre pour les traîner une à une jusqu'à notre réserve de bois. Norma s'était munie d'une hachette pour débiter les plus fines, tandis que je m'attaquais aux plus larges et au tronc à l'aide d'une vieille scie en mauvais état. Avec la glace sous nos pieds qui nous faisait glisser et les branches qui nous échappaient parfois des mains, c'était un travail à la fois dangereux et exténuant.

Bien qu'elle nous entendît certainement nous affairer ainsi sous sa fenêtre, Fleurette prit son temps pour sortir du lit. Lorsqu'elle apparut enfin à la porte et nous proposa son aide, nous répondîmes d'une seule voix :

— Fais-nous du café !

Elle battit en retraite à l'intérieur et nous prouva son efficacité en préparant du café et en faisant chauffer des petits pains et frire du bacon. Nous préférâmes rester à l'extérieur, conscientes que, si nous commencions à nous réchauffer, nous ne pourrions jamais ressortir. Fleurette nous apporta donc notre petit déjeuner dehors et s'occupa ensuite de nous approvisionner régulièrement en petits pains et boissons chaudes pendant que nous nous activions.

Il était midi passé quand nous pûmes enfin ouvrir la grange. Un chœur de revendications s'éleva aussitôt. Dans sa stalle, Dolley battit du pied et hennit et les poules lui répondirent par des caquètements furieux. Norma brisa l'eau gelée de l'abreuvoir avec sa hachette, tandis que je distribuais aux volailles de l'avoine et du maïs concassé. Lorsque je m'assis un instant pour reprendre mon souffle, mes yeux se fermèrent aussitôt et l'obscurité s'abattit sur moi.

— Lève-toi ! me cria Norma. Il faut s'occuper du toit, et il y a encore de la neige dans l'allée…

Encore de la neige ? Je déployai un effort surhumain pour me relever et ouvrir la porte. De fait, le vent qui soufflait en rafales avait apporté un nouveau tapis blanc. Je m'adossai à la paroi, mais Norma vint me tapoter avec l'extrémité d'une échelle et me poussa dehors.

J'étais convaincue que je ne pourrais pas rester debout une minute de plus.

— Norma, soufflai-je en la regardant poser l'échelle contre le mur extérieur. Tu n'as jamais envie que la vie soit un peu plus facile ?

— Quoi ? fit-elle.

— Tout ça, repris-je en désignant la neige et les branches cassées. Vivre comme ça, seules au bout du monde…

Elle vérifia que l'échelle était bien calée sur le sol.

— J'ai toujours pensé que les gens qui recherchent une vie facile deviennent paresseux et n'ont aucun centre d'intérêt. Et puis, je ne vois pas ce que nous irions faire ailleurs, alors que cet endroit nous convient si bien !

— Mais tu sais que nous allons peut-être devoir partir. Francis a raison, nous n'aurons bientôt plus assez d'argent…

— Dans ce cas, rétorqua Norma d'un ton qui suggérait que le sujet était clos, je te laisse trouver une solution. C'est ton tour.

— C'est mon tour ? Qu'est-ce que ça veut dire ?

— Ça veut dire que moi, j'ai trouvé cette ferme, je t'ai trouvée, toi, et j'ai trouvé Fleurette.

Elle se tourna vers la route, vers l'endroit précis où elle se tenait, dix-sept ans plus tôt, lorsqu'elle avait décrété que nous allions vivre ici. Puis elle me regarda avec une sorte d'âpre satisfaction dans les yeux.

— Pas vrai ?

Pendant un long moment, je ne pus rien dire. On n'entendait que le sifflement de la bise.

— Si… répondis-je enfin.

— Tout à fait. Donc, maintenant, c'est ton tour. Maman n'est plus là, alors qui pourrait t'arrêter ? Va te chercher un petit travail qui rapporte de quoi nous faire vivre. Ce que je te propose là ne te donne pas envie ?

— Je ne sais pas de quoi j'ai envie.

— Moi, si ! assura-t-elle. Ces derniers temps, tu as pris un plaisir fou à courir dans tous les sens en jouant au détective. Et si tu en devenais un pour de bon ?

Elle commença à gravir l'échelle. Je tentai de la retenir, mais elle se dégagea.

— Mais de quoi est-ce que tu parles ? criai-je.

— J'ai vu une annonce dans le journal la semaine dernière, m'expliqua-t-elle en baissant la tête vers moi. Wanamaker's cherche des femmes pour servir de détectives. Tu ne l'as pas lue ? Eh bien, écris-leur, parle-leur de toi, et je suis sûre qu'ils t'engageront sur-le-champ !

Je demeurai immobile à la regarder tandis qu'elle se retournait et poursuivait son ascension. Le bas de sa jupe-culotte, trempé de boue et de neige, me heurta le visage.

— Tout ce que je te demande, ajouta-t-elle, c'est de faire en sorte que nous n'ayons pas à aller habiter chez Francis.

— Wanamaker's ? interrogeai-je. À New York ?

— Prends le train ! me cria-t-elle. C'est une chose que tu sais faire, ça, prendre le train…

Je considérai sans les voir les premiers barreaux de l'échelle et, derrière eux, le bois de la grange. Venais-je d'entendre ma sœur me demander de quitter la maison – non pas une fois pour toutes, mais tous les matins – pour aller accomplir un travail dont le principe même était de me placer en travers du chemin de criminels ? Qu'étions-nous devenues ?

— Mais si tu veux bien arrêter de rêvasser, reprit-elle, j'ai un travail pour toi, là, tout de suite ! Passe-moi les outils et tiens-moi l'échelle !

Je lui tendis la scie, puis la regardai découper les bords déchiquetés du trou du toit en laissant les bardeaux endommagés tomber dans le poulailler. Lorsqu'elle eut obtenu une ouverture bien nette, je lui passai de gros morceaux de bois de différentes tailles et elle trouva le moyen de les arranger pour boucher l'ouverture. Je l'entendais haleter et renifler en travaillant.

Immobile au bas de l'échelle, j'avais si froid que je ne parvenais plus à remuer. Mes bottes s'étaient de nouveau enfoncées dans une épaisse couche de neige et mes doigts glacés avaient cessé d'agripper l'échelle. Une vision de l'hôtel propre et confortable de la Cinquième Avenue se mit à flotter devant moi, avec ses draps blancs et ses lampes de cuivre polies par une main que je n'avais jamais vue. Dans un lieu comme celui-là, je pourrais me faire apporter un œuf à la coque tous les matins sans avoir à reboucher un trou dans le toit d'un poulailler au plus fort de l'hiver.

53

Il devait être minuit lorsque je me retrouvai assise dans mon lit cette nuit-là, réveillée sans doute par le hululement strident d'une chouette qui appelait son compagnon. Je me mis à penser à Lucy. Je me refusais à abandonner l'idée qu'en ce moment même, l'enfant se trouvait à Paterson. Pour en avoir le cœur net, je devais de nouveau examiner la liste et vérifier l'un après l'autre chacun des noms qui y figuraient. Ensuite, je me rendrais dans les orphelinats du comté voisin, puis d'un troisième et d'un quatrième, et ainsi de suite. Sans aucune certitude de parvenir à mes fins…

Lorsque l'horloge du rez-de-chaussée sonna une heure, je n'avais toujours pas déterminé la façon dont je procéderais. Je dus m'endormir alors, car je me réveillai de nouveau alors qu'elle sonnait trois coups en songeant à ce qu'avait dit le shérif Heath. Henry Kaufman n'était pas le genre de personne à savoir tenir un bébé et à pouvoir s'en occuper, ne serait-ce qu'une heure, ni même assez longtemps pour le porter d'un endroit à un autre.

Marion Garfinkel, en revanche, était ce genre de personne. Elle saurait exactement quoi faire. Elle irait placer l'enfant de façon anonyme en le faisant passer pour le sien. Au besoin, elle offrirait une somme suffisante pour qu'on ne lui posât pas trop de questions.

Que m'avait-elle dit quand je l'avais interrogée sur l'enfant de Lucy ? « Il est certainement mieux là où il se trouve désormais… »

Et elle en était assurément convaincue.

Le sommeil s'empara de nouveau de moi et je ne bougeai plus jusqu'au lever du jour. Cette fois, ce fut le caquètement des poules qui me réveilla. J'étais sûre de détenir la vérité, comme si je l'avais connue depuis le début.

Le ciel s'était éclairci et la neige avait durci au cours de la nuit. Dolley n'avait pas plus envie que moi d'être dehors, mais je la poussai malgré tout dans Sicomac Road à petits coups de rênes. Quelques automobiles nous dépassèrent en actionnant leurs klaxons et en zigzaguant un peu sur la route, menaçant parfois de nous faire verser dans le fossé. Dolley n'avait jamais été un animal nerveux, mais ces véhicules noirs et bruyants l'excitaient et je tentais de la calmer en imitant ces petits bruits de langue que faisait Norma. Sans aucun succès.

Je la mis à l'écurie pour quelques heures en arrivant à Paterson et gagnai à pied l'asile pour orphelins dans la boue grise que les chasse-neige avaient poussée de chaque côté de la chaussée. J'y parvins en très peu de temps et poussai un soupir de soulagement en trouvant Mrs. Griggs à son poste.

Elle se montra nettement moins chaleureuse que la veille. Lorsque je lui eus exprimé ma requête, elle fronça les sourcils.

— N'est-ce pas le shérif Heath qui devrait me poser ces questions ?

Je me raidis et répondis de ma voix la plus autoritaire :

— Il a réclamé mon aide sur une affaire sensible. Une jeune fille connaît actuellement une situation très difficile et le shérif a pensé qu'il valait mieux faire mener les recherches les plus délicates par une dame. C'est pourquoi il m'a amenée ici avec lui hier. Si l'explication qu'il vous a donnée en me présentant ne vous a pas satisfaite, je veux bien aller le chercher à Hackensack et revenir avec lui afin qu'il recommence. Je sais toutefois qu'il ne sera pas ravi de devoir quitter la prison et l'important travail de protection des habitants du comté de Bergen qu'il y accomplit, dans le seul but de réitérer une tâche qu'il a déjà effectuée.

Mrs. Griggs esquissa une moue réprobatrice.

— Je vous ai déjà dit que je ne pouvais rien vous révéler sur les placements privés. Si c'est la mère qui nous confie son enfant, le dossier ne peut être consulté par personne. C'est une règle d'or.

Je le savais bien. La même promesse m'avait été faite à l'époque.

— Mais imaginons qu'une femme soit venue déposer un enfant en affirmant être la mère, alors qu'elle ne l'était pas ?

— Ce n'est pas possible, nous consultons systématiquement le certificat de naissance. Nous réclamons un moyen d'identification, ou un témoignage solide…

— Mais il y a des femmes qui mettent leur bébé au monde seules, chez elles. Ces bébés-là n'ont pas de certificat de naissance.

— Mais que cherchez-vous, exactement ? s'impatienta Mrs. Griggs.

Je compris que je n'aurais jamais accès à ses dossiers si je refusais de lui faire part de mes soupçons. Je lui donnai donc le nom de Marion Garfinkel, la lui décrivis et lui indiquai de nouveau l'âge de l'enfant et l'époque à laquelle nous pensions qu'il avait été amené.

Elle nota tous ces éléments sur une feuille, qu'elle examina pensivement pendant quelques instants.

— Vous laissez entendre que ce petit garçon aurait été kidnappé...

— Ce ne serait pas le premier. N'est-il pas possible qu'une personne ait agi de la sorte pour couvrir un scandale dans sa famille ?

Elle scruta mon visage, puis se leva sans un mot et disparut dans le couloir. Au terme d'une assez longue attente, je la vis revenir, une chemise cartonnée serrée contre sa poitrine, comme si elle n'était pas encore sûre de vouloir m'en révéler le contenu.

— Nous n'avons eu qu'un seul placement de garçon de cet âge durant les grèves, déclara-t-elle en se rasseyant avec précaution sur sa chaise. Si c'est l'enfant que vous recherchez, je pense qu'il est toujours parmi nous.

Je pris une profonde inspiration et me laissai tomber sur la chaise en face d'elle. L'idée que j'avais peut-être réussi – que, grâce à moi, Lucy allait pouvoir récupérer son fils – me faisait monter le sang aux joues et battre le cœur. J'en avais perdu l'usage de la parole.

Elle posa le dossier sur le bureau et y promena ses doigts.

— Il est là en ce moment ? articulai-je enfin. Pourrais-je le voir ?

— Absolument pas ! rétorqua-t-elle. Si cette affaire est traitée par le shérif, c'est le shérif qui doit venir voir l'enfant.

Je recouvrai enfin mon souffle.

— Ne craignez rien, il va venir, affirmai-je avec toute la sérénité dont j'étais capable. Mais avant de lui demander de délaisser son bureau tout un après-midi, je veux que la situation soit bien claire. Savez-vous quelque chose de plus sur les circonstances de l'arrivée de cet enfant ?

Avec un soupir excédé, Mrs. Griggs ouvrit le dossier et le souleva vers elle pour m'empêcher d'en voir le contenu.

— Je ne me souviens pas de ce cas particulier, déclara-t-elle après l'avoir feuilleté une bonne minute, mais d'après ce que je vois là, c'était une situation très exceptionnelle. Une femme nous a amené un bébé, mais elle n'a pu présenter aucun des documents requis : ni certificat de naissance, ni lettre de médecin, ni noms de membres de la famille. Elle ne nous a même pas donné le nom de l'enfant ni son adresse. Elle a raconté qu'elle était allée accoucher à l'étranger pour éviter d'éveiller les soupçons et qu'elle venait tout juste de rentrer. Comme nous ne connaissions pas son vrai nom, nous avons appelé le petit Teddy.

— Mais la mère – enfin, la femme qui se présentait comme la mère – était bien Marion Garfinkel ?

Mrs. Griggs referma le dossier.

— Elle nous a fourni un nom très commun et je suppose qu'il était faux. Notre directrice va devoir s'entretenir avec le shérif avant de pouvoir en révéler davantage. Il faudra sans doute faire appel à un juge pour statuer. Cette affaire est très inhabituelle.

— Mais le petit garçon est ici ?

Pour la première fois, un sourire effleura ses lèvres.

— Si c'est le bon – et je vous répète que je ne l'affirme pas – nous l'avons encore chez nous, oui. Nous avons énormément de nouveau-nés à placer et ce sont eux que les gens adoptent de préférence. Dès qu'un enfant a un ou deux ans, nous avons du mal à lui trouver une famille.

— Mrs. Griggs, vous venez de faire un bien immense à un petit garçon et à sa maman ! m'exclamai-je en bondissant de ma chaise. Il faut prévenir tout de suite le shérif. Pourriez-vous lui téléphoner de ce bureau ?

Elle considéra le téléphone de cuivre posé sur la table en tapotant celle-ci de ses doigts.

— Ce n'est pas à moi de le faire, décida-t-elle enfin. C'est à notre directrice.

Elle se leva et s'éclipsa par un escalier derrière elle. Lorsqu'elle revint, au bout d'une éternité, elle arborait une expression que je ne pus déchiffrer.

— Comme je le pensais, vous allez devoir déposer une requête devant un juge. Mais tout d'abord, l'enfant devra être identifié par sa mère. Le shérif Heath nous a dit qu'il irait chercher cette jeune femme et qu'il viendrait ici avec elle. Il affirme que vous savez où il peut la trouver.

Je lui donnai aussitôt l'adresse de Lucy et elle disparut de nouveau dans l'escalier, faisant glisser sa main sur une rampe gravée de motifs de lauriers. Je dus patienter encore près d'une heure, Mrs. Griggs revint un instant m'avertir que le shérif Heath était en chemin et repartit d'emblée en haut des marches pour demander aux nurses de préparer l'enfant. À son excitation, je compris que, pour la directrice et pour elle, il ne faisait désormais aucun doute que l'un de leurs petits pensionnaires quitterait bientôt l'établissement dans les bras de sa mère. J'espérai que l'on s'était gardé de donner cette impression à l'enfant. Je n'aurais pas supporté de voir Lucy secouer la tête et lui dire qu'il n'était pas son fils.

Ne tenant pas en place, je me levai pour arpenter le hall d'entrée de long en large en cherchant à me figurer Marion Garfinkel arrivant ici chargée d'un bébé. En même temps, je recensais la succession d'erreurs et d'infortunes qui l'avait conduite à pénétrer dans cet orphelinat : il y avait le père d'Henry Kaufman confiant à ce dernier la responsabilité d'une usine qu'il n'avait aucune compétence pour diriger, Henry Kaufman lui-même pénétrant de force chez Lucy avec d'indignes intentions, et puis Lucy, qui espérait – naïvement, voire stupidement – que le père de son enfant ferait face à ses responsabilités.

Et enfin, Marion, la concrète, l'efficace… Elle avait cerné le problème et presque aussitôt trouvé la solution. On comprenait sans peine qu'elle ait pu avoir cette idée : si j'arrêtais cent femmes dans les rues de Paterson pour leur demander ce qu'une jeune ouvrière d'usine non mariée devait faire dans une telle situation, j'obtiendrais cent réponses identiques.

C'était la réponse à laquelle j'étais moi-même parvenue dix-sept ans plus tôt, la seule raisonnable. Et Marion Garfinkel était, je devais le reconnaître, une femme éminemment raisonnable.

J'avais cessé de faire les cent pas et étais revenue m'asseoir devant le bureau de Mrs. Griggs quand le shérif Heath poussa la porte d'entrée et introduisit une Lucy Blake en larmes dans les locaux de l'asile pour orphelins de l'hôpital de Paterson.

Elle n'avait même pas ôté son tablier. Dès qu'elle m'aperçut, elle se précipita vers moi. Je me levai.

— Oh, je ne sais pas ce que je ferai si ce n'est pas lui… s'exclama-t-elle, tremblante.

— Tout va bien se passer, la rassurai-je sans grande conviction. Soyez courageuse et tâchez surtout de ne pas peiner cet enfant.

Mrs. Griggs appela une nurse, qui nous précéda dans l'escalier et déverrouilla une porte pour nous livrer l'accès à un couloir assez court sans fenêtres. À son extrémité se trouvait une autre porte, ornée d'une plaque de cuivre marquée : « GARÇONS ».

Elle la déverrouilla elle aussi et l'ouvrit. Nous nous retrouvâmes dans un immense dortoir avec des lits en fer de part et d'autre d'une allée centrale et de hautes fenêtres. Un peu partout, on voyait des chaussures et des manteaux d'enfants, ainsi que des cubes en bois dispersés sur le sol.

Au milieu de l'allée se tenait un petit garçon.

Avant que nous ayons pu esquisser le moindre geste, Lucy se précipita vers lui. Il se retrouva si vite dans ses bras, serré contre sa poitrine, que je n'eus pas le temps de voir son visage. Tandis qu'elle le faisait tournoyer dans ses bras, je ne distinguai qu'une chevelure noire semblable à celle de son père, encore humide et coiffée de part et d'autre d'une raie centrale, et l'arrière du plus petit costume d'homme que j'eusse jamais vu.

La nurse sourit et s'écarta un peu pour laisser passer ses collègues, qui étaient accourues en nous entendant arriver. Le shérif Heath recula pour leur céder sa place.

Lucy ne cessait pas de virevolter et je commençai à me demander si elle ne devait pas laisser l'enfant reprendre son souffle. Au milieu de la pièce, ils formaient leur propre planète, tournant autour d'un soleil qu'ils étaient seuls à voir.

54

Lucy finit par relâcher le petit garçon et s'assit au bord d'un lit en le prenant sur ses genoux. Il avait les cheveux de Mr. Kaufman et son front rond, mais les yeux de Lucy et son fin profil irlandais. C'était un beau bambin potelé, bien assez grand pour marcher tout seul, mais trop jeune encore pour comprendre ce qui se passait.

Le shérif Heath vint s'agenouiller devant eux et tendit la main à l'enfant, qui lui agrippa l'index.

— Tu ne peux pas savoir comme ça me fait plaisir de te rencontrer, mon petit ! dit-il.

Il se releva, imité par Lucy, qui me rejoignit, l'enfant toujours dans ses bras, à l'entrée du dortoir où je me tenais avec quelques nurses.

— J'aurais bien aimé rester dormir ici avec lui cette nuit, dit-elle, mais ce ne sera pas possible. Je travaille pour deux vieilles dames impotentes qui m'attendent pour dîner. Elles ont été très gentilles, mais je dois retourner m'occuper d'elles.

— Je vais faire en sorte qu'un juge nous reçoive dès demain, indiqua le shérif Heath. D'ici là, je prendrai les dépositions des nurses pour que nous soyons prêts à répondre à ses questions.

Nous laissâmes Lucy dire au revoir à son fils et redescendîmes tous les deux.

— Ce genre de dénouement ne se produit pas assez souvent à mon goût ici, déclara Mrs. Griggs avec un large sourire en nous voyant revenir. Les nurses sont très, très heureuses.

— C'est la première fois que je rends un enfant disparu à ses parents depuis que je suis shérif, renchérit le shérif Heath. Et d'ailleurs, je ne suis pour rien dans cette affaire : c'est Miss Kopp qu'il faut remercier pour cet exploit !

Toujours souriante, Mrs. Griggs m'adressa un signe de tête et se tourna vers le shérif.

— Je suppose que cette histoire va faire le tour de la ville avant votre rencontre avec le juge, dit-elle. Et on en parlera peut-être même dans les journaux, non ?

— Oh, nous espérons que la presse ne viendra pas s'en mêler tout de suite, répondit-il.

— Oui, j'imagine que le père de l'enfant n'est pas…

— Non. Il ne veut pas en entendre parler. Mais la jeune mère a un emploi confortable, puisqu'elle est domestique chez deux vieilles dames compréhensives qui ont déjà accepté d'accueillir le petit sous leur toit. Je leur ai parlé cet après-midi et elles sont prêtes à signer une lettre pour le juge. Ma sténographe va la taper à la machine ce soir.

— Ma foi, si le juge est satisfait, nous le serons aussi !

Lucy finit par apparaître en haut des marches, accompagnée d'une nurse sans doute destinée à la dissuader de rebrousser chemin pour tenter d'emmener son fils avec elle. Lucy descendait toutefois la tête haute, à l'évidence maîtresse d'elle-même.

— Je lui ai dit que je devais partir pour lui préparer un lit, nous dit-elle avec un courageux sourire. Il a trop grandi pour le berceau que j'ai…

Le lendemain matin, le shérif Heath et moi-même attendions devant l'usine quand Marion Garfinkel arriva.

— Si c'est au sujet du procès, lança-t-elle dès qu'elle nous vit, adressez-vous directement à Henry ! Je n'ai plus rien à voir avec lui. Je lui ai promis de payer les honoraires qu'il doit à maître Ward, mais il sait que je ne prendrai pas en charge ceux d'un autre avocat. À lui de se débrouiller seul, à présent !

Elle ouvrit une petite porte et voulut s'y faufiler en la refermant derrière elle, mais le shérif Heath l'en empêcha.

— Nous pouvons bavarder ici, indiqua-t-il sans hausser le ton, ou alors aller ensemble au palais de justice. À vous de choisir.

Marion Garfinkel haussa les épaules sans lui accorder un regard.

— Nous pouvons parler toute la journée si cela vous fait plaisir, mais je ne suis plus responsable de mon frère. D'ailleurs, je ne l'ai pas vu depuis des semaines…

Nous lui emboîtâmes le pas dans l'usine encore déserte.

— Je me suis installée dans son bureau, annonça-t-elle en ouvrant la porte de celui-ci.

La pièce, nettoyée de fond en comble, avait perdu ses allures de tripot pour redevenir un lieu où pouvaient se gérer des affaires.

Le shérif Heath referma la porte derrière lui.

— Nous sommes ici au sujet de Lucy Blake, annonça-t-il.

Marion Garfinkel se laissa tomber dans son fauteuil avec un haussement d'épaules désinvolte.

— Elle non plus, je ne l'ai pas revue. Peut-être se sont-ils enfuis ensemble…

Elle saisit un coupe-papier pour ouvrir une enveloppe.

Ce geste très banal – le glissement d'une lame découpant le papier – me mit hors de moi. Comment cette femme pouvait-elle conserver un tel calme après ce qu'elle avait fait ? Le shérif m'avait demandé de garder le silence, mais je ne pus me contenir.

— Nous l'avons trouvé, déclarai-je. Ici, à Paterson, là où vous l'avez laissé.

Elle reposa le coupe-papier sur le bureau en gardant les yeux baissés. Le shérif s'éclaircit la voix.

— Un petit garçon a été déposé à l'asile pour orphelins de l'hôpital de Paterson l'an dernier, expliqua-t-il. Lucy Blake l'a identifié comme étant le sien et l'une des nurses de l'asile se souvient de vous. Elle vous a décrite hier soir de façon parfaite. En outre, votre écriture est consignée dans le dossier de l'enfant. Ce n'est pas votre nom, mais c'est vous qui l'avez inscrit, et il se trouve que nous disposons d'un expert en graphologie. Celui-là même qui nous aide dans la procédure contre votre frère…

Elle haussa les sourcils et remua les lèvres sans qu'aucun son n'en sortît.

— Votre avocat se souvient qu'Henry l'a interrogé sur les adoptions d'enfants, ajoutai-je. Était-ce une idée d'Henry ?

Marion Garfinkel demeura silencieuse.

— Vous avez le droit de faire votre déclaration ici, mais nous pouvons aussi aller au tribunal, si vous préférez, indiqua le shérif.

— Je n'ai aucune déclaration à faire.

— Des aveux spontanés vous éviteront le scandale d'un procès, la prévint-il. Demandez à votre avocat, si vous ne me croyez pas. Quoique maître Ward m'ait confié qu'il ne souhaitait plus se charger d'affaires criminelles.

Elle prit une longue inspiration et se mit à lisser un document posé sur le bureau.

— C'était peut-être une idée d'Henry, mais il ne s'en est pas mêlé. Je ne pouvais pas lui faire confiance en matière de discrétion.

Je me surpris à acquiescer. Marion était avisée. Entre le frère et la sœur, c'était elle qui faisait la meilleure criminelle.

— Je me suis dit que ce serait préférable pour le petit, poursuivit-elle, si bas que je dus tendre l'oreille. Cette fille n'aurait jamais eu de quoi l'élever seule, elle n'aurait pas cessé de revenir à la charge pour nous réclamer de l'argent. Elle aurait même pu finir par nous traîner en justice.

Elle releva la tête pour nous gratifier d'un regard plein de défi.

— Je suis venue ici pour faire le ménage derrière mon frère, voyez-vous, et c'est ce que j'ai fait. Et vous reconnaîtrez en outre que j'ai rendu un fier service à ce bébé !

Ces paroles ne me surprirent pas. Toutefois, je ne pouvais imaginer cette femme se glissant subrepticement dans la maison où avait été placé l'enfant pour l'enlever elle-même.

— Vous avez reçu de l'aide, affirmai-je. Quelqu'un d'autre que vous est venu faire du grabuge dans l'immeuble pour effrayer les syndicalistes et les faire fuir au beau milieu de la nuit. Ils ont eu si peur qu'ils n'ont jamais signalé la disparition de l'enfant. Vous n'auriez pas pu les effrayer à ce point à vous seule.

Elle pencha la tête d'un côté, puis de l'autre, comme si elle évaluait les options dont elle disposait.

— Mon frère a quelques amis assez repoussants, mais très utiles.

Peu après, Mrs. Garfinkel sortait du bureau d'un pas lent, tremblante, entourée par le shérif Heath d'un côté et moi de l'autre. Au passage, elle murmura quelques mots à une secrétaire qui venait d'arriver. Deux automobiles nous attendaient à l'extérieur : l'une pour la conduire à la prison et l'autre dans laquelle nous allâmes chercher Lucy Blake.

L'arrestation de Mrs. Garfinkel ne fit ni chaud ni froid à Lucy, qui nous supplia de ne pas engager de poursuites contre elle. Elle souhaitait seulement que son enfant lui revînt et qu'on leur permît, à elle et à lui, d'être préservés de tout contact avec la famille Kaufman.

— Un enlèvement n'est pas un crime sur lequel on peut fermer les yeux, Miss Blake, objecta le shérif. Mais nous espérons que Mrs. Garfinkel consentira à nous faire des aveux complets, ce qui lui évitera le procès. Et nous devrions pouvoir tenir la presse à l'écart. Je ne peux pas vous garantir que Kaufman vous laissera tranquille, mais il ignore où vous habitez à présent et nous ferons en sorte qu'il ne le découvre pas.

Les auditions furent menées le matin même, comme l'avait promis le shérif Heath. Un juge nous reçut à huis clos pour entendre les témoignages de Lucy et du shérif. Je lui fus présentée comme une amie de Lucy et ne vis aucune objection à cela. La lettre des dames qui employaient cette dernière fut lue à haute voix et jugée appropriée. Le procureur Wright se présenta, juste le temps de nous signaler que Marion Garfinkel avait entendu la lecture des charges retenues contre elle et qu'elle serait maintenue en détention jusqu'à ce que quelqu'un vînt payer la caution pour sa mise en liberté provisoire. Le juge agréa tout cela et signa l'ordre autorisant l'orphelinat à remettre l'enfant à sa mère.

Durant le trajet jusqu'à l'asile, Lucy bavarda gaiement. Elle nous décrivit le petit salon que les deux sœurs avaient accepté de transformer en chambre d'enfant pour Bobby. Elle nous expliqua que, comme elles avaient fait des dons généreux à l'église voisine par le passé, elles avaient demandé par lettre à la femme du pasteur de procurer vêtements et chaussures à l'enfant. Le shérif Heath affirma que sa propre épouse aurait sans doute de petites choses à lui donner et je promis pour ma part que Fleurette confectionnerait les vêtements qui manqueraient encore au petit garçon.

Nous étions tous de belle humeur quand nous atteignîmes l'orphelinat. Je patientai en compagnie du shérif Heath dans le vestibule pendant que Lucy montait chercher son fils à l'étage. Le shérif tenait son chapeau à deux mains en promenant ses doigts sur le bord.

— Miss Kopp, je vous dois des excuses, me dit-il.

— Je ne vois pas pourquoi, m'étonnai-je.

— Si… C'est vous qui avez fait tout cela, et vous l'avez fait seule. Vous êtes allée à New York et vous avez découvert ce photographe. Moi, je n'ai pas remarqué le nom de Ward sur les clichés, mais vous, vous vous en êtes souvenue. Et je ne sais pas comment vous avez eu l'idée de vous adresser aux orphelinats… Enfin, bref, vous avez assemblé tous ces éléments très vite. Vous faites une excellente détective, vous savez !

Je me mis à rire.

— Enfin une chose sur laquelle Norma et vous êtes d'accord ! m'exclamai-je. S'il y a des postes pour femmes dans votre équipe, faites-le-moi savoir, shérif !

— Pardon ?

— Les sœurs Kopp ont besoin de trouver soit un emploi soit un mari, et très rapidement, précisai-je.

— Qui a dit cela ?

— Notre compte en banque !

Les pieds de Lucy apparurent à cet instant en haut de l'escalier et je m'empressai d'aller à sa rencontre.

— Mais ne m'envoyez pas de prétendants, s'il vous plaît, lançai-je à l'intention du shérif. Je compte explorer la première piste en priorité !

Lucy parvint au bas des marches en même temps que moi, son petit garçon dans les bras, et tous deux m'enlacèrent en riant de bonheur.

55

— Tu ne vas tout de même pas aller travailler à New York ! s'exclama Fleurette, lâchant de stupéfaction le petit pain qu'elle était en train de beurrer.

— Je n'y suis pas encore, assurai-je. J'ai juste écrit pour demander des renseignements.

— Et on t'a répondu ?

— Oui, tout de suite. Ils ont absolument besoin de personnel ce printemps et ils m'ont convoquée pour un entretien. J'ai rendez-vous demain.

Fleurette se tourna vers Norma, horrifiée. Nous avions décidé de ne rien lui dire de nos difficultés financières ni des pressions qu'exerçait Francis pour nous faire vendre la ferme. Nous ne voulions surtout pas qu'elle lui en tînt rigueur.

— Et qu'est-ce que tu vas faire ? me demanda-t-elle. Des paquets-cadeaux derrière un comptoir ?

— Pas du tout ! En fait, ils engagent des détectives pour le magasin.

Lorsqu'il avait ouvert son magasin à New York, Mr. Wanamaker avait fait beaucoup de publicité autour de la liberté qu'auraient les clients de circuler parmi les rayons et de toucher la marchandise avant d'acheter, une idée née en 1896, mais qui restait encore très neuve. C'était un grand bazar rutilant où l'on vendait gants en velours et chaussures en cuir, rubans et dentelles, costumes sur mesure pour messieurs, bref, tout ce qu'un citadin pouvait désirer. Situé à proximité de Broadway, il employait quelques centaines de vendeurs et de manutentionnaires. Conformément au souhait de son propriétaire, les prix étaient inscrits sur des étiquettes fixées sur la marchandise, afin que les clients y aient accès eux-mêmes. « Si tout le monde est égal devant Dieu, avait coutume de répéter Mr. Wanamaker à ses chefs de rayon, tout le monde doit être égal devant les prix. »

Malheureusement pour lui et pour ses principes chrétiens, l'accès libre au magasin et à ses marchandises incitait au vol à l'étalage. Pour pallier cet inconvénient, certains vendeurs, transformés en détectives, arpentaient les allées dans leurs vêtements de tous les jours en se faisant passer pour des clients et gardaient l'œil sur les doigts agiles et les sacs béants d'une nouvelle engeance très raffinée de voleurs opérant au centre-ville. Même les dames dérobaient de la marchandise chez Wanamaker's, ce qui avait conduit la direction à recruter du personnel féminin pour surveiller les étalages de gants, de dentelles et de sous-vêtements. Pour ces détectives, le travail consistait simplement à déambuler dans le magasin de la façon la plus naturelle possible, en tenue de ville pour faire figure de clientes ordinaires. Je ne voyais aucune raison susceptible de dissuader la direction de m'employer pour une tâche aussi simple que celle-là.

J'arrivai quinze minutes avant l'heure prévue pour mon entretien avec Mrs. Langdon, directrice des ventes d'articles pour dames chez Wanamaker's. Je portais pour l'occasion une robe en laine vert foncé que Fleurette venait de me confectionner et qui me paraissait parfaite pour une détective de grand magasin : coquette, mais confortable, coupée dans un tissu sobre et d'une couleur qui n'attirait pas l'attention. Selon Fleurette, c'était la robe d'une femme qui avait des choses importantes à accomplir.

M'approchant d'une jeune fille qui vendait des foulards derrière un comptoir proche de l'entrée, je lui demandai où je pourrais trouver Mrs. Langdon.

— Oh, fit-elle. Annie va bien, j'espère ?

— Annie ?

— C'est une vendeuse. Elle est absente en ce moment et Mrs. Langdon nous a dit que sa mère devait venir. J'ai cru que c'était vous.

Je baissai les yeux sur ma tenue et mes bottines en cuir. Il était vrai que j'avais l'air d'une femme plutôt mûre.

— Non, je suis ici pour me faire embaucher, répondis-je.

— Pour vous faire embaucher ? répéta la jeune fille en me dévisageant d'un air interloqué.

Ses cheveux dansaient en anglaises souples autour d'un visage rond qui affichait une perpétuelle expression de surprise. Elle ne devait avoir guère plus de dix-huit ans.

— Mais votre mari, il est d'accord ? ajouta-t-elle.

Je n'avais pas le temps de me lancer dans les explications.

— Je devrais peut-être m'adresser au comptoir des parfums…

— Oh, je suis désolée, madame, se reprit aussitôt la jeune fille. Son bureau est à l'étage, tout au fond du couloir. C'est une porte blanche sans aucune inscription.

Je traversai donc le magasin, longeant des comptoirs d'écharpes et de parfums, posant un regard rapide sur les quelques gants d'hiver qu'il restait et une collection de dentelles pour le printemps, un étal de matériel de couture avec des boutons en perle puis un rayon de livres à reliure de cuir vendus par lots. Je découvris bientôt l'escalier et, à l'étage, la porte derrière laquelle officiait Mrs. Langdon.

Enfin, j'avais devant moi une femme de plus de dix-huit ans. Assise à son bureau, elle portait un chignon soigné et son chemisier en coton était du même blanc impeccable que ses cheveux. Tout, dans le bureau, était blanc également : les murs, le tapis, et même les meubles, peints de la teinte d'une couche de neige vierge.

Elle leva une main minuscule pour me faire signe de ne pas la déranger pendant qu'elle écrivait. J'attendis patiemment, la regardant griffonner sur le papier, puis sécher l'encre au buvard. Enfin, elle releva la tête vers moi.

— Je suis désolée, ma chère, m'informa-t-elle, mais je dois recevoir une candidate à deux heures et j'allais justement sortir regarder si cette jeune fille était arrivée. Quelqu'un d'autre ne peut-il pas vous aider ?

— Mais je… je suis cette jeune fille, répondis-je, constatant, au moment où je prononçais ces paroles, à quel point j'étais ridicule. Enfin, je suis Constance Kopp. Vous m'avez écrit. C'est pour l'emploi de détective.

Elle eut une petite exclamation de surprise qui franchit à peine sa gorge, puis elle se leva sans me quitter des yeux et vint se poster devant moi.

Mrs. Langdon était une femme menue qui ne devait guère mesurer plus d'un mètre cinquante, aussi, placée ainsi à quelques centimètres à peine, regardait-elle directement le bouton qui fermait ma robe au niveau de la poitrine.

Je reculai, gênée, mais elle avança aussitôt d'un pas. J'en conclus qu'elle devait être myope.

Puis, lentement, elle se mit à tourner autour de moi, comme si elle examinait une statue dans un musée.

Je retins mon souffle. C'était donc cela, un entretien d'embauche ?

Après avoir tracé son cercle, elle retourna s'asseoir derrière son bureau. Ne voyant aucune autre chaise dans la pièce, je demeurai debout.

— Je suis désolée, ma chère, déclara-t-elle d'un ton brusque en me jaugeant une dernière fois par-dessus ses lunettes, mais vous ne convenez pas du tout. Nous cherchons quelqu'un de… de discret.

— De discret ? répétai-je. Mais j'ai mis la robe la plus banale possible, comme vous me l'aviez demandé.

La femme secoua la tête.

— Non, ma chère, ce n'est pas votre robe, c'est… Ma foi, nous ne pouvons pas avoir une surveillante de magasin qui dépasse toutes les autres clientes d'une tête ! Vous vous feriez remarquer. Les voleuses n'auraient aucune difficulté à vous décrire. Elles communiquent entre elles, vous savez !

Non, je ne savais pas…

— Mais ma taille peut être au contraire un avantage ! argumentai-je en tâchant de masquer mon désespoir derrière un enthousiasme forcé. Je verrai au-dessus de toutes les autres femmes. Et puis, quand on cherche à attraper des voleurs, avoir une détective dotée d'une certaine force physique est un atout. Si une personne essaie de s'enfuir, je n'aurai aucune peine à la rattraper et à l'agripper.

Mrs. Langdon eut un petit rire poli.

— Ma chère, ce n'est pas un agent de police que nous embauchons ! Je ne tiens pas à ce que l'on fasse des esclandres dans le magasin. Nous voulons plutôt une…

Là, elle marqua un temps d'arrêt pour bien peser ses mots.

— … une présence légère. Attentive, mais courtoise. Discrète.

Pas une seconde, je ne m'étais imaginé me faire rejeter ainsi. N'étais-je pas courtoise et discrète ?

Je laissai le silence s'installer une courte seconde de trop. Déjà, Mrs. Langdon s'était levée pour aller m'ouvrir la porte.

— Je ne pense pas que nous soyons ce que vous recherchez, ma chère, déclara-t-elle en levant vers moi son regard bleu pâle. Vous serez plus adaptée dans un emploi plus… tumultueux.

Plus tumultueux ?

Elle me tapota le bras et me désigna le couloir.

— Vous le trouverez, j'en suis sûre.

56

— Une présence légère ? s'indigna Norma. Tu es sûre qu'elle a dit ces mots-là ?

— Elle a estimé que je risquais de me faire remarquer, expliquai-je. Que j'étais trop voyante.

— Mais n'est-ce pas justement ce que doit être un détective ? fit Fleurette. Pour dissuader les voleurs de voler…

— Ce n'est pas leur façon de considérer les choses.

J'en avais déjà assez de parler de cette entrevue, et j'étais gênée d'avoir laissé échapper un emploi qui aurait dû m'être confié tout naturellement.

Prompte à changer de sujet, Norma me tendit le journal.

— Il semble que le shérif Heath se soit rallié un nouveau hors-la-loi par sa bonté et son hospitalité.

SAUVÉ DE LA PRISON PAR UN SHÉRIF !

George Ewing, de Hackensack, ex-condamné pour escroquerie via le service des postes, s'est vu épargner un nouveau séjour à la prison d'État grâce au shérif Heath, du comté de Bergen, qui estime que ce détenu a des chances d'être ramené dans le droit chemin.

Relâché de la prison d'État après y avoir purgé une peine pour vol, George Ewing a mené pendant quelque temps une vie sans histoires dans le comté de Bergen, affirme le shérif. Hélas, il a fini par renouer avec ses anciennes pratiques, ce qui lui a valu une nouvelle arrestation.

Le shérif s'est penché sur son dossier avec une grande bienveillance, au point d'intervenir en sa faveur auprès du juge en arguant que le détenu n'aurait plus aucune chance d'être rééduqué s'il était renvoyé à la prison d'État. Le juge Haight a donc condamné Ewing à passer cinq mois au centre de détention du comté de Bergen.

— Eh bien, c'est une très bonne nouvelle pour nous, figure-toi ! expliquai-je. Cela signifie que ce Mr. Ewing a accepté de ne pas endosser la responsabilité des délits commis par Mr. Kaufman. Nous allons pouvoir avancer !

— Mais qu'est-ce qui te fait penser qu'il ne changera pas d'avis ? objecta Norma.

— Il a accepté de dire la vérité si on l'incarcérait ici, à Hackensack, et c'est ce qui va se passer.

Elle haussa les sourcils sans cesser de me dévisager.

— Donc, un criminel a promis de dire la vérité et, à présent, l'issue de notre procès contre un individu imprévisible, incontrôlable et violent ne dépend plus que de lui. C'est ça que tu appelles une bonne nouvelle ?

— C'était mon idée, précisai-je. J'ai suggéré au shérif que, si Mr. Ewing tenait vraiment à être incarcéré à Hackensack, nous pourrions nous servir de ce souhait pour faire pression sur lui.

— Ma foi, je l'avais compris depuis le départ, soupira Norma : tu es bonne à quelque chose.

— À quoi ?
— À expliquer au shérif Heath ce qu'il doit faire.

Au cours des semaines suivantes, notre affaire fut traitée par le tribunal. Le procureur Wright me convoqua plusieurs fois dans son bureau pour passer tous les éléments en revue. Ses questions me semblaient répétitives et inutiles, mais il insistait pour examiner encore et encore chaque détail.

Mr. Kingsley, l'expert graphologue de New York, pouvait désormais certifier que les lettres avaient bien été rédigées par Mr. Kaufman. Son analyse de la fausse signature que Marion Garfinkel avait laissée à l'orphelinat avait par ailleurs permis d'obtenir des aveux complets de celle-ci. Comprenant que ce rapport servirait de pièce à conviction devant un jury, elle avait préféré reconnaître les faits. Elle avait payé sa propre caution et attendait à présent la sentence du juge. Comme l'enfant avait retrouvé sa mère, il était possible que, tout comme son frère, elle n'encoure qu'une amende au lieu d'une peine de réclusion.

Lorsque le temps fut enfin clément, Francis et Bessie amenèrent leurs enfants à Wyckoff pour ce qu'ils aimaient appeler « la Journée à la Ferme ». Francis avait institué cette tradition afin de leur enseigner la valeur du travail et Bessie avait approuvé l'initiative, trop heureuse de profiter de ce prétexte pour s'installer à l'ombre d'un arbre, enlever ses chaussures et laisser les enfants s'ébattre sans entraves. Chaque année, à l'arrivée du printemps, lorsque les poules élevaient leurs poussins et que l'on voyait courir des lapereaux dans la prairie, nous passions donc la journée à l'extérieur, à regarder les enfants chasser les animaux et salir leurs vêtements de jeux.

Je crois que nous attendions cette Journée à la Ferme avec plus d'impatience encore que nos invités puisque, à cette occasion, nous n'avions pas besoin de cuisiner. Bessie insistait pour faire un pique-nique, arguant que c'était bien plus amusant de prendre le repas à l'extérieur. En fait, nous connaissions tous la vraie raison de ce déjeuner sur l'herbe : elle n'avait pas plus envie que nous de manger notre cuisine.

L'objectif premier de la journée consistait donc à venir à bout des paniers de pique-nique qu'elle apportait : d'abord les œufs mimosa et les sandwiches au concombre, puis la salade de pommes de terre, le poulet rôti et l'aspic et, enfin, la glorieuse tarte aux fruits et les pêches au sirop. Cette année s'y ajoutaient de la crème glacée et un punch au ginger ale préparé par Fleurette, que les enfants boiraient dans les tasses en porcelaine de Sèvres dorées de maman.

Nous sortîmes les tapis de la maison et les étendîmes sur l'herbe, puis allâmes chercher tous les coussins et oreillers que nous pûmes trouver. Ensuite, nous nous attaquâmes au pique-nique. Il y avait longtemps que nous n'avions pas vu Francis d'aussi belle humeur. Il s'était rasé la barbe pour l'été, ce qui lui donnait un petit air juvénile et léger qui ne correspondait guère à son caractère.

— Tu es beaucoup plus beau comme ça ! le complimenta Fleurette. Tu fais plus jeune et on devine plus facilement ce que tu es en train de penser.

— Ah ? Et que suis-je en train de penser en ce moment, par exemple ?

Fleurette retira le foulard rouge dont elle s'était couvert les cheveux et s'allongea, la tête sur un oreiller.

— Tu es en train de te dire que tu vas acheter une automobile et m'apprendre à la conduire, répondit-elle.

Norma émit un grommellement contrarié.

— Depuis que nous nous déplaçons dans le véhicule du shérif, cela a donné toutes sortes d'idées à Fleurette, comme c'était hélas prévisible.

Nous entendîmes soudain le petit Frankie pousser un cri et son père bondit pour aller voir ce qui se passait.

— J'espère que ce n'est pas Henri Kaufman qui s'est caché derrière la grange et qui lui a fait peur, murmura Fleurette, à demi assoupie.

J'éclatai de rire, mais Norma, elle, se fâcha.

— Tu ne dois pas t'amuser avec ça ! protesta-t-elle, avant de se tourner vers Bessie. Je t'en prie, ne l'écoute pas ! Henry Kaufman est sur le point de sortir de notre existence pour toujours, crois-moi !

Bessie repoussa son assiette et s'allongea à son tour en arrangeant sa robe à fleurs autour de ses jambes.

— Je ne me fais aucun souci pour ce fameux Henry Kaufman. Ce qui m'ennuyait jusqu'ici, c'était l'idée que l'une de vous puisse l'abattre et que nous soyons ensuite obligés d'aller lui rendre visite en prison.

— Le shérif Heath ne mettrait jamais Constance en prison, assura Fleurette. Il l'aime trop.

— Il nous aime toutes les trois, répliquai-je avec vivacité, et nous lui devons une fière chandelle pour tout ce qu'il a fait ! Mais je suis sûre qu'il sera bien content quand le procès sera terminé et qu'il pourra enfin nous oublier.

Francis revint au pas de course, tenant le petit Frankie sous le bras. L'enfant gigotait en riant à gorge déployée et Lorraine sautillait près d'eux, les mains tendues loin devant elle.

— On a trouvé un opossum aveugle et maintenant, il faut se laver les mains ! nous cria-t-elle de loin.

Cette dernière année, Lorraine avait pris près de trente centimètres et elle commençait à présenter un peu de la beauté insolente de Fleurette. Ce jour-là cependant, elle était couverte de poussière et de paille et les contours de ses lèvres étaient collants de confiture.

— Allez vous laver les mains à la pompe, tous les deux ! ordonna Bessie. Votre tante Fleurette va venir vous aider.

L'intéressée ouvrit un œil, qu'elle posa sur Lorraine avant de pousser une exclamation faussement horrifiée. Elle sauta alors sur ses pieds et prit chacun des enfants par la main. Quelques minutes plus tard, ils criaient tous les trois autour de la pompe en s'éclaboussant les uns les autres dans une grosse flaque de boue, ayant tout oublié de leur intention de se nettoyer.

— Nous étions en train de parler du procès, indiqua Bessie à Francis, d'une manière qui suggérait que ce dernier lui avait donné pour mission de découvrir où nous en étions.

Francis s'approcha du panier pour y prendre une part de tarte au citron.

— Et alors ? interrogea-t-il en en enfournant la moitié dans sa bouche.

— Tout sera terminé dans un mois, l'instruisis-je. Nous prévoyons un procès court et une condamnation rapide. Et ensuite, nous pourrons tous reprendre le cours normal de notre existence.

— Et alors ? répéta Francis sans me regarder.

Je n'étais guère encline à lui livrer un compte rendu de mes vaines recherches d'emploi. J'étais retournée à New York à plusieurs reprises, espérant que

Mr. LaMotte aurait peut-être une nouvelle mission de photographe à me confier et qu'il consentirait cette fois à me rémunérer, mais je ne l'avais jamais trouvé dans son magasin. Une seule fois, je l'avais vu sur le trottoir, mais il était en pleine dispute avec un client et m'avait fait signe de m'éloigner.

J'étais aussi retournée chez Wanamaker's et m'étais promenée entre les rayons en cherchant à repérer la personne qu'ils avaient recrutée à ma place. J'aperçus un certain nombre de petites jeunes filles coquettes dans de jolies robes printanières, qui tournaient autour des tables en tripotant la marchandise, mais aucune d'entre elles ne me parut apte à affronter kleptomanes et voleuses à l'étalage.

Les petites annonces des journaux contenaient quant à elles très peu d'offres d'emplois. Des entreprises recrutaient de temps à autre des employés de bureau ou des comptables, mais elles faisaient toujours paraître leurs annonces dans la rubrique réservée aux hommes. Quelques postes de cuisinières et de femmes de ménage étaient par ailleurs proposés et les usines, pour leur part, embauchaient en permanence, mais rien de tout cela ne m'aurait convenu. J'avais un moment envisagé de suivre un cours de sténographie mais, semaine après semaine, parurent trois annonces de jeunes filles titulaires d'un tel diplôme qui cherchaient du travail.

Tout cela me semblait impossible à expliquer à Francis.

— Alors, je cherche quelque chose qui me corresponde, répondis-je. Un emploi qui nous aiderait à joindre les deux bouts. J'ai déjà eu quelques entretiens…

Je vis Francis s'apprêter à me faire de nouveau la leçon, mais Bessie l'arrêta d'une main posée sur son bras. Il lui sourit et se cala confortablement dans les coussins, à la manière d'un époux bien nourri qui déposait volontiers les armes devant les charmes de sa femme.

— Les filles, vous allez vivre une belle aventure, je le sens ! assura cette dernière en lui tapotant le bras. Constance va se trouver une bonne place et peut-être entendra-t-elle alors parler d'un emploi qui conviendrait à Norma… Et qui sait ce que le monde a à offrir à Fleurette ? Ou ce que Fleurette a à offrir au monde ?

Nous nous retournâmes comme un seul homme vers la pompe à eau, où Fleurette et les enfants jouaient à qui enverrait le plus de boue sur les autres. Les deux jeunes filles avaient relevé leurs jupes aux genoux et s'en prenaient au petit Frankie, qui n'avait jamais été aussi content. Il souriait en sautant dans la flaque comme le petit cochon le plus heureux du New Jersey.

— Faisons au monde une faveur, déclara Norma. N'y lâchons pas Fleurette en liberté tout de suite…

En mai, il n'y eut pas grand-chose d'autre à faire qu'attendre le procès. Je pus enfin faire venir un ouvrier pour poser de nouvelles serrures sur les portes et remplacer les vitres cassées que nous avions barrées de planches. Norma agrandit son pigeonnier de moitié, ce qui lui donna un prétexte pour passer le plus clair de son temps dans la grange, à s'agiter autour de la couveuse et à alimenter le feu dans le poêle à bois. Fleurette prit très au sérieux sa mission de confectionner des vêtements pour le petit Bobby, qui disposa bientôt de plusieurs tenues de jeu, d'un costume de marin et d'un autre pour l'église. Même Norma s'intéressa au petit garçon : le week-end, elle apportait chez Lucy un panier de pigeons et laissait Bobby la regarder fixer de petits rubans bleus brillants à leurs pattes avant de les lâcher. L'enfant riait aux éclats et battait des mains lorsque les oiseaux tournoyaient au-dessus de leurs têtes, puis s'éloignaient.

Pour moi, le travail ne manquait pas. Il y avait les tomates et les haricots à planter, des clôtures à réparer et les couvertures et les tapis à sortir et à battre allègrement pour en chasser la poussière. Ces diverses tâches ne constituaient cependant qu'une distraction destinée à nous détourner un peu de nos vrais problèmes. Toute femme dans notre situation s'en serait remise à un membre de sa famille disposant d'une chambre où la loger et se serait rendue utile auprès de lui. En l'absence d'une meilleure idée, nous serions bientôt réduites à faire la même chose.

Et ensuite, que se passerait-il ? Alors que, jusqu'au décès de maman, les années à venir m'avaient semblé vagues et imprévisibles, floues et d'un nombre indéterminé, je commençais à présent à discerner une série de décennies soigneusement entassées devant moi telles des briques. Venait d'abord la trentaine, déjà diminuée de moitié, puis arriveraient la quarantaine et la cinquantaine, solides et sans surprise. Mais après cela, les briques commençaient à s'effriter : ma grand-mère était morte à soixante-deux ans et mon grand-père à soixante et onze. Quand ma mère avait succombé à sa pneumonie, elle venait d'en avoir soixante.

Lorsque je m'autorisais à réfléchir à la brièveté du temps qu'il me restait à vivre et à l'inanité qu'il y avait à le consacrer à la cuisine, au bricolage et au jardinage, cela me faisait si peur que j'en avais le souffle coupé.

57

La date du procès fut enfin fixée pour le début du mois de juin. Nous étions attendues au tribunal un mardi matin et espérions que tout serait achevé le vendredi. Craignant que des allers-retours quotidiens jusqu'à Newark ne nous fatiguent, le shérif Heath nous avait réservé une chambre à l'hôtel *Continental* pour la semaine. Nous prîmes donc le train le lundi, munies d'une gigantesque malle qui contenait nos vêtements et d'un empilement de chapeaux bien plus haut que la jeune fille qui comptait les porter tous.

Folle de joie à l'idée de séjourner à l'hôtel, Fleurette s'était confectionné une nouvelle robe pour célébrer l'événement, une tenue abricot qui gonflait bizarrement au niveau du genou, créant ce qu'elle appelait une « silhouette en quille ».

— J'ai l'impression que tu as fait une erreur du côté sud de la taille, commenta Norma.

— C'est parisien, rétorqua Fleurette.

— Mais ça ne vient pas de Paris.

— Ça vient de chez McCall's, en provenance de Paris.

Fleurette était vraiment ravissante dans cette robe et elle le savait. À l'instant même où nous apparûmes sur le quai, un porteur accourut pour charger nos bagages sur son chariot. Il nous escorta ensuite jusqu'à l'hôtel, où Fleurette s'empressa d'entrer la première, la tête un peu penchée de façon à mettre en valeur son large chapeau de paille (orné d'un assortiment de roses de soie et de plumes multicolores que Norma avait qualifié d'audacieux). Il n'est pas exagéré d'affirmer que toutes les têtes se tournèrent vers elle lorsqu'elle apparut.

Norma et moi trottinions derrière elle dans le hall, résolues à ne pas la quitter d'une semelle et conscientes de ressembler à deux vieilles tantes incapables de soutenir le rythme imposé par cette jeune parente dont elles avaient, semblait-il, la charge.

Le réceptionniste inclina la tête en la voyant approcher.

— Bonsoir, mademoiselle. Vous êtes l'une des filles du Sparks ?

— L'une des filles du Sparks ? répéta-t-elle en haussant les sourcils.

— Cette jeune fille est avec nous, rectifiai-je, parvenue au guichet. Miss Constance Kopp et ses sœurs. Notre réservation a été effectuée par Mr. Robert Heath.

Norma me décocha un petit coup de coude, inquiète, je le savais, à l'idée que je pusse mentionner le procès. Redoutant d'attirer l'attention de la presse à sensation, elle tenait à ce que nul, à l'hôtel, ne sût que notre présence était liée au shérif ou au tribunal.

— Qu'est-ce que c'est, une fille du Sparks ? interrogea Fleurette.

L'employé nous jeta un regard nerveux.

— J'ai commis une erreur, mademoiselle, je vous prie de m'excuser. Nous avons des… des artistes avec nous cette semaine, et je vous ai prise pour…

Il baissa les yeux, embarrassé, et fourragea parmi ses fiches.

— Ah, j'ai trouvé ! Les demoiselles Kopp !

Au même instant, l'homme le plus grand et le plus maigre que j'eusse jamais vu se pencha près de nous sur le comptoir et prononça un mot unique d'une voix forte et pleine d'entrain :

— Sparks !

Pour pouvoir le regarder, Fleurette devait soulever le bord de son chapeau, ce qu'elle fit sur-le-champ, bouche bée. Le nouveau venu portait un costume rayé confectionné dans une longueur de tissu propre à vêtir deux hommes ordinaires et, lorsqu'il s'appuya sur le comptoir pour signer sa fiche, le stylo sembla près de se casser net entre ses interminables doigts.

Il nous jeta un regard en touchant le bord de son chapeau.

— Ces dames sont en ville pour voir le spectacle ?

— Quel spectacle ? interrogea Fleurette avant que j'aie pu la retenir.

— Celui du cirque Sparks, mademoiselle ! Une féerie pleine de beauté et de magnificence, tout comme vous !

Il lui adressa un clin d'œil et dévoila une dent en or en lui souriant.

Je saisis Fleurette par l'épaule, mais elle était tout feu tout flamme et il n'y avait pas moyen de l'arrêter.

— Vous faites partie du cirque ?

Il se tourna vers elle pour se fendre d'une profonde révérence.

— L'homme le plus grand du monde, déclara-t-il avec un nouveau clin d'œil. N'avez-vous jamais entendu parler de moi ?

Fleurette tremblait d'excitation. Jamais encore, je ne l'avais vue dans un tel état. Norma me décocha un regard soucieux et je lui répondis d'un bref haussement d'épaules. Je ne voyais pas comment écarter Fleurette de cet homme, à moins de la soulever du sol et de l'emporter de force.

— Est-ce que… est-ce que tous les gens de ce cirque séjournent dans notre hôtel ? interrogea encore Fleurette.

Il haussa un sourcil en direction du réceptionniste, qui parut s'alarmer à cette possibilité.

— Non, répondit le géant. Seulement quelques vieux amis de Mr. Cooke. Vous connaissez Mr. Cooke, n'est-ce pas ? Il était autrefois administrateur de cirque, autant dire l'un des nôtres, mais maintenant, il est propriétaire d'hôtel.

Fleurette se tourna vers l'employé qui s'occupait de nous enregistrer.

— Alors vous m'avez prise pour une artiste du cirque ? interrogea-t-elle d'un ton incrédule.

L'homme le plus grand du monde fit un pas vers elle et répondit à la place de l'employé.

— Une petite chose comme vous ? dit-il. Nous vous mettrions sur le trapèze, je pense. Supportez-vous les hauteurs, mademoiselle ?

Cette fois, c'en était trop pour Norma. Elle agrippa Fleurette par le bras et l'entraîna contre son gré vers l'autre extrémité du hall en me faisant signe de m'occuper seule des formalités. L'homme du cirque me présenta ses excuses et son regard s'attarda sur moi.

— Vous n'êtes pas la femme la plus grande du monde, ajouta-t-il, mais je pense que nous pourrions vous trouver une fonction.

— Et mon autre sœur a un numéro avec des oiseaux ! cria Fleurette depuis le milieu du hall.

Norma accéléra le pas en l'agrippant de plus belle et toutes deux disparurent derrière une grosse colonne de pierre, dont seule dépassa une plume bleue du chapeau de Fleurette.

On nous avait réservé une suite composée de deux petites chambres et d'une salle de bains particulière, au cinquième étage. Cela me rappela le *Mandarin*, même si les fenêtres ne donnaient certes pas sur la Cinquième Avenue, mais sur Broad Street, nous offrant une vue dégagée jusqu'au palais de justice où le procès débuterait le lendemain matin. Il y régnait la même atmosphère très cosmopolite. Le *Continental* et le *Mandarin* étaient meublés l'un comme l'autre dans un esprit citadin : mêmes petits bureaux bien équipés et mêmes fauteuils de cuir où s'installer confortablement pour lire à la lumière de chandeliers électriques.

Fleurette se lança dans une exploration des lieux comme si elle se trouvait au domicile d'une personne inconnue, ouvrant les tiroirs, inspectant l'armoire, soulevant les draps et regardant sous les matelas.

— J'aimerais avoir une chambre exactement comme celle-ci ! décréta-t-elle une fois qu'elle eut tout examiné dans les moindres recoins.

Pour sa part, Norma n'émit aucune opinion. Elle se laissa tomber sur une chaise et retira ses souliers avec un profond soupir d'aise.

— Je me demande s'ils voudront bien nous apporter le dîner sur un plateau, dit-elle d'un ton soucieux.

— Sur un plateau ? s'indigna Fleurette. Dans la chambre ? Mais nous n'allons pas descendre dîner avec le cirque ?

Déjà, elle s'était mise en devoir de fourrager dans notre malle en quête d'une robe qui produirait exactement l'effet requis dans une salle peuplée d'artistes de cirque. J'espérai de tout cœur qu'elle ne possédait pas une telle tenue.

Norma me lança un regard implorant. Elle détestait manger au milieu d'étrangers, avait toujours haï restaurants et réfectoires et, pour une fois, je partageais son désir. Nous devions faire le calme dans nos esprits avant d'aborder le procès.

— Je suis sûre qu'ils pourront nous monter quelque chose dans la chambre, oui, répondis-je. Norma a raison : ce soir, nous ne devons surtout pas nous détourner de la tâche importante qui nous attend demain.

Fleurette leva les yeux au ciel avant de s'affaler sur le lit.

— Eh bien moi, je crois au contraire que nous méritons de passer une bonne soirée, puisque demain, nous allons devoir rester toute la journée à ne rien faire, enfermées dans une pièce étouffante !

Je vins m'asseoir près d'elle sur le lit et lui saisis le menton pour l'obliger à me regarder.

— Nous ne resterons pas à ne rien faire demain, Fleurette, rectifiai-je. Souviens-toi de ce que t'a dit le shérif : ton témoignage va être déterminant. Nous devons donner le meilleur de nous-mêmes. Tu n'as pas envie que Mr. Kaufman soit puni pour tout ce qu'il nous a fait subir ?

— Si… répondit Fleurette sans conviction. N'empêche… Ça vous a tant dérangées que ça, vous ?

— Quoi ?

— Tout ce qu'a fait Henry Kaufman. Enfin, voyons… Ne venons-nous pas de passer l'année la plus passionnante de notre vie ? Nous avons appris à tirer au pistolet, nous avons roulé en automobile, et toi, Constance, tu n'as pas arrêté de te promener partout avec le shérif… Et puis, nous n'aurions jamais connu Lucy Blake sans lui et…

— Ne parle pas comme ça ! coupai-je.

— Nous ne pouvons pas la laisser témoigner au procès, estima Norma. N'est-il pas possible de leur expliquer qu'elle est trop jeune ?

— Non, mais soyez franches ! poursuivit Fleurette en se redressant. Toi, Constance, peux-tu affirmer en toute honnêteté que tu aurais préféré qu'Henry Kaufman ne renverse jamais notre carriole dans Market Street ? Si tu pouvais remonter le temps, tu nous empêcherais d'aller à Paterson ce fameux jour ?

Norma remua sur sa chaise, visiblement mal à l'aise. Elle aussi avait le regard rivé sur moi.

En fait, nous connaissions toutes les trois la réponse à cette question, mais je n'avais aucune intention de l'énoncer à haute voix.

58

LE PROCÈS DE LA CÉLÈBRE AFFAIRE KOPP S'OUVRE AUJOURD'HUI À NEWARK

NEWARK, 3 juin 1915 – Harry Kaufman, propriétaire d'une teinturerie de soie bien connu à Paterson, comparaît aujourd'hui à Newark devant le tribunal de district des États-Unis, dans le cadre de son procès pour envoi de lettres de menaces à Miss Kopp, de Wyckoff.

Le shérif Robert N. Heath, qui s'est chargé de l'instruction du dossier, est un important témoin de l'accusation.

Cette affaire est en suspens depuis juillet dernier et un témoignage sensationnel est attendu aujourd'hui.

Après la divulgation par la presse de cette affaire de lettres de menaces, un repris de justice de Somerville, qui venait de purger une peine à la prison d'État, a ajouté au climat de terreur en écrivant à son tour à Miss Kopp des lettres promettant une dénonciation des coupables. Son arrestation a été savamment orchestrée par le shérif Heath et le coupable se retrouve actuellement derrière les barreaux, cette fois à la prison du comté de Bergen.

Fleurette me prit le journal des mains, le consulta de nouveau pour vérifier que son nom n'y figurait pas, puis s'en servit pour s'éventer. Une chaleur étouffante régnait dans la salle d'audience bondée. On n'avait ouvert aucune fenêtre pour empêcher toute oreille indiscrète de suivre les débats de la rue.

— Ce témoignage sensationnel, c'est le mien ! décréta Fleurette.

Assis juste devant nous avec ses adjoints, le shérif Heath se retourna avec un froncement de sourcils, signal qui m'incita à réprimander Fleurette.

— Tu sais bien qu'ils disent ça pour vendre leur journal ! lui dis-je à mi-voix, mais assez fort pour être entendue du shérif. Contente-toi de leur donner le témoignage simple et sincère qu'ils réclament. Réponds uniquement aux questions qui te seront posées directement. Et si quelqu'un…

— Je sais, m'interrompit-elle. Tu n'as pas besoin de me répéter sans arrêt les mêmes choses !

— Et toi, tu ne dois pas traiter cela comme un jeu ! rétorquai-je, ce qui me valut un coup de coude de Norma.

— Ça suffit, vous deux !

Elle lança un regard significatif derrière elle et je me retournai un bref instant vers la rangée de reporters à l'affût de nos moindres paroles. Ils avaient déjà décrit Fleurette comme « une jeune fille de seize ans, si jolie qu'elle a reçu des menaces d'enlèvement » dans l'édition de la veille au soir, un commentaire qu'elle allait, je n'en doutais pas, nous répéter des semaines durant. Il n'était donc pas question pour moi de fournir à ces messieurs de nouveaux détails croustillants.

L'huissier se leva pour aviser de l'arrivée des jurés. Douze hommes en costume sombre apparurent et allèrent en file indienne prendre leur place derrière la cloison basse en bois épais qui les séparerait du reste de la salle. Je les observai en tâchant de deviner leur disposition d'esprit, mais leurs visages ne révélaient rien. C'étaient des personnes ordinaires, sans doute des commerçants et des employés de bureau, qui fixaient tous le fauteuil encore vide du juge.

L'huissier attendit de les voir tous assis pour annoncer l'entrée du juge Haight, un grand homme bien bâti qui semblait trop jeune pour ses cheveux gris acier. Puis ce fut au tour du procureur et de l'avocat de la défense d'être introduits. Nous étions représentées par le procureur des États-Unis, maître Lynch, tandis qu'Henry Kaufman serait défendu par un certain maître Joelson. Le juge pria Mr. Kaufman de se lever pour entendre la lecture de l'acte d'accusation.

Il était assis quelques rangs devant nous, de l'autre côté de l'allée centrale, de sorte que nous ne l'avions pas bien vu jusque-là. Lorsqu'il se leva, je remarquai qu'il portait presque le même costume que le jour de l'accident, près d'un an plus tôt : une coupe raffinée destinée à flatter la silhouette d'un homme infatué de sa personne, de fines rayures et des pinces savamment disposées pour faire paraître svelte et musclé l'individu épais qu'il était. Il portait en outre une chemise de soie bleu marine avec une pochette assortie. Dans l'immense salle pleine de monde, je le trouvai étrangement insignifiant. Un petit homme sans consistance, mais qui avait été la personne la plus importante de notre vie à toutes les trois pendant toute une année.

— Mr. Kaufman, commença le juge, vous êtes accusé d'avoir utilisé les services postaux des États-Unis d'Amérique pour faire parvenir des lettres de menaces à Mesdemoiselles Constance, Norma et Fleurette Kopp. Que plaidez-vous ?

— Je ne suis pas coupable, Votre Honneur.

Ces mots suscitèrent un murmure dans les rangs de la presse. Le juge leur lança un regard sévère.

— Rasseyez-vous, s'il vous plaît, Mr. Kaufman. Le ministère public est invité à faire comparaître son premier témoin.

À ces mots, le shérif Heath gagna l'extrémité de son banc pour aller s'installer dans le box. Plus soigné qu'à son habitude, il portait un costume de serge noire qui lui servait sans doute pour aller à l'église et son col était si rigide qu'il pouvait à peine tourner la tête. À l'évidence, il avait rendu visite à son barbier pour une coupe de cheveux et un rasage soigneux qui, tel que je le connaissais, ne devaient guère être à son goût. Avec sa moustache ainsi taillée, je lui trouvai l'air plus vulnérable. Il prit très vite la parole pour exposer l'un après l'autre les événements de l'année qui venait de s'écouler, en commençant par notre rencontre initiale dans les bureaux du procureur. Ses réponses n'auraient pas pu être plus concises et plus neutres, les questions du procureur étant formulées pour qu'il en soit ainsi.

Du banc où j'étais assise, je ne quittais pas de yeux cet homme qui, un an plus tôt, était encore pour moi un parfait étranger et qui racontait maintenant l'histoire de ma vie. Mais il y avait aussi les épisodes qu'il n'évoquait pas et qui n'en étaient pas moins présents à mon esprit : les nuits passées allongée près de Fleurette, un revolver sur la table de nuit, à écouter son souffle tout en regardant la forme immobile, mais attentive de Norma au pied du lit. Norma et moi dehors dans la neige, armes brandies, patrouillant nous-mêmes après le départ des policiers. Et Lucy Blake serrant contre elle son petit garçon, entourée de ceux qui avaient joué un rôle dans ces retrouvailles, tous ravis et un peu sonnés par un tel dénouement.

Puis le procureur Lynch renvoya le shérif et me convoqua à la barre. Lorsque j'eus prêté serment, il me demanda de décrire les événements du 14 juillet 1914. Je m'exécutai, les yeux posés sur Fleurette. Celle-ci avait fait preuve d'une remarquable réserve dans le choix de sa tenue, une jupe et un corsage framboise, chics et de bon ton. Le procureur avait d'abord souhaité la voir arriver toute vêtue de rose, avec petits nœuds et dentelle, mais elle avait refusé net, arguant qu'elle n'avait plus l'âge de porter ce genre de choses. Il était vrai qu'elle avait mûri mais, tout en répondant aux questions du procureur, je la revoyais comme elle était en ce fameux jour, la jambe coincée sous notre carriole brisée, dans sa robe de taffetas rose, non loin de Dolley qui se débattait en hennissant.

À la demande du procureur, je décrivis mes vaines tentatives de percevoir un dédommagement pour pouvoir faire réparer la carriole, puis les menaces et les insultes qui avaient suivi.

— Et comment avez-vous réagi à ces menaces ? interrogea maître Lynch.

— Je me suis armée d'un revolver pour nous protéger.

Du côté des jurés monta une rumeur vite étouffée qui ressemblait à un concert d'exclamations. Je me tournai pour regarder ces hommes bien en face. On m'avait interdit de le faire, mais peu m'importait : je voulais capter toute leur attention.

— Et très vite, j'ai eu l'occasion de m'en servir, ajoutai-je à leur intention. Quelques jours plus tard, au beau milieu de la nuit, en regardant par la fenêtre de ma chambre située au premier étage, j'ai aperçu un homme derrière la maison. Quand je l'ai vu lever son arme vers moi, je l'ai aussitôt visé et j'ai tiré. Il a riposté et ses balles sont venues se loger dans le mur de notre maison, tout près de ma fenêtre.

Les jurés étaient tous suspendus à mes lèvres. Le procureur Lynch s'éclaircit la gorge pour capter de nouveau mon attention.

— S'il vous plaît, pourriez-vous lire au jury ce courrier que vous avez reçu le 19 novembre 1914 ?

Je pris la lettre qu'il me tendait. C'était celle dans laquelle Mr. Kaufman me demandait de remettre mille dollars à une fille vêtue de noir. Je la lus, puis la lui rendis.

— Par quel moyen cette lettre vous est-elle parvenue ?

— Par le service postal des États-Unis. Vous pouvez voir vous-même le cachet.

Il me fit ensuite relater la soirée que j'avais passée à attendre la fameuse fille en noir, puis décrire l'un après l'autre les épisodes qui s'étaient succédé par la suite. Il était épuisant de raconter tout cela d'affilée. Au moment où je pensais que je n'aurais plus la force de continuer à lui répondre, le procureur me remercia et invita maître Joelson à le remplacer.

— Miss Kopp, commença alors ce dernier, mon client regrette le désagrément occasionné par la collision entre votre carriole et son automobile.

Le désagrément ? Considérait-il tout ce qui s'était passé au cours de cette année comme un « désagrément » ? Il marqua une pause, comme s'il attendait une réponse, mais j'avais l'instruction de ne parler que lorsqu'il me questionnait. Je gardai donc le silence.

— Et il estime, reprit-il devant mon absence de réaction, que le paiement de l'amende qu'il a acquitté en réponse à la requête du juge met un terme à cette affaire.

Le procureur Lynch se leva alors.

— Votre Honneur, maître Joelson a-t-il une question à poser à Miss Kopp ?

Maître Joelson reprit sans laisser le juge intervenir.

— Miss Kopp, avez-vous, à un quelconque moment, reçu une lettre signée du nom d'Henry Kaufman ?

— Non.

— Avez-vous, à un quelconque moment, reçu une lettre dont l'enveloppe portait au verso l'adresse de Mr. Kaufman, ou dont le papier était à l'en-tête de son entreprise ou présentait une quelconque marque de reconnaissance indiquant qu'il en était l'expéditeur ?

— Il y avait seulement ses initiales, H. K.

— Vous est-il arrivé de voir Mr. Kaufman sortir une arme et tirer sur vous ou sur vos sœurs ?

— J'ai vu une silhouette qui lui correspondait.

— Et son automobile ? Ces hommes qui vous ont menacées sont-ils, à un moment ou à un autre, arrivés à bord d'une automobile que vous pouviez identifier avec certitude comme étant celle de Mr. Kaufman ?

— Seulement la première fois, répondis-je. Par la suite, ils ont toujours attendu la tombée de la nuit.

— La première fois ? À quoi faites-vous référence, au juste ? demanda-t-il en feignant la confusion.

— À la première fois qu'il est passé devant chez nous, répondis-je sans me démonter, tout en me tournant vers Mr. Kaufman, qui s'empressa de baisser les yeux. Avec quelques autres hommes, ils sont venus et se sont mis à crier des insanités à Fleurette.

— Ah, d'accord ! s'exclama maître Joelson avec un soupir de soulagement exagéré. Il a crié de l'intérieur de son véhicule en passant devant chez vous. J'ai cru que vous faisiez référence à un comportement illégal.

J'ouvris la bouche pour répondre, mais le procureur Lynch fit tomber un livre de sa table, produisant un bruit destiné à m'intimer le silence.

— Cet incident figure-t-il dans la plainte que vous avez déposée contre mon client, Miss Kopp ?

— Non, je ne crois pas.

— Vous n'avez donc pas vu de vos propres yeux mon client ou son automobile impliqués dans l'un des incidents cités dans votre plainte, c'est exact ?

D'un geste très théâtral, il désignait Henry Kaufman, qui croisait tranquillement les mains sur sa table.

— Pas précisément, non, répondis-je.

— Et vous n'avez donc aucun moyen de savoir s'il n'y a pas quelqu'un d'autre derrière ces prétendues menaces ? George Ewing, par exemple, qui, je crois, est le suivant dans la succession de ceux qui ont menacé les très populaires sœurs Kopp ?

— Je n'ai aucune raison de penser que quelqu'un d'autre ait pu en être à l'origine.

— Dans ce cas, vous pouvez vous retirer, Miss Kopp.

Je commençais à me lever lorsqu'il se reprit :

— Attendez ! Il y a autre chose. S'il vous plaît, rasseyez-vous, je vous présente mes excuses…

Je me réinstallai en le regardant fixement. J'avais reçu la recommandation de ne jamais me tourner vers le procureur Lynch si je me sentais déstabilisée, car le jury risquerait alors de croire qu'il me communiquait des instructions d'une manière ou d'une autre.

— Vous avez rendu visite à Mr. Kaufman sur son lieu de travail, n'est-ce pas ?

Je fis de mon mieux pour ne pas me troubler.

— Soyez sûr que je n'ai jamais rendu aucune visite de courtoisie à Mr. Kaufman ! répliquai-je.

On entendit du côté de la presse quelques rires étouffés, auxquels le juge mit un terme d'un coup de marteau.

Maître Joelson fit une nouvelle tentative. D'une voix forte qu'il fit monter en intensité, il interrogea :

— Quel était donc l'objectif de votre visite à l'usine de Mr. Kaufman ?

— Percevoir l'argent qui m'était dû pour les dommages causés à ma carriole, répliquai-je d'une voix tout aussi sonore.

— C'est tout ?

— Et lui demander poliment de cesser de harceler ma famille.

— Et quel a été le résultat ?

— Le résultat, c'est ce procès !

Cette fois, toute la salle s'esclaffa. Certains membres du jury eux-mêmes s'essuyèrent les yeux en secouant la tête. Le juge abattit son marteau et ordonna une pause pour le déjeuner.

Ce fut avec un vif soulagement que je me levai et gagnai le bureau du procureur Lynch, où café et sandwiches nous avaient été servis, ce qui nous permettrait de discuter en toute confidentialité. Une jeune et jolie secrétaire fit tourner le panier de sandwiches parmi nous, tandis que le procureur prenait la parole.

— Cela ne pouvait pas mieux se passer, affirma-t-il. Joelson a décidé qu'il n'avait pas besoin de proposer de défense pour son client et qu'il lui suffisait de vous faire dire à toutes les trois que vous n'avez jamais vu Kaufman faire quoi que ce soit. Il veut persuader le jury que nous ne disposons que de preuves indirectes. C'est ce que je ferais à sa place.

— Mais cela ne fonctionnera pas, n'est-ce pas ? le pressai-je.

Il mordit dans son sandwich au jambon et haussa les épaules en mâchonnant pensivement.

— Je ne prédis pas l'avenir, Miss Kopp. Je fais juste valoir des arguments.

L'après-midi, ce fut au tour de Norma de comparaître à la barre des témoins. Elle dut répondre aux mêmes questions que moi et se montra encore plus sèche et lapidaire.

— Avez-vous vu l'homme qui a lancé des briques contre vos fenêtres ?

— Non.

— Quelqu'un d'autre a-t-il pu le voir ?

— Non.

— Aucune d'entre vous n'a pu fournir de description de vos harceleurs, même générale, n'est-ce pas ?

— Non.

— N'est-ce pas étrange, pour des jeunes femmes si observatrices ?

— Nous dormions.

Ce fut sa réponse la plus longue. Le procureur Lynch lui avait demandé de tâcher d'adoucir un peu son expression lorsqu'elle se tiendrait à la barre, mais Norma regardait maître Joelson en fronçant les sourcils et elle ne nous décocha pas un regard très tendre, ni au shérif ni à moi, lorsqu'elle retourna à sa place, comme pour suggérer qu'elle nous tenait pour également responsables de l'avoir enlevée toute une semaine à sa ferme et impliquée dans un procès fédéral.

L'après-midi était déjà bien avancé quand Fleurette vint témoigner à son tour. Elle semblait remarquablement maîtresse d'elle-même en dépit de la longue attente dans la chaleur de cette salle surpeuplée. Elle s'était préparée pour son rôle comme s'il s'agissait de ses débuts au théâtre et je redoutais de la voir se mettre soudain à improviser. Mais non : elle répondit aux questions du procureur Lynch avec un calme qu'elle était loin de posséder un an plus tôt. Elle avait sculpté sa chevelure en boucles nettes et s'était poudré le nez. Elle prenait soin de se tenir très droite sur sa chaise, cherchant à se grandir au maximum.

— À quel moment vous êtes-vous rendu compte que vous étiez la cible d'un complot visant à votre enlèvement ? interrogea le procureur.

— Au mois d'août, répondit-elle. Nous avons reçu une lettre par brique.

Quelques spectateurs gloussèrent à cette façon d'exprimer les choses.

— Voulez-vous dire que la lettre était attachée à une brique qui vous a été lancée à travers une fenêtre de votre maison familiale de Wyckoff ?

— Oui.

— Merci. Y a-t-il eu d'autres menaces ?

— Oui, quelques-unes, qui sont arrivées par la poste.

— Et qu'est-ce qui a été fait pour vous protéger de ces menaces ?

Fleurette ne répondit pas tout de suite. Elle me chercha d'abord dans la foule, puis posa sur moi un long regard pensif.

— Mes sœurs ont appris à tirer au pistolet, déclara-t-elle alors avec une note d'étonnement dans la voix, comme si, jamais encore, elle n'avait vraiment pris la mesure de ce fait. Et, à deux reprises, Constance est allée trouver les hommes qui me menaçaient pour tenter de les faire cesser.

Je frissonnai. Elle me dévisageait comme si elle me voyait pour la première fois.

— Tout cela a dû être extrêmement dangereux...

Elle réfléchit un long moment, puis hocha la tête.

— Je crois, oui... répondit-elle enfin.

59

Au moment où les jurés étaient congédiés pour la soirée et où nous nous apprêtions à quitter la salle, j'aperçus Marion Garfinkel assise au dernier rang en compagnie d'un homme aux cheveux blancs qui serrait d'une main noueuse la poignée en cuivre d'une canne. Quand nous passâmes devant elle, elle se leva et nous présenta son père.

— Enchantée, Mr. Kaufman, dis-je.

Il ne me tendit pas la main, et je ne le fis pas non plus. Le shérif Heath, qui arrivait derrière moi, adressa un signe de tête à son adjoint et celui-ci escorta alors Norma et Fleurette vers la sortie. Henry Kaufman et son avocat s'étaient déjà éclipsés par une petite porte. Nous attendîmes que la salle fût vide, préférant parler sans être entendus.

— Mrs. Garfinkel, commença le shérif Heath, j'avoue que nous ne vous attendions pas ici. Je ferai réserver de meilleures places demain pour votre père et pour vous.

— C'est très aimable à vous, shérif, répondit-elle, mais je ne pense pas que nous assisterons au reste du procès. Je souhaitais juste que mon père entende par lui-même ce qu'Henry a fait subir à ces femmes.

Elle se tourna vers le vieil homme, qui esquissa un hochement de tête tremblant et prit la parole d'une voix râpeuse.

— Je crains de n'avoir pas su juger la personnalité de mon fils, mademoiselle, me dit-il. Je croyais le connaître. Il est terrible de voir son propre enfant devenir une personne que l'on n'arrive même plus à reconnaître…

— Je veux bien le croire, répondis-je, tout en songeant que je préférais ne pas chercher à l'imaginer.

— Si vous souhaitez venir témoigner, nous pouvons faire ajouter votre nom à la liste de demain, suggéra le shérif Heath à Mrs. Garfinkel.

Elle secoua la tête.

— C'est impossible, répondit-elle. Henry reste mon frère. Mais sachez que nous n'engagerons pas d'avocat pour faire appel et que nous ne paierons pas son amende. De sorte que, s'il est condamné, il connaîtra l'intérieur d'une prison. N'est-ce pas ce sur quoi nous nous sommes entendus, père ? ajouta-t-elle en posant la main sur l'épaule du vieil homme.

Celui-ci hocha sombrement la tête. Il portait un superbe costume de lin – je comprenais à présent d'où Henry Kaufman tenait son goût pour l'élégance – mais quelque chose, en lui, évoquait la déchéance. Incapable de rencontrer son regard, j'observai ses oreilles, qui étaient rouges, démesurées et sillonnées de minuscules capillaires bleus.

— Dans ce cas, déclara le shérif Heath, nous avons un espoir que justice soit faite cette semaine. Je suis heureux de constater que vous avez modifié votre façon de voir les choses…

— Oui, je me suis rendu compte…

Marion regarda son père et sa voix se perdit. Nous restâmes immobiles quelques secondes encore, mal à l'aise et ne sachant que dire, puis le shérif esquissa un signe d'au revoir et m'entraîna hors de la salle. Nous venions d'atteindre le hall où nous attendaient Norma et Fleurette lorsque j'entendis des pas précipités derrière moi. Marion avait installé son père sur une chaise devant la porte de la salle d'audience et courait vers nous. Elle me prit le bras en arrivant à ma hauteur.

— Cette jeune fille, Lucy, dit-elle. Est-ce qu'elle et son petit garçon sont… Est-ce qu'ils…

— Ils vont bien, assurai-je. Ils sont logés décemment. Et Lucy est une excellente mère.

Les doigts de Marion se crispèrent sur mon bras.

— Oui, je n'en doute pas, assura-t-elle avec un tremblement significatif dans la voix. Pourriez-vous lui dire que…

— Non, je ne crois pas qu'il soit approprié de lui dire quoi que ce soit, coupai-je aussitôt. Lucy souhaite oublier tout cela.

Marion Garfinkel me lâcha pour se tourner un instant vers son père, qui commençait à s'assoupir sur sa chaise.

— Dans ce cas, je vous le dis à vous, reprit-elle sans me regarder. Si ce garçon a besoin d'une famille un jour…

— Cela n'arrivera pas, affirmai-je. Il en a déjà une.

Ce soir-là, nous cédâmes aux instances de Fleurette et dînâmes dans l'immense salle à manger de l'hôtel. Le personnel avait déployé une large banne verte au-dessus du trottoir et installé des tables dehors pour les clients qui préféraient le bruit et la poussière de la rue aux grands ventilateurs en osier qui rafraîchissaient le restaurant. Nous nous assîmes pour notre part à l'intérieur, bien que Fleurette soupçonnât les artistes de cirque de préférer dîner en plein air. Toute la soirée, elle garda les yeux rivés sur le trottoir dans l'espoir d'en apercevoir quelques-uns. Nous vîmes passer cinq petites jeunes femmes fluettes, mais solides, toutes vêtues de la même robe rouge et coiffées de façon identique, avec un assemblage de tresses et de boucles tenues par de gros peignes de verre étincelants. Fleurette estima qu'elles devaient être écuyères ou assistantes de magiciens.

— Ou alors, ce sont des équilibristes, ajouta-t-elle. Vous avez vu comment elles marchent ? Exactement comme si elles se déplaçaient sur une corde raide…

Norma et moi mâchâmes notre poulet en silence tandis que Fleurette évoquait sans trêve son projet de tendre une corde à travers le pré et de commencer à s'entraîner dès notre retour à la maison. Je crois que nous étions toutes les deux heureuses de cette distraction qu'elle nous offrait : devoir revivre dans la salle d'audience tous les événements de l'année écoulée avait été épuisant et, en comparaison, même la perspective de voir bientôt Fleurette danser sur une corde raide à quelques mètres au-dessus du sol nous semblait reposante.

Il y avait au deuxième étage de l'hôtel un petit salon pour dames, ainsi qu'une salle de dessin ornée de tableaux représentant des bateaux sur l'océan ou des scènes pastorales avec chevaux ou sommets enneigés. Nous vîmes quelques jeunes femmes, qui avaient apporté leur carnet à croquis, s'appliquer à recopier ces peintures. Toutefois, cette activité ne nous attirant guère, nous nous rabattîmes sur le petit salon, où Fleurette insista pour nous faire prendre une tasse de thé avant de monter nous coucher.

— À la maison, nous n'avons jamais l'occasion de nous installer dans un salon pour dames, plaida-t-elle alors que nous prenions place dans de délicats fauteuils disposés autour d'une table ronde éclairée par une petite lampe ornée de perles.

Trois autres groupes de femmes étaient installées de la sorte en cercles étroits mais, au grand dam de Fleurette, aucune de ces dames n'avait l'air d'être une artiste de cirque.

— À la maison, nous nous installons dans le salon pour dames tous les soirs ! rétorqua Norma.

— Oui, mais là-bas, il n'y a que nous ! répliqua Fleurette. Chez nous, nous sommes seules…

Norma se retourna pour regarder les autres, qui bavardaient tranquillement entre amies à voix étouffée.

— Je ne vois pas ce que cela change, dit-elle. Nous n'avons aucune envie de leur parler, et elles n'ont pas l'air de s'intéresser beaucoup à nous non plus…

De nous trois, Norma était la plus insensible aux charmes de ce séjour à l'hôtel. Fleurette adorait cette occasion qui lui était donnée de s'apprêter et d'être vue et, pour ma part, cela me plaisait infiniment de vivre dans un bâtiment moderne et propre, avec deux fois plus de confort qu'à la ferme et aucune des tâches ménagères qui nous incombaient là-bas.

Fleurette mit très longtemps à terminer son thé, mais les bâillements ostensibles de Norma finirent par la convaincre qu'il était temps d'aller se coucher. Nous nous engagions dans l'escalier lorsque je reconnus la voix du shérif Heath derrière nous. Je priai les deux autres de continuer et revins sur mes pas pour le rejoindre.

Il sortait d'un fumoir situé à l'extrémité du hall, son chapeau à la main, et portait le costume marron qu'il affectionnait. Il y avait entre nous un long tapis rouge et, sur le côté, une série de guéridons et de sofas.

— J'ignorais que vous logiez ici, déclarai-je alors qu'il venait à ma rencontre.

— Oh non, je ne vais pas passer la nuit ici ! me détrompa-t-il. Je devrais déjà être chez moi depuis des heures, Maître Lynch m'a retenu bien trop longtemps !

— Vous avez mis au point la stratégie de demain ?

Il secoua la tête.

— Non, nous avons joué aux cartes. Mais ne le répétez pas à Mrs. Heath !

— Je ne savais pas que les shérifs étaient autorisés à fréquenter les salons de jeu.

— Ma foi, répondit-il en réfléchissant à la question, disons que celui-ci est d'un genre très respectable. En ce moment, on n'y trouve guère que des juges et des avocats.

— Notre juge y est-il ?

— Eh non ! Mais ne vous faites pas de souci, nous avons un bon juge. Le procès se déroule bien, tout le monde le dit. Et maintenant que nous savons que Mrs. Garfinkel ne paiera pas l'amende de son frère, tout porte à croire que celui-ci passera un petit moment à la prison d'État, en fin de compte.

— À la prison d'État ? Celle que George Ewing redoutait tant ?

Un serveur arriva à notre hauteur en poussant un chariot recouvert d'une nappe blanche et nous battîmes en retraite dans une alcôve pour lui céder le passage. D'un geste, il nous désigna les petits sofas de velours qui la meublaient. Je m'y assis et le shérif s'installa en face de moi.

— Exactement, dit-il. Au fait, je vais ramener Ewing avec moi demain matin. Nous espérons qu'il ne reviendra pas sur sa promesse de témoigner contre Kaufman. Si je lui dis que Kaufman va purger sa peine à Trenton, il sera encore plus disposé à tout faire pour rester avec moi à Hackensack !

Je me laissai aller contre le dossier du sofa et considérai le shérif Heath dans le faible éclairage. Cela faisait si longtemps que je discutais avec cet homme des moyens d'arrêter Henry Kaufman et de le faire condamner qu'il me semblait incroyable que tout cela fût sur le point de s'achever.

— J'ai du mal à l'admettre, déclarai-je, davantage pour combler le silence qu'autre chose, mais j'ai de la peine pour Mr. Kaufman père. Ce doit être épouvantable d'assister au procès de son propre fils.

— Et de sa propre fille, acquiesça le shérif. Quoique... je me demande dans quelle mesure Mrs. Garfinkel a parlé à son père des accusations de kidnapping qui pèsent sur elle.

— Je ne sais pas... Va-t-elle aller en prison, elle aussi ?

— Je devrai attendre encore quelques semaines pour le savoir. Nous tentons actuellement de coincer les individus qui l'ont aidée. Je préférerais les mettre en prison eux, plutôt qu'elle.

— Moi aussi, reconnus-je.

Nous demeurâmes assis en silence encore une minute ou deux, mais dans cette alcôve où il n'y avait rien d'autre à regarder que nous-mêmes, je commençai à m'agiter et à songer que Norma et Fleurette devaient se demander pourquoi je restais si longtemps. Je me levai donc avec brusquerie, au point de me cogner la tête contre le plafond bas, et regagnai le couloir. Le shérif Heath me suivit. Il marcha à mes côtés jusqu'au large escalier central, dans lequel je m'engagerais bientôt pour monter vers ma chambre, tandis qu'il descendrait pour quitter l'hôtel.

La situation dut nous paraître étrange à tous les deux, car nous nous mîmes à rire en même temps.

— À demain, Miss Kopp, déclara alors le shérif.

Puis il se retourna et dévala les marches deux par deux, m'adressant un signe de main par-dessus son épaule tandis qu'il traversait le hall somptueux aux chandeliers de cuivre pour sortir dans la nuit tiède et bleutée.

60

Les deux jours suivants, le procès se déroula exactement comme nous l'avions espéré. L'analyse graphologique de Mr. Kingsley fut acceptée par le jury comme ayant valeur scientifique et le seul espoir qu'il restait encore à Mr. Kaufman – réussir, moyennant une somme d'argent, à persuader George Ewing d'affirmer qu'il avait été l'auteur des lettres de menaces et des coups de feu – s'évanouit quand Mr. Ewing s'avança à la barre et décrivit de façon simple et sincère le rôle qu'il avait joué dans chacune des attaques menées contre nous. Il reconnut qu'il était à bord de l'automobile le jour de l'accident, ainsi qu'en plusieurs autres occasions, mais affirma qu'il n'avait écrit aucune lettre, sauf les dernières, qui portaient sa signature, et n'avait pas tiré un seul coup de feu sur notre maison ni lancé de briques à travers nos fenêtres. Il expliqua que Mr. Kaufman l'avait obligé à écrire les dernières lettres, avec l'idée que cela permettrait de rejeter sur lui le blâme pour l'ensemble des événements. Il ajouta que, lors de son arrestation, Mr. Kaufman l'avait menacé de s'en prendre à lui s'il n'endossait pas toutes les responsabilités.

Lorsque Mr. Kaufman vint ensuite témoigner pour sa défense, il ne put avancer aucun argument et se contenta de nier les faits.

— Reconnaissez-vous avoir provoqué un accident entre votre automobile et une carriole conduite par les demoiselles Kopp le 14 juillet dernier ? interrogea le procureur Lynch.

— Oui, répondit-il, mais j'ai payé mon amende.

Il s'exprimait avec raideur, comme s'il avait appris ses réponses par cœur. Il était plus pâle qu'à notre dernière rencontre, et il avait maigri aussi. Il ne paraissait plus sur le point d'exploser à tout moment. Je songeai que son avocat avait réussi à le persuader de réduire sa consommation d'alcool avant le procès.

— Reconnaissez-vous vous être rendu en voiture devant le domicile des demoiselles Kopp, à Wyckoff, pour les harceler et tirer des coups de feu dans leur direction dans les semaines et les mois qui ont suivi la collision ?

— Non.

— Êtes-vous l'auteur des lettres de menaces envoyées aux demoiselles Kopp l'an dernier, entre les mois d'août et de novembre ?

— Non.

— Mr. Kaufman, reprit le procureur en s'avançant vers le témoin muni de plusieurs feuilles de papier, est-ce bien vous qui avez fourni des échantillons de votre écriture au bureau du shérif, échantillons qui ont permis d'attester que votre écriture était celle de l'auteur des lettres de menaces ?

Mr. Kaufman se pencha en avant pour voir les documents.

— Je reconnais avoir écrit les mots « Constance Kopp » à la demande du shérif, mais le reste a été fait sous la contrainte.

— Sous la contrainte ? répéta le procureur Lynch avec un sourire. Quel genre de contrainte a-t-on exercé sur vous ?

Mr. Kaufman fouilla l'assistance du regard et finit par me repérer.

— Elle était là ! cria-t-il alors en se levant pour me montrer du doigt. Elle m'a coincé et m'a obligé à transcrire des morceaux de phrases contre ma volonté !

Dans le box des jurés, quelques hommes sourirent.

— Elle vous a *obligé* ? fit le procureur en reculant d'un pas sous l'effet de l'étonnement. Mais par quel moyen une dame telle que Miss Kopp pourrait-elle contraindre un homme adulte à accomplir des actes contre son gré ?

Mr. Kaufman baissa la tête en marmonnant des paroles inintelligibles.

— Pourriez-vous répéter cela pour le jury ? demanda le procureur Lynch.

Henry Kaufman releva alors la tête et déclara d'une voix forte et sans artifice :

— Ce n'est pas une femme comme les autres…

Lorsque Mr. Kaufman eut quitté le box des témoins, il fallut à peine deux heures et demie au jury pour trancher. L'accusé se vit imposer une amende de mille dollars qu'il n'avait pas les moyens de payer, de sorte qu'il fut envoyé en détention. Mrs. Garfinkel et son père n'étaient pas revenus pour entendre le verdict et aucun de ses associés ne s'était présenté non plus. Lorsqu'il fut emmené, il n'y eut donc personne pour lui dire au revoir.

La sentence avait été lue à quatorze heures trente. À quinze heures, nous nous tenions devant le palais de justice, où nous faisions nos adieux au shérif, à ses adjoints et aux différents juristes. À quelques pas de nous, les journalistes cherchaient à attirer l'attention de Fleurette, aussi le shérif avait-il chargé l'adjoint Morris de demeurer près d'elle pour les tenir à distance.

C'était un après-midi d'été en tout point parfait : le ciel était d'un bleu saphir et les nuages suspendus semblaient y avoir été peints. Une petite brise s'était levée pour chasser la chaleur des rues fétides de Newark et un saule planté à proximité du tribunal balançait ses branches, qui bruissaient en chantant comme un ruisseau. Tout paraissait plus clair et plus étincelant qu'au début du procès. Le bâtiment de granit du tribunal, ceux en brique, juste en face, qui abritaient des bureaux et des commerces, les tramways qui filaient sur leurs rails, tout évoquait un monde net et bien ordonné où les gens pouvaient se promener dans les rues en toute quiétude. Les avocats et les shérifs adjoints plaisantaient et riaient ensemble. Eux aussi paraissaient plus jeunes et plus enjoués à la lumière du verdict favorable et de cette claire journée de juin.

Lorsque nous eûmes exprimé tous les remerciements possibles et imaginables, le silence tomba sur le groupe. Norma et Fleurette commencèrent à se diriger vers la gare et je m'apprêtai à les imiter lorsque le shérif posa une main sur mon bras et m'entraîna à l'écart. Nous descendîmes les marches, puis il s'arrêta et se tourna vers moi.

— De toutes les personnes présentes dans cette salle d'audience, vous êtes celle qui a joué le plus grand rôle, déclara-t-il.

— Oh ! fis-je, surprise. Ma foi, chacun de nous a joué son rôle…

Le soleil inondait les marches blanches du tribunal et il me considérait, les yeux plissés, avec cet air mi-souriant mi-bourru que je ne savais toujours pas décrypter.

— En tout cas, ce que vous, vous avez fait, vous sera très utile dans votre nouvel emploi, assura-t-il.

Je me mis à rire.

— Mon nouvel emploi ? Mais je n'ai pas d'emploi, c'est bien le problème ! Si nous ne…

Il ne me laissa pas achever.

— Miss Kopp, je pense que vous feriez un excellent adjoint !

— Un adjoint ?

— Un shérif adjoint.

Je sentis ma gorge s'assécher et dus déglutir, avant d'articuler :

— Je ne comprends pas…

Il esquissa alors un franc sourire et contempla un instant le sol avant de relever les yeux vers moi.

— Je vous propose du travail, Miss Kopp !

NOTES HISTORIQUES ET REMERCIEMENTS

Cela est une œuvre de fiction historique fondée sur des faits réels et des personnages ayant existé. Pour l'écrire, j'ai puisé dans des archives publiques (articles de journaux, arbres généalogiques, comptes rendus de procès et autres) et j'ai inventé tout le reste. Ainsi, les principaux événements décrits ont bel et bien eu lieu, à quelques exceptions notables près cependant : il n'y a jamais eu de Lucy Blake, ce qui signifie que toutes les parties du roman qui s'y rapportent – l'enfant disparu, les expéditions de Constance à New York et les scènes à l'orphelinat – ne sont que pure fiction. (Il est cependant vrai que, durant les grèves, les ouvriers de la soie ont envoyé leurs enfants vivre chez des « mères de grève » et que certains de ces enfants ne sont jamais revenus.)

Par ailleurs, si Henry Kaufman a effectivement eu une secrétaire du nom de M. Garfinkel, le personnage de Marion Garfinkel est fictif. Autre différence significative, Mrs. Kopp mère est décédée quelques années après les faits que je relate ici. En outre, à ma connaissance, Norma Kopp n'a jamais porté d'intérêt particulier aux pigeons.

Tout le reste s'est plus ou moins passé comme je le raconte dans ce livre. J'ai inventé les dialogues, les personnalités, les histoires qui se déroulent en arrière-fond et les scènes qui ont permis de poser un décor autour des faits réels rapportés dans les archives. La plupart des personnages secondaires – des gens comme Bessie Kopp, John Courter, John Ward, Peter McGinnis ou Cordelia Heath – sont de vraies personnes qui ont vécu des existences dont je sais très peu de choses. Les traits de caractères, ambitions et actions que je leur attribue ne constituent donc que des embellissements personnels des bribes de réalité que je connais sur eux.

Les circonstances entourant la naissance de Fleurette ne sont pas totalement connues, mais les données de base – l'identité de sa mère et de son père, les dates et le fait que Fleurette ait grandi sans savoir la vérité – ont été vérifiées au travers de documents juridiques et de conversations avec le fils de Fleurette.

J'ai utilisé de vraies lettres et de vrais articles de journaux pour mieux ancrer l'histoire dans la réalité. J'aimerais préciser les sources des textes que j'ai reproduits mot à mot, ou avec d'infimes modifications :

Les incidents décrits à la page 64 sont tirés d'articles du *New York Times* parus dans les années 1890.

Le film mettant en scène un accident entre une voiture et un tramway a réellement été tourné à Paterson, à peu près à l'époque de l'accident qu'ont eu les sœurs Kopp avec Henry Kaufman.

Le texte des lettres envoyées par Henry Kaufman, reproduites pages 107, 184, 185, 267, 274 et 279 a été retrouvé dans les archives du tribunal relatives à la condamnation d'origine et dans de multiples articles journalistiques. Je n'y ai apporté que de rares modifications.

Les autres affaires que le shérif Heath a eu à traiter, décrites pages 257 et 258 sont réelles ; je les ai découvertes dans les quotidiens de Hackensack de l'époque.

L'histoire que lit Fleurette aux pages 286 et 287 est extraite de l'ouvrage *Stories of Pioneer Life : For Young Readers*, de Florence Bass, publié en 1900.

Le titre « Girl Waits with Gun », page 303, qui a donné son nom à l'ouvrage en anglais, vient d'un article du *Philadelphia Sun* paru le 23 novembre 1914, mais le texte cité au-dessous a été composé à partir de deux articles similaires parus dans le *Philadelphia Evening Ledger*, le premier intitulé « Ah, comme j'aimerais dégommer une bonne fois pour toutes ces fichus rôdeurs ! » (21 novembre 1914) et l'autre « Une jeune fille armée attend ses maîtres chanteurs à un coin de rue » (23 novembre 1914).

L'article « Arrestation dans l'affaire des lettres de menaces », page 318 est paru dans le *Bergen Evening Record* du 3 décembre 1914, mais j'y ai ajouté une phrase concernant le personnage de fiction Marion Garfinkel, qui aurait versé la caution.

Le texte de la lettre de George Ewing, datée du 21 décembre 1914 (page 327), a été reproduit dans plusieurs articles de journaux, dont un du *Bergen Evening News* le 23 janvier 1915.

L'histoire du veilleur de nuit battu à mort (page 333) a été relatée dans le *New York Times* du 27 décembre 1914, sous le titre « Held in Murder Inquiry ».

« Le gang des maîtres chanteurs, c'était moi ! » (page 348) est paru dans le *New York Tribune* du 23 janvier 1915.

« Sauvé de la prison par un shérif ! » (page 434) est paru dans le *Trenton Evening Time* du 8 mars 1915.

« Le procès de la célèbre affaire Kopp s'ouvre aujourd'hui à Newark » (page 450) est paru dans le *Bergen Evening Record* du 3 juin 1915.

Dans un article du *New York Times* du 3 juin 1915 intitulé « Kopp Sisters Tell of Death Threats » ("Les sœurs Kopp évoquent des menaces de mort"), j'ai puisé la phrase de Constance citée en épigraphe et certaines de ses répliques durant le procès.

Tous les titres découpés par Norma et expédiés par pigeons voyageurs sont ceux de vrais articles de journaux parus à l'époque dans la région de Paterson.

Les lecteurs des comtés de Passaic et de Bergen les plus pointilleux remarqueront que j'ai pris quelques libertés avec la géographie, les horaires de trains, les itinéraires de tramways et autres détails de ce type. Que dire pour ma défense ? Il s'agit d'une œuvre de fiction et, parfois, l'histoire prend le dessus. Si mes personnages s'engagent sur un pont, je les laisse faire, même s'il n'existait pas de pont à cet endroit à l'époque.

J'aimerais à présent remercier les personnes ci-dessous pour l'aide qu'elles m'ont apportée dans mes recherches :

Maria Hopper, extraordinaire généalogiste, Jonathan Rapoport et les employés et bénévoles des bibliothèques municipales de Ridgewood, Paterson et Hackensack, des Sociétés historiques de Hawthorne, du comté de Bergen et de celui de Passaic, au Lambert Castle. Vifs remerciements également à l'inspecteur Mickey Bradley, du bureau du shérif du comté de

Bergen, pour la visite impromptue de la vieille prison et des appartements du shérif Heath et pour son souci de conserver et de partager les photographies de ce dernier.

Et merci surtout, du fond du cœur, à Dennis et Denise O'Dell, à John Birgel (père et fils) et aux membres des familles Heath et Ward pour leur disponibilité et leur enthousiasme à parler de leurs ancêtres à une parfaite inconnue et à partager avec moi leurs anecdotes.

Si j'ai pu raconter l'histoire des sœurs Kopp, je le dois surtout à quatre personnes qui y ont cru autant que moi : mon époux, Scott Brown, ma première lectrice, Masie Cochran, mon agent, Michelle Tessler, et mon éditeur, Andrea Schulz. Merci aux éditions Houghton Mifflin Harcourt et à tout leur personnel d'avoir accueilli Constance, Norma et Fleurette sous leur toit !

MIXTE
Papier issu de
sources responsables
FSC® C003309

10/18, une marque d'Univers Poche,
est un éditeur qui s'engage pour
la préservation de son environnement
et qui utilise du papier fabriqué à partir
de bois provenant de forêts gérées
de manière responsable.

Imprimé en France par CPI

N° d'impression : 3016456
Dépôt légal : mai 2016
X06792/01